ullstein

ANDREAS DUTTER, geboren 1992, lebt in Österreich und hat Kultur- und Sozialanthropologie an der Universität Wien studiert. Im Social-Media-Bereich unterhält er mit seinem Schreib- und Büchercontent auf Instagram (andreasdutter) oder TikTok (AndreasDutterAutor). Neben Büchern liebt er Serien, Mangas, Kochen und das Meer. Er verbringt viel Zeit in Griechenland und hat das Land abseits vom Tourismus kennengelernt, sodass es zu einer zweiten Heimat geworden ist.

ANDREAS DUTTER

Eine Taverne zum Verlieben

Roman

Ullstein

Besuchen Sie uns im Internet:
www.ullstein.de

Wir verpflichten uns zu Nachhaltigkeit
- Klimaneutrales Produkt
- Papiere aus nachhaltiger Waldwirtschaft und anderen kontrollierten Quellen
- ullstein.de/nachhaltigkeit

MIX
Papier | Fördert gute Waldnutzung
FSC® C021394
FSC www.fsc.org

Originalausgabe im Ullstein Taschenbuch
1. Auflage Mai 2023

Umschlaggestaltung: zero-media.net, München
Titelabbildungen: Häuser und Restaurant © Igor Tichonow / EyeEm;
Himmel, Glitzer, Blumen © FinePic®, München
Gesetzt aus der Albertina powered by *pepyrus*
Druck und Bindearbeiten: CPI books GmbH, Leck
ISBN 978-3-548-06656-1

Kapitel eins

Es war ein Arbeitstag wie jeder andere. Sven hatte abermals vergessen anzuklopfen, und noch bevor die Tür weit genug offen stand, um ihn zu erkennen, spürte ich seine Präsenz, die meinen Magen jedes Mal aufs Neue verkrampfen ließ. Niemand sonst kam je einfach so in mein Büro.

»Natürlich darfst du eintreten, Sven.« Mit verschränkten Armen lehnte ich mich zurück. Der Bürostuhl quietschte. Genervt wickelte ich eine Strähne meiner braunen Mähne um den Zeigefinger.

Mit einer flinken Handbewegung strich Sven sich über seine schleimige Frisur und lehnte sich an meinen Schreibtisch. Wie erwartet, ignorierte er meine Bemerkung. Als er sich vorbeugte, rutschte ihm seine Brille auf die Nasenspitze, wodurch seine Augen winzig wirkten. Er starrte mich an, ohne etwas zu sagen. Ich wippte mit meinem Fuß und spürte, wie sich Unruhe in mir ausbreitete.

»Sven, was willst du?«

Ein Grinsen umspielte die dünnsten Lippen der Welt. Sein intensives Parfüm drang in meine Nase: der Geruch von Schweiß, umrahmt von einer süßen Karamellnote, darüber WC-Urinstein-Frische, wie ich sie von Bahnhöfen kannte. Das Eau de Klosett der Saison.

»Grandiose Nachrichten, Helena.«

Musste dieser Anzugfritze – niemand trug bei uns einen Anzug – ständig in Rätseln sprechen? Alles an Sven nervte mich. Auf Platz eins meiner Hassliste stand, dass mir seine Vetternwirtschaft zuwider war. Denn so hatte er diesen Job überhaupt bekommen.

Ich biss mir in die Innenseite meiner Wange, um keine folgenschwere Beschimpfung aus meinem breiten Repertoire auf ihn abzufeuern. Dabei hielt ich mich nicht aus Respekt zurück, sondern weil ich diesen Job brauchte. Das Geld.

»Also grandios für mich.« Laute Überheblichkeit, die Waffe der unreflektierten Esel.

Zwei Wimpernschläge lang sah ich mir diesen Stummfilm noch an, dann setzte ich mich wieder an meine Notizen für den wöchentlichen Report über den Erfolg meiner Social-Media-Maßnahmen. Ignoranz funktionierte bei Sven immer. So auch diesmal.

»Du sollst zum Chef kommen. Er will mit dir sprechen.« Svens Stimme überschlug sich vor Glück.

Kurz erstarrte ich, dann linste ich hoch und sah Svens Finger an seinen Lippen, als wollte er sich selbst daran hindern, euphorisch loszukichern. Roch ich da wirklich seinen Schweiß oder eher meinen eigenen? Erst nach ein paar Sekunden bemerkte ich, dass ich die Luft angehalten hatte. Das klang nicht gut, gar nicht gut. Und die Tatsache, dass der Chef mich sprechen wollte, machte mir dabei deutlich weniger Sorgen als Svens begeistertes Grinsen. Obwohl. Nachdem, was letzte Woche passiert war, hatte ich auch so Grund genug, nervös zu sein. Mein Herzschlag beschleunigte sich. Alles, nur nicht ein Gespräch mit meinem Chef.

»Sag ihm, ich bin gleich da.« Ich sah von meinen Unterlagen auf und warf ihm ein gelassenes Lächeln zu. Zumindest sollte es so wirken.

»Ich werde es weitergeben. Würde dir aber raten, dich zu beeilen.« Sven richtete sich auf und beäugte mich von oben herab.

Seine Handabdrücke am Metall des Tisches verblassten langsam wie eine unliebsame Erinnerung, die ich aus meinem Gedächtnis verdrängte. Die Schritte, mit denen er jetzt mein Büro abging und sich dabei jeden Winkel anschaute, machten den Anschein, als überlege er, wie er den Raum nach meinem Abgang einrichten würde. Raus mit meiner Fotoecke für die Social-Media-Beiträge. Goodbye, Ikea-Bücherregal. Adieu, Aktenschrank, den ich heimlich für meine Süßigkeiten nutzte. Hallo, biedere Einrichtung, die er von seiner Oma klaute, bei der er lebte, nachdem seine Mutter ihn rausgeschmissen hatte. Munkelte man.

»Gibt es noch was?«

»Oh, da gäbe es noch einiges, Helena.«

Irgendwo in meinem Kopf hörte ich meinen Geduldsfaden leise reißen. »Zum Beispiel?«

Svens Blick schweifte ab. »Egal.« Seine Hände rutschten locker in die Taschen seiner Anzughose, perfekte Bundfalte inklusive. Herrgott, vor mir stand ein zweiundzwanzigjähriger Opa!

Schwungvoll erhob ich mich und strich mein senfgelbes Kleid glatt, bei dem ich mir nach der Pizza am Mittag gewünscht hatte, es wäre weniger eng anliegend. Aber was hatte ich von einem Kleid erwartet, das ich online bestellt hatte. Die Größen stimmten nie.

»Dann kannst du gehen.« Meine Hand hob sich, und ich deutete zur Tür, wodurch meine Armbänder aneinanderklirrten.

Als die Tür sich mit einem Klick schloss und ich wieder allein war, atmete ich erleichtert aus. »Arschloch.«

Wenn man bedachte, dass er aus chronischem Kreativitätsmangel sich regelmäßig genötigt sah, meine Ideen als seine eigenen auszugeben, wobei er aufgrund gewisser Kompetenzdefizite dann wieder gern meine Hilfe bei der Umsetzung in Anspruch nahm –

ja, wenn man das genauer betrachtete, war es umso rätselhafter, woher er diesen Arroganzüberschuss nahm. Er hatte sich auf meine Kosten ein Fake-Image gebastelt, während der ganze Druck für den Social-Media-Bereich auf mir alleine lag.

Mein Handy vibrierte auf den Tasten meines Laptops.

»Mama«, flüsterte ich.

Mit einer schlimmen Befürchtung im Hinterkopf wischte ich den Sperrbildschirm mit einem Foto der kleinen, idyllischen Insel Panórama, meiner zweiten griechischen Heimat, beiseite und las die Nachricht.

Du hast wieder vergessen, die GEZ zu bezahlen.

Zunächst tippte ich:

Warum hast du sie dann nicht gezahlt, ich sehe nicht fern, sondern du!

Dabei war ich kurz davor, den wütenden, feuerspuckenden und den Teufel-Emoji anzufügen. Ich löschte die Nachricht.

Einatmen.

Ausatmen.

Ich entschied mich für:

Mach ich heute.

Hitze stieg in mir auf, und ich schnappte mir zwei Taschentücher. Ich wischte mir den Schweiß unter den Achseln weg und warf die Tücher in den Mülleimer. Mir wuchs alles über den Kopf. Am liebsten hätte ich mein Gesicht massiert, einen Auftritt als Horrorclown bei meinem Chef konnte ich mir aber leider nicht leisten.

Mein Make-up musste sitzen. Vielleicht sollte ich nachlegen, damit meine Wangen nicht verdächtig glühten. Ich legte mir die Hand auf die Brust. Mein Herz raste.

Schluss! Zeit, sich zusammenzureißen. Kleiner Blick in den Handspiegel, etwas Banana-Powder auf die T-Zone, check.

Mit meinem Handy bewaffnet, sauste ich aus meinem Büro und begab mich auf den Walk of Shame zwischen den anderen Tischen im Großraumbüro entlang. Die Blicke meiner Kollegen und Kolleginnen verfolgten mich offen neugierig. Sven war wohl seinem selbst gewählten Informationsauftrag umfassend nachgekommen.

Bilder blitzten in meinem Kopf auf, wie ich mit der obligatorischen Kiste im Arm dieses Gebäude für immer verließ. Wie ich auf der Straße saß, an einer Ecke, gleich neben dem Shoppingcenter, gerade noch so geduldet von der Security, die breitbeinig vor den blitzsauberen Glastüren wachte. Neben mir meine Mama. *Du hältst den Becher falsch, so bekommen wir keinen Cent. Schau freundlicher.*

Als ich in den Flur einbog und endlich alleine war, ging es mir etwas besser. Noch war nichts verloren, ich konnte es schaffen. Vor dem Büro meines Chefs blieb ich stehen und hob die Hand, bereit, an die Tür zur Hölle zu klopfen. Ich hielt inne, mein Magen grummelte, und mein Hals schmerzte.

Wie in dem einen YouTube-Tutorial massierte ich meinen Hals an zwei Entspannungspunkten und räusperte mich. Wahrscheinlich war alles halb so schlimm. Svens Performance hatte mich nur verunsichert, nichts weiter. Ich stellte mir vor, wie ich gleich wieder aus dem Büro herausstolzieren und mit einem Siegerlächeln an den Starrern vorbeiziehen würde. Bevor ich wusste, was ich tat, hatte meine Hand an die glänzende Stahltür geklopft.

»Herein.«

Wieder spürte ich Blicke. Ich sah nach rechts. Drei Kollegen huschten ins Büro nebenan, die Augen auf mich gerichtet wie gierige Wiesel. Vermutlich wetteten sie, wer meinen Posten und mein Büro bekäme. Und meine Niere. Wenn die wüssten, dass ich nur deshalb ein eigenes Büro hatte, damit niemand mitbekam, wie viel mir der Chef ständig aufhalste. Ganz zu schweigen von den Überstunden. Aber auf Sylt einen Job als Social-Media-Managerin zu bekommen, galt auch 2023 als Herausforderung.

Die Tür quietschte, als ich sie aufschob.

»Guten Tag, Daniel.«

Sein Man Bun lachte mir entgegen, sein Gesicht blieb dem Tablet zugewandt.

»Bitte.« Er deutete auf den selbst gebastelten Hocker aus Paletten.

Das Blut rauschte in meinen Ohren, als ich auf dem Sitzkissen Platz nahm. Da Daniel mich warten ließ, nahm ich sein Büro genauer unter die Lupe. Ein Glastisch mit unzähligen Fingerabdrücken und vier benutzten Kaffeebechern, an einem klebte Lippenstift. Laptop, Extramonitor, Smartphone und ein Extra-Tablet, auf dem er mit einem speziellen Stift zeichnete. Hinter Daniel verschlossene Schränke. Das einzig Farbenfrohe in diesem Raum war ich. Und Daniels Fliege mit Bienenmuster. Das Rascheln seiner Seidenhose durchschnitt die Stille, als er die Beine überschlug und die Hülle des Tablets zuklappte. Ich folgte seinem Blick aus dem riesigen Fenster hin zum Meer, das man in der Ferne erahnte.

»Du solltest mich sprechen?« Ich räusperte mich. »Äh, wolltest mich sprechen, meine ich.« Ich kicherte mit hoher Stimme.

»Helena, was soll ich mit dir machen?« Sein gezwirbelter Schnauzer hing in einem Nasenloch fest, und ich bemühte mich, nicht dorthin zu starren.

»Wegen letzter Woche. Das ist eine Ausnahme gewesen. Normalerweise, ähm …«

»Eine Ausnahme kann der Untergang sein.« Daniel erhob sich, schlenderte um den Glastisch und setzte sich breitbeinig vor mich hin. »Der Shitstorm ist bis heute nicht abgeklungen«, fuhr er fort.

»Es tut mir leid. Das ist, hm.« Wie sollte ich mich erklären? Mein Privatleben musste bei der Arbeit außen vor bleiben. Es wäre unprofessionell, jetzt persönliche, leider sehr wahre Gründe vor ihm auszubreiten. »Ich habe einen schlechten Tag gehabt.«

»Und in einem Monat hast du den wieder?«

Eventuell. Oder morgen.

»Nein.« Meine Stimme versagte, wurde zu einem Krächzen. »Nein, wird nicht wieder vorkommen.«

Es knackte laut, als Daniel seinen Kopf erst nach links und dann nach rechts legte. »Helena, es tut mir leid.«

Er feuerte mich tatsächlich. Vorbei. Ende Gelände. Ein komisches Gefühl beschlich mich, als ich mir vorstellte, was alles an dem Job hing.

»Ich kann nicht darauf *hoffen*, dass meine Social-Media-Managerin keinen schlechten Tag hat und auf Twitter solche Dinge von sich gibt. Beim nächsten Mal ist Schluss.«

Ich nickte. Moment. Was? Beim nächsten Mal?

»Das heißt, ich bin nicht …« Stopp. Ich durfte ihn nicht auf falsche Gedanken bringen.

»Was?«

»Ich bin nicht in deiner Gunst als Social-Media-Managerin gesunken?« Prima gerettet.

»Deine Fähigkeiten sind top, Helena.«

Ich richtete mich auf. Das hörte ich gerne.

»Aber um den Fauxpas auszugleichen, musst du dich mehr ins Zeug legen für den Kunden. Die nächsten Samstage wirst du auf den Sommer-Events anwesend sein. Storys für Instagram aufnehmen, mit den Leuten quatschen, sie zu TikTok-Tänzen nötigen. Gewinnspiele, alles, um die Leute, die uns folgen, bei Laune zu halten.« Voller Tatendrang trommelte Daniel beim Sprechen auf seine Oberschenkel, sprang auf und plapperte weiter.

Aufgabe um Aufgabe listete er auf, und seine Pläne verloren sich irgendwo in der Unendlichkeit des Universums. Seitdem mein Job sich als sicher herausgestellt hatte, war meine Stimmung nicht gestiegen.

»Verstanden, Helena?«

Ich bejahte, bemüht, freundlich zu wirken.

»Dann kannst du gehen. Einiges noch zu tun für dich. Du hast doch abends nichts vor?« Nein, welche Angestellte hatte denn ein Leben neben der Arbeit?

»Natürlich nicht.«

Mit wenigen Schritten stand ich vor der Schiebetür. Ich sollte mich freuen. Sollte ich?

»Tschüss, Helena.«

»Bis dann.«

Quietsch. Die Tür fiel ins Schloss. Ich lehnte mich mit dem Rücken dagegen, bis mein Handy, das ich verschwitzt in meiner Hand gehalten hatte, mehrmals vibrierte und mich in die Realität zurückholte. Mama.

Wann kommst du nach Hause?

Und eine Nachricht von Mathilda, die ich unter *Beste* eingespeichert hatte.

Mir geht es nicht überragend, ich schlaf heute bei mir.

Mathilda feuerte gleich eine Forderung hinterher.

Bringst du mir Friesenkekse?

Ich stand da, mit dem Handy in der Hand, und starrte auf diese Zeilen, die ich alle paar Sekunden scharf sehen konnte, bevor sie wieder verschwammen. Irgendwer ging an mir vorbei. Ich konnte nicht sagen, ob rechts oder links. Ich sollte einen Fuß vor den anderen setzen, mit einem siegreichen Lächeln an den Kollegen vorbei in mein Büro.

Die Buchstaben verschwammen wieder. Und irgendwie hatte ich vergessen, Luft zu holen, denn meine Lunge erinnerte mich mit einem schmerzhaften Ziehen daran. Ich gab ihr nicht nach, ich konnte nicht. Wahrscheinlich würde ich so bleiben, bis ich im Stehen erstickte. Würde Sven grinsen, wenn man mich fand? Zusammengerollt vor dem Büro unseres Chefs, in der schlaffen Hand ein Smartphone mit einer Nachricht, in der es um Friesenkekse ging.

Sein schmieriges Lächeln erschien vor meinem inneren Auge abwechselnd mit der Bienenmusterfliege von Daniel. Nein, ich sog tief Luft ein. Und ließ sie wieder entweichen. Atmen, ein und aus.

Wie von selbst drehte ich mich um und starrte auf die glänzende Tür, hinter der ein Mann saß, der mir eben die Arbeit der halben Welt übergekippt hatte wie ein Fass schwarzes Klebezeug über die Pechmarie. Er würde immer so weitermachen, immer weiter, es würde nicht aufhören. Daniel würde nicht aufhören. Was hatte ich mir schon groß erarbeitet, welchen Status hatte ich? Welchen würde ich haben? Meine Hand hob sich wie von selbst, dann schlug sie erneut dreimal gegen den blanken Stahl.

Kapitel zwei

»Was ist los?« Daniel richtete sich die Fliege.

Die Schiebetür stand offen, und aus dem Flur hörte ich wildes Tapsen, gemischt mit Geflüster. Erst sagte ich nichts. Mein Hals fühlte sich ohnehin zu trocken und kratzig an. Allerdings verwandelte sich mein Frust urplötzlich in Lava, die in mir brodelte und hochschoss, als ich ihn da so stehen sah.

»Ich kündige.«

»Was?« Daniel machte einen Schritt auf mich zu.

»Was?«, kam es auch von Sven, der offensichtlich im Flur hinter der Tür stand.

Eine Woge der Erleichterung spülte über mich hinweg und löschte den größten Teil des Feuers. Der Knoten in meiner Brust löste sich, meine Nase kitzelte, und ich merkte, wie sich Tränen ankündigten. Diese Situation wirkte surreal. Daniels irritierter Blick. Meine Worte, die nachhallten. Das lauter werdende Getuschel aus dem Flur.

Passierte das gerade wirklich?

»Helena, was redest du da?«

»Ich kündige.« Die schönsten Worte, die ich je mit ihm gewechselt hatte. Ich rief sie heraus wie eine Frau, die bei einem Heiratsantrag laut »Ja!« schrie.

»Aber wir brauchen dich.«

Toll. Jeder schien mich angeblich zu brauchen, Anerkennung schenkte mir niemand. In unserem Magazin *Women of Sylt* schrieben wir von Selbstbestimmtheit, und ich bewarb das fleißig. Aber mein eigenes Leben stand dem diametral gegenüber. Wann kümmerte ich mich um mich?

Daniel bemerkte offenbar den Wirrwarr draußen. Er wippte von einem Fuß auf den anderen. »Machen wir die Tür zu und bereden das in aller Ruhe.«

Ich stellte mich ihm breitbeinig in den Weg, so breitbeinig es im engen Kleid ging. »Es gibt nichts zu diskutieren, Daniel.«

»Deine Augen glänzen, und dein Gesicht glüht. Bist du krank?«

»Mir ist es nie besser gegangen.«

»Wegen des Shitstorms. Das wird wieder. Ein paar Samstage mehr und vier, fünf Aktionen.«

Ja, bestimmt. Noch mehr Arbeit für mich. Ohne Hilfe. Ohne anständige Bezahlung. Was brachten mir Gesetze, Überstundenregelungen und Wochenendzuschläge, wenn man gekündigt wurde, forderte man sie ein? Nicht mit mir.

»Nein. Ich kündige.«

»Tja, dann guck mal, wo du bleibst. Bei mir brauchst du nicht angekrochen kommen.«

Aha. So schnell konnte das Wetter in diesem Büro umschlagen.

»Du hast was getan?«

Meine beste Freundin starrte mich an und klopfte danach mit einem Schuh den Sand nach Klingen oder Spritzen ab, ihre feuerroten Haare wippten dabei. Mathilda hatte die Begabung, ihre Phobien vor anderen zu verheimlichen, mich konnte sie aber nicht täuschen. Danach stellte sie ihren Kaffeebecher schief ab, sodass er drohte umzukippen.

Ich packte ihn und drückte ihn tiefer in den Sand.

»Ich fasse es selbst nicht.«

Mathilda sprachlos zu erleben kam mir ähnlich absurd vor wie meine Kündigung. Aber dafür liebte ich sie, weil sie stets mit mir litt. Niemand sonst interessierte sich so ehrlich für mein Leben wie Mathilda, meine Schwester im Geiste.

Das Abendrot funkelte auf dem Meer und bot zusammen mit den schäumenden Wellen einen herrlichen Anblick. Der Wind fuhr mir durch die Haare, und ich strich mir ein paar Strähnen nach hinten, fühlte die vier Ringe oben am rechten Ohr, die mich seit Jahren begleiteten. Aus einer Zeit, in der alles einfacher und besser gewesen war.

Die Wellen rollten mit einem Donnern auf den Sand zu und hinterließen kleine Schaumkronen und Muscheln. Das Spiel des wogenden Wassers unter dem Himmel zog mich in seinen Bann und gönnte mir einen Moment, in dem ich alles andere vergessen durfte. Bis Mathilda sich berufen fühlte, meine kleine mentale Auszeit brutal zu beenden.

»Deine Mutter wird dich umbringen.«

Danke.

»Ich weiß.« Ich vergrub meine Füße im Sand. Wie ich es liebte, die Körnchen zwischen meine Zehen zu spüren, die mich wie ein Peeling sanft kitzelten. »Du solltest dich von mir verabschieden.« Dabei deutete ich an, wie meine Mama mich erwürgte.

»Spinnst du?« Ihre glatten Haare wirbelten umher, als sie sich zu mir beugte. »Was machen wir denn jetzt?« Mathilda knabberte am Nagel ihres Zeigefingers. Ihr Blick verlor sich irgendwo am Horizont, und ich ahnte, wie sie innerlich kämpfte, nicht darüber nachzudenken. »Gehst du Montag noch mal zur Arbeit?«

Ein belustigter Laut zwischen Lachen und Grunzen entfuhr mir, und ich ließ mich zurück in den Sand fallen.

Nachdem ich meinen üblichen Sandengel gemacht hatte, legte

ich meinen Kopf auf die Arme. »Ich verbrauche meinen letzten Urlaub. Mit den Überstunden könnte ich bis zur Rente zu Hause bleiben. Mich bringen dort keine zehn griechischen Pferde hin.«

»Gibt es griechische Pferde?«

»Weiß nicht.«

Wir kicherten beide los. Mathilda lachte immer ein bisschen länger als ich, und das verlieh mir stets ein wohlig warmes Gefühl. Denn ihr Lachen war wie ein Sonnenaufgang am Sylter Strand.

»Daniel will mich sowieso nicht sehen. Als ich gegangen bin, hat er mit seinem Freund per Lautsprecher telefoniert.«

»Der Franzose?«

»Ja. Weißt du, was er gesagt hat?« Ich änderte meine Stimmlage. »Diese undankbare 'ure.«

Mathilda prustete los, und ich spürte, wie ihre Spucke mein Gesicht benetzte.

»Na ja, dann … « Sie wischte sich eine Träne aus dem Augenwinkel. »Kommst du heute besser nicht mehr mit zu mir und kümmerst dich um deine Angelegenheiten und um deine Mama.«

»Wird besser sein. Oh, und noch was!« Mit einem Ruck saß ich aufrecht, trank einen Schluck kalten Kaffee und sah die sommersprossige Nase meiner besten Freundin vor Neugierde zucken. »Du hättest Svens Gesicht sehen müssen. Es hat vor Freude gestrahlt. Bis ich ihm gesagt habe, dass er meine Aufgaben übernimmt. Alle meine Aufgaben. Allein.«

»Soll er?«

»Ich hab's Daniel vorgeschlagen.«

»Du Füchsin.«

»Danach ist er im Stechschritt Richtung Herrentoilette. Wahrscheinlich, um zu kotzen oder meinen Namen mit Beschimpfungen auf die Trennwände zu schmieren.«

Sand flog durch die Luft, als Mathilda vor Lachen mit den Beinen strampelte. Als Sylterin war ich Sand in allen Ritzen gewohnt, trotzdem aß ich ihn nicht gern zum Abendbrot und drehte schnell den Kopf weg.

Meine Handtasche vibrierte. Ich brauchte gar nicht nachzusehen.

»Roswitha?« Mathilda und ich verstanden uns wie durch Telepathie. Ein Blick genügte, und wir wussten, was die andere dachte.

»Wer sonst? Ich mache mich lieber auf den Weg, sonst ruft meine Mama die Polizei.«

»Oder deinen Vater.«

Ja. Das wäre mal ein Vorwand. Wieder auf den Beinen, nahm ich meine Sneaker und blickte über die Landschaft vor mir. Der Sand glitzerte unter der Sonne wie orangefarbener Puderzucker und mit ihm das Meer in seiner dunklen Pracht. Aber was gaben mir Wellen und Dünen, wenn mein Leben gerade auseinanderbrach?

»Des gibt's jo net.« Meine Mama verfiel gerne in ihren bayrischen Dialekt, wenn sie sich aufregte. Ich hätte mich am liebsten direkt in der Wohnungstür umgedreht, um zu flüchten. Aber sie hatte keine Sekunde vergeudet und mich aus der Küche heraus überrumpelt.

»Mama, bitte.«

»Jesses, Eleni.« Passend zu meinen Wurzeln nannten mein griechischer Vater sowie seine Familie in Panórama mich oftmals Eleni statt Helena. Meine Mama hatte das irgendwann übernommen.

»Das hättest du ruhig mit mir absprechen können.« Sie klatschte die Hände über dem Kopf zusammen und faltete sie danach über der Brust. »Herrschaftszeiten.«

»Mit dir?«

»Jo, freilich mit mir. Geld wächst net auf Bäumen.«

»Hörst du dir zu?«

Normalerweise behielt ich meine Vorwürfe bei mir. Seitdem sich mein Vater vor Kurzem von ihr getrennt hatte, kämpfte meine Mama mit Depressionen. Leider strapazierte das meine Kraftreserven erheblich. Meine innere Tankanzeige leuchtete rot, und das schon seit Monaten. Ich fand keine Zeit, um die nächste Tankstelle anzufahren. Es musste weitergehen, mit oder ohne Sprit. Ihre Trennung schien mir länger her zu sein als nur ein paar Monate.

Eigentlich stimmte das, denn wenn ich meine Mama musterte, sah ich all die Abende vor mir, in denen sie alleine zu Hause gesessen hatte. Meine Eltern hatten seit Jahren nur noch nebeneinanderher gelebt. An ihrem Daumen erkannte ich die verblasste Narbe, die sie sich nach einem Streit beim Abwaschen zugezogen hatte, als sie wie in Trance ein kaputtes Glas geputzt hatte. Seit dem Kuraufenthalt meines Vaters, dem darauf folgenden Auszug und dem Gemunkel, dass er seitdem eine Jüngere hatte, waren erst einige Monate vergangen. In meinem Herzen fühlte es sich an, als wäre mein Vater seit Jahren weg. Geflüchtet vor seinem alten Leben.

»Na schön, Kind. Wie soll es nun weitergehen? Darüber hast du dir bestimmt keine Gedanken gemacht, oder?«

Ihre Frage holte mich zurück in die Gegenwart. Um Sticheleien war meine Mama nie verlegen. Sie betonte das *du* mit der ihr typischen Theatralik. Ihre dunkelblonden Wellen wippten über ihrer Schulter auf und ab, als sie sich am Esszimmerstuhl anlehnte.

»Die Miete, die Rechnungen. Das wird hart, Helena.«

Ich spürte regelrecht, wie sich die Zugbrücke zu meiner Emotionenburg von selbst hochzog. Gleich würde sie mit einem dumpfen Rums einrasten und alles dicht machen, mich gegen die Außenwelt abschotten. »Wie wäre es, wenn *du* dir einen Job suchst?« Ehe ich es ausgesprochen hatte, bereute ich es.

Ihre Lippen lösten sich voneinander. Das Kinn klappte nach unten. In ihren Augen sah ich sofort diesen Opferblick, der im selben Moment wie ein Drache meine Emotionenburg stürmen wollte. Leider war die Zugbrücke noch nicht oben.

»Ach, Mama. Sei nicht böse. Aber habe ich nicht recht?«

»Du brauchst mich nicht als faul darzustellen.«

Nach diesem Satz von ihr stieg in mir das Feuer hoch. Wie ich es hasste, wenn sie mir die Worte im Mund umdrehte.

»Wie du meinst.« Meinen Ärger runterschlucken? Darin war ich Profi. Kopfschüttelnd verschwand ich in meinem Zimmer.

Mit meiner Mama in der Wohnung fühlte ich mich wieder wie ein Teenager. BAMM. Hinter mir die Tür zuzuschmettern verstärkte diesen Effekt nur noch. Ich stöhnte genervt auf und schmiss mich auf mein Bett. Wie eine Wolke fing es mich auf. Was sollte ich jetzt machen?

Mein Blick hing an der bunten Deckenlampe fest, und je mehr ich über die Worte meiner Mama nachdachte, desto lauter wurden sie.

Hatte sie recht?

»Argh.« Ich rollte mich zur Seite und murmelte Beschimpfungen in mein Kissen. Jap. Definitiv frühe Teenagerjahre.

Hierbleiben, mich wie eine Erwachsene benehmen, meinen Job zurückfordern und weitermachen wie gewohnt? Die heutige Übersprunghandlung stillschweigend zusammen mit meiner Würde begraben?

Der nächste Gedanke setzte ein Bild der Bienenmusterkrawatte meines Chefs in meinem Kopf fest, und brennende Wut schwappte in meiner Speiseröhre hoch. Das oder Sodbrennen. Nein. Ich konnte nicht zurück. Nicht nur das. Ich wollte auch endlich diese Selbstbestimmtheit und diese Freiheit, über die ich für das Magazin ständig gepostet hatte. Nicht nur meine Bestimmung, sondern mich selbst finden.

Aber die Rechnungen. Mein Lebenslauf!

Stopp. Ich musste ruhig bleiben und … und … Meine Augenlider wurden so unsäglich schwer. Die heutige Aufregung hatte mich mehr geschlaucht als gedacht. Nur ganz kurz würde ich die Augen schließen.

Ganz, ganz kurz.

Kapitel drei

Ich schreckte hoch und hörte, dass im Wohnzimmer der Fernseher lief. Schlaftrunken tastete ich nach meinem Handy. 22:35 Uhr. Nach unserem Streit und meiner Kündigung war ich erschöpft eingeschlafen. Wie ein Seestern lag ich nun also ausgebreitet in meinem riesigen Bett mit den vielen verschiedenen Kissen, das beinah das gesamte Zimmer ausfüllte. Durch das Fenster leuchteten die Sterne.

Sofort stellte ich mir vor, dass ich am Strand entlanglief und die frische, salzige Luft mich belebte, während das Mondlicht die Schaumkronen der Wellen küsste.

Mit einem Griff unter mein winziges Kissen, das die Form von Sylt hatte und das ich mir selbst bei einem Jahrmarkt erspielt hatte, zog ich die Postkarte meiner Tante Anna aus Griechenland hervor, die vor zwei Tagen angekommen war. Wie alles in ihrem Laden, in dem sie Töpferkreationen verkaufte, hatte sie auch die Karte selbst gebastelt. Ein gemaltes Bild und in Handlettering stand *Panórama, die vergessene Insel über Santorini* darauf. Viel wichtiger war jedoch der Text auf der Rückseite. Sie fragte nach meinem Wohlbefinden und schrieb, ihr ginge es *okay*. Ich hatte sofort gewusst, dass irgendetwas nicht stimmte, als ich das gelesen hatte. Anna war die wandelnde Positivität auf zwei Beinen. Das Wort »okay« gab es in ihrem Wortschatz nicht. Doch im Moment hatte ich eigene Probleme.

Die Panik meiner Mama musste sich gelegt haben, sonst hätte sie nicht auf der Couch gesessen und irgendeine Freitagabendshow geguckt. Um die Wogen zu glätten, erhob ich mich in meiner nicht zusammenpassenden Unterwäsche aus dem Bett und quetschte mich an der Vintagekommode und dem verspiegelten Schrank vorbei. Von dort schnappte ich mir ein XXL-Shirt, das ich überwarf. Ich ging ins Wohnzimmer und gesellte mich zu meiner Mama auf die sonnengelbe Couch, die sie ausgesucht hatte. Im Schneidersitz bettete ich meinen Kopf auf ihre Schulter und beobachtete die Z-Promis, wie sie irgendeinen Wettstreit gegen den Moderator gewannen.

Die Pralinen in der Kristallglasschüssel meiner verstorbenen griechischen Oma auf dem Tisch strahlten mir verführerisch entgegen.

Eigentlich sollte ich keine davon essen. Nein, ich sollte lieber etwas Richtiges essen. Unbedingt. Zwei Sekunden später lag eine davon wie durch Zauberhand in meinem Mund.

»Lenchen, hast du es in deinem Job nicht mehr ausgehalten?« Mama machte den Fernseher leiser.

»Malso, ich muff.« Ich schluckte die Praline mit Aprikosenlikör hinunter. »Also, ehrlich gesagt, ist es überstürzt gewesen. Trotzdem bereue ich nichts. Ich fühle mich seit Monaten ausgelaugt.«

Zweiundzwanzig Stunden am Tag vermisste ich es, meine Wohnung für mich zu haben, und sehnte mich nach der Zeit, als Mama noch nicht beschlossen hatte, nach der Trennung hier einzuziehen. In diesem Moment jedoch genoss ich es, sie bei mir zu haben.

»Ach, *louloudi mou*.«

Eigentlich nannte nur mein Vater mich *meine Blume*. Früher hatte ich das gehasst, weil mich in der Schule alle Lulu genannt hatten. Abseits der Streitigkeiten meiner Eltern hatten die Erinnerungen an meinen Vater einen leichten rosa Instagramfilter mit Glitzersternchen. Auch, wenn wir in vielen, okay, in fast allen Angelegenheiten unterschiedlicher Meinung waren, hatten wir oft eine schöne Zeit. Doch mit dem Gedanken daran, dass er eine andere hatte, sich eine neue Familie aufbaute, ja, meine Mama eventuell sogar betrogen hatte, schrumpfte mein Respekt ihm gegenüber auf ein Minimum.

Meine Mama breitete ihre Arme aus und umarmte mich. Ein wohliges Gefühl durchströmte mich, diese Geborgenheit, die nur die eigene Mama einem geben konnte. Dazu ihr ausgewaschenes Seidennachthemd mit den Sternen darauf. Sofort fühlte ich mich wieder wie ein Kind. Bald dreißig, und ich lag in den Armen meiner Mama wie ein Baby. Erschießt mich, aber nirgendwo wäre ich lieber gewesen. Außer vielleicht in Jude Laws Armen im kleinen Cottage aus *Liebe braucht keine Ferien*.

»Es tut mir leid, dass ich Hals über Kopf gekündigt habe. Aber ich hatte den Eindruck, mein Chef hält mich für ein naives Mädchen. Ich habe einen Fehler gemacht, ja. Was er mir jedoch danach aufgebrummt hat, hätte kein Mensch leisten können. Und das weiß er. Er hat es extra gemacht, hat es ausgenutzt, dass ich Angst um meinen Job hatte.« Ich richtete mich auf. *»Aber um den Fauxpas auszugleichen, musst du dich mehr ins Zeug legen für den Kunden.«* Mit dem Finger als Schnauzbart über der Oberlippe mimte ich meinen Chef nach. Ex-Chef.

Das Schmunzeln meiner Mama vertiefte ihre Grübchen, die sie mir an beiden Wangen vererbt hatte.

»Noch mehr Arbeit? Du bist ohnehin kaum zu Hause.«

»Eben.«

Dass Mathilda und sie auch nicht unschuldig an meiner innerlichen Anspannung waren, sagte ich lieber nicht. Doch der Fakt, dass die beiden ständig meine Hilfe beanspruchten mit Mamas

Wutausbrüchen meinem Vater gegenüber oder Mathildas Unselbstständigkeit, zerrte an mir.

»Denk darüber nach, was du machen willst. Niemand steht am Ende deines Lebens da und applaudiert, weil du alles gemacht hast, was andere von dir verlangt haben. Vergiss das nicht.«

Diese Worte flossen in mich wie warmer Honig, süß und wohltuend. Endlich mal keine Vorwürfe, das brauchte ich. Ich spürte, wie in mir etwas nachgab, wie meine Zugbrücke sich wieder Richtung Burggraben senkte. Im selben Moment überkam mich eine Müdigkeit, wie ich sie selten gespürt hatte. Als ob sie seit Monaten darauf gewartet hätte, endlich ihr Recht einzufordern.

»Ich lege mich wieder ins Bett, okay?«

»Ja, ruh dich aus, Schatz.«

Auf dem Weg in mein Zimmer schnappte ich mir noch eine Praline.

»Denk an die GEZ.«

»Ach, Mama!«

Ich schlug die Tür mit dem Fuß zu und verdrückte die letzte Praline für heute. Die Verpackung formte ich zu einem Ball und warf ihn in Richtung des winzigen Mülleimers auf dem Schminktisch. Daneben.

Ich beugte mich hinunter und hob das Bällchen auf. Während ich es wegwarf, entdeckte ich in der offenen Schublade des Tisches mein altes Fotoalbum.

Wie lange hatte ich das nicht mehr durchgeblättert?

Ich knipste die Lichterketten über meinem Bett und die Nachttischlampe an, kuschelte mich in meine Bettdecke und öffnete das Album.

Bilder von mir als Kind in Griechenland zu sehen stimmte mich wehmütig. Seit Jahren hatte ich keinen Fuß mehr in meine zweite Heimat gesetzt. Durch die Eheprobleme meiner Eltern war mir die Lust vergangen, mit ihnen in Griechenland Urlaub zu machen und bei der Familie vorbeizuschauen. Selbst wenn das nicht der Fall gewesen wäre, hatte mich mein Job vollends eingespannt. Ab und an gab es noch Pflichtbesuche, weil es sich so gehörte. Die kamen aber nicht mehr an diese Zeit von früher heran, in der sich der Urlaub eher wie ein Nachhausekommen angefühlt hatte.

Bilder vom gemeinsamen Kochen zu Ostern, dem wichtigsten Fest im orthodoxen Griechenland, und vom Lunapark, der Nachtkirmes, wie ich mit meinem Vater im Karussell sitze. Die heißen Sommer, in denen die Sonne alles mit Licht durchflutete, weiße Sandstrände, die einem das Wasser wie einen leuchtenden Teppich zu Füßen legten. Immer mit dabei: Mathilda. Sie gehörte praktisch zur Familie. Es schmerzte bis in meine Eingeweide, dass sie ihre Ängste nicht in den Griff bekam und ich oft genervt von ihr war, denn Mathilda war wie eine Schwester für mich.

Nicht zu vergessen: das Essen. Ich blätterte um. Das vergilbte eingeklebte Rezept meines verstorbenen Opas für seine berühmte *Bougatsa*. Sein nach Familienrezept selbst gemachter Blätterteig mit Grießpuddingfüllung und Zimt-Puderzucker-Mischung hatte das perfekte Verhältnis von Süße und Würze. Jeder auf der kleinen, quirligen Insel schwärmte davon und hatte mich darum beneidet, direkt an der Quelle zu sitzen. Die Variante mit Spinat- oder Käsefüllung war ebenfalls unerreicht, so wie mein Opa sie zubereitet hatte. Für mich ab und zu mit einem *Loukaniko*, einem kleinen griechischen Würstchen. An den Wochenenden stand oft die halbe Insel vor seinem Haus und holte sich eine Portion. Er liebte es, alle versammelt zu sehen. Als ob er einen kleinen *Bougatsa*-Laden betrieben hätte. Nur wäre ihm im Traum nicht eingefallen, dafür Geld zu nehmen. Nein, mein Opa war kein Mensch, der jemals hätte Millionär werden können.

Das Transparentpapier raschelte beim Umblättern. Das

nächste Bild versetzte mir einen Stich. Ich erinnerte mich an die Situation, als wäre es gestern gewesen. Auf dem Foto sah ich mich und meinen Opa. Er saß auf einem tausendmal geleimten Holzstuhl, von dem die Farbe abgeblättert war, ich auf seinem Schoß. Selbst an die Worte, die ich meinem Vater kurz zuvor gesagt hatte, konnte ich mich erinnern. »Irgendwann ziehen wir hierher. Das wäre ein Traum. Oder, Papa?«

Oder, Papa? Ich schlug das dicke Album fest zu, sodass mir ein muffiger Windstoß ins Gesicht wehte. Sentimentalität überkam mich, wenn ich sie am wenigsten brauchte. Ein Seufzer entglitt mir, als ich das Fotoalbum umschlang und tiefer in mein Bett sank. Ich versuchte, den Schmerz zu ignorieren, der mir bei dem Gedanken an meinen Vater durch die Brust gefahren war. Er hatte sich meiner Mama gegenüber zu herzlos verhalten.

Die Lichterkette über meinem Bett leuchtete verheißungsvoll wie ein klarer Sommersternenhimmel in Griechenland. Zum wiederholten Male hopste ich aus den Federn. Ein Ruck am Fenstergriff, und die kühle Nachtluft umspielte und beruhigte mich. Ich musste etwas ändern! Nicht nur etwas, sondern alles!

Immer steckte ich zurück und wollte, dass es jedem blendend ging. Aber das musste jetzt ein Ende haben! Was war mit mir? Und meinen Bedürfnissen und Wünschen? Mit einer Hand wischte ich über das Smartphone. Auf einmal wurde ich wieder unsicher. Wollte ich das? Oder war ich erschöpft, überdreht und hatte deshalb fixe Ideen?

Ich öffnete die App.

Was hatte ich zu verlieren? Außerdem hatte mein Vater mich oft gebeten, mich bei der Familie zu melden.

Kapitel vier

Drei. Zwei. Eins.

»Das kannst du nicht machen!«

Ich hatte es geahnt, dass Mathilda so reagieren würde wie meine Mama zuvor beim Frühstück, sobald sie erfuhr, was ich vorhatte. Die Flucht in unser Lieblingscafé südlich von Westerland stellte sich nicht als gelungener Rückzugsort heraus. Selbst die goldenen Sonnenstrahlen, die ihre warmen Hände nach mir streckten und meine Wangen sanft kitzelten, halfen mir nicht, mich wohler zu fühlen.

»Ich liebe dich, Mathilda, aber ich frage dich nicht um Erlaubnis.« *Bleib standhaft, Helena, bleib standhaft!*

Vielleicht halfen die Sonnenstrahlen oder die Weite des Meeres. Vielleicht spürte ich auch nur den Baileys in meinem Kaffee. Das Korsett um meinen Oberkörper löste sich langsam und ließ mich wieder freier atmen.

Mathilda inspizierte den Boden, als suchte sie etwas Wichtiges. Sie kratzte sich am Kopf und schien dabei ihren Strohhut zu vergessen. Er rutschte herab und landete auf dem Holzgerüst der Terrasse des Strandcafés.

Ich erhob mich aus dem gestreiften Strandkorb und reichte Mathilda ihren Hut, ehe ich mich wieder setzte. Wie oft hatten Mathilda und ich hier gesessen und den Sternenhimmel beobachtet? Aber auch die Dämmerstunden davor brachten mich immer wieder runter. Die Vögelchen, die ihr Lied einstimmten und den Abend einläuteten. Oder ich sah den kleinen Fledermäusen nach, die noch schnell aus ihren Verstecken flitzten, bevor der Himmel sich sein dunkelblaues Kleid anlegte. Ich fand, dass es sich in Strandkörben wunderbar schlummern ließ.

»Danke.« Mathilda riss mich aus meinen Gedanken.

»Schau, der Typ. Der guckt dich die ganze Zeit an.« Vielleicht munterte ich sie damit auf. Müsste ihr Typ sein. Bad-Boy-Material.

Mathilda drehte sich so auffällig zu ihm um, dass ich es bereute, den Mund aufgemacht zu haben. Bad Boy lugte her. Sie hielt dem Blick stand und musterte ihn weiter. Mein Fremdschäm-Level stieg auf Trash-TV-Niveau. Langsam bewegte sich ihr Oberkörper wieder in seine Ausgangsposition. »Unsinn, der hat es auf dich abgesehen.«

»Nein, danke. Kein Interesse.«

»Du und dein eingebildeter Männerfluch wieder.«

»Das ist keine Einbildung.«

Abrupt stand der Bad Boy auf und eilte mit dem Handy am Ohr nach draußen.

»Soll ich dir das mit dem Fluch noch mal erklären?«

»Nein, danke. Ich hab's kapiert.« Mathilda schmunzelte, bis ihr Gesicht sich wieder verfinsterte. »Und was soll ich ohne dich machen?« Sie spielte mit der Ecke der dunkelroten Speisekarte.

»Hey, ich sterbe nicht. Ich fahre nur ein paar Wochen in den Urlaub. Ich war seit Jahren nicht dort.«

»Kannst du dir das leisten?«

»Ich habe Geld gespart, das reicht erst mal. Weiter will ich mich mit dem Jobthema im Augenblick nicht befassen. Außerdem habe ich eine Karte von Tante Anna bekommen. Ich glaube, sie hat Probleme. Sie hat geschrieben, es geht ihr *okay*.«

»Was?! ›Okay‹ klingt nicht nach ihr. Wo wir schon bei Anna sind: Jedes Mal, wenn ich an sie denke, kommt mir zuerst diese eine schreckliche Autofahrt in den Sinn.«

Wie könnte ich das vergessen. Sofort hörte ich wieder das röhrende Geräusch des Automotors.

»Ja. Schrecklich. Abgesehen von der Schrottkarre, mit der wir gefahren sind, haben meine Eltern nur gestritten. Und mein Vater hat nie zugegeben, wenn er müde wurde. Und das eklige Autobahnhotel mit den Kakerlaken.«

Ein glockenhelles Lachen entfuhr Mathilda. So sah ich meine beste Freundin gerne.

»Und wie Roswitha während der Fahrt ausgerastet ist. Oh, und weißt du noch, was sie geschrien hat? *Wir werden sterben. Auf der Autobahn. In Serbien.*« Mathilda machte meine Mama perfekt nach. Immerhin war meine Mama so etwas wie Mathildas Ersatzmama. »Und wie dein Vater und Roswitha sich an der Tankstelle gestritten haben, weil er felsenfest überzeugt war, dass der Tankwart sie beim Umrechnen betrogen hat …«

»Und mein Vater öffnet die Coladose, und alles spritzt heraus.«

Wir prusteten beide laut los, und die Leute um uns herum spähten verstohlen zu uns. Ach ja, meine Eltern hätten eine eigene Sitcom verdient. Diese Erinnerungen mit Mathilda zu teilen, bedeutete mir viel. Wenn ich so darüber nachdachte, dann verstanden wir uns besser als so manche richtige Geschwisterpaare, die ich kannte. Früher war Mathilda mein Halt inmitten meines Familienchaos gewesen. Wie diese standhaften Felsen, die selbst der mächtigen Stärke der Meereswellen trotzten. Doch mit den Jahren hatte sich das gedreht.

Ich nahm einen Schluck Kaffee.

Mathilda musterte mein Heißgetränk. Dann mich. »Deshalb der Baileys. Du hast dir Mut angetrunken.«

Erwischt.

»Hast du etwa Angst gehabt?« Mathilda zog eine Schnute, wie immer, wenn ihr etwas nicht passte.

Keine Antwort, auch eine Antwort.

»Warum? Du kannst mir alles erzählen!«

Ich untersuchte den gesamten kleinen, gusseisernen Tisch und hoffte, dass irgendwo eine Schriftrolle mit einer plausiblen Ausrede lag. Ich fand keine.

»Du, Mama, der Job, *Women of Sylt*. Mir kommt es vor, als müsste ich für alle funktionieren.«

»Das stimmt nicht.« Mathildas Haut, die sie stets vor der Sonne schützte, rötete sich an den Wangen.

Nein, bitte nicht. Ich wollte nicht im Streit auseinandergehen. »Tut mir leid«, sagte ich schnell.

»Nein, tut es dir nicht. Du meinst das so, Helena.«

»Ja, okay. Ja, meine ich. Mama hängt an mir und schafft es nicht hochzukommen. Und du willst, dass ich bei dir schlafe, dir Sachen vorbeibringe, als wäre ich, na ja.« Ruhig mit den jungen Pferden. Nicht übertreiben.

»Was? Meine Mama?« Mathilda stand auf und packte ihre Tasche.

»Mathilda, warte.«

»Nein.« Sie sah dabei nicht auf.

»Bitte. Ich fliege morgen Abend um halb neun. Lass uns nicht streiten.«

Mathilda drehte sich um. »Tja, Unabhängigkeit verlangt Opfer.«

Warum stellte es für die Welt ein Problem dar, dass ich mich für ein paar Wochen in den Urlaub verabschieden wollte? So ein Drama wegen einer Reise.

Meine Wochenendspaziergänge mit der Sylter Meeresaussicht vermisste ich jetzt schon. Obwohl ich mich auch auf die Strände in Griechenland freute. Selbst heute hatte ich mich wieder vor dem Treffen mit Mathilda im Café bis Munkmarsch durchgeschlagen, um am Ufer entlangzuschlendern. Diese Ruhe. Herrlich.

Dass es auf Sylt kaum noch Geheimplätze gab, erkannte ich auch hier in einer der kleinsten Gemeinden wieder. Zwei Touristinnen neben mir, die Bilder machten. Konnte ich es ihnen verübeln? Die schönen Friesenstilhäuser mit den Reetdächern boten eine tolle Fotokulisse.

Wolken zogen auf und waberten wie lebendige Wesen am Himmel umher. Auf einer freien Bank machte ich es mir gemütlich, zog meine Weste enger und betrachtete das dunkle Wasser.

In meinem Kopf ratterte es, und ich erwischte mich, wie ich mir neue Überschriften für meine winzige Kolumne überlegte.

Wie ich am Flutsaum meine Unabhängigkeit fand.

Okay, diese Story behielt ich lieber für mich. Na ja, war ohnehin nicht mehr mein Job. Schade. Ich hatte meine Aufgaben geliebt. Das Drumherum nicht. Dennoch gab ich nicht auf. Dieses eine Leben gehörte mir, und ich würde mein Ziel, endlich selbstbestimmter zu leben und eine Berufung zu finden, nicht nur einen Job, erreichen. Wie hieß es? Jeder ist seines Glückes Schmied. Dann hoch mit der Schmiedezange. Ich war bereit für das Abenteuer, mich wiederzufinden.

Der Wind umarmte mich. Der Geruch des Meeres und von Sylter Rosen stieg tief in meine Nase. Gab es ein Parfüm, das da mithalten konnte? Ich holte mein Handy aus der Umhängetasche. Zeit für ein Erinnerungsselfie. Die dunkle See im Hintergrund. Die Wolken darüber. Meine dunkelgrünen Augen stachen aus der Tristheit hervor. Foto fertig und hochgeladen.

Da fiel mir ein, dass ich auch noch auf dem Instagram-Account von *Women of Sylt* eingeloggt war. Ich wechselte das Konto. Sitzend scrollte ich minutenlang durch die letzten Fotos und Beiträge im Feed. Checkte die Nachrichten, die Kommentare und die Reichweite. Zunächst lächelte ich voller Hohn in mich hinein, bis ich offen schmunzelte. Sven konnte mir nicht das Wasser reichen. Die Bilder schlecht belichtet, hässlicher Winkel, einfallslos. Der Text nichtssagend, ohne Emotionen, weit und breit keine Fragen, um mit den Leuten zu interagieren. Die Likes und Zuschauerinnen der Storys glichen zwar annähernd meinen, ich fehlte aber auch erst zwei Tage.

Mein Finger hing über dem Wort »Abmelden«. Bald würden sie das Passwort ändern. Hatte ich keinen Fehler begangen? Ich loggte mich aus. Es versetzte mir einen Stich, bis mich eine WhatsApp-Nachricht ablenkte.

»Sven?«, las ich mir geschockt laut vor.

Einer der dümmsten Einfälle des Tages? Zu glauben, meine Mama würde es nicht mitbekommen, wenn ich mich in die Wohnung schlich.

Sie stand vor mir. Schneller als jeder loyale Hund, der sich auf sein Herrchen oder Frauchen freute. Rascher als jede Katze, die ihren Untertan erwartete, der ihr Essen brachte.

Meine Mama stand vor mir, und sie grinste. Ich zurück. Bis ich hinter ihr einen Koffer ausmachte. Puff. Das Grinsen verabschiedete sich.

»Ein Koffer?«

Mama bejahte.

»Warum?«

»Na, wir fliegen nach Griechenland!«

Vor lauter Entsetzen hatte ich vergessen, die Tür zu schließen. Das holte ich jetzt nach.

»Ich habe gesagt, *ich* fliege nach Griechenland.«

»Du glaubst doch nicht, ich lasse dich alleine fliegen. Ich möchte deine Tante Anna auch wiedersehen!«

Was hatte ich mir gedacht? Mir fiel nichts dazu ein. Aber wie sollte ich mich erholen, wenn ich die Schlüpfer meiner Mama vom Fußboden aufsammeln musste.

»Das geht nicht. Du kannst nicht mitfliegen.«

»Ich lasse dich nicht alleine zu den Verwandten. Ich habe sie lange nicht gesehen.« An ihren wirren Blicken glaubte ich zu erkennen, wie sie wahllos Rechtfertigungen suchte, die sie mir entgegenfeuern konnte.

»Mama.«

»Was machst du in Griechenland? Ganz auf dich alleine gestellt?« Sie schlug sich mit der Faust auf die Handfläche, als hätte sie damit das totschlagende Argument gefunden.

Meinte sie das ernst? Ich war ständig auf mich alleine gestellt!

Und dieses Mal blieb ich hart. Mir bescherte ihr Schauspiel von der armen, bemitleidenswerten Verlassenen nur Magenschmerzen. Behutsam nahm ich ihre Hand in meine.

»Du fliegst jetzt nicht mit. Ende. Ich werde Anna überraschen, alleine! Vielleicht will sie gar keinen Besuch.« Ihr dabei in die Augen zu schauen, schaffte ich nicht, trotzdem bekam ich mit, wie sie meinen Blick suchte. Bevor sie mich einlullte, wandte ich mich ab.

»Das werden wir noch sehen.«

»Wie bitte?«

»Nichts, nichts.«

Selbstverständlich hatte ich ihr Wispern, das mir geradezu in den Ohren dröhnte, verstanden, aber das würde sie nicht machen. Oder?

Kapitel fünf

Meine Mama war mitgekommen. Aber zum Glück nur zum Flughafen. Widerwillig blieb sie auf Sylt zurück, dafür hatte Mathilda mir per WhatsApp angekündigt mitzufliegen. Sie sorgte sich ebenfalls um Tante Anna. Als ob. Ich hatte mich nicht getraut, ihr abzusagen. Und vielleicht war ein Mädelstrip das, was ich brauchte.

Lieber wäre mir jedoch eine schnellere Möglichkeit gewesen, Panórama zu erreichen. Auch wenn Sylt, die Perle der Nordsee, eine der längsten Linienflugtraditionen Deutschlands hatte, kostete die Reise nach Panórama einige Zeit und Nerven.

Von Sylt ging es mit dem Flieger erst nach Frankfurt, dort mussten wir einen stundenlangen Zwischenstopp einlegen, um dann weiter nach Thessaloniki zu fliegen. Von meiner Lieblingsstadt in Nordgriechenland sollte es nach Santorini gehen und ab da mit der Fähre nach Panórama.

Trotzdem mochte ich den winzigen, familiären Flughafen auf Sylt mit dem Charme einer kleinen Backsteinbushaltestelle. Dieses Gefühl, das mich jedes Mal an diesem Flughafen überkam, ließ meinen Bauch kribbeln. Es war eine Mischung aus Abenteuerlust und diesem großen Gefühl, das Leben gerade auszukosten. Mit einem Kopfsprung ins Neue eintauchen, raus aus dem Trott, der mich manchmal alles in Grau sehen ließ.

Meine Mama und ich machten es uns auf den gepolsterten

Stühlen im Flughafengebäude bequem. Fast alles befand sich in einem Raum: Wartebereich, Sicherheitszone, Passkontrolle. Verlaufen unmöglich.

Um meine Stimmung weiter anzuheben, las ich mir nochmals Svens WhatsApp-Nachricht durch.

Hilfe, Helena. Was hast du zur Bildbearbeitung genutzt? Hast du einen Redaktionsplan? Wo ist das Tool zum Vorausplanen?

Aus jeder Silbe las ich seine Verzweiflung. Herrlich. Besser noch, meine Antwort.

Du solltest Dich selbst mit der Materie beschäftigen und Deinen eigenen Onlineton finden, mit dem Du den Geschmack unserer Community triffst. Sieh bitte von weiteren privaten Nachrichten ab.
Mit freundlichen Grüßen, Helena.

Manchmal war ich richtig stolz auf mich. Mein Blick wanderte hoch zur Uhr. Wenn Mathilda eines war, dann unpünktlich. In mir kämpften zwei Helenas: eine Eleni, die hoffte, sie kam zu spät, und dann eine Helena, die merkte, dass sie doch froh wäre, nicht allein wegzufliegen.

»Helena!« Meine beste Freundin holte mich aus meinen Gedanken.

»Mathilda!« Ich sprang auf und eilte ihr entgegen.

Wir fielen uns über das Absperrband, das Warte- und Eingangsbereich trennte, in die Arme. Ihr lockerer Jumpsuit klebte sich wie ein rosafarbener Kaugummi an mich. »Ich bin froh, dass du da bist.«

»Wir werden uns beide erholen im Urlaub und Spaß haben, ja? Keine Streitereien.« Erkannte ich in Mathildas Gesicht einen Anflug von Reue? Weil sie wusste, dass sie zu schroff gewesen war?

»Das werden wir.«

»Hallo, Mathilda!«, rief da meine Mama.

Meine beste Freundin erwiderte die Begrüßung mit einem Winken und warf mir dabei einen fragenden Blick zu.

»Frag nicht. Sie wollte unbedingt mitkommen, um uns zu verabschieden. So weiß ich wenigstens, dass sie sich nicht im Koffer versteckt hat.«

Ein unterdrücktes Grinsen zierte Mathildas elfengleiches Gesicht. Wenige Schritte später befand sich Mathilda auf unserer Seite, und wir setzten uns.

»Wo werdet ihr schlafen?«

»Bei Anna natürlich, und wir sollten jetzt, ähm, einchecken und Boarding und so, du weißt schon, Mama.«

Mama fiel mir um den Hals. Sie zu verlassen kam mir trotz allem falsch vor. Was, wenn sie … Nein. Stopp! Wieder meldeten sich meine Zweifel, aber ich besiegte sie. Außerdem kitzelte mein Bauch, als erwachten all die totgeglaubten Schmetterlinge in mir wieder zum Leben, bereit, meine erste große Liebe wiederzutreffen: Panórama.

»Helena!« Meine Mama brüllte so laut in meine Ohren, dass mich nicht mehr nur das Wachpersonal mürrisch beobachtete, sondern jetzt alle wartenden Fluggäste aufsahen.

»Ja?«

»Schreibt mir per WhatsApp, hört ihr?«

Die Träne, die auf ihrer Wange glänzte, wischte ich ihr weg und schenkte ihr dafür ein aufrichtiges Lächeln. »Ja, werde ich.«

Heißer Wind wehte durch das halb offene Fenster und brachte

meine Haare zum Tanzen. Genau wie vorhin, als wir in Santorini gelandet waren. Der erste Schritt hinaus aus dem kleinen Flughafengebäude auf griechischen Boden fühlte sich jedes Mal aufs Neue besonders an. Wie eine Umarmung, ein Gefühl von Heimat und Nostalgie, vermischt mit dem alten Geruch all meiner Kindheitserinnerungen.

Die Sonne brannte auf mir wie hundert Scheinwerfer, die nur auf mein Gesicht gerichtet waren. Ganz so, als ob ich endlich wieder die Hauptfigur in meinem Leben spielte und es ausnahmsweise um mich ging.

»Danke, dass du uns abgeholt hast, Stavo.« Stavo hieß eigentlich Stavros. Leider hatte ich es als Kind nicht geschafft, den Namen meines Cousins richtig auszusprechen. Raus kam Stavo, und so war es bis heute geblieben.

»Sicher doch. Aber, ähm.« Stavo guckte in den Rückspiegel und musterte mich mit seinen rostbraunen Augen. Dann Mathilda. »Mit dir hatte ich nicht gerechnet.«

»Unverhofft kommt oft, nicht wahr?« Mathilda gab Stavo neben sich einen Hieb auf den Oberarm und lachte mir mit einem verstohlenen Blick über die Schulter zu. Das hatte sie extra gemacht, weil so meine Mama reagiert hätte.

»Oh ja.« Stavros rieb die Stelle, an der Mathilda ihn geschlagen hatte.

»Wir haben dich vermisst, Cousinchen«, sagte Stavo zu mir.

»Ich euch auch.«

»Was ist mit mir?«, wollte Mathilda wissen.

»Dich auch, Mathilda.«

»Das will ich auch hoffen. Ich bin es schließlich gewesen, die dir Salbe gegen die Quallen auf deinen Hintern geschmiert hat, als wir noch klein gewesen sind.« Mathilda lachte laut auf. »Sag mal, das Auto ist sicher, oder?«

Eine berechtigte Frage, denn der uralte Fiat Panda 900 in Türkis wurde bestimmt fünftausendmal geflickt und zierte bereits die Kinderfotos meines Vaters.

»Bisher schon«, sagte Stavo und tat es mit einem Schulterzucken ab. Wie ich diese griechische Unbekümmertheit vermisst hatte. Okay, das war zu verallgemeinert. Eher: die Unbekümmertheit Panóramas. »Es werden sich alle freuen, dich, ähm, euch zu sehen.«

Komischerweise trafen mich seine Worte mitten ins Herz, und ich war urplötzlich sehr gerührt von der Selbstverständlichkeit, mit der Stavo uns abgeholt hatte. Mit glasigen Augen lehnte ich mich an die warme Scheibe und ließ die Umgebung an mir vorbeiziehen. Eine lange Allee von Oleandersträuchern mit rosa und weißen Blüten zierte die Straße links und rechts.

Mathilda hatte die Sonnenblende über sich runtergeklappt, und ich erkannte ein Schmunzeln auf ihren geschwungenen Lippen. Wieder verbanden wir uns im Geiste. Instinktiv spähte sie auch hinein und sah mich an. Ich nickte ihr fragend zu.

»Hast du auch wie früher dieses Kribbeln im Bauch, weil du weißt, es folgt eine herrliche Zeit?«, meinte sie.

Jetzt war ich diejenige, die schmunzelte. »Ich weiß genau, was du meinst.«

»Und …« Sie schluckte, was ich auch durch den Spiegel sah, obwohl ich auf dem Rücksitz saß. »Ach, egal.«

»Spuck's aus.« Stavo sah zu ihr und stupste sie an.

»Okay, okay, solange du wieder auf die Straße schaust.« Meine Mathilda …

»Wir warten«, sagte Stavo grinsend. Er hatte nicht vergessen, wie man etwas aus Mathilda herausbekam.

»Ich, keine Ahnung, warum ich gerade so sentimental bin. Bei euch … Also, immer, wenn wir hier gewesen sind, habe ich mich weniger allein gefühlt.«

Solche emotionalen Ausbrüche hatte Mathilda eher selten. Normalerweise sprach sie nie darüber, dass sie keine Verwandten hatte beziehungsweise niemanden davon kannte.

Ich antwortete: »Mathilda, du bist niemals alleine und …«

Stavo fiel mir mit einem lauten Zungenschnalzen ins Wort. »Was laberst du? Wir *sind* deine Familie. Also echt.« Stavo warf einen kurzen Blick zu Mathilda und äffte sie dann nach: »*Als hätte ich auch eine Familie?*« Er schüttelte den Kopf. »Du gehörst dazu.«

Stavo hatte oft eine unverblümte Art. Doch genau damit traf er häufig mitten ins Schwarze.

Mathilda nickte. Ich kannte sie. Sie war gerührt und wollte nicht weinen. »Ihr habt recht. Danke.«

Geschickt wich Stavo kleinen Löchern im Asphalt aus, er schien sie alle auswendig zu kennen.

Von Stavos offenem Fenster wehte würzige Luft zu mir nach hinten. Ich legte meinen Kopf in den Nacken gegen die Kopfstütze des tausendmal geflickten Rücksitzes und atmete tief ein. Als ich mein Fenster öffnen wollte, hielt ich plötzlich den Griff der Fensterkurbel in der Hand. »Äh.«

Stavo hatte das Geräusch gehört. »Die funktioniert schon ewig nicht mehr. Nur mein Fenster ist noch intakt. Betonung auf *noch*. Steck es wieder drauf.«

Die Menschen auf Panórama waren meisterhaft darin, die einfachsten Überbrückungen für Probleme zu finden, sodass man sich der Lösung frühestens Jahrzehnte später stellen musste.

Memo an mich: Mir davon eine Scheibe abschneiden.

»Wie kommt es, dass die Schrottlaube überhaupt noch fährt?« Meine beste Freundin zupfte an dem Innenleben von Stavos Sitz, dessen Bezug an der Lehne aufgeplatzt war. »Ist das giftig?«

»Was? Nein. Das ist Polsterung.« Stavo fuhr über ein Stoppschild, worauf ein Hupkonzert folgte.

»Wir werden sterben.« Mathildas Flüstern erreichte mich, und mit einem Blick über ihren Sitz erkannte ich ihre verkrampften Hände, die sich nun in ihren Sitz krallten.

Mein Cousin klopfte auf das Lenkrad seines Autos und atmete tief ein. »Na ja, ihr kennt meinen Papa. Der repariert alles.«

»*Thio* Sakis. Wie geht's ihm?« Mathilda nickte anerkennend.

»Nicht unterzukriegen, aber seitdem er die Leukämie überlebt hat, ein wenig sehr religiös geworden.«

»Dein Papa hatte Leukämie? Warum weiß ich nichts davon?« Mathildas Miene spiegelte ihre Sorge wider, und ich war bestimmt ebenso schockiert.

Die lange Pause und das Kratzen am Kopf erklärten alles. Das folgende »Ähm« schloss die Beweislage ab.

»Stavo, wieso habt ihr nichts gesagt?«, hakte ich nach.

»Er hat nicht gewollt, dass es jemand weiß. Kennst den alten Sturschädel.« Das letzte Wort brachte mich zum Schmunzeln, hatte es ihm doch meine Mama beigebracht. Er verwendete es immer noch.

In meinem Kopf hörte ich meine Mama, wie sie sagte: *Tja, dein Vater ist genauso ein Geheimniskrämer.* Sie liebte es, nach jedem noch so kleinen Strohhalm zu greifen, um das Gespräch auf meinen Vater zu lenken.

»Tut mir leid, Stavros.« Mathilda riss mich aus den Gedanken. Schluss damit, Mama war Tausende Kilometer entfernt.

»Mir auch, Stavo.« Bei der Vorstellung an die Krankheit und wie es der Familie gehen musste, verknotete sich mein Magen.

»*Ola kala*, ist ja gut ausgegangen.« Alles gut …

»Arbeitet er noch?«

»Nein, selten. Für, na ja …«

Warum druckste er so herum?

»Freunde.«

Oh, er meinte, ohne Rechnung. Auf die Hand. Alles klar.

»Bekommt ihr das hin?« Mathilda kramte in ihrer Tasche und holte Desinfektionstücher heraus, mit denen sie einen klinischen Duft ins Auto brachte.

»Natürlich. Aber heute ist ein guter Tag. Ihr seid da. Weg mit der bedrückten Stimmung.« Stavo drehte das Radio mit einem Zahnstocher lauter. Der Regler dafür fehlte. »Ist das auch nicht giftig?« Er deutete auf Mathildas Desinfektionsmittel.

»Haha.« Das nächste Tuch folgte.

»Vasilissa« von Eleni Foureira dröhnte aus den Lautsprechern. Der Rhythmus packte mich, und ich fühlte mich beschwingt, nicht wie eine Königin, wie der Titel des Liedes übersetzt lautete, aber wenn ich es noch ein-, zweimal hörte, würde sich das ändern. Der Song schepperte aus den Lautsprechern, die Stavo hinter den Sitzen eingebaut hatte, weshalb der massierende Bass meine Glieder entspannte. Stavo sang laut mit, meine beste Freundin klatschte, und ich summte mit. Eventuell ließ ich mir auch das ein oder andere Nicken zum Takt nicht nehmen. Draußen erkannte ich weitere Oleandersträucher und Pinien, die zusammen mit den Olivenbäumen grüne, weiße und rosa Tupfer in die Umgebung malten, und das erste Mal seit Langem war ich so richtig ausgelassen.

Wir bogen in eine verwinkelte Straße ein, die immer enger zu werden schien. Ich hoffte, dass uns kein Auto entgegenkam, während wir uns durch die Gasse schlängelten, vorbei an winzigen Häusern mit großen Gärten, gigantischen Terrassen und Veranden, auf denen Familien tratschten und lachten.

Am Straßenrand saßen Omas und unterhielten sich angeregt. Jetzt spürte ich Heimweh nach diesem Ort, obwohl ich mich doch genau hier befand.

Die nächsten Minuten folgten wir sämtlichen Windungen des Straßenlabyrinths, bis es steil bergab ging. Die engen Serpentinen hinab zum Meer hatte ich nicht vermisst und schon gar nicht den Gegenverkehr, bei dem ich mir jedes Mal dachte, es wäre unmöglich auszuweichen. Da wir die Überfahrt von Santorini nach Panórama mit der rostigen Fähre überlebt hatten, wollte ich nicht in einem Unfall kurz vor dem Ziel sterben.

Aber Stavo kannte sich aus. Und schließlich fuhren wir unter einem Bogen aus Blumen hindurch, der über der Straße hing. Das Willkommensschild des Heimatortes meines Vaters. Das eigentliche Schild sah aus wie ein Schwimmreif, auf dem ein Pelikan, ein Fischernetz und einige Fische klebten.

Es sah alles aus wie immer. Wohin das Auge blickte, standen wilde Pistaziensträucher in ihrer dunkelroten Blütenpracht. Feigenbäume bewegten sich sanft im Wind und vermischten ihren süßen Duft mit dem salzigen des Meeres. Drillingsblumen wuchsen die Häuser hinauf und verliehen der eher trockenen Landschaft lila, pinke und rote Farbverläufe. Einzig die hohen Agavenbäume mit den nestähnlichen Blätteransammlungen an den Zweigen spendeten ein wenig Schatten, als wir unter ihnen hindurchfuhren. Eine innere Wärme verdrängte mit einem Mal den Stress und die Anspannung der letzten Monate.

Für mich gab es keinen schöneren Ort auf diesem Planeten. Das Meer tauchte vor mir auf, als legte es mir die Welt zu Füßen. Ein blauer Teppich, der darauf wartete, beschritten zu werden. Das sanfte Grollen, wenn die Wellen gegen die Steine schlugen, diese Begrüßung hörte ich gerne. Kein Zweifel, diese Gegend war atemberaubend. Ich war zu Hause.

Stavo bremste scharf und zog die mit Klebeband umwickelte Handbremse mit einer Schnur an.

»Lady und Lady? Seid ihr bereit?«

Kapitel sechs

Stavo trug unsere Koffer die Stufen hoch zur Veranda, wo Efeu sich um Tür- und Fensterbogen wickelte und Terrakottavasen und Pelargonien die Stufen zum Haus dekorierten. In der Ferne hörte ich das Glockenläuten der kleinen Kapelle am Meer, und der Geruch von Oregano schlich sich in meine Nase. Ich machte mich bereit, meine Tante zu überraschen, und hob meine Hand, um anzuklopfen. Da riss jemand die Tür von innen auf.

»Eleni!« Die Arme weit ausgebreitet, ein breites Grinsen im Gesicht und Augen, die heller als die Sonne strahlten. Da war sie.

»Anna.« Stocksteif blieb ich stehen, selbst, als sie mich umarmte und ihre explodierte Lockenwicklermähne mir ins Gesicht schlug. Woher wusste sie, dass ich hier war? In Zeitlupe drehte ich meinen Kopf durch das dichte Haar und fixierte Stavo.

Er grinste unschuldig. »Du weißt, ich kann nichts für mich behalten, *Xadelfoula*.«

»Stavros.« Meine beste Freundin knuffte ihn in die Seite und zog meine Tante Anna zu sich.

»Ach, kommt. Wir sind eine Familie. Man erzählt sich so was.« Mit seinem frechen Dackelblick konnte ich Stavo nicht böse sein.

Belustigt schüttelte ich den Kopf und fiel meiner Tante gebührend ausführlich in die Arme. »So lange ist es her«, sagte ich.

Anna schob mich ein Stück von sich und musterte mich skeptisch. Ihr markantes, leicht männlich wirkendes Gesicht sah aus wie früher. Sie strich sich die Haare zurück, die danach weiterwippten, als wären sie ein eigenes lebendes Wesen.

»Warum bist du so dünn? Kocht deine Mama nicht für dich?« Bestimmt ging sie im Kopf alle Gerichte durch, die sie mir kochen musste. Unter ihrem strengen Blick kam mir die Sonne noch heißer vor. Ohne meine Reaktion abzuwarten, sah sie an uns vorbei, als würde sie etwas suchen, und stieg dann die Veranda hinab.

»Wo ist dein Mann?« Übertrieben legte sie sich die Hand an die Stirn, als würde sie in die Ferne blicken, und nahm selbst den Boden unter Stavos Auto unter die Lupe.

Ich konnte nicht anders und lachte. Was ich nicht vermisst hatte? Die Frage nach Mann, Kindern, mehr Gewicht auf den Hüften, Haus und ob unsere Politik auch den Bach hinunterging. Genau in dieser Reihenfolge. »Du wirst keinen Mann finden, Anna.«

Anna beäugte mich und zählte irgendwas mit ihren Fingern. »Du müsstest doch neunundzwanzig sein?«

»Mama, lass sie doch.« Stavo trommelte mit den Fingern auf dem Koffer meiner besten Freundin herum.

»Sag es ihr nur.« Gefundenes Fressen für Mathilda, die das zu sehr genoss.

»Pass auf, Mathilda, hinter dir ist eine giftige Schlange.« Mathilda sprang erschrocken vor und sah sich um. Meine Rache gelang.

»Ihr seid gemein.« Mathilda stellte sich auf die erste Treppenstufe.

»Wie lange bleibt ihr? Wir haben einiges zu tun mit dir, Eleni.« Für Tante Anna stellte ich wohl eine lebende Baustelle dar. Sie stemmte ihre Hände in die Hüften, und das schmutzige Geschirrtuch über der Schulter rundete ihren typischen Anna-Look mit dem Batikkleid, das sie so oft trug, perfekt ab.

»Ach, ich weiß nicht, vielleicht zwei Wochen?« Ich räusperte mich.

Das Geräusch von zerspringendem Glas drang von drinnen zu uns heraus, erlöste mich.

»Mein Gott! Das gibt es nicht. Die Truppe darf keine Sekunde alleine sein.« Anna stürmte an mir vorbei.

Mathilda, Stavo und ich eilten hinter ihr her. Der Marmorboden, die Pflanzen, die Bilder und die Vitrinen voller Kupferkannen und Andenken an Reisen waren mir wohl vertraut. Das und der Geruch von Kakao und dem griechischen Hefezopf *Tsoureki,* den Anna nicht nur am Osterfest servierte, sondern ganzjährig. Niemand machte ihn besser. Meine Knie wurden weich dank all der Kindheitserinnerungen, die mich durchströmten.

Wir folgten ihr durch den großen Eingangsbereich. Aber was war das? Vor dem Ganzkörperspiegel war ein riesiger Altar errichtet worden mit Bildern der Jungfrau Maria und Jesus. Stavo warf mir einen vielsagenden Blick zu. Ja, mein Cousin hatte nicht übertrieben. Wir bogen im Flur ab und gingen direkt nach hinten in den riesigen Garten hinaus.

Mein Mund klappte vor Erstaunen auf. Da standen sie alle, meine griechischen Verwandten und riefen »*Kalos ilthate,* herzlich willkommen!«

Die Drei-Opas-Band, die aus drei älteren Herren bestand und die ich schon von früheren Besuchen kannte (und die in Wirklichkeit natürlich ganz anders hieß), spielte auf einer kleinen *Bouzouki*-Gitarre, einer noch kleineren *Baglamas*-Gitarre und einer Trommel. Die Männer stimmten ein griechisches Volkslied an, zu dem mein Vater früher gern getanzt hatte. So lange hatte ich den Rhythmus nicht mehr gehört. Mein Onkel, weitere entferntere Verwandte, Cousins und Cousinen klatschten mit.

»Hopp, hopp!« Mein Onkel Athanasios tanzte abgehackt wie

eine Marionette zu mir und nahm mich an der Hand. Ich freute mich, gleichzeitig war es mir unangenehm, ich fühlte mich steif beim Tanzen, als hätte ich einen Stock im Arsch.

Meine beste Freundin, im Geiste irgendwie mehr Griechin als mein Vater und ich zusammen, schwenkte die Hüften ohne Scheu. Sie schnappte sich meine Tante Anna, und sie tanzten gemeinsam mit erhobenen Armen. Das sonnengelbe Kleid meiner *thia* wirbelte umher. Ich warf tanzend meinem Cousin Stavo einen Bring-mir-Alkohol-Blick zu, und er verstand sofort. Nach und nach tanzte ich mich aus dem Fokus meiner Verwandten zu meinem Cousin hin und schnappte mir in der Drehung ein Glas mit einer klaren Flüssigkeit. Ex und weg. Perfekt zum Takt knallte ich das Glas auf den Tisch.

»Trink, Cousinchen, ist lecker, nicht? Was glaubst du, wie viele Gläser ich davon getrunken habe, bevor ich euch geholt habe?«

»Nicht dein Ernst!«

Klatschend tanzte er von mir weg, um einer Antwort zu entkommen. Was für ein Strolch.

Abseits schenkte ich mir *Tsipouro* nach. Ich stieg aus meinen Sandalen. Das Gras kitzelte meine Füße. Ich stand unter einem der unzähligen Olivenbäume des Gartens und musste an den einen Sommer denken, in dem *thia* Anna zehn Hunde von einer Auffangstation aufgenommen hatte – wegen eines Rohrbruchs. All die Hunde waren mit Mathilda, Stavo und mir zwischen den Bäumen herumgetollt.

Ich spazierte zum Ende des weitläufigen Gartens und blieb am Zaun stehen. Ich roch das Meer, bevor es sich vor mir auftat. Es strahlte mir in sämtlichen Blauschattierungen entgegen. Einige Straßenkatzen beobachteten das Spektakel. Ein kleiner Hund mit weißem Fell und einem braunen Fleck rund um das Auge machte es sich auf dem felsigen Abschnitt zwischen dem Zaun und dem

Meer gemütlich. Und war das daneben etwa ein Pelikan? Er sah fast so aus, als passe er auf den Hund auf. Als der Pelikan mich erblickte, öffnete er seinen langen, bauchigen Schnabel, ohne einen Laut zu machen. Stattdessen hob er ab und flog in Richtung der Tavernen am Strand des Örtchens.

»Warum versteckst du dich hinter all den Bäumen, Helena?« Wenn mein Onkel mich bei meinem Namen ansprach, klang es nach Elena statt Helena.

»Hallo, *thio* Athanasios. Es ist so schön, dich zu sehen.«

»Du und dein Vater seid die Einzigen, die nie Sakis zu mir sagen.« Er wirkte schmaler als früher, aber die Güte in seiner Stimme war geblieben. Seine Lippen wirkten immer, als wären sie in einem Kussmund stecken geblieben.

»Wie geht's meinem Bruder?«

»Gut, glaube ich, wir haben uns länger nicht gesehen.«

»Eleni.«

Dieses vorwurfsvolle »Eleni« brauchte ich heute nicht. »Ich weiß, aber ich will ihn nicht sehen. Er hat genug zu tun mit seinem neuen Leben.«

»Du bist seine Familie.«

»Ja, ja. Aber wie kann er Mama im Stich lassen? Nach all den Jahren?«

»Dein Vater hat geglaubt, etwas zu verpassen.«

»Armer Kerl.« Mein sarkastischer Unterton triefte aus jedem Wort. Schweigend blieben wir nebeneinanderstehen und ließen das Meer auf uns wirken. Salzwasser spritzte fast bis zu uns, als sich die Wellen an den Felsen unter dem Zaun brachen. »Wie geht es dir?«

»Stavro hat's erzählt?«

»Mhm.« Gab ich zu. »Wir hätten dich besucht. Euch helfen können.« Ich hatte das Gefühl, mich erklären zu müssen.

»Shht. Alles ist vorbei. *Ola kala.*« Er küsste seinen Zeigefinger und deutete nach oben. Zum Himmel.

»Hauptsache ist, dir geht es gut.«

»Du hast schon immer zu viel an andere gedacht.« Mein Onkel deutete auf mein Glas.

Ich lachte, prostete ihm zu und kippte den Inhalt in meinen Mund. »Wenn ich dir bei irgendwas helfen kann, sag Bescheid, einverstanden?«

»Du bist Gast bei uns. Entspann dich. Glaub mir, durch die Krankheit hab ich gemerkt, dass dir niemand harte Arbeit dankt. Danke dir selbst, und sei auf dich stolz.«

Es raschelte. Die Äste bewegten sich. Ehe ich mich umdrehen konnte, hörte ich eine Stimme.

»Helena!« Das klang nach einem besorgten Rufen von Stavo.

»Komm schnell, Mathilda geht's nicht gut.«

Kapitel sieben

Um meine beste Freundin standen einige Leute. Sie lag auf einer Decke. Meine innere Pessimistin grub sich aus den Tiefen meines Ichs hervor. Ich sah schon, wie ich weinte und mir Särge aussuchte.

»Was ist passiert?«

»Sie ist gewankt.«

»Mir geht es besser«, unterbrach Mathilda meine Tante Anna.

»Bist du sicher? Willst du nicht lieber ins Krankenhaus?« Mit gerunzelter Stirn sausten meine Hände über Mathildas Körper und tasteten sie ab. Leider reichten meine Grey's-Anatomy-Kenntnisse nicht, um zu erkennen, ob ihr etwas fehlte.

»Ärztliches Personal, pah.« Hörte ich meinen Onkel zischend. Anna sagte nichts. Ihr Mund wurde zu einem Strich.

»Mir geht es ausgezeichnet.«

»Mathilda, bitte«, ermahnte ich sie. Obwohl sie ständig zu ihrer Ärztin rannte, wollte sie sich wegen ihres Schwindels nicht untersuchen lassen.

»Der Flug, der Wetterumschwung, ich habe nichts getrunken, bis auf den Retsina.«

»Bist du sicher?« Ich fasste ihr an die Stirn, streichelte ihre schwitzige Haut.

»Ja, *louloudi mou.*« Ein schiefes Grinsen schlich sich in Mathildas Gesicht. Ein wenig wunderte mich Mathildas Reaktion. Normalerweise würde sie sofort nach Symptomen einer Gehirnblutung googeln.

»Dann leg dich wenigstens in die Hängematte.« Stavos Vorschlag kam mir sinnvoll vor. »Und trink mal etwas Wasser.«

»Ouzo. Bringt sie gleich in Schwung.« Keine Ahnung, wer das gesagt hatte, aber dem stimmten alle zu.

Mein Onkel und mein Cousin halfen Mathilda auf. Anna holte Wasser. So schnell, dass sie vor dem Eingang ausrutschte und beinah hinfiel. Selbst die Drei-Opas-Band, die seit Jahrzehnten auf der aufgeweckten Insel auftrat, philosophierte darüber, in welchem Winkel sie die Beine hochlagern musste.

Andere fächerten ihr Luft zu oder füllten Ouzo nach. Anna stand schon wieder bei ihr, tätschelte ihre Hand, flößte ihr Wasser ein und sagte etwas, wofür ich außer Hörweite war.

Als Mathilda kurze Zeit später wieder rosige Wangen hatte und es sich für ein Stündchen in der Hängematte gemütlich machen wollte, um sich auszuruhen – sie war nach ihrer Googlesuche jetzt felsenfest davon überzeugt, ein Aneurysma im Kopf zu haben –, zog ich mir schnell was Luftigeres an, schnappte mir meine Korbtasche und ging zum Strand.

Was ich an Panórama liebte? Den ruhigen weißen Sandstrand, der sich um die ganze Insel zog. Auch, wenn es manchmal Probleme mit der Müllbeseitigung gab, achteten die Leute Panóramas penibel auf Sauberkeit. Algenberge fanden sich kaum, anders als auf umliegenden Inseln. Eine sanfte Brise wehte mir die Haare um die Ohren. Mein Wickelkleid flatterte fröhlich mit.

Im Gehen spürte ich den Sand, der zwischen den übergroßen geliehenen Schlappen meines Onkels flog. Meine hatte ich im Koffer nicht gefunden, und meine geschlossenen Schuhe waren mir mittlerweile zu warm.

Der Himmel stand dank der untergehenden Sonne in Flammen, und die Wellen darunter brannten. Dunkelheit breitete sich langsam aus. Ich musste an meinen Opa denken, der oft mit mir abends am Strand das griechische Backgammon *Tavli* gespielt und Cola getrunken hatte. Er hatte mir erzählt, in Griechenland sage man, die schwarze ruhige See verwandle sich unter dem feurigen Sonnenuntergang in dickes, an der Oberfläche waberndes Öl.

Mein Magenknurren riss mich aus meinen Gedanken. Im Garten meiner Tante hatte es zwar Unmengen von Köstlichkeiten gegeben, doch durch die Gespräche war ich kaum dazu gekommen, etwas zu essen. Schwungvoll drehte ich mich um. Vor mir lagen einige Tavernen nebeneinander, und ich beschloss, mir ein Dinner for One zu gönnen. Wie hatte mein Onkel vorhin gesagt? *Gönn dir was.*

Mit der Korbtasche unterm Arm steuerte ich die erstbeste Taverne an. Ich schlenderte zwischen den Tischen am Strand hindurch. Ein älterer Kellner näherte sich sofort mit hoffnungsvoller Miene und redete derart eindringlich auf mich ein, dass ich überfordert direkt das Weite suchen wollte. Ich setzte ein unschuldiges Lächeln auf und huschte peinlich berührt an seinem Lokal vorbei. Etwas weiter vorne erblickte ich die nächste Taverne. Bei dem Namen klingelte etwas. *Ax! Maria! Ax!* Auf Deutsch hieß das *Ach! Maria! Ach!* Handelte es sich nicht um die Stammtaverne meines Opas? Jedes Mal, wenn wir den Sommer in Panórama verbracht hatten, waren wir an unserem ersten Abend hierhergekommen.

Jedoch schien sie generalrenoviert. Wobei die Taverne nichts von ihrem traditionellen heruntergekommenen Charme eingebüßt hatte. Im Gegenteil, die neuen Dekoelemente unterstrichen das Traditionelle, weil es nicht so möchtegern-modern gemacht war, sondern gemütlich.

Das Haupthaus zum Drinnensitzen für den Winter und die Küche glichen einem alten griechischen Steinhaus. Neu schien die Glasfront, an der Dekofische und Seesterne hingen.

Ich entschied mich dafür, draußen sitzen zu wollen, und ging über die schmale Straße vorbei an den überdachten Sitzmöglichkeiten direkt zu den Tischen am Strand der Taverne.

Aber warum saß keine Menschenseele hier? Ein selbst gemachter uriger Holzweg führte mich zum Tisch direkt am Meer. Vorbei an Fackeln und bunten Paletten, die als Zaun zu den benachbarten Tavernen dienten.

Ich setzte mich und verliebte mich sofort in die ineinander verschmolzenen Kerzen im Windlicht und die leeren Weinflaschen auf den Tischen, aus denen Pflanzen wuchsen.

Zwei uralte Bäume oberhalb des Strandes reckten ihre Äste bis zum Meer. Daran hingen verschiedenste Einmachgläser, gefüllt mit elektrischen Kerzen, und farbenfrohe Lichterketten schlangen sich um die Zweige des Baums. Das Stroh meines Binsenstuhls pikte gar nicht, wie es oft der Fall war.

Die anfängliche Begeisterung verflog jedoch, als ich nach zwanzig Minuten noch immer alleine dasaß. War der Laden doch zu? Ich kannte es, dass in Griechenland einiges länger dauerte. Eigentlich konnte ich abschätzen, wann meine deutsche Überpünktlichkeit begann und die griechische Gelassenheit ihr Ende fand.

Eine Chance gab ich der Taverne noch, weswegen ich mein Handy aus der Tasche fischte. Es dauerte, bis ich ein Selfie zustande gebracht hatte, das ich nicht fürchterlich fand. Noch zwei, drei Bilder und ab mit der Collage an meine Mama.

Gleich danach die Antwort.

Na endlich. Habe gedacht, du bist abgestürzt.

Typisch Mütter.

Sorry, Cousin hat meine Ankunft gespoilert. Wie du mir das Ende von der letzten Grey's-Anatomy-Staffel. Und dann hat Chaos geherrscht.

Sie sendete mir ein Selfie, auf dem sie mit einem fetten Eiscremebecher auf der Couch saß. Im Gesicht eine Heilerde-Maske.

Mit rebellischem Stolz tippte ich auf die Frontkamera und beschloss, das schönste Strandselfie der Welt zu machen. Stattdessen erkannte ich auf dem Bildschirm meines Handys den Kellner hinter mir.

Vor Schreck zuckte ich zusammen, das Handy rutschte mir aus der Hand und fiel auf den Tisch. Die Flasche mit der Pflanze und das Kerzenglas klirrten aneinander. Peinlich berührt drehte ich mich um.

Ein grinsendes Gesicht erwartete mich. Das spitzbübische Lächeln toppte nur der Schalk, der ihm aus den karamellbraunen Augen blitzte. »Ich wollte nicht stören.«

»Nein, ich wollte, äh … meinen Lidschatten überprüfen.« Puh.

Seine Lippen, von denen die untere ein Ticken voller war als die obere, verzogen sich wieder zu diesem Lächeln. Als hätte er etwas ausgefressen.

»Alles klar.« Jetzt zwinkerte er mir auch noch zu. Er glaubte mir nicht.

»Darf ich bestellen?«

Seine Mimik veränderte sich sofort. Eine Mischung aus Freude und Erschrockenheit.

»Selbstverständlich.« Er holte ein schlichtes Tuch, räumte die Deko ab, und nachdem er die Tischdecke windfest gemacht hatte, stellte er sie wieder darauf. »Was darf es sein?«

Er wirkte jetzt etwas gehetzt, und ich fragte mich, woher ich wissen sollte, was er anbot? Er streichelte seinen getrimmten Vollbart, wie es oft nervöse Menschen taten, wenn ich sie für eine Instagram-Story interviewt hatte.

»Oh, die Karte. Ich Esel.« Er sprang vor zu den überdachten Sitzplätzen, holte eine Karte und brachte sie mir.

Die Speisekarte stand der liebevollen Dekoration in nichts nach. Sie sah aus wie eine Muschel. Aufgeklappt schimmerte es, und überall waren kleine hervorgehobene Perlen wie im Inneren einer echten Muschel. Noch mehr erstaunten mich die Preise. Billig, wenn nicht sogar günstiger als üblich für diese Gegend mit weniger Tourismus.

»Bist du neu?«, fragte ich ihn spontan.

Seine Schultern verloren an Spannung, und ein Schatten huschte über sein Gesicht. Jetzt hatte ich ihn gekränkt, und ich fühlte mich schlecht.

»Ja, aber die Taverne gehört mir.«

»Deswegen sieht es anders aus.«

»Du kennst die Taverne?«

»Ja, ich, also mein Vater kommt von hier. Ich war hier früher oft mit meinem Opa.« *Bis mein Vater uns verlassen hat, bis er* mich *verlassen hat,* fügte ich gedanklich hinzu.

Ich hatte anscheinend sein Interesse geweckt. Blitzschnell schob er den Binsenstuhl zurück und setzte sich zu mir an den Tisch. Er legte den Kopf schräg, als versuche er, mich zu erkennen.

»Meine Mutter ist Deutsche, meine Eltern haben sich kennengelernt, als Mama mit ihrem Wohnmobil eine Panne auf Panórama hatte. Sie hat es gerade noch hierher geschafft, und mein Vater und mein Onkel haben ihr in der Werkstatt geholfen.«

Diese Geschichte drückte mein Herz sanft zusammen. Es schmerzte. Bilder an die glückliche Zeit meiner Eltern und mir in Panórama kamen hoch.

»Dann ist alles schnell gegangen, und er ist nach Bayern mitgekommen.«

»Du klingst nicht wie eine Bayerin.«

»Meine Mutter ist von dort. Wir sind nach ein paar Jahren nach Sylt gezogen. Meiner Uroma hat dort ein Haus gehört. Das haben wir aber mittlerweile verkauft und sind in eine Wohnung gezogen.«

»Wahnsinn. Wie klein die Welt ist. Ich bin vor ein paar Monaten nach Panórama zurückgekommen. Ich habe unter anderem in Stuttgart gelebt.«

Mein Magen knurrte wieder.

»Entschuldige, du hast Hunger.« Urplötzlich schien ihm aufzufallen, dass er sich zu mir gesetzt hatte. Er sprang auf. »Was soll ich bringen?«

»Ähm. Zum Trinken eine Flasche Wasser.«

»Die gibt es sowieso dazu.«

»Dann eine Cola. Und etwas Rotwein bitte.«

»Notiert.« Er hob den Stift neben seine Schläfe, als wäre ihm ein Licht aufgegangen. »Ich habe eine Idee. Wie wär's mit einer Überraschung, ähm, wie heißt du?«

»Helena. Oder Eleni.«

»Eleni. Na, was hältst du davon?«

»Gerne!« Ich suchte vergeblich ein Namensschild.

»Christos.« Sein Name klang wie Musik in meinen Ohren.

Ich klappte die Karte zu und gab sie ihm mit. Christos warf mir wieder dieses Schmunzeln zu. Doch ehe er sich umgedreht hatte, knallte etwas gegen den Palettenzaun.

Kapitel acht

»Ach, verdammt«, sagte Christos zum wiederholten Mal.

Als er aufgesprungen war, hatte ich mich ebenfalls reflexartig erhoben und folgte ihm nun. Wir eilten in die Richtung, aus der das Geräusch gekommen war.

Christos kletterte auf den Palettenzaun und inspizierte, was dahinter war. Ich tat es ihm nach, und da erkannte ich es. Zwischen den zwei Tavernen lag ein fünf Meter breiter Sandstreifen. Auf dem Boden schimmerten Glasscherben, und eine Flüssigkeit färbte den Sand dunkel. Ein komischer modriger Geruch stieg auf.

»Nichtsnutz. *Malaka.*« Mit der flachen Hand schlug er gegen das Holz. Wie ich es vermisst hatte, jemanden auf Griechisch fluchen zu hören. Dass es bei Christos auch noch unglaublich charmant klang, zählte ich als zusätzlichen Bonus.

»Kinder?«

»Das sind keine Kinder gewesen.«

Selbst nach ein paar Augenblicken, in denen ich gewartet hatte, ob er eine Erklärung nachlieferte, kam keine, und ich wagte nicht, genauer nachzufragen. »Tut mir leid.«

»Nichts kann mir den Abend vermiesen. Schließlich hast du dir meine Taverne ausgesucht.« Der Schelm kehrte zurück. »Du willst also meine Spezialplatte?«

Irgendwie wirkte es falsch, nach diesem Vorfall so zu tun, als sei nichts passiert. Sein Blick kam mir vor, als flehte er, dass ich den Themenwechsel annahm. Im Grunde genommen ging es mich auch nichts an. Möglicherweise hatte er auch nur Angst, mich zu verschrecken?

»Wie kann ich zu einer Spezialplatte Nein sagen?«

»Ganz genau.« Er zeigte auf meinen Stuhl. »Also, Platz nehmen. Ich beeil mich.«

Ich erwiderte nichts. Auf Sylt hätte diese forsche Art mich gewundert. Aber ich kannte diesen griechischen Händlercharme nur zu gut, mein Vater hätte mich früher davor gewarnt.

Das Selfie mit dem Meer im Hintergrund, das wie ein Bronzeteller schimmerte, hatte ich als Social-Media-Profi flink geschossen und abgeschickt. Auf meine Mama war Verlass, sie antwortete sofort.

Du bist gemein. Ich komme!

Ich schnaubte belustigt und erwischte mich, wie ich durch den Instagram-Account des Magazins scrollte. Die Bilder waren gähnend langweilig, die Texte wenig originell, die Frauen auf den Fotos schlecht platziert, und die Kommentare waren deutlich weniger und negativer. Keine Story online. Mit einem Klick auf die Website erkannte ich auch, dass mein Ex-Chef die Kolumne eingestellt hatte.

Zwischenzeitlich eilte Christos mit einer Wasserflasche, einem Glas, einem Krug Rotwein und einer Coladose herbei.

»Danke, Christos. Genau, was ich brauche.« Nachdem er mir eingeschenkt hatte, leerte ich das erste Glas Rotwein schneller, als mir unter Beobachtung lieb war. Das zweite folgte.

»Na, du hast ja einen Durst!« Christos warf beim Lachen den Kopf in den Nacken, bevor er verschwand. Dieses ehrliche Lachen hatte ich vermisst. Ich kannte nur noch dieses geschäftliche Businessgelächter, um Kontakte in der Arbeit zu knüpfen oder Herrn Bienenmuster nicht zu verschrecken.

Mir fehlte meine Arbeit, die Kolumne, und ich merkte erneut, dass ich das, was ich machte, eigentlich liebte. Nur das Drumherum war einfach nicht zum Aushalten gewesen. Wie hatte ich das so lange nicht bemerken können?

Ich schüttelte den Kopf. *Urlaub, Helena. Urlaub.*

Ein paar Leute, die oben an der Straße spazierten, schielten interessiert zu mir. Sie tauschten Blicke untereinander aus. Gemurmel, das vom Wind bis zu mir getragen wurde und im sanften Klang der Wellen unterging. Was war ihr Problem? Unter anderem entdeckte ich auch ein befreundetes Ehepaar meiner Tante, das ebenfalls einen Feinkostladen mit Leckereien aus der Region betrieb. Störte es die beiden, dass ich in Christos' Taverne aß? Was entging mir hier?

Nachdem ich mich einige Zeit wieder in den Tiefen meines Smartphones verloren hatte, schienen auch die paar Leutchen, die mich skeptisch beäugt hatten, das Interesse an mir verloren zu haben. Vielleicht hatten sie auch nur gerätselt, wer ich war? Normalerweise sollten sie froh sein, wenn jemand Geld auf der Insel ließ, oder?

Doch ehe ich mich weiter damit beschäftigen konnte, sah ich Christos aus dem Hauptgebäude kommen. Durch die Glasfront des Häuschens erkannte ich, dass sich auch dort keine Gäste aufhielten. Panórama war leider meilenweit von einem Hotspot entfernt, dennoch saßen in den anderen Tavernen wenigstens ein paar Gäste. Christos' wunderschönes Lokal hingegen schienen sie zu meiden wie Internettrolle eine versöhnliche Diskussion. Was war hier los?

Christos eilte über den Weg zum Strand, balancierte dabei eine viel zu große Platte voller Essen und erreichte die überdachten Sitzmöglichkeiten, wo ich ihn aus den Augen verlor. Lange dauerte es aber nicht, bis er mit einem breiten Grinsen den Holzpfad im Sand erreichte und zu mir ans Meer kam. Seine stolze Haltung bekam nur einen kleinen Riss, als er ein, zwei Sekunden lang das Gleichgewicht verlor und eine Dekoweintraube von der Platte purzelte. Bis er bei mir angekommen war, hatte er sich wieder gefangen, und der wunderbare Duft des Essens eilte dem herrlichen Anblick, der sich mir gleich danach auftat, voraus.

»Wow! Wer soll das alles essen?« Ich klatschte lachend die Hände zusammen.

»Wie lang bleibst du denn hier?«

»Nicht ewig. Ich bin heute erst angekommen und bleibe nur, na ja.« Ja, wie lange? »Ein paar Wochen. Dann bin ich weg.«

»Oh, verstehe.« Hatte er gehofft, ich aß ihm jeden Tag den Kühlschrank leer? »Es freut mich, dass du in dieser kurzen Zeit in meine Taverne gefunden hast.« Etwas in seiner Mimik veränderte sich, als wollte er noch etwas ergänzen, behielt es aber für sich.

Christos schüttelte kurz den Kopf. »Das sollte zu schaffen sein, oder?« Er unterdrückte ein Grinsen und linste auf das Essen.

Binnen weniger Minuten platzte mein kleiner Tisch aus allen Nähten. Voll mit Leckereien, die meine Augen und meinen Mund wässrig machten. Mit der Gabel stach ich gierig in den *Choriatiki*, den Bauernsalat, und stopfte mir die köstlich aromatische Gurke und ein Stückchen Schafskäse samt einer Olive in den Mund.

»Mmh.« Sofort entspannten sich all meine Glieder. Dieser Geschmack: Sommer, Urlaub, Seelenheil und, na ja, Schafsmilch.

Etwas unschlüssig irrte mein Blick über die Teller und Schalen. Wo sollte ich weitermachen?

Christos stand daneben und schien auf meine Reaktion zu warten. Beherzt schaufelte ich etwas aus dem tiefen Teller mit den

Soutzoukakia. Die würzigen Fleischklößchen zerfielen im Mund, und der herzhafte Geschmack vermischte sich mit Kümmel und dem Zimt aus der Tomatensoße. Dazu ein Löffel *Kritharaki,* griechischen Teigreis. Mamma mia! Der Nachgeschmack breitete sich in meinem Mund aus, und meine Geschmacksknospen feierten eine wilde Party. Wahnsinnig präzise abgeschmeckt.

»Uuund?« Wie ein nervöses Kleinkind, das seiner Mama eine Zeichnung zeigte, stand er neben mir und wartete auf mein Urteil.

Mit der Serviette tupfte ich meinen Mund ab, gleichzeitig nutzte ich sie, um mein Lächeln zu verbergen. Danach setzte ich eine ernste Miene auf, um ihn zu ärgern. »Mhm, mhm.«

»Was? Nun? Sag!« Christos schien sich wieder zu erinnern, dass ich ein Gast war. »Ähm, bitte.«

»Wow, lecker. Du kochst wie ein alter Mann.«

Eine Welle von Falten zog sich über seine Stirn.

»Positiv gemeint. Wie bei meinem Opa, der sein ganzes Leben gekocht und es immer mehr perfektioniert hat.«

Das schien ihm gleich besser zu gefallen. »Alles von meiner Oma gelernt.«

»Die will ich kennenlernen.«

»Das wird schwer.«

Ich verstand sofort. »Ja, bei meinem Opa auch.«

Bevor die Stimmung in den Keller ging, beschloss er wohl, sich lieber zu verabschieden. Dabei wollte ich nicht alleine sein. Es tat gut, mit jemand anderem zu reden als mit meiner Mama, Mathilda oder meiner Familie. Trotzdem war da diese leise Stimme in meinem Kopf, die »Männerfluch« zischelte, und Gedanken, die mir Bilder zeigten. Bilder von den Verursachern des Männerfluchs. Meinem Vater, der mich im Stich gelassen hatte. Meinem Ex. Meinem Chef. So vielen mehr. Enttäuscht werden, verlassen werden, kleingemacht werden, all das hatte mich fest im Griff.

»Wie hast du das, ähm, Knoblauchpüree gemacht?«, rief ich ihm schnell hinterher, um ihn aufzuhalten. Mir war der Name entfallen. Die Stimme verstummte.

Er kam zurück: »*Skordalia*?«

»Ja.«

»Ganz einfach: eingeweichtes Weißbrot, ein paar Kartoffeln, Knoblauch, Zitrone, Olivenöl, Salz und Pfeffer. Ich hatte nur noch eine Zitrone da, wenn es zu wenig ist, hole ich eine von meinem Hausboot.«

Hausboot. Im Moment wirkte er auf mich wie jemand, der wusste, was er wollte, und für sich einstand. Ganz im Gegensatz zu mir.

»Es ist perfekt.«

Das knusprige gegrillte Brot fühlte sich saftig an, und ich tunkte es in das Püree. Knoblauch und Zitronen dufteten mir entgegen, und beim ersten Bissen wusste ich, das war der Himmel auf Erden. Und eine Knoblauchbombe, die mir jede Person und Moskitos im Umkreis von einem Kilometer vom Hals halten würde.

»Versuch das mal. Ich habe das Rezept nicht traditionell gemacht, sondern … Na ja, probier selbst.« Wie in Trance nahm er gegenüber von mir Platz und zeigte auf die Weinblattröllchen. Beinah mit mütterlicher Behutsamkeit gab er mir den Teller in die Hand und schob ihn mir entgegen.

Ich schnappte mir eines der gefüllten Weinblätter und biss hinein. In meinem Mund explodierten die Geschmacksknospen. Das Weinblattröllchen schmeckte zuerst, wie ich es kannte und erwartet hatte: nach Dill, Reis, Minze, Wein, säuerlich eben. Bis sich aus der Mitte eine dezente Soße ausbreitete, die fein nach Knoblauch schmeckte. Ganz gelang es mir nicht herauszufinden, was sich noch darin befand.

»Oh, mein Gott. Anders als erwartet, aber total lecker. Halte ich dich nicht von der Arbeit ab?«

Statt auf meine Frage einzugehen, breitete er seine Arme aus, und sein Kopf drehte sich langsam von links nach rechts. Da fiel es mir erst wieder auf: keine Gäste, keine Angestellten. Nur Christos und ich.

»Es tut mir leid, wenn ich zu direkt bin, aber wie kann es sein, dass dir die Leute nicht die Bude einrennen?«, fragte ich mit einem *Souvlaki*-Spieß in der Hand. Ich biss ab. Mann, Mann. Knusprig, würzig, rauchig, das Fleisch ganz zart.

Mehrfach leckte Christos sich über die Lippen, kaute darauf herum und strich sich mit den Händen über die Wangen.

»Ich wollte dich nicht in Verlegenheit bringen.«

»Nein, schon okay. Meine Großeltern sind von hier gewesen. Da ich erst seit Kurzem wieder in Panórama wohne, gehöre ich nicht dazu. Ich habe keine Verwandten mehr auf der Insel. Meine Mutter hat mich spät bekommen. Einen Bruder habe ich. Der ist irgendwo.«

Den letzten Satz sprach er leise aus, als wäre er verflucht. Okay, gemerkt: Bruder, kein Superthema. Meine Gedanken schweiften von seinem Bruder ab und wurden von einer anderen Frage abgefangen: Wo könnten Christos und ich uns begegnet sein? Sofort schossen mir frühere Urlaube in den Sinn. Nein, nicht Urlaube. Auf Panórama hatte ich ein zweites Leben gelebt. Mit einem Zuhause, mit Freunden, Freundinnen und einer Familie. Unweigerlich spürte ich wieder die griechische Sommersonne auf meiner Haut, nahm sie noch intensiver wahr. Die Gerüche all meiner Lieblingsspeisen, die Abende, in denen der Himmel sich in der Farbe einer Blutorange über uns ausbreitete. Später die Besuche in den Bars mit den gigantischen Cocktailgläsern. Ob Christos und ich uns dort begegnet waren? Seine Augen lösten etwas seltsam Beruhigendes in mir aus. Gebannt von seiner Aura, fühlte ich mich wohl.

»Eleni? Zu sehr geschockt von meiner Familiengeschichte? Dann mache ich lieber nicht weiter.«

»Oh! Nein, sorry. Ich habe nur … nachgedacht. Ja, es ist für alle schwer. Panórama wird weitgehend vom Massentourismus verschont. Fluch und Segen zugleich.« Mein Onkel hatte sich früher oft gewünscht, dass mehr Reisende mit kaputten Autos zu ihm kämen. »Nicht leicht das alles.«

»Nein, ganz und gar nicht. Und dazu kommen, na ja.« Christos legte eine Pause ein. »Andere Ursachen. Du bist heute mein erster Gast.«

Ich deutete mit der Spießspitze fragend auf mich. Die Erste? Oregano rieselte auf das Tischtuch und hatte dort gute Gesellschaft, denn beim Essen benahm ich mich nie ladylike. Neben meinem Oreganonest fanden sich kleine Seen aus Tomatensoße und winzige Krümel vom Schafskäse.

»Sind die *Souvlaki* auch nicht zu hart?«

»Machst du Witze? Die Spieße müssen unter die Leute kommen.« Ich überlegte. »Mach mehr Werbung.«

»Wie? Soll ich mich mit einer Trompete und einem Schild um den Hals an die Straße stellen? Oder vom Olymp hinunterrufen? Zum Beispiel: *Hey, kommt auf unsere Insel, ich betreibe dort eine von vielen Tavernen.*«

»Wir sind nicht im Mittelalter. Schon mal was vom Internet gehört?«

»Davon habe ich keine Ahnung. Und Angestellte, die mir mit solchen Dingen helfen, kann ich mir nicht leisten, wenn, dann nur ein paar Aushilfen.«

Da kam mir eine Idee. Hundertprozentig hatte ich zu viel Wein intus. »Eventuell gibt es eine Möglichkeit.«

Christos spitzte sichtlich die Ohren. »Ich bin für alle Vorschläge dankbar.«

»Sicher?«

»So was von.«

»Also.«

»Helena?« Eine Stimme ertönte von der Promenade, und ich konnte sie auch sofort zuordnen.

Synchron drehten wir uns in die Richtung, aus der mein Name erklungen war. Mathildas wunderschönes Haar schlug leichte Wellen, und das vertraute Grinsen, das Grübchen in ihre Wangen bohrte, würde ich überall wiedererkennen.

Kapitel neun

»Mein Schatten.« Das sagte ich eher zu mir selbst, bevor ich mich räusperte und hinzufügte: »Meine beste Freundin.«

Vom Gehweg hopste sie die Stufen hinunter und eilte zu uns an den Strand.

»Da bist du ja. Wir haben haufenweise zu essen, du hättest nicht in die Taverne gehen müssen.« Sie redete wie ein Wasserfall, und ich wünschte mir, das Meer würde sich auftun und mich verschlingen. »Hast du dich wieder nicht getraut, etwas zu sagen? Du isst niemandem etwas weg. Anna und Sakis haben gedacht, du schläfst. Denk nicht so viel nach.« Das fasste meine gesamte Person perfekt zusammen.

Christos schien die Szenerie besonders lustig zu finden. Er stützte sich mit den Ellbogen auf dem Tisch ab und hörte meiner besten Freundin grinsend zu.

»Mathilda.«

»Ja? Oh.« Entdeckte sie Christos erst jetzt? »Guten Abend, ich bin Mathilda.«

»Christos.« Er stand auf und reichte ihr die Hand.

»Ha. Das passt perfekt. Essen geht immer.« Ihre ungezwungene Art beneidete ich oftmals. Sie lachten beide. »Oder störe ich euch etwa beim Essen?«

Ich warf ihr diesen Blick zu, den normalerweise Mütter ihren

Kindern zuwarfen. *Benimm dich,* sollte er sagen. Ich brauchte ein *Freaky-Friday*-Wunder, in dem wir Körper tauschten und Mathilda endlich mitbekam, wie es war, in meiner Haut zu stecken.

»Na, wenn das so ist.« Sie verstand offenbar den Wink mit dem Zaunpfahl. »Dann setze ich mich zu euch und helfe. Wäre schade, alles wegzuschmeißen.«

Nicht. Sie verstand ihn nicht. Niemand liebte Mathilda mehr als ich. Langsam fühlte ich mich aber wie bei der »Versteckten Kamera«. Nur einen Augenblick wollte ich alleine sein. Eleni sein. Nicht die beste Freundin oder die Tochter oder die Kollegin, die man ärgerte, oder die Angestellte, die man jederzeit feuern konnte. Abgesehen davon hörte ich schon die Spitzen gegen mich, weil ich mit einem Mann Zeit verbracht hatte. Ihre verschwörerische Stimme später: *»Na? Helena? Hat es sich ausgemännerflucht?«*

Beherzt schaufelte meine beste Freundin Essen in sich hinein und stöhnte beim ersten Bissen laut auf. Christos tat es mir nach und lächelte. Mathildas irritierter Blick machte die Situation noch witziger. Okay, Mathilda schien einen guten Tag zu haben, was meine Anspannung ein wenig löste. Dennoch blieb ich auf der Lauer.

»Deine Mutter hat mir übrigens geschrieben. Wegen der GEZ und so. Du hast sie noch nicht überwiesen. Sie hat gesagt, ich soll dir Bescheid geben.« Aus war es mit dem Genießen.

Ein Räuspern erklang hinter uns, und wir drehten alle unsere Köpfe.

»Ein Gast.« Binnen einer Sekunde sprang Christos auf und eilte hinüber.

»Bitte? Eine Person? Wollen Sie sitzen?« Christos holte Luft. »Also, klar wollen Sie sitzen. Aber wo?«

Wie schön. Vielleicht hatte unser voller Tisch einen Gast angelockt. Die Leute mussten diese Taverne erleben.

»Der sieht aber hübsch aus, oder?« Ein wissendes Lächeln umspielte Mathildas Lippen.

Nein, ich hatte mich geirrt, die Spitzen kamen nicht später, sondern gleich jetzt. Natürlich war mir nicht entgangen, wie Mathilda mich verstohlen von der Seite angeschaut hatte. Ihre Gedanken waren in ihrem Gesicht zu lesen wie Leuchtschrift in Las Vegas.

Hinter meiner besten Freundin erregte etwas anderes meine Aufmerksamkeit. Oben auf der Straße über dem Palettenzaun erkannte ich Menschen, die sich wieder in kleinen Gruppen versammelten, uns offen anstarrten und sich unterhielten. Was war los?

Mathilda und ich überlegten noch lange, warum bei Christos so wenig los war. Wir waren uns einig, dass das Essen hervorragend war. Erst als es um uns herum vollständig dunkel war, bezahlten wir und verabschiedeten uns von Christos mit dem Versprechen wiederzukommen.

Kapitel zehn

Am nächsten Tag nahm ich unser griechisches Morgenritual von früher auch ohne meinen Vater wieder auf. Anfangs zierte ich mich noch, bis ich Anlauf nahm und ohne Zögern ins Meer lief und mich in die Wellen schmiss. Mein Aufschrei erstickte im kalten Wasser, das mich vollkommen aufweckte. Nachdem ich den ersten Schreck überwunden hatte, spürte ich eine Woge der Kraft, die mich völlig eins mit dem Meer werden ließ. Ich war wieder da. Das *Paralia*-Mädchen – das war mein Twitter-Profilname, mein geheimes Alter Ego – hatte in seine Heimat zurückgefunden, und so bald würde das Strandmädchen nicht mehr verschwinden.

Ich tauchte unter, schwamm bis zum Grund und an ihm entlang. Ohne Luftholen bohrte ich meine Finger in den Untergrund und genoss die Kühle um mich. Ich drehte mich und sah mit offenen Augen hoch zur Sonne. Wie sie an der Oberfläche glitzerte, als wäre sie geschmolzen. Die Strahlen zeichneten Muster ins Wasser. Warum hatte ich vergessen, wie befreiend Schwimmen war? Es schwemmte sämtliche Gedanken aus mir heraus, und ich kam mir vor, als taufte der Ozean mich neu. Irgendwann brannten die Augen, und meine Lunge verlangte nach Luft. Ich durchbrach die Wasseroberfläche. Die Sonne prickelte auf meiner Haut. Ein Pelikan flog mit einem Kreischen über meinen Kopf hinweg.

Wieder bemerkte ich, wie angespannt ich die letzte Zeit gewesen war. Unfassbar, wie lange ich diesen Mist mitgemacht hatte. Unglaublich, was ich alles verpasst hatte, was ich hätte anstellen können mit meiner Zeit. Ich war blind gewesen.

Erfüllt von Dankbarkeit, ließ ich mich eine Weile von den Wellen schaukeln, bevor ich zurück zum Strand schwamm. Sand klebte an meinen Füßen, der in Griechenland aber sowieso zu einer Art zweiten Haut wurde. Leise plätschernd liefen die Wellen am Strand aus. Der Schaum malte Muster auf den Sand.

Ganz in der Nähe des Hauses meiner Tante und meines Onkels stand ich am Sandstrand, trocknete mich ab. Normalerweise würde meine Mama am Zaun stehen und meinen Vater und mich zum Frühstück rufen. Stattdessen stand Mathilda dort, und anstelle eines breiten Grinsens wirkte sie nachdenklich, versunken in Gedanken und irgendwo in der Betrachtung des Meeres verloren.

Es gab viele dieser Momente, in denen ihr Blick sich urplötzlich verlor, und ich vermutete, sie träumte sich in eine andere Realität. Bei meiner Mama erkannte ich oft dieselbe Sehnsucht. Nur bei ihr war es das Verlangen, die Vergangenheit zu bereisen. Mathilda schnitt manchmal an, dass sie sich fragte, wie es wäre, eine Familie zu haben. Mir fiel darauf nie etwas Besseres ein als: »Ich bin deine Familie.« Gelogen war es nicht. Vielleicht sollte ich mal tiefgehender mit ihr darüber sprechen.

Etwas riss Mathilda anscheinend aus den Gedanken, und sie schüttelte den Kopf. Endlich schien sie mich am Strand zu erkennen. Bestimmt nicht schwer, in meinem neongelben Bikini. Sie winkte mir zu und bedeutete mir, zu ihr hochzukommen. Ich schnappte meine Sachen und lief den Strand hoch zur mit Marmor gepflasterten Promenade. Abermals entdeckte ich auf den Felsen unter dem kleinen Abhang von Annas Haus den Pelikan. Da fiel mir ein, dass ich auch gestern gesehen hatte, wie er in der Nähe von Christos' Taverne in den Landeanflug gegangen war. Ich fragte mich, ob es immer derselbe Vogel war, den ich sah, oder einer seiner Kumpel?

Wir hatten Christos nach dem Essen ein ordentliches Trinkgeld gegeben, gerade noch so, dass er nicht beleidigt gewesen war. Dennoch ahnte ich, dass er seinen Stolz hatte hinunterschlucken müssen, um es anzunehmen. Trinkgelder waren nicht üblich. Zumindest nicht in dieser Gegend. Er brauchte das Geld aber offensichtlich. Mir fiel ein, dass ich ihm gar nicht von meiner Idee berichtet hatte. Sollte ich das nachholen? Besser nicht. Womöglich kam das aufdringlich rüber. Nein, ich ließ es lieber bleiben.

Als könnte der Pelikan meine Gedanken lesen, legte er seine stolze Haltung ab und gab ein tiefes Grummeln von sich.

»Du mich auch«, sagte ich bloß und stapfte weiter Richtung Haus, bis ich beinah über einen Straßenhund stolperte. Fluchend fing ich mich noch, hüpfte über ihn und funkelte ihn böse an. »Willst du mich umbringen?«

Moment. Das war der Hund, der gestern neben dem Pelikan auf dem Felsen gesessen hatte. »Macht ihr gemeinsame Sache? Seid ihr die Schutzgeldbande von Panórama? Ja?«

Gelangweilt hob er seinen Kopf. Mit halb offenen Augen schielte er zu mir, ehe er sich wieder hinlegte und den Kopf auf den Pfoten bettete.

»Unterhalte mich mit Tieren.« Ich schüttelte über mich selbst den Kopf und erreichte das Haus meiner Verwandten. Selbstverständlich hatten Anna und mein Onkel uns nicht ins Hotel gehen lassen, wie wir es ursprünglich vorgehabt hatten. Eigentlich war das auch untypisch, doch aufgrund meines Überraschungsbesuches wollte ich keine Last sein oder sie nerven. Mir hätte aber klar sein sollen, dass sie mich bei sich haben wollten, und ich war mittlerweile froh darüber.

In der Morgensonne leuchtete die Natursteinfassade. Kaffeeduft strömte durch die geöffneten Fensterläden zu mir hinaus und belebte meinen Geist.

Ich nahm zwei Stufen auf einmal und sprintete in den Garten. Meine beste Freundin saß in der zugewachsenen Sitzlaube und erwartete mich mit Kaffee und, oh, mein Gott, *Bougatsa* und *Tsoureki*. Gab es eine bessere Mischung als Heißgetränke, Blätterteig mit Vanillegrießpudding gefüllt und Hefezopf? Ich denke nein.

»Na, wach? Den schönsten Morgen, meine liebste Eleni.« Wie meine beste Freundin dort saß, erinnerte sie mich an meine Mama früher.

»Nee, *dir* wünsche ich den schönsten Morgen.« Mit dem Handtuch um die Schultern gesellte ich mich zu ihr und griff sofort zu.

Puderzucker samt Zimt schmolzen in meinem Mund, als ich in das erste Gebäckstück biss. »Wo hast du das her?«

»Um die Ecke gibt es noch die alte Bäckerin, Dimitra, mit der dein Opa sich so blendend verstanden hat.«

»Auf die Oma eifersüchtig gewesen ist?«

»Diese miese Mätresse.« Mathilda und ich machten meine ebenfalls verstorbene Oma nach.

Die Lippen meiner besten Freundin verzogen sich zu einem Lächeln. Ihre Haare versteckte sie unter einem Tuch.

»Hast du Pläne für heute? Oder … willst du lieber deine Ruhe?« Solche Töne kannte ich gar nicht von ihr. Ich zupfte das Innere des *Tsoureki*, rollte es zu einer Kugel und legte es auf meine Zunge. Zartsüße Fluffigkeit nahm meinen Mund ein.

»Wir könnten zu Masoutis fahren und die verpackten Croissants kaufen, die wir uns früher ständig geholt haben. Und danach machen wir ein Mädelsdinner, hm? Was sagst du?«

Im Gesicht meiner besten Freundin ging die Sonne auf. Schnell nickte sie. »Das hört sich prima an. Die könnten ruhig bei uns auch so eine Supermarktkette wie Masoutis aufmachen. Alleine mit unserer Vorliebe für Fertigcroissants in hundert verschiedenen Geschmacksrichtungen könnten sie überleben.«

»Und wie.« Ich kicherte in mein nächstes Stück Hefezopf.

»Denkst du, Nikos hat noch die Sardellen ohne Gräten?«

»Bestimmt. Die verkauft er doch seit Ewigkeiten.«

Der idyllische Morgen hätte nicht besser laufen können. Gerade, als ich mein Stück vom *Tsoureki* in den Kakao steckte, platzte Anna dazwischen.

»Ihr beide! Mitkommen! Jetzt!«

Kapitel elf

Anna wirbelte durch ihren eigenen Laden, in dem sie ihr Selbstgemachtes verkaufte, und warf mir eine Vase zu. Sie flog im hohen Bogen an einer Kundin vorbei, die sich wegduckte. Glücklicherweise fing ich sie, trotz meiner schlechten Sportnote früher in der Schule. Ha! Wie war das, Frau Storchenbein? Ich könnte nicht mal mein eigenes Baby fangen, wenn es darauf ankam, hatte sie mir einmal beim Basketballunterricht an den Kopf geworfen. Nimm das! Anna hatte uns vorhin gebeten, sie im Laden zu unterstützen, weswegen wir unsere Croissants später holen würden.

Die Blätter der Kletterpflanze, die sich im Laden einmal um den Verkaufsraum gewickelt hatte, wackelten, als ich gegen eine der Ranken stieß. Die Wände waren bis oben hin mit Regalbrettern aus Holzstämmen bebaut, auf denen Anna ihre Kreationen aufstellte. Jedes Preisschild liebevoll selbst und individuell gestaltet, die Zahlen darauf viel zu klein für die tollen Sachen.

Die Frau mit dem Sonnenhut, der beinah den gesamten Laden einnahm und nur gefährliche zehn Zentimeter unter dem Deckenventilator war, sagte etwas auf Italienisch zu ihrem Mann. Ich verstand nichts, ahnte aber, dass es nichts Nettes gewesen war.

Dass meine griechische Familie zum Übertreiben neigte und mit Emotionen offenherzig umging, war mir bewusst. Die Panik jedoch im Gesicht meiner Tante, weil sie zwei Menschen gleichzeitig in ihrem Laden hatte, kam mir übertrieben vor.

Mathilda ließ sich auf einen der beiden Sitzsäcke im Laden fallen, die meine Tante manchmal nutzte, um der Kundschaft einen Platz anzubieten, wenn sie ihnen die Kataloge mit ihren Strickmustern zeigen wollte.

Die Italienerin drehte sich zur Kasse, wobei sie mit ihrem Sonnenhut den Duft der Räucherstäbchen zu mir wehte, die Anna seit Neuestem herstellte. Sie rochen nach griechischem Garten, wie sie selbst sagte.

Ich wickelte die Vase in die Papiertüte mit den Farben der Panórama-Inselflagge, Pink und Gelb. Anna gab mir noch eine von ihr mit Handlettering verzierte Postkarte, wie jene, die ich vor Kurzem von ihr erhalten hatte. Zu guter Letzt fand eine kleine Tonfigur eines Pelikans den Weg in die Tasche, wodurch ich unweigerlich an den Pelikan draußen und dann an Christos denken musste.

»*Thanking you for here coming.*« Annas Zähne klapperten aneinander wie das Kugelstoßpendel neben ihr im Regal. Noch nie hatte ich sie so angespannt erlebt. »Ich mein, ähm, *I mean.*«

Die Italienerin winkte ab und wies ihren Mann an, die Tüte zu nehmen. Doch der grinste Mathilda zu und bekam es nicht mit. Die Sonnenhutdame pikte ihm mit der Tüte in die Seite, und er nahm sie ihr ab. Daraufhin verließen sie den Laden.

»Geschafft.« Anna tupfte sich die Stirn mit einem Bandana ab, das sie dann um ihren Kopf wickelte.

Ich setzte mich auf den zweiten Sitzsack neben Mathilda. »Sag ma', Anna. Warum bist du wegen diesen zwei Kunden so nervös gewesen?« Ihr besorgtes Gesicht im Garten kam mir wieder in den Sinn.

Meine Tante sah um sich, als ob sie etwas suchte, ihr Blick blieb an der Kassentheke hängen, mit dem unteren Zipfel ihres Kleides polierte sie die Glasflächen, und mit dem Fuß schob sie einen rollenden Putzeimer von sich weg.

»Anna.« Sie wich mir aus, ich durchschaute das. Immerhin hatte ich zehn verschiedene True-Crime-Podcasts abonniert.

Sie seufzte. »Es kommt kaum Kundschaft. Der Laden läuft nicht mehr.«

Der Sitzsack bewegte sich mit mir, als ich mich nach vorne lehnte. »Ernsthaft?«

»Deine Sachen sind der Shit.« Anna starrte Mathilda mit großen Augen an. »Das ist etwas Gutes.« Mathildas Erklärung rettete sie vor einem erneuten Aufseufzen.

Meine Tante kratzte sich am Hinterkopf und lächelte verlegen. »Es, nun ja, kommt einfach keiner mehr.« Sie spielte mit ihren Armreifen, drückte auf ihren Fingerkuppen herum und sah uns nicht mehr an. »Das … Das ist mir so furchtbar peinlich. Ich fühle mich wie eine Versagerin. Kommen dann Kunden, bin ich so aufgeregt, weil sie etwas kaufen und sie eventuell wiederkommen und, und, und.«

Die Produkte meiner Tante waren besonders und mit Liebe gemacht. Das Problem waren der Standort und die mangelnde Aufmerksamkeit. Mein Herz schlug schneller. Genau mein Metier.

»Wie wär's mit einem Onlineshop? Mit schönen Fotos und einer Instagram-Seite würdest du bald nicht mehr mit dem Versenden nachkommen.« Ich betrachtete den Spiegel mit dem selbst gemachten Tonrahmen, der an einem Regal lehnte. Mein Spiegelbild sah entschlossen aus, meine Augen funkelten.

»Ich weiß nicht. Das ist, glaube ich, nichts für mich. Dieses moderne Zeug. Gerade diese Sachen machen mich fertig.«

Wie ich diese Aussagen hasste. Um nichts Falsches zu sagen, sog ich die Luft tief ein. »Nein, Anna. Dieses Denken macht dich fertig. Anstatt darüber nachzudenken, dass das nichts für dich ist, solltest du es anpacken! Ich helfe dir.«

Der Griff nach dem Besen hinter ihr fiel ihr leichter, als auf meine Worte zu reagieren. »Ihr solltet besser gehen, den Rest schaffe ich alleine.«

»Ja, dann halt nicht. Aber dann mecker nachher nicht beim Abendessen.« Seufzend stand ich auf.

»Eins bitte ohne Tomaten«, sagte ich. Wenn Anna uns nicht wollte, dann machten wir eben das einzig Vernünftige: Gyros essen.

Die ältere Frau am Fenster des winzigen Gyros-Ladens, der nur etwas größer als eine Toilettenkabine war, runzelte die Stirn. »Ohne Tomaten?«, sie musterte mich und Mathilda skeptisch. »Du kommst mir bekannt vor. Woher bist du?«

Ich schluckte. »Sylt.«

»Woher du bist, hab ich gefragt.«

Okay, dann anders. »Deutschland.«

»Ah, eine Deutsche. Das habe ich mir gedacht. Zu wem gehörst du?« Diese Frage kannte ich, schließlich wurde sie mir als Griechin, die nicht in der kleinen Inselgemeinschaft lebte, immer gestellt. Sie wollte mich zuordnen. Vermutlich, um mir sechs Stunden lang zu erzählen, was sie mit meiner Familie erlebt hatte.

»Athanasios und Anna Karafoulidis. Sind mein Onkel und meine Tante.«

Ihre Gesichtszüge wurden weich. Sie richtete sich das weiße Tuch, das sie im Haar trug, und schenkte uns ein zahnloses Lächeln. »Dann mit Tomaten. Unsere sind gut, nicht wie die bei euch.« Sie packte extra Tomaten in das Pitabrot.

Ich wandte mich zu Mathilda. »Sorry. Mach sie dann raus.«

»Kein Ding.«

»Wie lange bleibst du in Panórama?« Diese Frage wieder. Und

warum packte sie unser Essen so langsam ein? Vermutlich, weil sie zweihundert Jahre alt war.

»Keine Ahnung. Nicht so lange.«

Die Gyros-Oma, wie man sie auf der Insel nannte, schnalzte mit der Zunge. »Du siehst müde aus. Dir fehlt die panóramische Sonne, mein Kind. Du musst auch mehr lachen.«

»Mhm.«

»Hat sie dich Kind genannt? Wie lange nennen sie dich hier Kind?« Ich lachte über Mathildas Frage.

»Solange sie älter sind als du.«

Es dampfte aus dem Laden, und ich fragte mich, wie die alte Frau es dort drinnen aushielt, draußen waren es um die vierzig Grad. Links und rechts neben dem Laden wuchsen aus kleinen Spalten Oleanderblüten, die das weiße Häuschen einrahmten.

»Wollt ihr noch etwas?« Ihre steifen Finger, mit denen sie eine Schleife in die Tüte machte, machten mich traurig. Sie sollte nicht mehr arbeiten.

»Nein, danke.«

Die Gyros-Oma lehnte sich gegen die silberne Spüle und wartete vermutlich, ob wir unsere Meinung änderten. Dadurch erhaschte ich einen Blick hinter sie. Auf einer länglichen Theke standen alkoholische Getränke in bunten Glasflaschen, und an der Wand hing ein Vogelperspektivenbild von Panórama.

»Wirklich nicht?« Ihre blauen Augen, die wie das Meer schimmerten, hingen an mir fest, und ihre Brauen huschten voller Erwartungen hoch. Wieder musste ich an Anna denke, bei der es nicht lief. Im Gyrosstand vermutlich ebenfalls nicht.

»Vielleicht noch etwas *Galaktoboureko*?« Vater hatte mir eingebläut, nicht darauf einzugehen, wenn mir Leute etwas zusätzlich verkaufen wollten. Täte sie mir nur nicht so leid.

»Ähm, ja klar.« Mathilda, der ich sonst erklärte, dem Händlercharme nicht zu verfallen, sah mich mit hochgezogenen Augenbrauen an.

Wie damals als kleines Mädchen streckte ich ihr die Zunge raus, woraufhin sie hinter vorgehaltener Hand kicherte. Es war so schön, so unbeschwert. Endlich mal wieder. Dieses Gefühl hatte ich fast vergessen. Ja, ich glaubte sogar mittlerweile fest daran, dass Mathilda und ich, unsere Freundschaft, diesen Trip brauchten.

»Habt ihr denn auch Vanilleeis zu Hause? Sonst bekommt Sakis das nicht hinunter.« Sie legte ihren Kopf schief und sah mich fragend an.

Ich schnaubte belustigt. Jeder kannte die Macken meines Onkels. »Anna hat bestimmt welches.«

Sie packte die Süßspeise aus Blätterteig und Grießcreme, getränkt mit süßem Zitronen- und Orangensirup, ein. Endlich überreichte sie mir die Tüten, und ich bezahlte.

»Kommt wieder vorbei.« In ihren Worten schwang ein unausgesprochenes *Bitte* mit, und ich nickte ihr zu.

Als ich mich wegdrehte, hörte ich noch, wie die Gyros-Oma leise mit sich selbst sprach. »Hat die mir wirklich noch was abgekauft.« Nach diesem Satz folgte etwas, das wie ein Klatschen klang. Hatte ich mich von einer Oma übers Ohr hauen lassen? Wahnsinn. Na ja, egal, immerhin hatte ich für heute eine gute Tat getan.

Im Gehen überfiel mich ein Déjà-vu, wie Mathilda und ich in unserer Kindheit genau so nebeneinanderher schlenderten. Mit *Pita Gyros* für den Strand in der Hand. Wir liefen an Plätzen vorbei, die seitdem beinahe unverändert waren. Der Backsteinzaun eines alten Hauses, bei dem die einzelnen Steine bunt bemalt waren. Die Farbe hatte etwas an Intensität verloren. Die Reihe an Zypressen, die Mathilda und ich als Teenager mit Theodoros, dem Jugendfreund meiner verstorbenen Oma, angepflanzt hatten, weil er uns dafür Geld für ein Eis versprochen hatte. Mittlerweile ragten sie hoch in die Luft. Mit dem verdienten Geld habe ich damals herausgefunden, dass mir Bananeneis nicht schmeckt.

»Holen wir meinen Onkel aus der Werkstatt ab? Er soll nicht sagen, wir lassen ihn schuften und bringen ihm nichts zu essen.« Das Gyros im Pitabrot mit Tzatziki, Ketchup, griechischem Senf, Pommes, Zwiebeln und Tomaten verbreitete seinen herrlichen Duft um uns.

Mathilda blieb stehen. »Das fällt mir ehrlich gesagt schon etwas schwer, also diese alte Werkstatt, das alte Dach, der Staub, aber sie haben mich mit so viel Herzlichkeit empfangen, ich komme mit. Aber rette mich bitte, falls es mir zu viel wird, ja?«

Um ein Haar hatte ich ihren inneren Hypochonder vergessen, den sie gerne heraufbeschwor. Dennoch war ich stolz, dass sie sich überwand, was nicht leicht für sie war.

»Okay. Ich überlege mir etwas, wenn ich sehe, dass es dir nicht gut geht.«

»Helena! Die Werkstatt!« Mathilda sah entsetzt an mir vorbei.

»Ja, schon gut. Die Werkstatt. Wenn du nicht willst …«

»Nein, Helena.« Mathilda hielt sich den Mund zu und riss die Augen auf. Sie zeigte hinter mich. »Da brennt es!«

Kapitel zwölf

Das Feuer im Mülleimer stellte für Stavo und mich keine Herausforderung dar. Der Zustand meines Onkels umso mehr. Die Flammen hatten wir rasch in den Griff bekommen, ob wir das mit meinem Onkel so schnell schafften, bezweifelte ich.

»Ich habe geschweißt. Warum kann ich das nicht mehr?« Seine Hände zitterten, und wie er da so auf dem Boden inmitten des beißenden Geruchs aus Benzin, Rauch und Eisen saß und seine Finger beobachtete, tat er mir furchtbar leid. Ich sah an dem Auto über uns auf der Hebebühne empor. Waren das nur die Nachwirkungen des Krebs? Oder verschwieg Anna uns etwas?

Anna kniete sich neben ihren Mann und streichelte liebevoll seine Wangen. Ich bewunderte ihre Liebe zueinander, die nach all den Jahren immer noch anhielt.

»Meine Seele, es geht nicht alles wie früher.«

»Mama sagt die Wahrheit. Lass mich in Zukunft das Schweißen übernehmen.« Stavo half ihm hoch.

»Ich will das aber selber machen.« Mit verschränkten Armen reckte er das Kinn vor.

»Papa. Benimm dich nicht wie ein *Pappoús.*«

»Um Opa zu werden, bräuchte ich einen Enkel.«

Das saß. Stavo zuckte zusammen. Als einziges Kind in einer griechischen Familie war das Leben nicht leicht. Ständig hieß es,

Familie fortführen hier, Partnersuche da. Glück für mich, dass ich meinem Vater egal war. Haha, und Galgenhumor hatte.

»Nicht streiten. Es ist nichts passiert, und der Tag ist zu schön«, mischte Mathilda sich ein, die abseits der Werkstatt stand und hineinrief. Absurd weit abseits.

»Genau. Deshalb mache ich dasselbe wie ihr bei mir als Kind.« Ich huschte zum uralten Radio meines Onkels, bei dem sich Zeus selbst wunderte, warum es noch funktionierte, und drehte auf volle Lautstärke.

»Helena, nein.«

»Doch, Onkelchen. Die Hüften schwingen kannst du.« Ich packte seine Hände.

Passenderweise lief Whitney Houston mit »Higher Love« in der neu gemischten Version von Kygo. Er stritt es trotz riesiger CD-Sammlung im Werkstattbüro ab, dennoch wussten wir alle, wie vernarrt mein Onkel in Whitney Houston war. Das ging so weit, dass Anna früher oft sogar eifersüchtig gewesen war. Jeder erinnerte sich an den Sommer, in dem sie die Poster von den Wänden des Büros gerissen hatte. Komischerweise hatte die Impulsivität in der Familie meinen Vater und mich ausgelassen.

»Ihr seid wahnsinnig.« In seinem Gesicht nahm ich den Anflug von Freude wahr.

Stavo schnappte sich Anna, und die beiden tanzten sofort neben meinem Onkel und mir her. Spätestens als er die ersten Töne mitkrähte, war klar, dass er wieder auf dem Damm war. Von draußen grölte Mathilda ein liebevolles »Woohoo!« hinein.

Ich wäre normalerweise die Letzte gewesen, die andere zum Tanzen animierte und dann steif dastand, wenn keiner mitmachte. Aber heute und meinem Onkel zuliebe tat ich es. Und es fühlte sich herrlich an.

Jetzt tanzten Onkel und Tante sogar miteinander und schunkelten gemächlich um ihre eigene Achse, während ich mich drehte, lachte und Stavo mit einem Schraubenzieher im Takt der Musik auf die Arbeitsplatten klopfte.

Dass ich es vermisste, in Deutschland Teil einer herzlichen, lebhaften Familie zu sein, bemerkte ich abermals in diesem Moment, und ich umarmte Anna und Athanasios, froh, sie hier zu wissen. Vor der offen stehenden Garage der Werkstatt hatten sich einige Bewohner versammelt, die wohl schwankten zwischen: »Sind die seltsam«, und: »Zum Glück ist nichts Schlimmes passiert.«

Unter ihnen entdeckte ich ein bekanntes Gesicht: Christos.

»Kann ich euch sicher nicht helfen?«, fragte Christos zum vierten Mal, als wir später gemeinsam die Strandpromenade entlangliefen.

Jetzt war ich heilfroh, dass ich das Gyros bei meinem Onkel gelassen hatte und nicht mit einer Zwiebelfahne kämpfen musste. Wir entfernten uns weiter von der Werkstatt, dem Haus meiner Tante und schlenderten in Richtung seiner Taverne. Erst jetzt bemerkte ich, dass ich aufatmete. Meinen Onkel so zu sehen hatte mich mehr mitgenommen als gedacht.

»Nein, ehrlich. Es hat ja nur den Mülleimer getroffen, und der Rauch ist nach draußen gezogen. Mein Onkel will nicht einsehen, dass er nicht mehr wie früher arbeiten kann. Verstehen kann ich ihn ein bisschen. Er müsste der Realität ins Auge sehen. Er glaubt aber immer noch, mit bloßer Willenskraft und Disziplin seinen Körper verjüngen zu können.«

»Wie gut ich das von meiner Oma kenne.« Christos lachte laut. Seine Zähne zeigten sich, und sein Lachen wirkte magisch. Diese verschmitzte Ehrlichkeit, die Christos mit seinem Grinsen ausstrahlte, schaffte es, dass ich mich sofort lockerer fühlte.

Der Steinboden leuchtete hell und funkelte geradezu in der

Sonne. Die ganze Straße war mit Oleandersträuchern bepflanzt, deren feine Ästchen beim Vorbeigehen meine Schulter streiften.

»Und es macht wirklich nichts, dass du jetzt nicht bei deinem Onkel bist?«

Abgesehen davon, dass meine Tante mich mit einem Augenzwinkern hinausbefördert hatte, nachdem sie meinen Blick zu Christos gesehen hatte, wäre ich spätestens nach Annas und Athanasios' aufkeimendem Streit über seinen Gesundheitszustand freiwillig verschwunden.

»Quatsch.«

»Ähm. Du hast von einer Idee gesprochen. Letztes Mal.«

Ich war überrascht: Er wollte sie tatsächlich hören? Hinter den Sträuchern hörte ich das Meeresrauschen, als wollte es mir Mut zuraunen.

»Ja, wenn du mir vertraust, denke ich, dass ich dir helfen könnte.«

»Das habe ich nicht gesagt, ich muss erst hören, ob deine Idee etwas taugt.« Ein spitzer Schneidezahn blitzte hervor, als er mich mit einem frechen Grinsen musterte. Er verlieh ihm einen verwegenen, sympathischen Charme beim Lächeln. Die Hände locker in der kurzen weißen Hose, die um seine muskulösen Oberschenkel flatterte.

»Ach ja? Wer sagt, dass du dazu taugst, meine tollen Einfälle zu hören?«

Gespielt geschockt stupste er mich von der Seite mit seiner Schulter an. »1:1. Unentschieden.«

»Bekomme ich einen kleinen Hinweis, was genau dir vorschwebt, wenn ich dich im Gegenzug noch mal bekoche?« Vom Strand winkte ihm ein kleines Mädchen zu, das einen Volleyball auf die Spitze einer Sandburg steckte. Mit einem Kopfnicken grüßte er sie zurück.

»Tut mir leid. Meine Tante kocht heute. Da wirst du ihr nicht das Wasser reichen können.«

»Oh, die Herausforderung nehme ich an.« Christos verringerte den Abstand zwischen uns und ergänzte: »Sag nichts, was du später bereust.« Mein Herz machte einen Satz.

Wir machten einen Bogen um den winzigen Kiosk, dessen Inventar aus Tausenden Chipstüten, Getränkedosen in Kühlschränken, bunten Schwimmreifen, Luftmatratzen und abgepackten Croissants sich bis auf die Straße ergoss.

»Werde ich nicht«, neckte ich Christos weiterhin.

Die Sonne brannte erbarmungslos auf uns herab, und wir waren ihr schutzlos ausgeliefert.

»Warte mal.« Christos eilte zum Kiosk und sprach mit der Frau hinter der winzigen Glasscheibe. Wieder bei mir, reichte er mir eine Wasserflasche. »Bei der Hitze muss man viel trinken.«

»Danke.« Ich öffnete und leerte die Flasche in einem Zug. Es tat gut, dass sich jemand ausnahmsweise um mich sorgte. Nicht, weil ich es nicht konnte, schon gar nicht, weil ich dafür einen Mann brauchte, sondern, weil es sich gut anfühlte. Sonst war ich diejenige, die über alles den Überblick behalten musste.

»Hey, die war für uns beide gedacht«, sagte er gespielt entrüstet, ehe er sie mit einem perfekten Basketballwurf in den Müll beförderte. Für seine Sportlerkarriere bestand offenbar noch Hoffnung.

»Oh, sorry. Ich kaufe dir eine.«

»War ein Witz.«

»Esel.«

»Jetzt bin ich aber beleidigt.«

»Bist du nicht.«

»Stimmt.«

»Also, wann hast du Zeit für meine Idee, die deinem Restaurant endlich die Aufmerksamkeit verschaffen könnte, die es verdient?«

Vor seiner Taverne hielt ich zwischen Haupthaus und den Tischen am Strand an. »Ich helfe dir gerne. Wir kriegen das hin, damit es wieder läuft.«

»Wer sagt, dass es nicht läuft?« Seine Arme spannten sich an, als er sie vor der Brust verschränkte. Sein Gesicht verfinsterte sich, die Stirn lag in Falten.

»Äh, ich, so habe ich das nicht gemeint.«

»Ich wollte nur deine Idee hören. Ich bin kein verzweifelter Versager.« Christos fixierte einen Punkt am Boden, und ich hatte das Gefühl, als spräche er nicht mehr zu mir. Nein, ich war in kein Fettnäpfchen gestiegen, sondern mit Anlauf hineingesprungen.

»Tut mir leid, so war das nicht gemeint. Natürlich bist du kein Versager, und ich teile meine Idee gerne mit dir.« Passend zur Stimmung sauste eine Wolkenfront über uns und bedeckte die Sonne. Wir standen uns gegenüber wie in einem Western.

»Schon okay, ich brauche keine Hilfe.«

Wollte Christos mich veräppeln? Nein, er schien tatsächlich keinen Spaß zu verstehen. Gut möglich, dass ihm dieses Thema unangenehm war und ich mit meinen Worten etwas ausgelöst hatte. Nun gut, das war sein Problem, nicht meines.

»Von mir aus. Ich wollte dich nicht kränken, sondern nur helfen.« Ohne auf ein weiteres Wort von ihm zu warten, drehte ich mich um und machte mich aus dem Staub.

So ließ ich niemanden mehr mit mir sprechen. Das war Vergangenheit. Sollte er sich doch mit Sven, meinem Chef und all den anderen Deppen auf einen Haufen schmeißen.

In Gedanken versunken schimpfte ich Christos alle möglichen Tiernamen und Körperteile, die mir einfielen, bis ich einiges an Weg zurückgelegt hatte.

In diesem Moment befreite sich die Sonne von den Wolken,

und Mathilda kam mir entgegen. »Alles gut?«, fragte sie mich. Wieder bestätigte sich mir, dass diese Insel ein Dorf war.

»Jup.« Wie immer hielt ich mit meinem Ärger hinterm Berg und wollte niemanden belasten.

»Du siehst gestresst aus.«

Sand bröselte von ihren Beinen und verteilte sich neben uns wie Konfetti. Sie kam offensichtlich vom Schwimmen.

»Alles bestens. Wie war das Wasser?«

»Großartig, *Paralia*-Mädchen.« Sie knuffte mich mit ihrem Ellbogen in die Seite. »Sooo klar und sauber. Herrlich. Und Google sagt, die Wasserqualität ist hervorragend, und es gibt keine Quallen.«

»Super, dann konntest du also ohne Angst vor Krankheiten darin baden? « Ich grinste sie an. »Komm, wir gehen zu Anna. «

Wir liefen nebeneinanderher und begannen, uns Geschichten von früher zu erzählen. Ich erinnerte mich an unseren ersten gemeinsamen Urlaub auf Panórama. Damals hatten wir eine Kette mit getrockneten Chilischoten kaputt gemacht und es Stavo angehängt. Diese Aktion hatte er uns ziemlich übel genommen, was hauptsächlich daran lag, dass ihm das *Bougatsa* verboten wurde. Karma – in diesem Fall Stavo – hatte es uns im Handumdrehen heimgezahlt und uns Chilipulver in den Café Frappé gemischt. Diese alten Storys halfen mir, ein wenig runterzukommen, und da standen wir auch schon vor Annas Haus. Wir schlugen uns gemeinsam durch den Vorgarten. Überall standen Eimer, aus denen gepflückte Oliven wie schwarze Augen zu uns hochstarrten.

In der Küche fanden wir Annas Nachbarin Alexandra vor. Ihre blonden Haare mit dem zentimeterlangen schwarzen Ansatz hatte sie zu einem hohen Zopf hochgebunden.

»*Geia Sou*«, begrüßten wir sie, und Alexandra nickte uns zu. Sie war schon immer eher etwas schüchtern gewesen.

»Seit wann lässt Anna jemand anderen die Soße für die *Biftekis* kochen?«, fragte ich Alexandra.

Auf unerklärliche Weise verschwand eines von Annas berühmten Fleischbällchen in meinem Mund. Das Gewürzregal nahm die gesamte Wandlänge der Küchenzeile ein. Kräuter und Gewürze aller Art, fein säuberlich in beschrifteten Gläsern aufbewahrt. In der rustikalen Küche von Anna steckte stets Leben, es war das pochende Herz des Hauses. Mittendrin: eine riesige Wassermelone auf der Arbeitsplatte.

»Ich passe auf die Soße auf. Sie hat gemeint, es gehe ihr nicht gut, und sie wolle sich hinlegen«, erklärte Alexandra.

»Wir sehen mal nach ihr!«, sagten Mathilda und ich gleichzeitig.

»Macht das, Mädchen.«

Mathilda und ich betraten das geflieste Schlafzimmer mit dem schlichten Ehebett, ohne Lehne oder Verzierungen. Anna lag mit dem Gesicht zur Wand. Das Leintuch zerwühlt. Die Klimaanlage auf eiskalt.

»Anna? Alles in Ordnung?«

Binnen eines Sekundenbruchteils sprang Anna auf wie ein Ninja. Das Bett quietschte bei der Bewegung, und in ihrem Gesicht erkannte ich, dass sie sich ertappt fühlte. »Sicher.«

Urplötzlich kam es mir vor, als löste sich ein Schleier von meiner Tante, der sie mir stets fröhlich und frisch gezeigt hatte. Nun blickte ich hinter ihre Maske. Erkannte Augenringe und Falten, das Weiß ihrer Augen rot vom Weinen. Vorsichtig, als könnte jeder Schritt noch mehr Leid ans Tageslicht befördern, ging ich zu ihr. Ohne Socken durchzog mich die Kälte des Fliesenbodens.

»Oh, Anna. Deine Augen …« Mathilda sah mich an. Ich verstand Mathildas Sorge sofort, wir beide hatten Anna noch nie so gesehen.

»Hey, Tantchen. Was ist los?« Behutsam legte ich meinen Arm um ihre Schultern und setzte mich mit ihr aufs Bett. Es gab unter unserem Gewicht ein wenig nach.

Mathilda lehnte sich gegen den Schrank. Die Flügeltür schnappte zu, und im Hintergrund schlugen Kleiderbügel aneinander. Die Vase darauf wackelte beunruhigend hin und her.

»Nichts, nichts.«

»Wenn das Nichts ist, bin ich Jennifer Aniston.«

»Ernsthaft? Du wärst gerne fünfzig?« Mathildas Versuch, die Stimmung zu heben, klappte nicht.

»Wieder jung sein, wie ihr.« Das laute Pochen meines Herzens hätte Anna beinah übertönt.

»Was ist los, Tantchen?«

»Ach. Manchmal fühle ich mich überfordert mit deinem Onkel.« Sie schlug sich eine Hand vor den Mund, wohl entsetzt darüber, es tatsächlich ausgesprochen zu haben.

Unbeholfen. So fühlte ich mich. In der Rolle, meine Tante trösten zu müssen, war ich nie gewesen. »Ist es schlimm?«

»Ich bin jung und fühle mich fit, aber Sakis. Er ist, hm.«

»Sag es. Dann geht es dir besser. Du schleppst das schon ewig mit dir herum, oder?«

Anna nickte. »Manchmal fühle ich mich, als wäre ich wieder die Mama eines Kindes. Mir fehlen die Leichtigkeit, die Unbeschwertheit und die Leidenschaft in der Ehe. Ich bin nicht mehr Ehefrau, sondern seine Pflegerin.« Tränen sammelten sich in Annas Augen.

»Ich weiß, er kann nichts für seinen Gesundheitszustand, und es ist schwer für ihn. Ihm geht es schlechter als mir, und ich meckere. Ich bin ein Biest.« Ihre innere Zerrissenheit und ihr schlechtes Gewissen hingen im Raum wie dicke Luft.

»Wir sind für dich da, Anna. Sag Bescheid, und wir helfen dir«, sagte Mathilda.

»Ja, genau, wir sind da und helfen dir, okay?« Ich drückte sie fest an meine Brust. »Wir Frauen halten zusammen.«

»Und Stavo«, versuchte Mathilda meine Tante aufzumuntern.

»Sakis. Er hat mittlerweile auch … na ja. Ach, egal.«

»Oh nein, Tantchen, sag, was los ist!«

»Er schläft kaum durch. Nachts muss ich ihm alle paar Stunden helfen, weil er sich hinsetzen oder anders hinlegen will.«

»Nein, da ist noch mehr. Du verheimlichst mir etwas. Allein das *Okay* in deiner Postkarte. So was würdest du nie schreiben, wenn nicht etwas im Argen liegen würde.«

»Weißt du, normalerweise würden wir nächste Woche an den Gardasee fahren zu unserem Hochzeitstag. Wir haben uns versprochen, dorthin zu fahren, wo wir unseren ersten Hochzeitstag gefeiert haben.«

Meine Tante wischte sich die Tränen mit dem Ärmel ab, und ich fragte mich, wie oft sie schon deswegen geweint hatte. Sie musste sich sehr allein fühlen.

»Das tut mir leid, Anna. Lass mich dir helfen.«

»Eleni, das ist lieb.« Anna unterbrach mich. »Aber ihr könnt nicht helfen, und ich will nicht mehr darüber reden.«

Ich biss mir auf die Zunge, um nichts zu entgegnen. Mir wurde das zu viel, weshalb ich tat, worum meine Tante mich bat. Ich sprach nicht mehr darüber, stand auf und ging zur Tür.

»Wie du meinst, *thia*.«

Kapitel dreizehn

Nach dem Gespräch mit Anna taten wir nichts mehr, außer endlich Croissants zu holen. Ich fand es schade, dass Anna sich nicht helfen lassen wollte. Zwingen konnte ich sie auch nicht, und so taten wir am nächsten Morgen, als wäre nichts passiert. Wie immer. Wofür ich natürlich auch ein wenig selbst verantwortlich war, schließlich sprach ich selbst selten an, was mich störte.

Plötzlich hupte es draußen so laut, dass ich erschrak und meine Gedankenblase platzte.

»Ist das vor dem Haus?« Mathilda erhob sich, und ich folgte ihr.

Als wir durch das Haus eilten, stiegen Anna und auf ihren Arm gestützt mein Onkel verschlafen die Treppe hinab. Mein Onkel ächzte und kratzte sich am Bauch, während meine Tante ihre Locken zurückband, was diese nur mäßig bändigte.

Ich öffnete die Tür. Stavo stieg aus dem Auto und grinste mir entgegen. Er hatte einen weiteren Gast im Schlepptau. Und als ich diesen erkannte, gab es keine Zweifel mehr: Die ganze Welt wollte mich veralbern.

»Hallo!«, rief meine Mama, als sie mit strahlendem Gesicht aus dem Auto stieg.

Wie eine Katze ihre Beute umrundete ich kurz nach Mamas Ankunft, von der ich hoffte, sie mir eingebildet zu haben, Annas

Haus. Bei jedem offen stehenden Fenster auf Brusthöhe linste ich hinein, um mir sicher zu sein, nicht zu träumen. Aber nein, kein Traum. Leider.

Sie sah zu mir. Rechtzeitig stieß ich mich ab und drückte mich an die Sandsteinmauer.

»Nein, nur Einbildung.« Ich redete mir das ein, schlich unter dem Fenster vorbei und hielt beim nächsten Fenster.

Meine beste Freundin, Anna und Stavo saßen alleine auf der Couch und schenkten Wasser aus der Kristallglaskaraffe ein. Erleichtert atmete ich aus. Hatte mir die Sonne zu lange auf den Kopf geschienen? Mir mein Verstand einen Streich gespielt?

»Was schleichst du denn um das Haus herum?«

Ich erschrak und wandte mich langsam zu der Stimme hinter mir um. Doch kein Sonnenstich. »Oh, ich habe einen Rundgang gemacht«, brachte ich nur hervor.

Das hatten nun bestimmt auch drinnen alle mitbekommen, vor allem mit dem offen stehenden Fenster gleich hinter uns.

Ihre Miene verriet, dass sie mir nicht glaubte. Einen Oscar bekäme ich für diese Aufführung nicht. Eher die goldene Himbeere. War es überhaupt eine Himbeere? In Griechenland wäre es eine Wassermelone. Oder eine Olive.

»Freust du dich nicht, dass ich hier bin?« Sie benutzte ihre Finger als Kamm und strich sich durch die Haare.

»Doch, Mama.« *Ein bisschen.* Trotzdem rückte in diesem Moment etwas, nach dem ich mich gesehnt hatte, in weite Ferne. Hatte ich nicht deutlich genug gemacht, dass ich diese Auszeit für mich brauchte? Wie konnte sie meinen Wunsch nach Abstand ignorieren? Sosehr ich diese Worte auch aussprechen wollte, es klappte nicht. Mein Kiefer verkrampfte sich, und mein Magen verknotete sich. Ich konnte mir ihre herabfallenden Mundwinkel bildlich vorstellen, würde ich ihr das sagen. Außerdem kannte ich meine Mama. Sie war jetzt hier und würde nicht auf dem Absatz kehrtmachen und zurückfliegen. Was zur Folge hätte, dass die nächsten Tage dicke Luft herrschte. Und sofort überkam mich wieder diese Angst, dass ich gleich nicht mehr die Tochter war, sondern die Seelsorgerin. In meinem Bauch sammelte sich wieder Wut an, und es verlangte mir all meine Disziplin ab, nicht zu explodieren.

Meine Mama strahlte eine solche Zufriedenheit aus, als wäre ihr all das nicht bewusst. »Na, des will i a hoff'n.« Überschwänglich umarmte meine Mama mich. »Außerdem hast du mir geschrieben, mit Anna stimmt etwas nicht«, flüsterte sie mir dabei ins Ohr.

Na großartig, jetzt nahm sie meine unbedachte Nachricht auch noch als Vorwand. Aber gut, ich konnte meine Mama auch verstehen, ihr Verhältnis zu Anna und der ganzen Familie war immer eng gewesen. Klar, alle liebten meinen Vater, er war Familie. Aber innerlich verurteilte jeder seine Entscheidung, meine Mama zu verlassen. Was mich noch mehr schmerzte: dass er auch mich verlassen hatte. Dass er mich zu jemandem gemacht hatte, der nie wieder jemandem erlauben wollte, mir so nah zu kommen, dass ich Angst haben müsste, er würde aus meinem Leben verschwinden.

»Geht es euch gut da draußen?«, rief Stavo von drinnen durch das offene Fenster zu uns. Was war er? Der Taxifahrer des Teufels. Witzig, dass er bei ihrer Ankunft dichthielt und bei mir eine Party veranstaltete. Vielen Dank auch. Meine Mama und ich stellten uns näher zum Fenster, jetzt hatten sie ja ohnehin alles mitbekommen.

»Ja, alles bestens.« Mein schlechtes Gewissen zerrte an mir, vielleicht sah ich das alles etwas zu eng. Schließlich hatte meine Mama genauso das Recht, hier zu sein, wie ich.

»Du hättest was sagen sollen, Stavo. Wir haben gar nichts zum Essen.« Anna überlegte. »Ich mache etwas, hilfst du mir?«

Stavo nickte. Er trug wie immer ein gestreiftes T-Shirt, sein Markenzeichen.

Aber nichts zum Essen? Das Haus platzte vor Eingelegtem, Getrocknetem oder Vorgekochtem aus allen Nähten. Überall roch es Tag und Nacht nach Taverne. Anna eben.

»Anna, meinetwegen müsst ihr nicht kochen.«

»Unsinn, Rosi.« Es gelang meinen griechischen Verwandten auf Panórama selten, den vollen Namen meiner Mama richtig auszusprechen. Selbst nach Jahrzehnten klang Roswitha wie *Roswi-ddah*. »Du bayrische Fee. Wir machen dir was zum Essen.«

»Danke, ihr seid lieb.« Meine Mama hatte meinen Vater damals bereits nach ihrem ersten Date überredet, ihr Griechisch beizubringen, was sie bis heute beherrschte. Damit hatte sie damals sofort gepunktet, als sie seine Familie kennengelernt hatte. Dafür hatte sie aber auch Anna, Athanasios und Stavo jeden Sommer Deutsch beigebracht, sodass sie einiges verstanden.

»Ist der Flug ruhig gewesen?« Ich wusste ja, wie groß ihre Flugangst war. Wir spazierten nach hinten zum Garten und steuerten die Sitzlaube an, um die sich kleine Äste schlängelten wie in Holz verwandelte Würmer, festgefroren in der Bewegung.

»Schrecklich. Das Flugzeug hat gewackelt, und alle haben mich angeguckt. Ich hatte meine Augen zu und habe laut gestöhnt und mich am Sitz festgekrallt. Dieses Wackeln, furchtbar. Dann gab es ein komisches Wuuhhh.« Meine Mama blähte die Backen auf und machte ein Maschinengeräusch nach.

»Meine Tipps helfen nicht?«

»Was bringt es mir zu wissen, dass ein Flugzeug ohne Turbinen noch lange gleiten und landen kann oder die Flügel sich weit verbiegen können, ohne abzureißen, wenn es trotzdem abstürzen kann?« Erschöpft, wohl alleine von der Vorstellung an den Flug, ließ meine Mama sich auf die knarrende Holzbank fallen. »Aber,

Eleni. Vergiss den Flug. Ich hab ihn ja überstanden. Was mich beschäftigt: Ich habe mit dem Anwalt telefoniert. Dein Vater, der kleine Arsch, hat bei dem Berechnen des Unterhalts, den er mir zahlen muss, vergessen, seine Prämien, die er bekommt, anzugeben.« Meine Mama rollte ihre Augen bei dem Wort »vergessen«. »Vergessen. Mhm. Dass ich nicht lache.«

Es ging also direkt wieder los. Aber ich konnte nicht aus meiner Haut. Ich wollte niemanden traurig machen oder abweisen. Eindeutiges Helfersyndrom. Deshalb hörte ich ihr zu und redete mir ein, dass das eben aus ihr rausmusste. Bald würde es sich bestimmt bessern.

»Spätzchen, kannst du meine Koffer hochtragen? Irgendwie traue ich mich nicht. Ist nicht mein Haus. Vielleicht stört Anna das.«

»Mama, das mache ich gern, wenn du weißt, dass du oben schläfst. Hast du Anna schon gefragt? Dann stört es sie bestimmt nicht.«

»Hmm, aber, hmm.«

Meine Fingernägel bohrten sich in meine Handinnenseite, weil ich mich zusammenreißen musste, nichts zu sagen. Die Hitze, die heute mit einem Vulkan konkurrierte, stachelte mich mehr auf. »Mama, ich will …«

»Eine Abkühlung.« Anna trat plötzlich aus dem Haus und kam mit einem Krug auf uns zu. Sie hatte mich mal wieder gebremst, ehe ich etwas gesagt hätte, das ich später bereute.

Da saßen wir nun. Anna, Mathilda, Mama und ich. Vier Frauen in der Sitzlaube unter dem uralten Olivenbaum. Die Blüten hatten Mathilda und ich damals benutzt, um Hochzeit zu spielen, während Anna und meine Mama sie aufgeklaubt hatten.

Oh, und natürlich Stavo, der sich ein *Bougatsa*-Stück nach dem anderen in den Mund schob, machte es sich neben uns gemütlich. An den Mundwinkeln klebte der Puderzucker. Als wir ihn zu viert beobachteten, sah er auf wie ein Hund, dem man das Essen stehlen wollte.

»Was?«

»Nichts«, sagte ich belustigt und schob ihm als Friedensangebot meinen Teller zu.

Mein Appetit hatte sich ohnehin spätestens dann verflüchtigt, als Anna sich über das Schnarchen meines Onkels beschwert hatte. Die Augen meiner Mama hatten gefunkelt. Perfekte Gelegenheit, um eine Tirade über meinen Vater loszulassen.

»Wo bin ich gewesen? Genau, ich habe seinen Namen gegoogelt, und was glaubt ihr, was habe ich entdeckt?«

Sein Motorrad, beantwortete ich in meinen Gedanken, denn ich kannte die Story bereits zur Genüge.

»Was?« Anna beugte sich zu meiner Mama, als verriete sie ihr gleich die geheime Formel für die göttliche Ambrosia, die ewiges Leben schenkte.

»Er verkauft sein Motorrad, dieser kleine Arsch. Da regt er sich auf, alle nutzen ihn aus, er will frei und ohne Verpflichtungen sein. Aber bei mir durfte er alles. Die neue Freundin scheint ihn aber schnell überredet zu haben, das Motorrad wegzugeben.«

Ich verdrehte meine Augen so weit nach oben, dass es wehtat. Wie lange noch? Warum suchte sie sich keine Hilfe, wenn sie so viel Wut in sich verspürte? Dass sie nicht darüber hinwegkam, Liebeskummer hatte, nicht bereit für Neues war, geschenkt. Aber das Nachspionieren, das jeden Tag über ihn Lästern. War das noch normal?

Mathilda lächelte mir matt zu. Sie verstand mich sofort. Warum erkannte sie nicht, dass sie sich auch zu sehr auf mich verließ?

»Was sagst du, Helena?«

»Mhm.«

»Schon, oder?«

»Ja, eh.« Über die Zeit hatte ich resigniert. Anfangs hatten wir gestritten und diskutiert. Ich hatte ihr Therapeuten, Bücher und Selbsthilfegruppen vorgeschlagen. Nichts hatte sie gewollt. Mittlerweile gehörte *Ja, eh* und *Mhm* zu meinem Alltagswortschatz.

»Das Motorrad ist aber nicht von schlechten Eltern, das er da verkauft.« Sie nahm einen Schluck vom griechischen Kaffee.

»*Nicht viel Geld ausgeben.* Das wurde *mir* immer gesagt. Sparen. Warum hast du dir das Top gekauft? Hast doch genug. Und dann hat ihm das jüngere depperte Ding wahrscheinlich mit hübschen Frisuren und Klamotten den Kopf verdreht. Und jetzt lebt er wie Gott in Frankreich.« Die Lippe meiner Mama bebte, und sie bewegte den Mund, als spräche sie für sich selbst weiter.

»Wäre es nicht besser, du spionierst ihm nicht nach?« Stavo lehnte sich zurück und streichelte seinen Bauch.

»Du hast keine Ahnung.«

»Stavros, misch dich da nicht ein«, pflichtete Anna meiner Mama bei.

»Was gibt's da zu verstehen? Er hat dich sitzen lassen, und anstatt dein Glück selbst zu suchen, hoffst du, Zeichen dafür zu finden, dass er unglücklich ist. Aber das Unglück anderer bringt *dir* kein Glück.« Stavo rülpste und pulte ein Stück Blätterteig aus seinen Zähnen.

Wir starrten ihn alle ungläubig an. Woher stammten diese Weisheiten? Lief ein Tonband hinter meinem Cousin?

Das Geklopfe meines Onkels in der Werkstatt aus der Ferne schallte zu uns herüber. Mal wieder ließ er sich nicht davon abbringen, in die Werkstatt zu gehen.

Wenn meine Mama so sprach, tat sie mir unglaublich leid und machte mich gleichzeitig unglaublich wütend.

»Wir bringen dich auf andere Gedanken.« Anna glättete die Wogen.

»Helena und ich haben geplant, morgen zum Markt zu gehen«, sagte Mathilda.

»Ich will nicht das fünfte Rad am Wagen sein.«

Sie machte mich wahnsinnig.

»Du bist nicht das fünfte Rad am Wagen, Rosi. Komm mit.« Mathilda lächelte sie an.

»Na gut.«

»Und was ist mit mir?« Stavo deutete hektisch auf sich selbst.

»Du hilfst deinem Papa in der Werkstatt. Eure Tante von Kymina kommt mit ihrem Auto«, erklärte Anna.

Mit einem Mal stand Stavo vor dem Tisch. »Was? Nein, morgen ist mein freier Tag.«

»Jetzt nicht mehr. Außerdem hast du jeden Tag frei.« Sie starrte auf seinen Kaffee. »Sei froh, dass du nicht hinfahren musst.«

»Warum?«, wollte Mathilda wissen.

»Kymina nennen wir das Dorf der Mücken. Alles voll von denen. Da sind sogar die Straßenlaternen bedeckt mit den Viechern. Kommt kein Licht durch«, erklärte ich und kratzte mich reflexartig.

»Eleni! Du darfst nur das Beste über uns erzählen, Reisende anlocken.«

»Und dann jammert ihr, dass zu viele Reisende da sind«, grätschte meine Mama dazwischen.

Ich lachte.

»Jammern ist eben unser Nationalsport«, gab Anna nach und grinste ebenfalls.

Kapitel vierzehn

Auch am nächsten Tag brannte die Sonne auf meinen Kopf und verbrüderte sich mit meinen Nackenschmerzen, die ich seit dem Aufwachen spürte, und meinem trockenen Mund. Gemeinsam bescherten sie mir Kopfschmerzen, die unseren kleinen Ausflug zum Nēstis Markt unter keinem guten Stern stehen ließen. Eventuell lag es aber auch an –

»Eleni! Mensch, riechst du es auch schon?« Meine Mama hielt ihren Sonnenhut fest und hakte sich bei mir ein. Das geblümte Band um den Strohhut, das so lang war, als wäre es gern eine Hochzeitsschleppe, peitschte mir ins Gesicht. Vielleicht riss meine Mama sich ja zusammen. Deshalb sollte ich auch etwas positiver sein. Selbsterfüllende Prophezeiungen und so.

»Du, Eleni?«

»Jaa?«

»Ich seh in dem Kleid dick aus, oder?« Meine Mama hielt und zwang mich damit, auch stehen zu bleiben.

»Quatsch, Rosi, du siehst hammermäßig aus.« Mathilda feuerte meine Mama mit einem gekonnten Klatschen an.

Das bewegte meine Mama, mich loszulassen und hüftenschwingend zu den Bouzoukiklängen zu tanzen, die aus dem Markt zu uns strömten.

»Genau, du siehst klasse aus.« Ich betete zu Zeus, oder falls es eine griechische Meckergöttin gab, dann zu ihr, dass meine Mama aufhörte, sich zu beschweren.

»Na gut, dann glaub ich euch das.«

Wow. Danke, liebe Meckergöttin.

Das Ziehen in meinem Nacken ließ nach, und ich empfing meine Mama mit einem leichten Grinsen auf den Lippen. Sie hängte sich wieder bei mir ein und Mathilda auf der anderen Seite meiner Mama.

Das Banner des Nēstis Markts wehte in der sanften Meeresbrise, die auch die rosa blühenden Oleandersträuche um uns herum zum Schwingen brachte und deren sanft süßlichen Duft mit dem der Gewürze im Nēstis Markt verband.

Der Weg zum Markt fühlte sich so beschwerlich an wie damals. Um die Stände zu erreichen, erklomm man zuvor einen kleinen Hügel. Mythen erzählten, die Spitze mündete in den Olymp und … Quatsch. Ich dachte mir das aus, weil ich mit meiner Kondition am Ende war.

Mit meiner freien Hand zog ich ständig an meinem gelben Sommerkleid mit den weißen Punkten. Dank der Hitze klebte es ständig an meinen Beinen fest.

»Oh, du hast übrigens dein Wasser vergessen.« Während Mathilda sprach, fischte sie eine Flasche aus ihrer Tasche und reichte sie mir. »Rosi hat mich erinnert, sie mitzunehmen.«

»Da schaust, was?« Mama badete zufrieden ihr Gesicht im Sonnenlicht.

Sieh einer an. Vielleicht ging ich tatsächlich zu negativ an die Sache ran. Dank meiner Mama lag ich nicht bald dehydriert unter Oregano-Tischen. Mein Magen entspannte sich etwas, und ich merkte, wie sich das Kind in mir freute, dass meine Mama wieder für mich da war.

»Danke, ihr beiden.« Grumpy-Cat-Eleni beruhigte sich, und mein Körper freute sich über die Erfrischung.

»Wusstet ihr, dass zehn Gläser kaltes Wasser angeblich 250 Kilokalorien verbrennen? Weil der Körper das Wasser auf Körpertemperatur bringen muss.« Mathilda hatte definitiv ihre Berufung als Gesundheitsexpertin versäumt.

»Na dann, wenn das so ist, hol ich mir nachher gleich ein paar Gläschen.« Schade, dass meine Mama seit der Scheidung Probleme hatte, ihre eigene Schönheit zu sehen. Früher hatte sie nie daran gezweifelt, und ich hatte ihre toughe Ausstrahlung geliebt. Aber die jüngere Freundin und das Abhauen meines Vaters hinterließen nicht nur Risse in ihrem Herzen, sondern auch in ihrem Selbstbewusstsein.

Endlich schritten wir unter dem Banner des Markts hindurch. Mein Magen knurrte bei der Geruchswolke, in die wir eintauchten. Oh Gott. Dieser typische Duft von Oregano, Knoblauch, Thymian, getrockneten roten Zwiebeln, Paprika, Rosmarin und verschiedenen Zimtsorten füllte meine Nase aus und schrie: Heimat! Zieh die Schuhe aus, und tanz, Eleni!

Die Holzstände waren im Halbkreis aufgebaut, und über jedem hing ein gemustertes Tuch als Dach. Bunte Farben reihten sich wie in einem eleganten Regenbogen aneinander: Senfgelb, Dunkelrot, Lila, Grün. Aromen und Düfte, süß, sauer und salzig, schwirrten in der Luft und kämpften sich in unsere Nasen. Über dem Stand mit den Fischgewürzen war das dunkelviolette Stoffdach mit den dunkelgelben Wellen angebracht. Hier stand die Zeit im besten Sinne still. An den Holzstangen hingen getrocknete Paprika und Knoblauchstränge zusammengeflochten bis nach unten.

»Das ist doch …« Meine Mama erkannte sie auch.

Unter dem Stoffdach entdeckte ich Athea. Als Kind hätte ich sie auf siebzig geschätzt. Jetzt sah sie noch immer so aus.

»Das ist tatsächlich Athea.« Nachdem ich ihren Namen ausgesprochen hatte, hörte ich an Mathildas lautem »Ahhh!«, dass auch sie sich noch an die Gewürzfrau erinnerte.

»Da ist Annas Stand!« Mathilda übertönte die Bouzouki spielenden Opas und das Gebrüll der Marktleute und winkte zu Anna hinüber.

Natürlich musste sich Anna zwischen den alteingesessenen und eingefleischten Marktschreihälsen beweisen. Ihr knallgrüner Stand mit dem roten Stoffdach und den bunten Tonkreationen verschaffte ihr auf jeden Fall den ein oder anderen Blick.

»Den sehe ich mir mal an.« Mathilda schob sich ihr Halstuch um Mund und Nase. Sie wollte nicht zu viel von der trockenen Erde, die hier oben herumgewirbelt wurde, einatmen und lief Anna winkend entgegen.

»Du kannst ruhig mitgehen. Ich werde mich umsehen«, bot ich an.

»Nein, ich werde Athea einen Besuch abstatten. Wenn ich der von deinem Vater erzähle! Die wird Augen machen. Kommst du nicht mit? Sie ist unsere erste Anlaufstation.«

Ein Grund mehr, mit dieser Tradition zu brechen. »Nein, ich schau zu den *Loukoumi*.«

»Die magst du doch gar nicht.« Sie legte den Kopf schief und sah mich fragend an.

»Die sind auch nicht für mich, sondern für Athanasios.«

»Ach, der alte Sakis wird nur wieder meckern, dass du für ihn kein Geld ausgeben sollst. Wer nicht will, der hat schon.« Fassungslos starrte ich meiner Mama hinterher. Sie beschwerte sich jetzt nicht ernsthaft über das Gejammer meines Onkels, oder?

Leicht kopfschüttelnd verwarf ich den Gedanken und konnte nach einer kurzen Atemübung wieder den Markt genießen. Ich erinnerte mich daran, wie ich als Kind beinah vergeblich Postkarten von Panórama gesucht hatte, um sie Freundinnen zu schicken. Da es nicht viel Tourismus gab, bemühte sich kaum jemand darum. Das hatte sich mittlerweile definitiv geändert. An beinahe jedem Stand erblickte ich bunte Drehsäulen mit den verschiedensten Ansichtskarten, wobei ich ehrlicherweise sagen musste, dass die selbst gemachten von Anna alle übertrafen. Sie könnte ihren Gewinn um ein Vielfaches steigern, würde sie über einen Onlineshop … Stopp! Ich hatte Urlaub.

Auf zu den klebrigen Süßigkeiten. Instinktiv drehte ich mich um fünfundvierzig Grad und fand den Stand nicht an seinem gewohnten Platz. Stattdessen entdeckte ich jemand anderen.

»Christos?«

»Eleni!« Ich liebte es, wie mein Name aus seinem Mund klang. Er winkte mich zu sich, und da fiel mir auch auf, warum ich ihn bisher übersehen hatte. Christos' Stand lag etwas abseits, maß die Hälfte der anderen, und als Besucherin musste ich mich erst zwischen zwei der beliebtesten Anbieter und den Menschen davor durchzwängen: dem Fischstand und dem Berghonigstand.

»Du verkaufst *Tsipouro*?« Ich hob eine hellblaue Schnapsflasche an, die etwas rundlich war und auf der *CHRISTOS* stand. »Dein eigener?«

»Ähm, ja …« Christos strich sich verlegen über den Nacken. »Der Bruder meiner Tante hatte damals eine Schnapsbrennerei. Er starb leider bei einem Klippensprung, und deswegen ist sie im Keller in Vergessenheit geraten. Mich hat das als Kind fasziniert, deshalb habe ich sie wieder in Betrieb genommen.«

»Du bist stets für eine Überraschung gut.« Die Flasche wog schwer in meiner Hand und verblüffte mich in ihrer Hochwertigkeit. Christos musste einiges an Kapital in diesen Brand gesteckt haben.

»Das hat meine Oma früher auch immer gesagt.« Trauer

huschte über sein Gesicht, ehe er sich wieder auf sein frohes Gemüt besann und mir die Flasche aus der Hand nahm. Unsere Finger berührten sich. Nur kurz, aber es reichte, um einen Blitz durch meinen Körper zu schicken, der noch in meinen Zehen kribbelte. »Willst du ihn probieren?«

»Probieren?«

»Den *Tsipouro.*« Zur Erinnerung wackelte Christos mit der Flasche in seiner Hand, in der die Flüssigkeit hin- und herschwappte.

»Ah! Genau.« Ich räusperte mich. »Klar.«

Christos verschwand unter der blau gestrichenen Holztheke, und ich nahm es mir heraus, über den Rand zu linsen, und entdeckte einen kleinen roten Kühlschrank, aus dem er eine Flasche samt Papierschnapsbecher fischte.

»Athanasios trinkt den bei Zimmertemperatur.«

Christos ließ mir einen böse funkelnden Blick zukommen, ehe er sich erhob. »*Tsipouro* ist, hm.« Seine Finger rieben aneinander, als suchte er nach einem Wort, das ihm auf der Zunge lag. »Wie ein Kult, der sich in mehrere Gruppierungen aufgeteilt hat.«

»Ein Kult?« Übertrieb er nicht ein wenig?

»Er trinkt ihn meistens nach dem Essen, unverdünnt. Richtig?« Christos hob eine Braue, und ich mochte es, wie er forsch annahm, dass er recht hatte. Es verlieh ihm etwas Freches.

»Jap.«

»Aber, und wir wollen unser Goldstück nicht mit *Ouzu* verwechseln, man kann *Tsipouro* ohne Anis-Geschmack auch gekühlt trinken, auf Eis. Mega! Oder im Winter auch heiß mit etwas Honig, Nelken und Zimt kurz aufgekocht.« Dieses Feuer, das dieses Thema in ihm entfachte, gefiel mir, da ich es schon immer inspirierend fand, wenn jemand für etwas brannte.

Der Marketingfrau in mir juckte es in den Fingern, Christos an den Schultern zu packen, durchzuschütteln und ihm zu sagen:

»Verkauf den in deiner Taverne, und wirb damit, vertreib ihn online. Das wird der Liebhaberinnentipp.« Aber ich wusste ja, wie Christos auf solche Hilfe reagierte.

»Na, dann lass mich mal kosten«, sagte ich stattdessen.

Also servierte er mir sein besonderes Heilmittel und reichte mir den *Tsipouro* im Pappschnapsbecher. Die Kühle in meiner Hand tat so gut. Aus den Augenwinkeln erkannte ich, dass wir von ein paar Leutchen beäugt wurden, aber es kümmerte mich nicht. Sosehr ich die Menschen Panóramas liebte, so sehr nervte mich ihre Kleinkariertheit. Nur weil Christos aus Deutschland hergezogen war und die Taverne übernommen hatte, gehörte er nicht richtig dazu. Hallo, bitte im Jahr 2023 ankommen! Diskriminierung war out.

Nach dem ersten Schluck verschlug es mir die Sprache. Einerseits der vertraute Geschmack von früher, wenn *thio* Athanasios mir verstohlen als Kind einen Nipper aus seinem Glas gewährt hatte. Etwas lieblicher und milder als Grappa. Andererseits durchdrang diese Süße auch eine Frische und Klarheit, die aber nicht im Hals brannte. Es war verblüffend.

»Der schmeckt so gut. Den könnte man den ganzen Tag trinken. Wow.« Nach meinem Kompliment leerte ich den Inhalt und reichte Christos meinen kleinen Pappbecher.

»Solltest du aber besser nicht«, sagte Christos lächelnd und warf den Becher gekonnt in einen Eimer hinter sich.

»Auch wieder wahr.«

Christos' herzliche Art und sein warmes Lächeln lösten sämtliche Knoten in meinem Magen, Nacken und meinen Schultern. Die Anspannung fiel von mir ab. Neben dem *Tsipouro* standen auch noch einige leere Flaschen, in denen Lichterketten oder geschmolzene Kerzen im Flaschenhals steckten. Christos' Auge für einladende Dekoration verblüffte mich abermals.

»Hast du überlegt, *Tsipouro*-Bonbons zu machen? Mit deinem Namen als Verpackung? Bestenfalls nicht aus Plastik.« Hatte ich das laut gesagt? Verdammt, ich musste mich zusammenreißen.

»Äh, nein.« Christos stand neben mir und wirkte irritiert, als er nach meinem Vorschlag die buschigen Brauen ins Gesicht zog.

»*Sygnómi.* Nur so ein Gedanke. Bin noch nicht in meiner Auszeit angekommen.«

»*Louloudi mou!*«, ertönte es hinter mir. *Und schon gar nicht, wenn sich meine Probleme von Sylt hierher verlagerten,* dachte ich.

Mit einem Nicken deutete Christos zu meiner Mama und legte einen fragenden Blick auf.

»Meine Mama.«

»Da bist du. Ich habe gedacht, du bist verschwunden.« Ihre Flipflops klatschten bei jedem Schritt laut gegen ihre Füße, und ihre Tüten raschelten im Takt mit. Sie hatte sich wieder von den bedürftigen Blicken Atheas um den Finger wickeln lassen und getrocknete Chilischoten gekauft, die bis an unser aller Lebensende reichen würden.

»Ja, nein.« Wo war dieses berühmte, sich auftuende Loch, das mich verschluckte, wenn ich es brauchte?

Bei uns angekommen, musterte meine Mama Christos, und ich erkannte sofort ihre sich schürzenden Lippen. Wie konnte ich das, was ihr auf der Zunge lag, aufhalten, bevor es aus ihrem Mund stolperte? Ich musste mir etwas überlegen. Mamas Lippen öffneten sich bereits. Irgendein Thema musste mir einfallen. Mama zwinkerte mir zu.

»Wie war's bei Athea?« Sehr gut. Ein unbedarftes, ungefährliches Thema.

»Athea! Stell dir vor. Da kauf ich ihr das Kraut ab.« Mama hielt demonstrativ ihre Tüten hoch. »Das bekomm ich sonst für die

Hälfte, und dann fragt sie mich, ob ich zugenommen hab!« Sie schüttelte ungläubig den Kopf.

»Ach, Mama, beruhig dich erst mal.«

»Wenn ich's doch sage!«

Christos' verkniffenem Schmunzeln zufolge unterhielt ihn diese Situation prächtig.

»Mama, bitte, Athea ist mindestens dreihundert Jahre alt. Die sieht kaum noch. In ihrer Realität hast du wahrscheinlich dreimal vor ihr gestanden.« Meine Beruhigungsversuche blieben zwar ohnehin stets erfolglos, auf ein Wunder hoffte ich dennoch.

»So a Bledsinn. So bleib ich für immer alleine. Dein Vater, der kleine Arsch, hat eine Jüngere, und ich?« Enttäuscht ließ meine Mama ihre Schultern hängen.

»Mama …«

»Falls ich mich einmischen darf? Also ich würde mich wundern, wenn man in diesem Sommerkleid und dem passenden Hut dazu nicht ein paar griechische Herzen brechen würde.« Christos unterbrach mich und schenkte nebenbei einen *Tsipouro* für meine Mama ein. Erst wunderte ich mich, dass Christos ihren bayrischen Einwurf verstanden hatte, bis mir wieder einfiel, dass er ja aus Deutschland kam.

»Meinst du?« Die Tüten fielen zu Boden, und sie nahm den Becher in die Hand.

»Aber sicher doch. Und wie Eleni sagt, Athea ist dreihundert Jahre alt.« Christos schenkte sich auch etwas ein und prostete meiner Mama zu. *»Jámas!«*

In einem Zug kippte meine Mama den *Tsipouro* hinunter, ohne auch nur das Gesicht zu verziehen. »Mann, der ist lecker. Das verdrängt die bösen Gedanken.«

»Immer gerne. Und unter uns …« Verschwörerisch steckten Christos und meine Mama die Köpfe zusammen. »Athea kauft seit

Jahren ihre getrockneten Chilischoten selbst billig ein und verkauft sie dann weiter. Ich habe ihren Enkel letztens im Großhandel gesehen, als ich die Bestellungen für meine Taverne abgeholt habe.« Wie Christos mit meiner Mama umging und wie er generell mit meiner Familie umging, als wäre er von Anfang an ein selbstverständliches Mitglied davon, entlockte mir ein Schmunzeln. Nicht nur das, es erwärmte mein Herz. Niemals hätte ich vermutet, jemanden zu finden, der diesen verrückten Haufen, meinen verrückten Haufen, mögen könnte. Im selben Atemzug nervten mich meine Gedanken und Gefühle gegenüber Christos auch. Ich durfte das nicht. Mich verlieben. Das konnte ich nicht zulassen. Es wäre zu kompliziert, zu nahe am Männerfluch.

»Wusste ich doch, dass die nicht mehr so ausschauen wie früher.« Ein süffisantes Grinsen umspielte die Mundwinkel meiner Mama, ehe sie sich händereibend die Tüten schnappte. »Wir sehen uns später. Wenn ich das den anderen erzähle.« Weg war sie. Warte. Welchen anderen?

»Gern geschehen.« Mit einem selbstgefälligen Grinsen begann Christos, den Tisch abzuwischen.

»Gern geschehen?« Eigentlich wollte ich mich bedanken. Jetzt nicht mehr. »Ich habe dich nicht um deine Hilfe gebeten.«

»Tja, jetzt weißt du, wie ich mir letztens mit deinen Social-Media-Tipps vorgekommen bin.« Schachmatt.

»Okay, du hast recht. Ich habe es verstanden. Und danke. Im Moment überfordert mich irgendwie alles. Wäre es nur meine Mama, die mich stresst, könnte ich mit ihrer Negativität besser umgehen.« Ich hielt seine Flasche hoch und zeigte ihm sein eigenes Logo. »Meine Bonbon-Idee ist trotzdem gut.«

»Unverbesserlich.« Christos warf sich den Lappen über die Schulter und hopste über die Absperrung aus seinem Stand. »Komm mit!«

Er nahm meine Hand und zog mich hinter sich her. Sofort spürte ich wieder dieses Prickeln im Bauch. Gemeinsam mit Christos erreichte ich den Rand des Hügels, auf dem der Markt aufgebaut war.

»Hilft dir das runterzukommen?« Christos legte sanft eine Hand auf meinen Rücken und schob mich ein paar Schritte vor. Der Punkt, an dem er mich berührte, glühte, und ich verdrängte den aufkeimenden Wunsch in mir, Christos näher kennenzulernen. Näherzukommen. Näher zu spüren. Stopp!

Vor mir breitete sich der ewig glitzernde Meeresteppich aus. Im Schwung der sanften Wellen trug er die Sorgen von mir weg, hinaus in die unendliche Weite. Konzentriert atmete ich die reine Meeresluft ein und ließ sie meinen Körper durchströmen.

Christos machte eine ausladende Geste hinaus aufs Meer und dem Horizont entgegen, der sich vor uns ebenfalls in strahlendem Blau auftat. »Komm, gib zu, du fühlst dich leichter.«

Das herrlich türkisfarben schimmernde Meer nahm mir ein paar meiner Alltagssorgen, es war Balsam für meine Seele. Die angenehme leichte Brise kühlte mein Gesicht, und ich schenkte Christos ein ehrliches Lächeln.

»Das hilft definitiv, und diese Weite hält einem vor Augen, wie klein wir selbst im Vergleich sind.«

Laut klatschte Christos die Hände über sich zusammen. »Es gibt noch Hoffnung für dich.«

»Haha. Du Esel.« Trotzdem behielt Christos recht. Meine Laune stieg mit jeder Welle, die sich vor uns am jahrhundertealten Gestein brach.

»Wenn dich das aufheitert, sollte ich dir vielleicht noch ein paar Seelenbalsam-Orte zeigen.« Der selbst ernannte Reiseführer vollführte eine alberne Verbeugung. »Darf ich bitten?«

»Quatschkopf. Als ob ich meine Insel nicht kenne.« Was wollte er mir zeigen?

»Glaub mir, es gibt geheime Orte, die du noch nie gesehen hast.«

»Als ob.«

»Das riecht verdächtig nach einer Wette.« Der Wind zerrte an Christos' beigem Shirt, dessen drei Knöpfe zum Brustbein offen standen. Er stemmte seine Hände in die Hüften. »Na?«

»Von mir aus. Da kann ich nur gewinnen.« Angestrengt dachte ich über Panórama nach. Nein, es konnte nichts geben, das ich nicht kannte. Oder? »Was genau hast du vor?«

»Ich zeige dir Orte, die du alle nicht kennst …«

»Moment. Die Wette beinhaltet, dass ich keinen einzigen deiner Orte kennen darf?« Da konnte er nur verlieren.

»Ja, aber du musst ehrlich sein.«

»Versprochen.«

Fehlte nur noch eines, worüber wir uns Gedanken machen mussten, um die Wette offiziell zu machen: der Einsatz.

Kapitel fünfzehn

»Dieser Christos scheint es dir ja angetan zu haben.« Meine Mama knuffte mich mit dem Ellbogen in die Seite und setzte einen wissenden Blick auf. »Na? Mathilda hat mir erzählt, ihr trefft euch manchmal.« Warum hatte ich ihr, nachdem wir den Markt gerade verlassen hatten, auch von meiner Begegnung mit Christos erzählt?

Ich beugte mich vor, um Mathilda zu sehen, die links von meiner Mama den Hügel vom Markt hinunterschritt. »Dein Ernst?«

»Sorry. Ich habe sie nur geupdatet, was bisher passiert ist.« Von wegen geupdatet.

»Sonst würdest du nicht übers ganze Gesicht grinsen, von einem Ohr zum anderen.« Das absurde Augenbrauenwackeln meiner Mama verleitete mich, an meine Wangen zu fassen. Ich bemerkte, dass ich vor mich hin lächelte.

»Ich bin nur gut gelaunt. Keine Angst, wenn ihr so weitermacht, ist das bald vorbei.« Außerdem musste ich mich darauf konzentrieren, den Weg nicht hinabzustolpern.

»Also triffst du dich nicht mehr mit ihm?« Jetzt fiel mir auch noch meine beste Freundin in den Rücken.

»Ich, also, das, ähm. Treffen ist ein vieldeutiges Wort, oder? Die Insel ist klein, und wenn man sich über den Weg läuft, also zufällig, wäre das auch ein Treffen, oder?«

»Nein.« Sprachen die beiden sich ab, oder warum antworteten sie wie aus der Pistole geschossen dasselbe?

Neben uns spazierten andere Besucher des Marktes den Weg hinab, in den Händen und unter den Armen ihre Ausbeute fest im Griff. Manchmal erkannte ich Gewürze oder Honiggläser in den Tüten, oft konnte ich nur erahnen, ob es sich um einen eingewickelten Fisch oder einen gigantischen Zucchino handelte.

»Ich finde Christos nett, ohne Hintergedanken. Wir haben ähnliche …«, Probleme, »Gesprächsthemen.«

Mathilda und meine Mama glaubten mir kein Wort. Dabei müssten sie mich besser kennen. Ich und ein Urlaubsflirt. Dafür glaubte ich viel zu sehr an meinen Männerfluch. Oder? Dass mein Vater, mein Ex, mein Chef, um nur ein paar zu nennen, das bestätigten, half mir dennoch nicht, mir Christos aus dem Kopf zu schlagen. Nein, das durfte ich nicht zulassen. Ich appellierte an die pflichtbewusste Eleni in mir und erinnerte mich an meine selbst auferlegte Disziplin, die mich sonst zwang, solch einen Unfug gar nicht erst zuzulassen. Ein Typ auf Panórama? Wie sollte das funktionieren? Irgendwann ging ich zurück nach Sylt, dann heulte ich mir die Augen aus, weil er nicht alles für mich aufgab und zu mir zog. Und ich konnte doch nicht in Griechenland leben. Was sollte ich machen? Und meine Mama? Und Mathilda? Dennoch war da dieses Knistern, wenn er in meiner Nähe war, das mir einen Schauer über den Körper jagte. Diese Präsenz, die meine Knie weich werden ließ.

»Hörst du uns überhaupt zu?« Mathilda ging rückwärts vor mir her und schnippte mit dem Finger vor meinem Gesicht.

»Was?«

»Wir haben gesagt, dass du dich ruhig gehen lassen kannst«, antwortete meine Mama.

Diesen Satz ausgerechnet von meiner Mutter zu hören, die

meine innerliche Entspannung meilenweit gegen den Wind roch, um mit neuen Problemen anzukommen, glich einer Verhöhnung.

»Danke, ich werde mich daran erinnern.« Besser, ich behielt meinen Unmut für mich, solange sie meinen Flirt über ihre Sorgen stellten.

Moment! Jetzt sprach ich darüber selbst schon als Flirt. Obwohl ich bald dreißig war, bemerkte ich in diesem Urlaub, dass ich mein Privatleben immer meiner Karriere untergeordnet hatte und mich bei solchen Dingen wieder wie eine Teenagerin benahm.

»Habt ihr auch gesehen, dass bei Anna kaum etwas los gewesen ist?« Meine Mama hatte also dasselbe beobachtet.

Mathilda und ich hatten vorhin ähnliche Schlüsse gezogen, als wir uns an dem Süßigkeitenstand eine Tüte vollgemacht hatten wie damals, als wir noch Kinder waren.

»Mhm.« Nachdem Mathilda beinah über einen Stein gestolpert war, gliederte sie sich wieder bei uns ein. »Vermutlich sind die alten Leute nicht für Annas stylisches Zeug zu haben.«

»Oder ihnen ist das Geld dafür zu schade.« Mein Einwurf brachte mich wieder auf die Idee mit dem Onlineshop. »Dabei sind Annas Kreationen so traumhaft. Ich könnte mich an den Strandtüchern und Tassen totkaufen.« Ich erinnerte mich an diese eine Riesentasse, aus der ich zu Weihnachten Kakao getrunken und mir vorgenommen hatte, einmal bei Anna Weihnachten zu feiern.

Panórama konnte man in diesem Zusammenhang eine Wunderinsel nennen. Schnee im Winter war keine Seltenheit. Gehörte Schnee auf Santorini oder Kreta sofort in die Schlagzeilen, sprach man auf Panórama hingegen nicht von einem Phänomen. Ganz so, als liebte die Insel Weihnachten so wie ich.

Memo an mich: Mal wieder als Erwachsene Weihnachten auf Panórama verbringen.

Wir verstummten nebeneinander und dachten wohl allesamt

über Anna nach. Schweigend stiegen wir den Hügel hinab und wirbelten bei jedem Schritt die trockene Erde auf, die uns in den Augen brannte. Dafür stieg der köstlich süße Duft der *Trigona Panóramatos* aus meiner kleinen Tüte, die mir locker am kleinen Finger hing. Zwar gaukelte der Name einem vor, dass sie aus Panórama stammten, doch es handelte sich ursprünglich um ein Mitbringsel einer Frau vom nordgriechischen Örtchen Panórama. Sie hatte hierher geheiratet und wurde eine der Bürgermeisterinnen der Insel. Immer wenn ich meine zweite Heimat besuchte, zwang mich eine innere Stimme, dieses dreieckige Gebäck zu verspeisen: »Lass alles stehen und liegen! Zuckersirup, Filoteig und dicke Vanillecreme warten auf dich.« Wieder musste ich an Anna denken, die normalerweise *Trigona* für uns vom Markt kaufte. Irgendwie musste ich ihr helfen, Urlaub hin, Urlaub her.

Da sich einige Reisewütige auf die Insel verirrt und den öffentlichen Strand besetzt hatten, machten wir uns nach dem Marktbesuch auf dem linken winzigen Strandabschnitt neben Annas Haus breit. So entgingen wir der Masse und hatten unsere Ruhe. Als ich noch jünger war, mochte ich den Trubel, mittlerweile verzog ich mich auch lieber hierher. Bei Annas Strand gab es zwar mehr Steine und eine Schicht Algen, die wir überqueren mussten, bis wir im türkisfarbenen kristallklaren Wasser ankamen, dafür hatten wir unsere Ruhe.

Meine Mama richtete ständig den Schirm neu aus, und ich rollte dem Schatten hinterher. Der heiße Sand legte sich um meinen eingecremten Körper. Da hatte ich mich wohl einmal zu weit gedreht und fühlte mich nun wie eine panierte Hühnchenkeule. »Wenn du den Schirm weiter hin- und herbiegst, haben wir bald gar keinen Schatten mehr.«

»Ich verstehe selbst nicht, warum der Schatten nicht dorthin geht, wo ich ihn haben will.« Angestrengt wischte Mama sich den Schweiß von der Stirn und drehte weiter am Schirm. Ich robbte auf mein Handtuch zurück.

»Wie eine Komödie seid ihr«, meldete sich Athanasios zu Wort, der bisher Zeitung lesend auf seinem Klappstuhl saß.

Mit meinem Zeigefinger deutete ich auf mich. »Ich etwa auch?«

»Ihr alle.« Mein Onkel zwinkerte mir zu. »Ich werde zur Werkstatt gehen. Ich sitze schon seit einer Stunde bei euch.«

»Wahnsinn, eine Stunde verbringst du mit uns. Kannst du dich nicht entspannen? Nur einmal?« Anna feuerte ein paar böse Blicke in seine Richtung, die ihn nicht zu kümmern schienen.

»Wie soll ich mich entspannen? In der Werkstatt ist so viel zu tun. Das Meer sehe ich jeden Tag, und Sand habe ich seit meiner Kindheit in der Ritze.«

Onkels Sprüche rangen einem immer ein Schmunzeln ab. Doch Anna verstand ich auch. Aber Athanasios zu ändern war unmöglich.

»Ts. Dann geh. Alter Narr.« Anna bedeutete ihrem Mann mit einer feurigen Geste, dass er abhauen sollte, und sah ihn nicht mehr an.

»Alles macht man falsch.« Athanasios las seine Zeitung von vorne und blieb. Erst mal.

Ich drehte mich zu meiner Tante, die sich neben mir ausgebreitet hatte, riesige Strandtasche mit Essen, das für eine Hochzeitsgesellschaft reichte, inklusive.

»Wie lang siehst du ihr noch zu, bevor du eingreifst?«, zischelte ich Anna zu und zeigte mit dem Kinn auf Mama, die mit dem Schirm kämpfte.

»Ein bisschen noch.« Wie Vater damals lag Anna in der prallen Sonne. Vermutlich hatten die alle irgendeinen antrainierten körpereigenen Sonnenschutz. Ich bestand trotzdem auf meiner Skincare-Routine, die als Abschluss meiner zehn Schritte auch eine Sonnencreme fürs Gesicht vorsah. Natürlich nicht irgendeine, sondern eine kleine Tube für zehn Euro, die ohne Mikroplastikpartikel, dafür aber mit Babyapfelextrakt, Lichtschutzfaktor fünfzig plus, mit IR-A-Schutz, vegan, klimaneutral, voller Engelstränen und was weiß ich noch alles war. Aber nachdem Mathilda mir vor einem Jahr eine vierundvierzig Minuten lange Sprachnachricht geschickt hatte, in der sie mir berichtet hatte, wie viele Schadstoffe in herkömmlicher Sonnencreme steckten, hatte ich mir diese auf ihre Empfehlung hin gekauft.

»Geschafft!«, rief uns Mathilda vom Wasser zu.

Wenn man vom Teufel sprach. »Was denn?«, wollte ich wissen.

»Ich habe dreißig Sekunden die Luft angehalten.« Freudestrahlend kam Mathilda wieder zu uns. »Willst du nicht auch ins Wasser? Du hast gemeint, dir wäre heiß.« Meerwasser tropfte von ihr herab, färbte den Sand dunkel und hinterließ ein gepunktetes Muster, das mir gefährlich nah kam.

»Gleich. Es ist gerade so angenehm.«

»Du scheinst heute entspannt zu sein. Ausnahmsweise.« Anna kannte mich zu gut, dabei hatte ich gehofft, das nicht nach außen zu tragen, um niemandem den Tag zu ruinieren.

»Vielleicht liegt es an Christos?«, sagte meine Mama.

»Kümmere du dich lieber um den Schirm, Mama!«, rief ich hinter mich.

Ihr Kichern reichte als Antwort.

»Christos? Der von der Taverne?« Klar, dass Anna darauf ansprang, wenn sie nur im Entferntesten die Chance roch, dass ich endlich heiraten könnte. »Der ist nett, hält hier und da ein Pläuschchen, packt mal mit an.«

Heiraten! Ich? Ich war gedanklich noch sechzehn Jahre alt, schaute ständig Serien, las heimlich noch meine alten auseinanderfallenden *Jeanne-die-Kamikazediebin*-Mangas und zelebrierte Weihnachten mit mindestens dreiunddreißig kitschigen Weihnachtsfilmen. Da sollte ich eine Ehe eingehen?

»Ich will ihm nur mit der Taverne helfen. Wo wir auch wieder bei dir wären, Anna.« Sehr gut, so konnte ich umschwenken und mein Anliegen vorbringen. »Hast du über einen Onlineshop nachgedacht?«

Murrend hörte ich Mathilda hinter mir im Sand ein paar Schritte zurückgehen, und auch mein Onkel zog sich seine uralte Mütze tiefer ins Gesicht. Kam es mir nur so vor, oder drehte die Sonne auf, und die Luft um uns wurde heißer?

»Eleni, ich habe gesagt, dass ich das nicht will. Ich will meine Kundschaft noch sehen, mit ihr reden, sie beraten. Nicht so unpersönlich.«

»Welche Kundschaft?« Das platzte so ungefiltert aus mir heraus, dass ich nur ein scharfes Einatmen um mich wahrnahm.

Anna blieb der Mund offen stehen, und sie wich meinem Blick aus. Ihr Körper versteifte sich, und sie fror in ihrer vermutlich ungemütlichen, halb liegenden, halb aufrechten Seitenlage ein.

»Es tut … Nein, ich entschuldige mich nicht. Du kannst noch so breit grinsend auf dem Markt stehen und winken, aber kaum jemand kommt zu dir, weil es viel zu wenige zahlungsfähige Menschen gibt.« Komischerweise unterbrach sie mich nicht, sondern lauschte. Ob es ein interessiertes Lauschen war oder eher das einer Löwin, bevor sie über mich herfiel, wusste ich noch nicht. »Du kannst auch mit Menschen online kommunizieren. So ein Shop kann dir Kundschaft aus allen Ecken der Welt beschaffen. Du kannst einen Videochat einbinden, falls es Fragen gibt oder jemand vorab etwas sehen will.«

»Aber … Was, wenn ich das nicht kann?«

Ich verstand Annas Ängste, da wir uns alle vor Neuem fürchten und Unbekanntes lieber verteufeln, anstatt uns unsere Unsicherheit einzugestehen, um daran zu wachsen. Denn Scheitern wollte wohl niemand als sein Hobby nennen.

»Online kann ich von überall auf der Welt auf deine Seiten zugreifen und dir helfen. Aber ich kann dir keine Menschen auf die Insel zaubern, die deine Sachen kaufen. Das kannst auch du nicht, und wenn du noch so fröhlich in deinen Geschäftsräumen auf und ab hoppelst.« Meine Kehle schnürte sich zu. Es war völlig neu für mich, dass ich nicht alles hinunterschluckte, sondern auch mal etwas sagte.

Athanasios räusperte sich hinter uns unter seinem eigenen Sonnenschirm, was wohl eine Art Na-komm-schon-Brummen sein sollte.

»Na gut. Kannst du mir das mal alles zeigen?« Anna bewegte sich endlich wieder und setzte sich im Schneidersitz auf ihr pink-orangefarbenes Strandtuch. Selbst eingefärbt, natürlich.

»Gerne.« Erleichterung machte sich breit. Dieses Gefühl, zumindest eines meiner Probleme angepackt zu haben, machte den Tag noch besser.

»Aber wenn ich dich um Hilfe bitte, bekomme ich nur einen bockigen Blick«, warf meine Mama ein und zerstörte aller Seelenfrieden, der sich gerade einschleichen wollte.

Ich biss meine Zähne zusammen, um nichts Folgenschweres von mir zu geben, und wandte mich ihr und Mathilda zu.

»Ach, Rosi, komm. Eleni macht so viel für dich«, sprang mir Mathilda bei.

»Ansichtssache, nicht wahr?« Mama sah mich grinsend an, als wäre das nur ein Spaß.

Über diesen Witz lachte ich nicht. Schon lange nicht mehr. Genervt erhob ich mich, nahm meine Tasche, schlüpfte in meine Schuhe, riss ihr den verdammten Sonnenschirm aus der Hand, richtete ihn so, dass sie endlich Schatten hatte, und stampfte Sand aufwirbelnd davon.

Den gesamten Weg zurück zum Haus, der steil nach oben ging, flüsterte ich bitterböse Beschimpfungen vor mich hin. Wohin sollte ich denn noch fliehen? Fort Knox? Ob die dort eine Social-Media-Managerin suchten? Gab es niemanden, der mich verstand?

»Eleni?« Diese Stimme kannte ich.

Kapitel sechzehn

»Danke, danke, danke für diesen Tapetenwechsel.« Keine Ahnung, wie oft ich mich noch bedanken wollte. Doch dass Christos mich erwischt hatte und mich aus meinen Gedanken rettete, bedeutete mir viel. Ich wäre sonst nur den restlichen Tag in meinem Zimmer im Kreis getigert und hätte mich aufgeregt. Dieses Mal schickte ich ein Stoßgebet an das Universum dafür, dass Panórama ein Dorf und Christos da war. Er war immer da.

»Hey, kein Ding, Eleni.« Diese Gänsehaut, die über meinen Körper kam, sobald Christos meinen Namen aussprach, war gefährlich. »Immerhin habe ich gewettet, dir geheime Orte zu zeigen, und da ich nicht die riesigen Massenbestellungen für meinen *Tsipouro* heute auf dem Markt bekommen habe, dachte ich mir: Warum nicht gleich?«

Dass sein Markttag ebenso wenig wie Annas von Erfolg gekrönt war, tat mir leid. Ich fragte mich nur, wie er mir einen ungesehenen Ort zeigen wollte, wenn wir zu Fuß unterwegs waren. Rund um Annas Haus kannte ich alles.

Obwohl ich mich glücklich über die Abwechslung schätzte und es genoss, mit Christos über den Hauptplatz von Panórama zu schlendern, fiel es mir schwer, mich mit ihm zu unterhalten. Christos war dabei nicht das Problem. Seine zugängliche Art machte es jedem leicht, mit ihm in Kontakt zu kommen. Es lag an mir.

Diese Insel löste zwar meine innere Anspannung, doch noch war sie nicht völlig verschwunden, und das merkte ich nun wieder. Die letzten Jahre hatte ich mich viel zu wenig in Gesprächen fallen gelassen. Mir schwirrte zu viel in meinem Kopf herum.

Am runden Springbrunnen in der Mitte des gepflasterten Platzes stand eine Statue der Gründerin Panóramas Eudokia Stikoudi. Das schmutzige Weiß des Marmors strahlte im Sonnenlicht, und Efeu kletterte langsam an ihren Beinen hinauf. Auf eine gewisse Art und Weise fühlte ich mich auch wie eine festgewurzelte Statue. Denn wenn ich beobachtete, wie um uns Kinder tollten oder auf kleinen Autos, die von ihren Eltern gesteuert wurden, saßen und um den Brunnen sausten, während die Erwachsenen sich unterhielten, lachten und Videos als bewegte Erinnerung für später aufnahmen, fragte ich mich, wann ich aufgehört hatte, meinem Leben etwas Positives abzugewinnen.

»Habe ich dich überrumpelt, oder so? Wolltest du nicht mit?« Christos' Stimme riss mich aus meinen Gedanken.

»Doch, doch. Alles gut.«

»Dafür wirkst du etwas verspannt.« Oh, ich hatte vergessen, wie direkt die Menschen auf Panórama sein konnten. Christos hatte sich das offenbar auch angewöhnt. In Deutschland kannte ich das gar nicht mehr. Da wollte niemand eine wahrhaftige Antwort auf ein *»Wie geht es dir?«*. Bloß nicht zu schwierig sein. Einfach unter die Normalen eingliedern und fertig. Teilweise kannte ich das auch noch aus meiner Kindheit, in der mein Vater immer zu mir meinte, dass ich mich nicht zu stereotypisch südländisch und aufbrausend verhalten solle, während meine Mama mir einbläute, dies und jenes ja nicht in der Schule zu erwähnen, denn was denken denn die anderen sonst über uns?

»Ähm, ich …«

»Ich wollte dir nicht zu nahe treten.«

»Nein, nein. Bist du nicht.«

Wir überquerten den Hauptplatz mit den Cafés, die aus allen Nähten platzten. Wie ich dieses lebendige Leben draußen vermisst hatte. Wir bogen in die Altstadt ein. Der Weg führte zu den allerersten Häusern, die es jemals auf der Insel gegeben hatte.

»Ich erkenne, wenn sich jemand unwohl fühlt. Außerdem habe ich in Deutschland mal als Körpersprachen-Experte für Führungskräfte gearbeitet. Meine Ex-Freundin war Coachin dafür und hat mich mit reingezogen.« Da fiel mir wieder auf, wie sehr ich es genoss, mehr über Christos zu erfahren.

»Es ist nur … Ich habe das Gefühl, meine kompletten Zwanzigerjahre verloren zu haben. Ich bin die ganze Zeit auf der Stelle getreten. Wer bin ich? Was will ich? Wo will ich hin? Ich bin in einem Hamsterrad gelaufen, habe gearbeitet, weil sich das so gehört, mich angepasst, nicht den Mund aufgemacht, und jetzt bin ich neunundzwanzig und weiß nicht, wie ich mich mit dir unterhalten soll.« Jetzt lud ich meine Sorgen bei ihm ab und tat genau das, was ich meiner Mama ankreidete. Bald würde Christos keinen Bock mehr auf mich haben.

Gemeinsam schritten wir mitten durch einen herrlichen lila Drillingsblumenbogen hindurch. Der süße Duft der Rankenpflanze besänftigte meine Sinne. Der einfache Kiesweg verwandelte sich in einen gepflasterten Sandsteinpfad, der von weiteren Häusern gesäumt war. Der Weg war sehr uneben, einzelne Steine waren zerbröckelt und hinterließen kleine Löcher, in denen sich zur Regenzeit Pfützen bilden würden.

»Ich kann das sehr gut nachvollziehen, Eleni.« Da war es wieder, dieses *Eleni*.

»Echt?«

»Klar. Ich meine, ich habe einiges durch in Deutschland. Körpersprachen-Experte war nur eine Station. Ich habe qualvoll versucht, mich anzupassen. Aber als sich die Chance für die Taverne ergeben hat, habe ich gemerkt, wie ich dieses Leben und die Freiheit liebe.«

Im Gehen konzentrierte ich mich so sehr auf seine Worte, dass ich über einen der Pflastersteine stolperte.

»*Oppa!*« Christos' Arm schnellte vor mich wie eine feste unzerstörbare Schranke und fing mich, begleitet von seinem griechischen »Aufgepasst«, auf. Eine Hand legte sich auf meinen Rücken, und ein Schauer lief über meinen Körper. Obwohl ich seine Stärke fühlte, war sein Griff doch vorsichtig, als wäre ich eine einzelne zarte Blume, die vor einem heftigen Sturm beschützt werden müsste.

»Danke.« Ich stützte mich an seinem muskulösen Arm ab, fühlte die heiße haarige Haut und die hervorstehenden Venen, ehe ich mich wieder aufrecht hinstellte.

Ich fühlte mich wie in einem kitschigen Liebesfilm, weswegen ich für mich beschloss, mich wieder mehr auf meine Umwelt zu konzentrieren. Irgendwann würde ich abreisen müssen, da brauchte ich keine Gefühle, die mich ohnehin nur aufs Glatteis führten, weil sie von dem phänomenalen Flair Panóramas verzerrt waren. Da konnte ich schon mal eine schöne gemeinsame Zeit mit einer Schwärmerei verwechseln, wenn die Sonne und die Aussicht im Bauch wohlige Wärme verbreiteten wie Schmetterlinge, wenn ich mich verliebte.

»Komm hier lang, dann sind wir da.« Christos zwinkerte mir zu, und ich folgte mit meinem Blick der Richtung seines Zeigefingers. Zwischen einem Haus in typisch mediterranem Orange mit dunkelbraunen Fensterläden und einem Haus voller Steinplatten mit breitem pflanzenbewachsenen Balkon erkannte ich einen schmalen Weg.

»Da müssen wir uns durchquetschen?«

»Seitlich klappt das schon.« Der Versuch, sein Schmunzeln zu unterdrücken, gelang Christos nicht.

»Alles klar, du gehst vor.«

Christos zog den Bauch ein, drückte sich wie angekündigt seitlich zwischen den beiden alten Häusern hindurch, und ich tat es ihm gleich. Die raue Fassade des orangefarbenen Hauses kratzte ein wenig an meinem Rücken, außerdem spürte ich Spinnweben meine Schultern kitzeln und entdeckte auf der Hälfte des Weges ein winziges Fenster, das wohl nur bedingt Licht ins Innere ließ.

Auf der anderen Seite angekommen, strich ich mein Kleid glatt, das ich mir, nachdem ich in der Hitze des Gefechts vom Strand geflohen war, noch übergeworfen hatte, ehe ich meine Tasche über Annas Gartenzaun geschmissen hatte und Christos gefolgt war. Nun stand ich voller Spinnweben in der Altstadt und hörte Christos' Lachen, das mich empfing.

»Was?« Noch ehe ich eine Antwort von ihm erhielt, erkannte ich selbst, warum er losprustete.

Meine Belustigung verkniff ich mir und reckte stattdessen gespielt beleidigt mein Kinn vor. »Es hätte einen anderen Weg gegeben, und du jagst mich hier durch?«

»So ist es witziger«, sagte Christos zwischen mehreren Lachern und wischte sich eine Träne vom Augenwinkel.

»Du bist ein Betrüger.«

»Sind wir das nicht alle?« Die breiten Schultern zuckten nach oben, ehe Christos mir bedeutete, ihm zu folgen. »Wir sind da.«

Vorbei an ein paar griechischen Frauen, die vor ihren kleinen, bunten Häusern auf bemalten Holzbänken saßen, Teigtaschen füllten, sich unterhielten und Kaffee aus bronzefarbenen Krügen einschenkten und uns mit Argusaugen beobachteten. Weinfässer, in die Rohre führten, um den Regen aufzufangen, reihten sich an den Häusern auf. Gleich danach hielten wir vor einem einstöckigen

Haus, das beinahe einer Gartenhütte glich. Die hellblaue Farbe war verschmutzt von Unwettern. Das Dach wirkte unpassend neu, und am Türrahmen hingen noch ein paar Glücksbringer, die auf einen Silvesterbrauch von Panórama zurückgingen. Die Nachbarschaft suchte sich eine Familie aus, die im neuen Jahr Glück brauchte. Ein Familienmitglied musste dann das Haus mit dem rechten Fuß betreten und durfte im Anschluss den zuvor aufgehängten Granatapfel von der Tür nehmen und ihn mit voller Wucht gegen die Tür werfen. Perfekt lief es, wenn viele Kerne aus der Frucht fielen, denn viele Kerne bedeuteten viel Glück. Und diese Tür wirkte, als wählte die Nachbarschaft diese Familie oft aus.

»Aber ich kenne diese Gegend, und das Haus habe ich bestimmt auch schon mal gesehen.«

»Komm schon.«

Na gut, sollte er mich eines Besseren belehren. Skeptisch folgte ich Christos in das Haus. Drinnen erwartete mich etwas völlig Unerwartetes. Nicht nur, dass der Steinboden neu gemacht wirkte und Hunderte Mosaiksteinchen in unterschiedlichen Blautönen an der Wand im Sonnenschein erstrahlten, nein, vor mir fand ich eine restaurierte Schnapsbrennereianlage.

»Ist es das, was ich denke?« Was für eine Frage. Spätestens, als ich seine Flaschen in einem Karton erspähte, beantwortete sie sich von selbst.

»Jap. Sagte ich doch, du kennst diesen Ort nicht.« Christos kratzte sich verlegen am Nacken, als zeigte er mir sein Heiligtum.

»Du bist wirklich ein Betrüger, Christos. Ich habe an große Orte irgendwo draußen gedacht.« Verblüfft lachte ich auf und ging zwischen den Tischen hin und her. Kupferfarbene Kessel mit Rädern, Röhren, die in eiserne Fässer mündeten, und Thermometer vermittelten mir das Gefühl, im Labor eines merkwürdigen Professors gelandet zu sein. »Das sieht professionell aus.«

»Das habe ich dir doch versprochen. Geheime Seelenbalsam-Orte.« Stolz stemmte Christos seine Hände in die Hüften.

Eichenfässer hinter ihm stapelten sich an der hinteren Wand und versperrten beinahe die Tür in einen anderen Raum. Ich staunte nicht schlecht, wie gut organisiert alles war. Die halb offene Tür gab den Blick auf andere Flaschen frei. Das Logo war rosa und die Flüssigkeit eher goldbraun, bernsteinfarben.

»Was ist da drin?«

Leicht panisch erreichte Christos mit nur zwei riesigen Schritten die Tür und drückte sie hinter sich zu. »Nichts.«

»Okay«, sagte ich und beließ es erst mal dabei. »Und was ist mit meiner Kostprobe?«

»Die hast du doch bekommen!«

»Daran kann ich mich nicht erinnern. Moment mal.« Ich legte einen Finger auf meine Unterlippe und tat, als strengte ich meine Gehirnzellen fieberhaft an. »Nein, glaube ich nicht.«

»Helena! *Du* bist die Betrügerin von uns beiden«, sagte Christos scherzhaft.

Jetzt war ich diejenige, die lachte, nahm das leere Glas vor mir und schlug damit zweimal sanft auf den Holztisch auf. »Ich weiß nicht, was du meinst, und jetzt her mit dem Zeug.«

Vorsichtig näherte sich Christos mir. »Und wenn ich wüsste, wie wir beide auf unsere Kosten kommen? Du müsstest mir nur etwas von dem Kostbarsten geben, das du hast. Deine Zeit.«

»Ähm, okay? Ich habe Zeit.«

»Nicht jetzt gleich, ich treffe mich noch mit einer Handwerkerin, die etwas an meinem Hausboot repariert. Morgen?« Wenige Zentimeter trennten Christos und mich. Sein Atem kitzelte mein Gesicht, seine Lippen waren wie der betörende Gesang einer Sirene, die mich magisch anzog, und ich wünschte mir, sie auf meinen zu spü–

»Okay?« Damit riss er mich aus meinen Gedanken.

»Morgen klingt toll.«

»Sehr gut. Ich freue mich.« Er freute sich. »Ähm, warum starrst du auf meinen Mund? Habe ich da Essensreste?«

»Hm?« Mein Blick löste sich von seinen Lippen, und ich sah ihn direkt an. »Sorry, nein, ich bin ein wenig müde. Ich habe nur ins Leere geguckt.«

Christos verringerte den Abstand zwischen uns noch mehr und kam gefährlich nah. »Ich hätte fast gedacht, du stiehlst mir einen imaginären Kuss.«

Ich sog erstickt die Luft ein. »Was? Nein.«

»Schade, das *wäre* ja mal etwas Überraschendes gewesen, aber da steckt wohl noch zu sehr der kühle Norden in dir, was?« Dieses freche Grinsen, die glühenden Augen – das alles brachte mich um den Verstand.

»Das ist erstens ein Stereotyp, und zweitens bin ich nicht kühl.«

»Das heißt, ich dürfte dich ganz unverbindlich küssen?« Ein funkelnder Schatten huschte durch seine Augen.

»Ich …«

»Sorry, ist ein miserabler Spaß gewesen.« Christos kratzte sich verlegen am Nacken. »Ich wollte dich da nicht in eine unangenehme –«

»Okay. Es ist Sommer, ich bin im Urlaub, warum nicht?« Somit konnte ich mir ein für alle Mal selbst beweisen, dass das zwischen uns nichts bedeutete. Ein Urlaubsflirt. Mehr nicht. Ich würde nichts fühlen, und dann konnte ich das abschließen.

»O-Okay?«

Ich nickte.

Christos' Kopf näherte sich, zuckte aber einen Moment zurück, als hätte er Angst, ich lockte ihn in eine Falle, als versetzte ich ihm einen Stromschlag. Nicht lange, und er beugte sich wieder vor. Langsam, vorsichtig, begleitet von diesem herben sommerlichen Duft nach Sonne, Meer und Sand. Was erst noch zögerlich voranging, beschleunigte sich, und ehe ich mich's versah, lagen Christos' Lippen auf meinen. Diese vollen sonnengeküssten Lippen, die meine wie eine hitzige, kräftige Sommerbrise umhüllten. Ich wollte in diesem Augenblick versinken, das Gefühl von seinem Mund auf meinem einfangen und für immer spüren.

Mein Körper reagierte auf seine Berührung an meinen Hüften, auf seine Mitte, die sich gegen meine drückte, und von jetzt auf gleich verlor ich die Kontrolle. Etwas, das mir sonst panische Sorgen bereitete und mich jetzt innerlich so leidenschaftlich durchwirbelte, dass ich wie süchtig mehr und mehr wollte. Mehr von diesen Adern auf den Armen sehen, mehr von dieser Haut auf meiner spüren, mehr Christos und Eleni.

Konnte das noch ein Urlaubsflirt sein?

Kapitel siebzehn

»Komm, Eleni, du bist als Nächstes dran.«

Christos nahm Anlauf. Von der Sommerhitze ausgetrocknete Zweige knackten unter seinen Füßen, bis die Geräusche verstummten.

Als Christos gestern in seiner *Tsipouro*-Brennerei getönt hatte, er wisse, wie wir beide auf unsere Kosten kämen, hätte ich nicht damit gerechnet, dass er mich abholt und auf eine Klippe lotst, um von ihr zu springen.

Tatsächlich sprang Christos ab. Wie ein Vogel in der Luft stieg er zunächst in den strahlend blauen Himmel auf. Die Sonne blendete mich beim Hinaufschauen. Mit meinen Händen als Sonnenschutz blinzelte ich zu ihm hoch und erkannte seine Umrisse, bevor die Schwerkraft ihn nach unten fallen ließ und er verschwand. Er verschwand so wie unser gestriger Kuss. Kurz danach hatten wir uns hastig voneinander gelöst, als hätten wir uns beide am anderen verbrannt. Wir hatten gekichert, einen flachen Witz gerissen und weitergemacht, als wäre nichts passiert. Als bedeutete es nichts, und ich beschloss, mir weiterhin einzureden, dass es das auch nicht tat. Denn Christos hatte doch gesagt: Es war unverbindlich, ein Spaß, nicht mehr. Am liebsten hätte ich Mathilda davon erzählt, aber die hatte sich für heute einem Armbandknüpfkurs bei Annas Laden angeschlossen.

Nun war ich dran mit Springen. Ich näherte mich dem Rand. Dieser Hitzkopf hatte sich wahrhaftig, ohne zu zögern, mit einem Satz in die Tiefe gestürzt. Es war so schnell gegangen. Ich wollte erst einmal nach unten schauen, traute mich aber nicht an den Rand. Ich hockte mich hin, kam so aber auch nicht voran, bis ich mich schließlich auf den Bauch legte und so nach vorne zog. Von dort aus sah ich hinab ins Meer und suchte nach ihm.

Ich hatte das »Des gibt's jo ned« meiner Mama im Ohr, das sie garantiert genau so gesagt hätte, wäre sie hier gewesen. Bis es sich mit Mathildas besorgtem »Komm schon, tauch auf! Er ist bestimmt tot.« abwechselte.

Moment. Christos tauchte nicht mehr auf. Konnte das sein? Konnte so dieser Tag enden? Sofort machte ich mir Sorgen um ihn und sprang auf. Die Angst, ihm könnte etwas passiert sein, ließ mich über die Höhe hinwegsehen. Ich zog eilig mein Kleid aus, atmete tief ein und aus und nahm Anlauf. Während ich lossprintete, überlegte ich mir, wie das mit dem Wiederbeleben funktionierte. Dreißigmal Herzmassage und dann zweimal beatmen? Oder umgekehrt? Wie war noch gleich der Rhythmus? Nach dem Beat von »Staying alive«? Oder war es doch Helene Fischers »Atemlos«?

»Ahh!« Der Schrei drückte sich automatisch aus meinem Hals. Vor lauter Gedanken hatte ich nicht mitbekommen, wie ich mich vom Boden abgedrückt und in die Tiefe Richtung Meer gesprungen war. Mein Schrei wurde immer lauter und verdrängte sogar meine innere Eleni, die »Was stimmt mit dir nicht?« kreischte.

Instinktiv blickte ich nach unten. Schwarze, nasse Haare, deren Strähnen Christos' kantiges Gesicht einrahmten. Er grinste mir entgegen.

Meine Füße durchbrachen zuerst die Wasseroberfläche. Die Kälte zuckte durch meinen Körper, und ehe ich es registrierte, sprudelte das Salzwasser in meinen Mund, der immer noch vom

Schrei geöffnet war. Um mich herum wirbelten Luftblasen, die ich mit meinen paddelnden Armen wegschob. Einen Hustenanfall unterdrückend, schwamm ich hoch. Noch bevor ich oben ankam, packte mich eine kräftige Hand, die mich hochzog.

Ich hustete das verschluckte Wasser aus. Das zweite Geräusch, das ich nach meinen halb erstickten Lauten hörte, war Christos' Kichern direkt neben meinem Ohr.

»Jag mir nicht so einen Schrecken ein!«, keuchte ich und schlug ihm halbherzig gegen die Brust. Als meine Hand seine abgekühlte Haut berührte, bemerkte ich, wie nah wir uns waren. Wir schwammen ins flache Wasser, bis wir stehen konnten, und grinsten uns an. Irgendwie waren seine Hände um meine Hüfte gewandert. Wann war das passiert?

»Tut mir leid. Das ist nicht meine Absicht gewesen. Ich bin nur etwas getaucht, damit das Wasser nicht mehr so kalt ist, weil ich gedacht habe, du brauchst sowieso noch länger.« Christos wirkte schuldbewusst und legte eine Art Dackelblick auf, bis der schelmische Junge zurückkehrte. »Aber schön zu sehen, dass du dich um mich sorgst.«

»Träum weiter.« Ein Teil von mir wollte sich in seinen Augen verlieren. Der andere, weitaus stärkere Teil wusste, dass das gefährlich war. Und so drückte ich mich von ihm ab und schwamm ein Stück von ihm weg.

»Also, wo ist dein nächster geheimer Ort? Weil, wenn du das Meer meinst, dann muss ich dich enttäuschen, das habe ich schon ein-, zweimal gesehen.«

»Gleich in diese Richtung.« Christos schwamm voraus, und seine breiten Oberarme, die sich aus dem Wasser hoben, um sich kraulschwimmend fortzubewegen, lenkten mich einen Moment lang ab.

Schnell folgte ich ihm und bemerkte, wie ich das Schwimmen

im griechischen Meer vermisst hatte. Das richtige Schwimmen mitten im Meer, wenn die Tiefe unter dir unendlich war. Nur du, das salzige, abwechselnd türkis und saphirblau schimmernde Wasser, das mich wie ein Zaubertrank belebte. Als wäre das Schwimmen eine Art magische Fähigkeit, die ich jahrelang unterdrückt hatte, entfesselte sich diese Kraft in mir, die mich rascher vorankommen ließ. Beinahe hatte ich Christos eingeholt und erkannte, worauf er zuschwamm.

Eine Grotte. Seit wann gab es diese Grotte, die in die Felswand hineinreichte? Und warum nutzte sie niemand, um sie bei Bootstouren Reisenden zu zeigen? »Stopp, Helena. Nicht wieder die Verkaufsstrategien aufzählen«, wisperte ich mir selbst zu.

Wir näherten uns der Grotte. Der Riss in den Klippen, der nur etwas breiter war als ich, fand sich unscheinbar etwas seitlich unterhalb unseres Absprungorts. So war er kaum zu erkennen, wenn man von oben aufs Meer blickte. Denn gleich danach machte die Felswand einen Bogen zu den spitzen Steinen, die normalerweise von Booten gemieden wurden. Wir nannten sie die Krallen des Eros. Denn wenn man den panóramischen Mythen Glauben schenkte, hatte der griechische Gott der Liebe Eros eine Affäre mit Panórama, einer wunderschönen Frau, der er diese für andere göttliche Wesen unsichtbare Insel schenkte, um sie zu besuchen. Als er einige Zeit nicht vorbeischaute, verliebte sich Panórama in einen Wassermann. Um sich zu rächen, erschuf Eros diese spitzen Steinfelsen, mit denen er Panóramas Geliebten umbrachte. Laut der Legende hatte Panórama sogar ein Kind von Eros, das sie vor ihm geheim hielt. Irgendwie aufregend zu denken, dass sie das eventuell in dieser Grotte versteckt haben könnte. Was dachte ich denn da? Als ob das überhaupt stimmte. *Komm zu dir, Helena.* Seit wann hing ich solchem Unfug nach? *Sagte die, die an den Männerfluch glaubte.*

Nachdem sich Christos versichert hatte, dass ich hinterherkam, verschwand er in dem Spalt. Ein wenig außer Puste, hielt ich mich an der Felsenwand fest und stützte jeweils einen Fuß auf einer Einkerbung in der Wand. Während meiner Verschnaufpause warf ich einen Blick über meine Schulter und bestaunte das weitläufige Meer, das niemals ein Ende zu finden schien.

Dass ich in diesem Augenblick hier war und nicht in meinem Büro auf Sylt hockte, um Befehle von einer wandelnden Bienenmusterfliege anzunehmen, fühlte sich befreiend an. Viel zu wenig lebten wir im Hier und Jetzt. Wie oft waren wir uns denn wahrhaftig unserer selbst und unserer Umwelt bewusst? Das Leben verschluckte uns, auf der Suche nach dem Glück, wartend auf unsere Zukunft, die besser sein sollte, erreichten wir weder dieses noch jenes. Um dann zu bemerken, dass wir nichts gewonnen, dafür Zeit verloren hatten. Zeit, die nie wieder zurückkehren würde.

Ich schob mich zwischen den Felswänden durch und linste zu Christos. Er lotste mich um eine noch etwas enger werdende Ecke, nach der wir uns in einem riesigen Innenbereich wiederfanden. Wie eine versteckte Höhle mit eigenem Indoor-Meer und Privatstrand. Über uns waren mehrere Lücken im Gestein, durch die die Sonne hineinfiel und die Höhle erhellte. Die Lichtstrahlen verliehen dem Inneren ein besonderes Flair und ließen das Wasser erstrahlen.

Wir schwammen zu dem kleinen Strand und legten uns mit weit ausgestreckten Gliedmaßen in den feuchten Sand, und urplötzlich lachte ich laut los.

»Was? Ist meine Badehose beim Herauskrabbeln runtergerutscht?« Hektisch hob Christos seinen Kopf an und zog seine weiße Badehose, die perfekt zu seiner sonnengebräunten Haut passte, hoch. Zugegeben, die Badehose schmeichelte seiner Körpermitte wirklich perfekt.

»Nein … Ich …« Mehrmals setzte ich an. Leider kam jedes Mal

dieses laute, Tränen in die Augen treibende Lachen aus mir, sobald ich sprach. Ein Lachen, das tief aus dem Bauch kam und ich seit Ewigkeiten nicht gefühlt hatte. Dazu machte ich meinen berühmten Sandengel. Der Sand klebte. Christos dachte bestimmt, ich hätte nicht mehr alle Tassen im Schrank. Irgendwann schaffte ich es zu sprechen: »Du treibst mich aus all meinen Komfortzonen, Christos.«

»Deshalb lachst du?« Christos legte sich seitlich neben mich, stützte seinen Kopf in eine Hand und sah mich mit einem verwirrten Blick an.

»Ja, ich meine, ich springe von Klippen, folge dir in eine Grotte, in der du mich töten könntest, und trinke tagsüber *Tsipouro*. Wenn ich mich nicht kennen würde, dächte ich, ich wäre nicht ich.«

»Ist das jetzt gut oder schlecht?«

Wir sahen uns an. »Ich weiß es nicht.«

»Diesen Sandengel muss ich jetzt aber auch ausprobieren«, sagte Christos und machte ihn nach.

»Das schätze ich sehr.« Kichernd setzte ich mich auf. »Aber sag, Christos, woher kennst du diese Grotte?«

»Von Oma. Mein Opa hat sie ihr gezeigt und sein Vater ihm. Diesen Ort solle man sich für die Frau, die …« Christos stoppte abrupt.

»Was?«

»Nichts. Ich, also, die Grotte sollen wir eigentlich nicht so einfach herzeigen. Aber ich meine, immerhin geht es um einen wichtigen Wetteinsatz. Mein Opa versteht das sicher.« Christos küsste seinen Zeigefinger und deutete nach oben.

»Bestimmt versteht er das.« Dennoch sagte mir etwas, dass das nicht die ganze Wahrheit war. »Und was haben deine Oma und du hier gemacht?«

»Geredet. Wenn ich wütend oder traurig gewesen bin, haben

wir uns den Hals wund geschrien. Wir haben gelacht und geweint.« Die Erinnerungen schienen Christos glücklich zu stimmen. Dennoch glitzerten seine Augen auch verdächtig.

»Danke, dass du mir diesen Ort anvertraut hast. Ich verspreche, ich zeige ihn niemandem.« Ich rückte näher an ihn. »Zumindest nicht für unter fünfzig Euro pro Tour.«

Jetzt war ich diejenige, die Christos zum Staunen brachte, ehe er mit einem von den Wänden hallenden »Hey!« Sand auf mich warf.

»Du bist wahrlich eine Betrügerin und Diebin, Eleni.« Christos stand auf und lief zum Wasser. Dort schöpfte er das kalte Nass in beide Hände und eilte in meine Richtung.

Ich sprang auf und ging in der Grotte weiter nach hinten. »Nein, nicht. Das ist unfair!«

Kurz vor mir hielt er an. Das Wasser schwappte gefährlich hin und her. »Was bekomme ich dafür, es nicht zu tun?«

Binnen ein, zwei Sekunden sausten durch meinen Kopf unzählige Gedanken. Einer davon war: *Du darfst Christos nicht zu nahe an dich heranlassen.* Christos' Kuss war gefährlich, das wusste ich mittlerweile. *Was ist mit dem Männerfluch? Was, wenn er dich auch verlässt wie dein Vater?*

Automatisch machte ich einen Schritt zurück und verschränkte die Arme vor meiner Brust. Christos musste bemerkt haben, dass sich etwas verändert hatte, denn das Wasser in seinen Händen platschte auf den Sand vor uns, und er sah mich durchdringend an. Eine unangenehme Stille breitete sich in der Höhle aus. Es tat mir leid, dass ich diesen Moment zerstörte.

»Ich wollte mich nicht aufdrängen oder so. *Sygnómi,* falls der Spaß zu weit …«

»Nein«, unterbrach ich Christos. »Mir sind nur ein paar Sachen durch den Kopf gegangen. Du bekommst aber trotzdem etwas als Gegenleistung, weil du mich von dem Wasser verschont hast.« Spielerisch knuffte ich ihm gegen die Schulter.

Christos' Miene erhellte sich wieder. Die Verwirrung erkannte ich dennoch darin.

»Und zwar?«

»Lass dich überraschen. Ich hole dich morgen Abend ab.« Christos war ein wahrer Überraschungsjunkie, dabei wäre mir lieber, ich müsste weniger spontane Klippensprünge verdauen und bekäme gleich Bescheid. Na ja … Vielleicht tat mir aber genau das auch gut.

Kapitel achtzehn

»Ich kann es noch.« Fasziniert von meinen eigenen Fähigkeiten, steuerte ich das alte Holzboot mit Außenmotor in meine gewünschte Richtung, dem fortschreitenden Sonnenuntergang entgegen. Christos hatte Wort gehalten und mich heute abgeholt. Ein krönender Abschluss nach dem schönen Tag mit Mathilda am Strand, die sich für heute noch vorgenommen hatte, ihr derzeitiges Buch zu beenden.

»Das habe ich dir doch gesagt. Glaub an dich. Das ist wie Fahrradfahren.« Christos saß in meiner Nähe, lehnte sich zurück, schloss die Augen und genoss offensichtlich den Meereswind, der seine Haare herumwirbelte.

»Versprochene Überraschung ist gelungen, würde ich sagen, oder?«, fragte ich ihn.

Die Grotte und Christos' Geschichte mit seiner Oma hatten mich nämlich an meinen Opa erinnert. Dieser war mit mir mindestens zweimal im Sommer mit dem Boot hinausgefahren, um mir einen Anblick zu bescheren, der sich in mein Herz einbrannte, um niemals in Vergessenheit zu geraten. Ich hörte noch meinen Opa, der immer etwas melodramatisch gewesen war, wispern: »Diesen Anblick kennen nur deine Oma und du. Hoffentlich verleiht er mir die Ehre, dass du ihn mit mir verbindest und mich niemals vergisst.« Vergessen zu werden war eine der größten Ängste meines Opas.

Niemals würde Pappoús' Gesicht in meinem Kopf verblassen. Dafür hatte er mir zu viele schöne Seiten am Leben gezeigt, war für mich da gewesen und hatte mir eingebläut, was Loyalität zu denen, die sie verdient hatten, bedeutete.

»Ja, die Überraschung ist dir definitiv gelungen. Du stehst aber auch auf so was, oder?«, wollte Christos wissen.

Die Erinnerung an meinen Opa erwärmte mein Herz.

»Ich mache Menschen gerne eine Freude. Das habe ich von meiner Oma. Die hat ihren Angestellten oft einfach so einen Kuchen vorbeigebracht, sie mit einer Geburtstagsparty in der Taverne überrascht. So habe ich das Gefühl, ihr Erbe fortzuführen«, fuhr er fort. Eigentlich ein schöner Gedanke von Christos.

»Das machst du echt toll. Und wie ist meine andere Überraschung?« Ich nickte zu meinem mitgebrachten Eistee.

»Ebenfalls gelungen. Ich hoffe nur, du hast nichts in das Getränk geschüttet, um mich außer Gefecht zu setzen und mich im Meer zu versenken«, sagte Christos und nahm einen großen Schluck aus der Glasflasche, in der griechischer Bergbauerneistee mit Honig und Thymian war. Die Eiswürfel darin klackerten gegen das Glas. Zum Glück hatte die Bootsverleiherin Ioanna die Eiswürfel noch nachgefüllt. Ihren selbst gemachten Eistee liebte ich. Geizig, wie sie war, schenkte sie das Getränk nur im Zusammenhang mit einem Bootsverleih aus. Immerhin war sie eine talentierte Geschäftsfrau.

»Du musst mir den Spaß an allem nehmen, oder? Hättest du dich nicht einfach ins Meer werfen lassen können?« Gespielt genervt zischte ich.

»Ich habe dich durchschaut. Aber ich trinke den Eistee trotzdem weiter, weil er unglaublich lecker ist.« Um das zu untermauern, nahm er einen weiteren Schluck, ehe er die Flasche verschloss und weglegte. »Aber was willst du mir zeigen? Die versunkene Stadt Atlantis?«

»Gleich siehst du die Überraschung selbst.« Ich erkannte einen blitzförmigen Felsen, der aus dem Meer ragte und unser Ziel darstellte.

Die Wellen, die neben dem Boot wogten, hatten weiße Schaumkronen, während das Wasser dunkelblauer wurde. Als wir nah genug waren, machte ich den Motor aus, und um uns wurde die Welt völlig still. Nur die Melodie des Meeres war zu hören.

Die Wellen trieben uns in die Arme des Felsen. Endlich entspannte ich mich. Ich rutschte von der Holzbank hinunter und saß am Boden des Bootes. Ich streckte meine Beine aus und berührte Christos' Füße.

Er hob die Flasche. »Fängst du sie?«

»Klar.« Was sagte ich denn da? Ich war die schlechteste Fängerin der Welt und dachte an die unzähligen Male, in denen Mathilda mir am Strand meinen Kabinenschlüssel zuwarf und ich ihn daraufhin im Sand suchen konnte. Poseidon sei Dank fing ich die Flasche aber auf und nahm einen großen Schluck.

Die Sonne stand tief, und sanfte Orange- und Gelbtöne tauchten die Umgebung in ein Licht, wie es der schönste Instagram-Filter nicht hinbekam.

Lange Zeit trieben wir nur so dahin – ich mit einem Blick darauf, ob wir auf Kurs blieben – und schwiegen. Christos und ich redeten nicht, sondern genossen gemeinsam die sanften Wellen, das leise Plätschern der Fische, die sich näher herantrauten, nachdem der Motor aus war, und ließen uns vom Duft des Salzwassers berauschen. Warum glaubten wir Menschen nicht an Magie, wenn uns die Natur doch so viel Zauberhaftes schenkte? Nur, weil wir das Meer als Selbstverständlichkeit betrachteten, machte es das nicht weniger zu einem Wunder, oder?

Griechenland veränderte mich, brachte mich wieder näher zu mir selbst. Das klang wie einer meiner Instagram-Posts zum Thema *Self-love*. Das erste Mal fühlte ich die Sachen, die ich in diesen Beiträgen schrieb, auch.

»Darf ich dich etwas Persönliches fragen?«, durchbrach Christos schließlich unser einvernehmliches Schweigen.

»Machst du ohnehin, oder?« Langsam gewöhnte ich mich an Christos' Art.

»Ja.«

»Also?«

»Du bist so oft angespannt, wenn deine Mutter in der Nähe ist oder auch deine beste Freundin. Warum ist das so?«

»Ähm.« Seine Direktheit machte mich perplex.

Christos rieb sich die Haut am Hals, bis die Stelle rot war. »Tut mir leid, ich rede oft drauflos, und danach zerbreche ich mir den Kopf, ob ich in ein Fettnäpfchen getreten bin.«

»Nein, du hast recht. Also, na ja, ich liebe die beiden. Sie sind meine ganze Welt. Sie strengen mich aber auch an. Vermutlich bin ich selbst schuld. Ich habe zugelassen, dass sie denken, immer all ihre Sorgen auf mir abladen zu können, und habe ja mit meiner Lächeln-Nicken-und-alles-Übernehmen-Mentalität viel dazu beigetragen. Ich darf mich nicht nur als Opfer sehen.« Ich nahm eines der Paddel, die in der Seite angebracht waren, aus der Vorrichtung, um das Boot zu lenken.

»Wie hat das überhaupt angefangen, dass du immer alles hinnimmst und sie dich als ihre Problemlöserin erwählt haben?« Christos lehnte sich in meine Richtung, als hörte er mir extra aufmerksam zu.

»Meine Eltern haben sich scheiden lassen, und mein Vater hat eine Neue. Deshalb badet Mama jetzt im Selbstmitleid, was ich auch verstehen kann. Aber sie ist daraufhin zu mir gezogen, kritisiert meinen Lebensstil, sieht es als selbstverständlich an, dass ich jetzt für sie sorge, und macht nichts mehr. Außer über ihn zu lästern und ihn im Internet zu stalken. Und Mathilda … Mathilda ist Vollwaise und hat niemanden. Sie klammert sich an mich, was okay ist, aber …«

»Aber?«

»Sie hat viele Ängste und Phobien. Einmal hat sie gemeint, dass ihre Ängste auch irgendwie Beständigkeit in ihr Leben bringen und sie nicht verlassen. Ihr hilft wohl auch das Gefühl, Kontrolle zu haben.«

»Wie Kontrolle?«

»Hm, es ist ja tatsächlich etwas besser geworden, aber früher hat sie einen sehr ausgeprägten Händewaschzwang gehabt, und wenn sie da etwas für sie potenziell Schädliches angefasst hat, hat sie sich gefühlt, als hätte sie die Kontrolle darüber, weil sie sich dann eben fünfmal die Hände gewaschen hat, desinfiziert und so weiter. Ist natürlich ein Teufelskreis, weil eigentlich die Angst sie im Griff hat, aber für sie war es andersherum.« Gleich danach kamen die Gewissensbisse, weil ich so über die beiden sprach. »Aber das muss unter uns bleiben, ja?«

Christos streckte mir seinen Fuß entgegen. »Natürlich, das ist quasi ein Meeresschwur, und diesen darf man nicht brechen. Das wäre ein Skandal.«

»Und was soll ich jetzt mit deinem Fuß?« Verwirrt zog ich die Augenbrauen tief ins Gesicht und inspizierte seine noch etwas sandigen Füße.

»Ein Kleinerzehenschwur. Das nennt man auf Panóramerisch einen Bund des Meeres. Bricht man ihn, ist man verdammt.« Ungeduldig und wohl auch, weil Christos seinen Fuß nicht mehr lang in der Luft halten konnte, wedelte er mit dem Fuß auf und ab. »Na?«

»Du verarschst mich doch, oder?«

»Selbstverständlich. Aber wäre es nicht lustig?« Christos' spitzbübisches Grinsen kam wieder zum Vorschein.

»Vielleicht für einen Fußfetischisten. Ja, für den bestimmt.«

»Lass mich nicht hängen.«

Ich seufzte. »Na schön. Der Schwur beinhaltet, dass niemand davon erfährt, okay?«

»Okay.«

Belustigt schüttelte ich den Kopf und streckte ihm meinen Fuß entgegen. Unsere kleinen Zehen berührten sich. Jubelnd reckte Christos die Arme in die Höhe, als hätte er ein Ziel erreicht, hinter dem er lange her gewesen war.

»Wie ein kleines Kind.« Meine Feststellung schien Christos nicht zu stören.

»Du bist dafür eine alte Oma. Ein wenig Kind sein schadet doch nicht. Für uns bedeutet Erwachsensein Ernsthaftigkeit, keinen Unfug machen und den Konventionen folgen. Aber ich kann meine Rechnungen bezahlen, einen guten Job machen und Kleinzehenschwüre abhalten, beim *Tsipouro*-Brennen laut grölend singen – nicht, dass ich das mache – oder in Spiderman-Boxershorts Filme gucken.«

Ich war schockiert. Doch das Schlimme an seiner Aussage waren nicht seine Ansichten, sondern dass ich die Helena in mir verloren hatte, die selbst so gedacht hatte. Ich nickte. »Du hast recht.«

»Wie bitte?« Christos bog mir sein Ohr entgegen und formte einen Trichter davor mit der Hand. »Kannst du das wiederholen?«

»Du hast recht.«

»Ahhh.« Ein lautes genussvolles Stöhnen entglitt Christos. Er legte sich eine Hand über sein Herz und rutschte weiter ins Boot hinein. »Meine drei Lieblingsworte.«

Mittlerweile stand die Sonne noch tiefer, kurz über dem Meer, und die Farben veränderten sich, wurden dunkler. Wir hatten exakt die passende Zeit für meinen Trip erwischt.

Das Boot glitt gemächlich durchs Wasser, bis es beim Felsen zum Stillstand kam. Gleichzeitig schreckte Christos auf.

»Hier ist es perfekt«, sagte ich.

»Was? Zum Untergehen?«

»Aber ich bin angeblich ein Angsthase.«

»Worum geht's, Eleni?«

»Um das.« Statt Christos mit Worten zu erklären, was ich meinte, deutete ich neben uns, damit er mit eigenen Augen sehen konnte, was meine Überraschung war.

»Wow.« Gefolgt von einem lauten Einatmen.

»Das habe ich dir doch gesagt.« Ich wandte mich von seinem begeisterten Gesicht ab und linste selbst nach rechts.

Dort erwartete uns der Sonnenuntergang. Aber nicht irgendeiner. Von dieser Stelle aus – direkt mit dem Boot an einen Felsen angedockt – sah man den schönsten Sonnenuntergang Panóramas. Nein, ich behauptete sogar, der ganzen Welt!

Die Sonne schien zum Greifen nah. Die Hälfte einer riesigen Kugel sah uns entgegen, während die andere Seite im Meer ertrank. Das Wasser waberte von der leichten Brise wie flüssiges Öl. Der orangefarbene Himmel wurde durchzogen von rötlichen verschwommenen Streifen, und die dunkelorange Sonne tauchte uns in ein atemberaubendes Licht. Die Strahlen glitzerten im Meer und brachen sich auf der Wasseroberfläche. Es war, als gäbe es nur uns, die Sonne, das Meer und sonst nichts auf unserer großen weiten Welt.

Die letzte Hitze des Tages kribbelte auf meiner Haut, und ich merkte, wie mein Herz leicht wurde. Wieder schwiegen Christos und ich. Die ungesagten Worte der Begeisterung für diesen Anblick waren lauter als jeder unnötige Ton des Staunens und jedes Wort der Beschreibung, das dieser Schönheit niemals gerecht werden würde.

Eine lange Zeit saßen wir da, schwankten hin und her, in der stillen Wiege des Meeres, und sahen der Sonne beim Untergehen zu. Ganz so, als legte sie sich kahlen Hauptes schlafen, um dem Mond, den Sternen und der Faszination der Nacht Raum zu geben. Sie zeigte uns, welch Inspiration in der Ruhe der Finsternis lag.

»Wahnsinn. Das ist wie ein magisches Theaterstück gewesen. Wie bist du denn darauf gekommen, für einen Sonnenuntergang hierherzukommen?«

»Mein Opa hat ihn mir gezeigt. Wir hatten eine besondere Bindung miteinander. Ich kann es nicht erklären. Wir haben nie viel geredet oder tiefgründige, philosophische Gespräche geführt. Wenn ich ehrlich bin, ist es bis kurz vor seinem Tod ziemlich oberflächlich gewesen. Trotzdem ist da dieses Band zwischen uns gewesen.«

»Als brauchte es keine Worte, um sich zu verstehen?«

Woher wusste Christos, was ich meinte? »Ja.«

»Das finde ich schön. Und kannst du mir vielleicht auch ein wenig von der Decke geben, bevor du den Motor anschmeißt, sonst erfriere ich.«

Dass Christos zugab, dass er fror, ließ mein Ansehen für ihn komischerweise viel höher steigen. Witzig, wie es manchmal die kleinen Dinge waren, die einen Menschen für uns vertraut erscheinen ließen. Noch mehr überraschte es mich, wie die Summe dieser kleinen Dinge mich dazu brachte, meine Gefühle für Christos zuzulassen. Mir selbst einzugestehen, dass da mehr war. Nur, was dieses Mehr war, traute ich mich nicht einmal zu denken. Es machte mir Angst.

»Keine Sorge, ich habe nicht nur an mich gedacht und noch eine zweite Decke mitgenommen.« Ich reichte sie ihm und wunderte mich darüber, dass er enttäuscht wirkte, als ich sie ihm gab.

Christos nahm mein Paddel entgegen, und unsere Hände berührten sich dabei. Er legte das Paddel quer über das Boot ab, umschloss meine Finger und gab mir einen Kuss auf den Handrücken. »Danke, dass du mich hierhergebracht hast.« Er stieß uns von dem Felsen weg.

Danach startete ich mit einem unterdrückten Schmunzeln und einer Antwort schuldig bleibend den Motor und steuerte das Festland an. Der Tag mit Christos hatte mir auf so vielen Ebenen gutgetan, und ich freute mich, dass ich die Idee hatte, wieder nach Panórama zu kommen. Mit dieser neu gewonnenen Kraft konnte ich wieder meine Mama und Mathilda aushalten.

»Wann hast du denn Zeit, dass wir unsere Wette fortsetzen?« Christos' Frage zauberte mir ein Lächeln auf die Lippen. Er wollte mich wiedersehen.

»Ich wollte dir eigentlich anbieten, dass unsere Wette nicht mehr gilt, damit du nicht enttäuscht bist, wenn du mir als Nächstes einen Ort zeigst, den ich kenne. So viel Glück wirst du nicht lange haben«, gab ich neckisch zurück.

»Du bist viel zu überzeugt von dir.«

»Das sagt der Richtige.«

Christos rutschte vor zu mir, damit er nicht den Motor übertönen musste, und beugte sich vor. »Ich kann es mir leisten.«

Das hatte er nicht gesagt!

»Du bist dir ziemlich sicher.«

»Auf jeden Fall.« Christos breitete die Arme aus. »Soo sicher bin ich mir.« Er legte die Arme am Rand des Bootes ab, wobei seine rechte Hand auf meiner landete, die ich dort abgelegt hatte. Sie berührten sich. Schon wieder.

Er nahm sie nicht weg. Ich auch nicht. Seine Hand lag also auf meiner. *Moment. Seine Hand lag also auf meiner!* Mein Herzschlag beschleunigte sich. Oh nein! Spürte er meinen rasenden Puls jetzt an meiner Hand?

»Ich, ähm.« Warum wurde es so heiß, obwohl die Sonne längst untergegangen war? Weshalb schnürte sich mir die Kehle zu?

»Ja?« Christos näherte sich mir, und das letzte Tageslicht blitzte in seinen dunklen, unergründlichen Augen auf. Wir waren nur noch wenige Zentimeter voneinander entfernt.

»Ich halte also fest, du willst die Wette durchziehen?«

»Das hast du richtig verstanden, Eleni.«

Argh. Es sollte ihm verboten werden, meinen Namen auszusprechen.

»Eigentlich, wenn ich es mir so recht überlege, sollte ich sogar Geld dafür verlangen, dass ich für dich den Therapeuten spiele und dir dabei helfe, deine nervige Familie kurz zu vergessen«, ergänzte er.

Woah. Wie war das gewesen?

Ich zog meine Hand unter seiner weg und rieb sie, als müsste ich seinen Abdruck auf mir loswerden. »Wie meinst du das? Meine nervige Familie?«

»Na ja, du hast doch gesagt, dass …«

»Ich weiß, was ich gesagt habe.« Aufgebracht ließ ich den Lenker des Motors los und stand auf. »Trotzdem …«

»Eleni! Das Boot!«

Das Boot legte sich gefährlich schräg, und ich sah die Wasseroberfläche näher kommen. Und das alles viel zu weit weg vom Strand.

Kapitel neunzehn

Wir hatten das Boot noch auspendeln können und es dann schweigend wieder zurück zu Ioanna gebracht. Kein Wort hatten wir miteinander gewechselt. Der Tag hätte nicht schlimmer enden können als mit einem Streit und einem Beinahe-Tod. Zum Glück stampfte ich noch lebendig und voller Wut auf Christos den Weg zu Annas Haus hoch. Ich hatte weder Lust, auf ihn zu warten, noch, mit ihm zu sprechen.

Ich wusste, dass ich vielleicht überreagierte. Klar, es wirkte wohl abstrus, dass ich über sie jammerte und ihn dann angiftete, wenn er mich darauf ansprach. Im Grunde war ich sauer auf mich. Ich hatte ein schlechtes Gewissen, über die beiden derartig gesprochen zu haben, und wollte nicht, dass andere sie so sahen. Denn sie waren die wichtigsten Menschen in meinem Leben, auch wenn ich ihre guten Seiten aus den Augen verloren hatte.

Leise öffnete ich das Gartentürchen zu Annas und Athanasios' Haus, wobei Anna das Geld dafür damals geerbt hatte und sie immer mit stolzgeschwellter Brust meinte, es gehöre ihr. Die Tür quietschte fröhlich vor sich hin, ausgerechnet, wenn man unentdeckt bleiben wollte. Es klang wie eine verdammte Sirene.

Ein paar Schritte weiter zuckte ich zusammen und presste die Hände an den Mund. Auf der selbst gebauten Holzbank vor dem Haus saß meine Mama. In eine Decke eingewickelt, lehnte sie sich schlafend an die Hauswand. Neben ihr eine Tasse Tee und eine Kerze, die zur Hälfte runtergebrannt war. Wachs tropfte auf den Tonteller.

Verdammt. Jetzt hatte ich noch mehr Schuldgefühle. Sie wartete auf meine Rückkehr, während ich schlecht über sie redete.

Langsam beugte ich mich zu ihr, um sie nicht zu erschrecken. Der Mondschein ließ mich einen Blick auf ihr Gesicht erhaschen. Wann hatte ich meiner Mama das letzte Mal richtig ins Gesicht gesehen? Also so richtig? Und wann war sie so alt geworden? Natürlich war sie schön, auch mit den Fältchen um die Lippen, die Augen, die tieferen Nasolabialfalten. Manchmal lebten wir nebeneinanderher und verdrängten, wie endlich das Leben war. Denn auch, wenn sie mich häufig nervte, was machte ich irgendwann ohne sie? Fürchtete sich nicht jeder vor diesem einen grausamen Tag, an dem man die Botschaft bekam, dass die eigene Mama gestorben war? Gesetzt den Fall, man mochte sich.

Ich schüttelte diese Gedanken weg. Sie blinzelte, und ein leichtes kratziges Stöhnen kam aus ihrem Mund.

»Da bist du endlich.« Noch schlaftrunken, wollte sie aufstehen. Stattdessen setzte ich mich neben sie und bettete meinen Kopf auf ihre Schulter. Mit ihrer rauen, trockenen Stimme machte sie: »Huch?«

»Es tut mir leid, davongestürmt zu sein. Aber ich bin nach Panórama gekommen, um abzuschalten.« Ich wollte sie nicht mit Vorwürfen überschütten und beließ es dabei. Sie breitete die vorgewärmte Decke über mich aus und nahm mich in ihre Arme.

Am nächsten Morgen hatte ich mich früh aus dem Bett gequält, Frühstück für alle vorbereitet und mich dann auf den Weg zu Christos' Taverne gemacht. Eine Entschuldigung war fällig. Leider hatte ich Christos nicht vorgefunden. Ich hatte mich mit Stavos

Auto auf die Suche begeben. Ja, das Höllengefährt, das mein Cousin irgendwie wieder repariert hatte. Vermutlich mit Tzatziki geleimt.

Laut Anzeige fuhr ich 250 Kilometer pro Stunde, was ungefähr fünfzig sein musste, wenn ich Stavos komplizierte Rechnung richtig verstanden hatte. Denn die Anzeigenadel funktionierte bestimmt seit neunzehnhundertirgendwas nicht mehr. Während ich also mit einem Auto fuhr, das sich schwer wie ein Panzer anfühlte und wie eine alte Dampflok klang, schätzte ich hoffentlich richtig ein, wo Christos' Hausboot angelegt haben musste.

Als ich von der Hauptstraße abbog und den engen Weg in Serpentinen hinunterruckelte, hinterfragte ich jede Entscheidung meines Lebens, die mich hierhergeführt hatte. Neben mir ein Abgrund, der ins Meer reichte, und vor mir die Gewissheit, dass der Gegenverkehr keinen Platz haben würde. Mamma mia! Da konnte man schon mal das Leben überdenken.

Ein Auto näherte sich, und ich schickte ein Stoßgebet gen Himmel. Doch die Frau in dem Wagen vor mir schien total entspannt. Mit einer Zigarette im Mundwinkel achtete sie kaum auf mich. Sie fuhr an mir vorbei, und ich kniff tatsächlich kurz die Augen zusammen. Ich erwartete jeden Moment, das Krachen unserer aufeinanderknallenden Autos zu hören und dann mit anzusehen, wie sie mich von der Straße abdrängte. Als dieses Geräusch ausblieb, öffnete ich die Augen.

»Ich habe überlebt.« Um meinen Satz zu unterstreichen, dröhnte »Alive« von Sia aus dem Radio.

Unten angekommen, löste ich mich aus meiner Schockstarre und erkannte Christos' Hausboot, weil sein Auto davorstand. Etwas zittrig stieg ich aus und schloss die Tür. Sie hakte nicht ein, also öffnete ich sie noch mal und schmetterte sie mit ordentlichem Schwung zu.

Vor dem Boot sah ich mich um. Das Hausboot an sich war zwar etwas klein. Gleichzeitig sah sein Zuhause aus wie ein einziges niedliches Abenteuer.

Festgebunden schwankte Christos' Villa Kunterbunt auf dem Meer auf und ab. Überall war das Boot in verschiedenen Farben bemalt, an manchen Stellen mit Mustern, die griechische Fahne hing als Vorhang an einem Fenster.

»Na? Kommst du, um dich zu entschuldigen?« Christos' viel zu gut gelaunte Morgenstimme erreichte mich.

Na ja, jetzt nicht mehr.

Mit einer Tasse in der Hand kam er aus dem Häuschen vorne am Schiff und prostete mir zu. »Ich habe dich runterfahren sehen.« Seinem Grinsen nach zu urteilen, hatte er auch mitbekommen, wie übel mir dabei geworden war.

»Ich bin völlig relaxt, und nein, wollte ich nicht.«

»Gut.« Christos stellte seine Tasse hin und sprang über den Rand des Boots auf ein kleineres Fischerboot, und von dort landete er kurz darauf vor meinen Füßen. »Denn ich wollte das übernehmen. Es tut mir leid. Ich hätte nicht so über deine Familie sprechen dürfen.« Ihn wieder so dicht bei mir zu wissen löste einen Schwindel in mir aus.

Mit beiden Daumen zeigte er hinter sich. »Vielleicht ein Kaffee zur Wiedergutmachung?«

»Du musst dich nicht entschuldigen. Ich bin sauer gewesen, weil du mich hast erkennen lassen, dass ich zu viel Negativität den beiden gegenüber aufgebaut habe. Trotzdem hätten sie es ruhig beim ersten Mal ernst nehmen können, als ich ihnen gesagt habe, ich will alleine verreisen.« Dieser Seelenstriptease schüchterte mich ein. Ein Teil der Last, die ich mit mir rumtrug, war dennoch von mir abgefallen. »Den Kaffee nehme ich trotzdem.«

Christos lächelte und zeigte dabei seine Zähne. Mit einem Nicken bedeutete er mir, ihm zu folgen. Ich zwang mich, nicht auf seinen Hintern zu starren.

»Ich mag nur keinen griechischen Kaffee.«

Christos warf einen schockierten Blick über die Schulter, ging aber weiter.

»Ja, ja, Schande, Schande, Schande. Ich trinke ihn manchmal. Irgendwie ist man ohne keine richtige Griechin. Mir ist der nur zu viel, und ich schmecke nicht gern das Pulver, das sich unten ablegt. Ich vermisse meinen Milchkaffee.«

»Alles klar, das bekomme ich auch hin. Abwaschwasser mit Schaum, kommt sofort.« Christos' Kommentar brachte mich zum Lachen.

Am Hausboot angekommen, erkannte ich auch hier wieder die Liebe zum Detail. Ein kleiner Tisch mit zwei Stühlen, liebevoll dekoriert, und am Mast entdeckte ich Lichterketten, die sich bis nach oben herumschlangen.

»Warte mal …«, sagte ich erstaunt, als Christos mit zwei Tassen plötzlich schon wieder vor mir stand.

»Was? Überrascht, dass ich selbst nur Filterkaffee trinke?« Christos reichte mir meine Tasse mit einem schelmischen Gesichtsausdruck. Er genoss es ein wenig zu sehr, mich auf den Arm zu nehmen.

»Dann teilen wir jetzt ein Geheimnis?« Ich nahm die Tasse und trank den ersten Schluck.

Christos lächelte mich an und machte mich damit schwach. Betrunken von seiner Nähe, zwang ich mich, auf andere Gedanken zu kommen. »Sieht so aus.«

Erst meinte ich, Christos wollte noch etwas sagen, doch sein Handy klingelte und unterbrach uns. »Entschuldige mich kurz.« Christos wandte sich ab, und ich nutzte die Chance, mich noch ein wenig umzusehen. Die Sonne legte diesen wohligen, warmen

Schein über die Insel. Ich liebte die Atmosphäre frühmorgens, wenn alles ruhig war und man die Welt für sich hatte.

Gespannt darauf, was der Tag mir bringen würde, sog ich beim nächsten Schluck den Duft des Kaffees ein. Vor mir malte der Wind kleine Muster auf die Wasseroberfläche. Was könnte diesen Moment zerstören?

»Eleni, ich muss weg. Im Restaurant wurde eine Scheibe eingeschlagen.«

Als ich die Autotür zuschlug, erkannte ich Christos mit einer Polizistin vor einem Fenster der Taverne, bei dem die Glasscheibe kaputt war. Ich hatte mit Stavos Auto wieder ewig gebraucht.

Generell gab es in Panórama wenige Leute, die bei der winzigen Polizeistation arbeiteten. Passierte etwas Schlimmes, kam jemand vom Festland. Normalerweise regelten wir auf der Insel alles untereinander. Über den Sommer erhielt die Insel manchmal Unterstützung beispielsweise von Polizistinnen und Polizisten aus Thessaloniki oder Athen. Obwohl das für die meisten eher einem Urlaub gleichkam.

»Christos. Alles okay?« Unpassende Frage, aber etwas Besseres fiel mir auf die Schnelle nicht ein.

Die Polizistin neben ihm nickte mir zu. Es handelte sich um Hiromi Yasunari, die mit ihrer Frau von Shibuya nach Panórama gezogen war. Sie hatten es nicht leicht, sich einzuleben.

»Ich, ich denke ja.« Christos so neben der Spur zu erleben kannte ich gar nicht.

»Es ist nichts gestohlen worden und auch sonst nichts zerstört.« Hiromi sagte das mit einem Unterton, der mich hellhörig werden ließ. Wollte sie andeuten, dass es sich um reine Schikane handelte?

»Christos, du darfst dich nicht unterkriegen lassen.« Ich zog an seinem halb offenen cremefarbenen Hemd.

»Eleni. Was bringt das alles noch?« Seine Worte erschütterten mich.

Hiromis Blick sprang zwischen Christos und mir hin und her. »Christos, ich habe dir gesagt, wir werden herausfinden, wer hinter diesen Angriffen steckt. Das ist Sachbeschädigung. Das hat nichts mehr damit zu tun, dass sie dich einschüchtern wollen.« Ihr Knuff gegen seine Schulter wirkte hilflos.

»Hast du schon mal über eine Überwachungskamera nachgedacht?« Mein Einfall schien nicht weltbewegend.

»Das hatte ich schon zweimal. Eine offensichtlich angebracht, später eine versteckte. Das Ergebnis war nur, dass die Leute meine Taverne noch mehr gemieden haben.« Die Enttäuschung in Christos' Gesicht stimmte mich selbst traurig. »Aber ich brauche die Einheimischen. Vom Tourismus kann kaum jemand leben. Mich beschleicht das Gefühl, dass die mich niemals akzeptieren werden. Für alle bin ich nur der Böse. Als wäre ich hergekommen, um den anderen Tavernen die Gäste zu klauen.«

»Dabei ist das völliger Quatsch. Es gibt keine neuen Tavernen, und als deine Großmutter noch die Taverne betrieben hat, haben die anderen auch keinen Verlust gemacht. Im Gegenteil, die Leute auf der Insel teilen sich seit Jahrzehnten aus Solidarität auf. Geburtstage werden abwechselnd in den unterschiedlichen Tavernen gefeiert, damit alle überleben. Es hat sich nichts geändert.«

Freude überkam mich, als ich merkte, dass Christos mit Hiromi wenigstens eine Verbündete hatte.

»Das habe ich nicht gewusst.« Doch wenn ich zurückdachte, stimmte diese Aussage. *Thio* Athanasios hat Anfang Juli Geburtstag. Meistens sind wir für zwei Monate hergekommen und haben seinen Geburtstag jedes Mal in einer anderen Taverne gefeiert.

»Eigentlich sind die Leute umgänglich, helfen sich gegenseitig und haben die Ruhe weg. Aber die meisten sind alt und haben

Angst vor Erneuerungen, Furcht, dass ihnen etwas weggenommen wird. Die Panik, die Kontrolle zu verlieren, verleitet einen zu merkwürdigen Dingen.« Da sprach Hiromi wahre Worte.

Jetzt brauchte Christos dringend meine Hilfe. Der Gedanke, dass selbst jemand wie er zerbrechen konnte, die Frohnatur in Person, verursachte ein übles Gefühl in meinem Magen. Andererseits war auch klar, dass selbst Christos nicht dreihundertfünfundsechzig Tage im Jahr positiv sein konnte.

»Komm, wir leiten alles in die Wege, damit das Glas ausgetauscht wird, lassen Hiromi ihre Arbeit machen, und ich lade dich zum Essen ein.« Als ich Christos' Hand nahm, durchzuckte mich wieder so ein Blitz voller Wärme, und für einen Moment fühlte es sich an, als setzte mein Herzschlag aus.

Christos blinzelte mich an, als hätte er es auch gespürt. »Meinst du das ernst?«

»Selbstverständlich. Wir gehen hinein, regeln alles für heute, du meldest den Schaden bei der Versicherung …« Ich überlegte, was noch helfen könnte. »Eventuell finden wir eine Ärztin, die bescheinigt, dass es dir psychisch zu schlecht geht, um heute noch zu arbeiten, dann bekommst du noch den Ausfall heute ersetzt. Je nachdem, wie gut du versichert bist.«

»Du bist ausgefuchst.« Hiromi verschränkte die Arme und musterte mich erstaunt. »Du solltest bei uns auf der Insel bleiben. Und wenn ich mal wieder nicht weiß, wie ich ein neues Motorrad anfordere, weil ich mit dem alten Teil hier nicht mehr fahren will, dann komme ich zu dir.« Sie klopfte auf das uralte Motorrad neben sich, von dem man nicht mal mehr sagen konnte, es besäße einen besonderen Charme.

Mit geübtem Auge suchte ich an dem Fahrzeug nach einem Zahnstocher, um zu wissen, ob es eventuell Stavo repariert hatte.

»Tja, das nennt man besondere Skills.« Oder Überforderung im

Job, weil der Chef – pardon Ex-Chef – einem ständig Aufgaben zuteilte, die nicht in mein Gebiet gehörten, man sie aber trotzdem mithilfe von Google löste, weil man sich nichts zu sagen traute. Eine typische Eleni eben.

»Also, eine Schadensversicherung habe ich. Ausfälle deckt die aber nicht, und wenn sie das je hat, dann habe ich das bestimmt gekündigt, um Geld zu sparen.« Schüchtern zog Christos die Schultern hoch und lächelte gequält.

Ich seufzte, verstand ihn aber auch. Jeder hoffte doch, dass die schlimmsten Fälle nie eintraten. »Kein Thema. Wir kriegen das hin. Trotzdem solltest du erst mal runterkommen.«

Christos tat sich sichtlich schwer damit und untersuchte weiterhin den Schaden an seinem Restaurant, während um uns inzwischen einige Schaulustige Fotos machten und leise redeten.

Hiromi räusperte sich: »Sie hat recht. Mehr kannst du jetzt nicht machen. Erledigt drinnen noch alles, ich sperre alles ab und organisiere jemanden, der das Fenster provisorisch abdeckt.« Ich merkte Hiromi an, dass sie noch etwas sagen wollte.

»Na gut. Dann machen wir es so. Und danke für eure Hilfe.« Christos fischte sein Handy aus der Hose und ging in das Restaurant.

»Er tut mir leid«, sagte Hiromi und verfolgte Christos mit ihrem Blick, bis er im Inneren verschwunden war. »Aber schön, dich wiederzusehen. Du bist seit Jahren nicht mehr hier gewesen.«

»Ja, mir auch und danke. Ich habe die Insel auch vermisst. Wie geht es deiner Frau Chinara?« Während ich sprach, rückte ich ein wenig zur Seite, um einem Typ mit einem Transportwägelchen Platz zu machen, das voll mit großen, runden Wassermelonen war.

»Gut, sie hat ein Faible fürs Lesen entwickelt, weshalb gefühlt jeden zweiten Tag wie durch Zauberhand neue Bücher bei uns einziehen.« Hiromi lachte laut auf. »Komm uns mal besuchen, sie freut sich bestimmt.«

»Das mache ich. Richte ihr schöne Grüße aus. Ich werde mal nach Christos sehen …«

»Eleni?«

Ich drehte mich um und entdeckte meine beste Freundin. »Was machst du denn hier?«

»Ich bin joggen gewesen. Um den Kopf freizubekommen. Ich denke zu viel nach.« Mathilda wirkte niedergeschlagen. Sie schaffte es nicht, mir lange in die Augen zu schauen. Ihr hellblaues Jogging-Outfit strahlte unter der Sonne. Die Schweißperlen auf ihrer Stirn glitzerten.

»Verstehe.« Irgendwie wusste ich nicht so recht, was ich sonst sagen sollte.

»Was ist passiert?« Sie deutete auf das zerbrochene Glas, das auf dem Boden verteilt lag. Die Scherben spiegelten das Sonnenlicht. Kleine Lichtpunkte verteilten sich auf Hiromis Uniform, den Pflanzen und dem Holzgerüst gegenüber von Christos' Taverne.

»Jemand hat Christos' Scheibe eingeschlagen. Wir vermuten, es war wieder jemand, der ihn vergraulen will«, erklärte ich Mathilda, der ich letztens ein wenig von Christos' Lage berichtet hatte

»Oh nein. Der Arme. Können wir ihm helfen?«, hakte sie nach.

»Ich habe ihm angeboten, mit ihm die Versicherungssachen zu klären und dann mit ihm essen zu gehen.« Wie konnten wir ihn sonst noch unterstützen?

»Du könntest ihn zu uns mitnehmen.« Der Vorschlag von Mathilda war nett gemeint, würde aber nicht gut enden.

»Wenn ich das mache, verschließt meine Mama alle Türen, und Anna verheiratet uns sofort im Garten. Ich wette, sie hat für den Fall, dass Stavo mal eine Frau mit nach Hause bringt, online so eine Urkunde ergaunert, damit sie Leute trauen darf.«

Hiromi kicherte nach meiner etwas übertriebenen Antwort.

Mathilda schnaubte ebenfalls belustigt. »Okay, überzeugt. Ihr könntet *Bougatsa* holen und euch an den Strand setzen.« Mathildas Vorschlag klang fabelhaft.

»Du kommst mit.«

»Wenn meine Anwesenheit euch nicht stört?« Mathilda hatte lange nicht mehr so viel Rücksicht genommen. Woher kam ihr Sinneswandel?

»Niemals.« Ich lächelte ihr aufmunternd zu. »Ja?«

Mathilda nickte. »Ja.«

»Hat mich gefreut, auch dich wiederzusehen, Mathilda. Ich mache mich auf den Weg zurück in die Station, um den Papierkram zu erledigen. Sag Christos, ich komme zurück und erledige das mit der Scheibe. Ich habe sonst nichts zu tun.« Stimmt, Hiromi hatte vermutlich nicht unbedingt die krassesten Verfolgungsjagden oder Razzien auf dem Tagesplan.

»Mach ich. Bis nächstes Mal, und vergiss nicht, deine Frau zu gr–« Mein Satz verlor sich in dem lauten Startgeräusch von Hiromis Motorrad.

Es klang, als startete sie einen Helikopter, der gleichzeitig bei der Zündung explodierte. Gemischt mit dem Hustenanfall eines Kettenrauchenden. Hinten kam eine schwarze Wolke hervor. Mathilda neben mir ging sofort zur Seite, um nicht zu viel davon einzuatmen. In diesem Fall tat ich es ihr nach.

»Dass dieses Motorrad noch fährt, gleicht einem Weltwunder.« Da hatte Mathilda auf jeden Fall recht. »Mich würde es nicht wundern, wenn die Erschütterung des Starts Christos' Scheibe zum Zerbrechen gebracht hat.«

Ich prustete los. Und da ich dadurch erst recht Hiromis Abgase einatmete, endete mein Lachflash in einem ausgiebigen Husten.

»Vielleicht hat Christos etwas zu trinken.« Mit einem Kratzen im Hals steuerte ich die Tür an.

Mit vorsichtigen Schritten stieg ich über die Glasscherben, die mit einem Klebeband abgesperrt und notdürftig zur Seite gefegt worden waren. Drinnen angekommen, erwartete uns die liebevolle Deko. Schade, dass andere das kaum zu Gesicht bekamen. Im Sommer wurde nur draußen gegessen.

»Hat er das alles selbst gemacht?« Mathilda bestaunte mit weit offenem Mund das Fischernetz an der Wand.

»Soweit ich weiß, ja.«

»Oh, wow. Schau dir mal diese Bar an.« Sie klopfte gegen die Bar, die aus zusammengeschweißten Schiffssteuerrädern bestand. Was für eine beeindruckende Idee. Ich bestaunte die beiden Galionsfiguren, die links und rechts von der Bar abstanden.

»Was der sich für eine Mühe gibt, oder?« Mathilda blätterte durch die Muschelspeisekarten. »Du hast letztens erzählt, dass kaum Gäste kommen. Das ist eine Schande.« Wie recht meine beste Freundin hatte.

»Ja, leider.« Bevor ich weiterreden konnte, räusperte ich meinen trockenen Hals und sah mich nach Christos um. Ohne zu fragen, wollte ich mir auch kein Wasser nehmen.

»Christos? Hast du Wasser? Ich bezahle …«, rief ich, doch meine Worte wurden nach und nach leiser, bis ich verstummte. Christos kam kreidebleich aus dem Raum neben der Bar. Er hielt sein Smartphone in der Höhe seiner Wange, wodurch ich seinen Sperrbildschirm erkannte – sein Hausboot. Er telefonierte nicht mehr. Nur, warum hielt er dann das Handy noch so steif fest?

»Hey? Alles klar?« Wenn Mathilda seinen schockierten Blick auch erkannte, bildete ich es mir nicht ein.

»Die Versicherung. Sie haben gesagt, sie läuft nicht mehr.«

Kapitel zwanzig

Einen *Cappuccino freddo* in der einen und *Bougatsa* in der anderen Hand. So saßen wir auf einer Liege, die wir uns zu dritt teilten, da. Irgendwie mussten wir mit dieser neuen Info der Versicherung über Christos' Taverne umgehen, und wie ging das besser als mit Essen? Foodporn gegen Tavernenprobleme. Klang logisch für mich.

»Die können doch nicht einfach die Versicherung kündigen.« Wie oft hatte Mathilda das gesagt? Achtmal in der vergangenen Stunde?

»Die Bürokratie in Griechenland ist in den meisten Teilen noch so lahm«, antwortete Christos mit einem starren Blick aufs Meer.

»Du erinnerst dich an Thomas, der eine Grieche auf Sylt, dem ich geholfen habe, seine Sachen auf Deutsch zu übersetzen, oder?«

»Ja.« Mathilda sah mich an, als verstünde sie nicht, wie ich auf ihn kam.

»Der hat jahrelang darauf gewartet, dass er von Athen Papiere darüber bekommt, dass seine Arbeitszeit in Griechenland bei uns in Deutschland angerechnet wird. Außerdem hat er da auch erst herausgefunden, dass er in seinen drei Jahren als Schiffskoch nicht einmal angemeldet gewesen ist. Es wundert mich also nicht, dass die Versicherung dich einfach abmeldet, ohne Bescheid zu geben, wenn sie ihr Geld nicht bekommt.« Ich platzierte Kaffee und Süßspeise vor mir im Sand und legte meine Hand auf Christos' Oberschenkel. »Nicht böse gemeint. Ich weiß, du hast nicht absichtlich nicht bezahlt.«

»Danke, aber das bringt mir auch nichts. Die hätten auch anrufen können, wenn sie merken, dass kein Geld abgebucht werden kann.« Nach einem langen, verzweifelten Seufzer stellte auch Christos das kaum angerührte Frühstück ab und bettete das Gesicht in seine Hände.

»Nicht mal eine Mail? In der heutigen Zeit?«

»Mathilda, da muss nur so eine Chrysoula sitzen, die sich noch letzte schöne Monate vor der Rente macht, und du hast Pech. Wir könnten versuchen, sie anzuzeigen oder einen Vergleich zu erzielen?« Einen besseren Vorschlag hatte ich nicht.

»Ts. Mit diesen beschissenen Ärschen mache ich nichts.« Mittlerweile kannte ich Christos so gut, dass er sich da auch nicht reinreden ließ.

»Dann arbeite mit mir zusammen. Ich helfe dir beim Werbetrommelrühren. Wenn wir deinen *Tsipouro* in einem Onlineshop anbieten, wird das gut klappen. Glaub mir. Ein paar TikToks, die wir auch als Instagram-Reels verwenden und in den richtigen Griechenlandgruppen bei Facebook posten. Ich hätte so viele Ideen.«

»Ich kann dich nicht bezahlen.«

Ich warf ihm einen Ist-das-dein-Ernst-Blick zu und legte den Kopf dabei schief. »Ich würde mich schämen, dein Geld zu nehmen.«

»Und wie soll ich den Glasschaden bezahlen? Keiner kommt in eine Taverne, die wie ein Schlachtfeld aussieht. Außerdem brauche ich auch endlich die Unterstützung der Einheimischen.« Damit sprach Christos etwas Wichtiges an. Mir kam in den Sinn, ihm das Geld zu leihen. Das würde er jedoch niemals annehmen, und damit vergraulte ich ihn eventuell auch noch für meine Marketingideen.

»Ich hab's.« Mathilda sprang auf.

»Ja?« Kam es von Christos und mir im Chor.

»Ein Karaokeabend! Und wir fragen ein paar der alten Herren, ob sie Livemusik spielen auf ihren kleinen Babygitarren. Wenn die kommen, zieht das die Menschen wie Magneten an. Sehen sie dann, wie schön die Party ist und wie toll das Essen, dann kommen sie auch öfter.« Der Einfall von Mathilda war eine prima Idee. Damit hatte sich auch dieser eine neue Eisladen auf Sylt durchgesetzt.

»Und wenn wir das abends machen, brauchen wir die Scheibe nicht zu ersetzen. Wir decken das erst mal mit Holzplatten ab, auf die wir vorne ein riesiges Plakat mit dem Karaokeabend machen«, fügte Mathilda hinzu.

»Hey, hey. Das ist schön und gut. Aber da muss ich auch erst mal Geld investieren. Eine Karaokeanlage? Ein Werbeplakat? Die Liveband.« Ein guter Punkt, den ich aber gar nicht erst zu Christos' Problem werden ließ.

Grinsend zog ich ihn hoch, spürte seine kräftige, raue Hand, ließ sie aber nicht los. »Ich regle das, und es wird dich keinen Cent kosten, sag Ja.«

»Für dreißig seid ihr naiv, wenn ihr denkt, dass das klappt«, meinte Christos

»Ich bitte dich! Ich bin keine dreißig. Ich bin noch neunundzwanzig.« Darauf bestand ich und würde ich die nächste Zeit auch noch beharren.

Christos zog skeptisch die Brauen hoch.

»Nun?« Mathilda ließ auch nicht locker. »Wir regeln das.« Dankbar zwinkerte ich ihr zu.

»Okay, von mir aus.« Christos machte ein paar Schritte zurück und hob die Hände. »Ich gebe mich geschlagen. Ja, macht euren Zauber. Dafür will ich euer restliches *Bougatsa*.«

»Das kannst du haben, wir machen uns auf den Weg.« Ich wollte Christos am liebsten umarmen, hielt dieses Verlangen jedoch zurück. »Es wird alles gut, ja?«

Christos nickte zwar, die Ungläubigkeit in seinen tiefen, unergründlichen Augen erkannte ich trotzdem.

Mathilda war bereits vom Strand hoch zur Promenade gelaufen, und ich folgte ihr. »*Geia Sou!*«, verabschiedeten Mathilda und ich uns gleichzeitig.

»Das hast du gut gemacht. Er ist skeptisch, lässt sich aber helfen.« Mathilda schwenkte ihren *Cappuccino freddo*, und die Eiswürfel darin schlugen gegen den Rand des Pappbechers. »Nur … wie machen wir das?«

»Ich habe keine Ahnung.«

Später saß ich mit meinem Laptop auf dem oberen Balkon von Annas Haus, den ich seit meiner Kindheit über alles liebte. Es handelte sich um einen winzigen Balkon mit schwarzem gusseisernem, geschwungenem Geländer, an dem üppig bepflanzte Blumentöpfe hingen. Ich mochte den Efeu, der aus den Töpfen nach unten wuchs. Ich passte gerade so mit einem bunten Holzstuhl, einem Tisch und meinem Kaffee darauf. Und wenn ich hinter mir die Holzläden schloss und sich das Meer vor mir ausbreitete, hatte ich das Gefühl, es gab nur mich und das Meer. Nun ja, so hätte es sein können, würde mein Onkel nicht unter mir im Garten den Rasen mähen und dabei jedes Mal fluchen, wenn er eine Olive erwischte, die von einem seiner unzähligen Bäume gefallen war. Er hasste das Geräusch der Kerne, wenn sie auf die Klinge im Rasenmäher trafen.

Seit Stunden arbeitete ich an Annas Onlineshop. Ich kam dank meiner Vorlage von der Arbeit gut voran. Trotzdem ließ mich Christos' Problem nicht los. Wie sollten wir unsere Idee umsetzen? Ich lehnte mich zurück und nahm einen kräftigen Schluck vom Kaffee.

Vor mir blinkte erwartungsvoll der Cursor am Bildschirm. Was tat ich hier? Ich bescherte mir den gleichen Stress, den ich mir in Sylt aufgehalst hatte. Ich konnte sie alle nicht hängen lassen.

Immerhin hatte Anna alle Bilder gemacht, die ich von ihr verlangt hatte, sowohl vom Laden als auch von ihren Produkten. Selbst die Beschreibungen hatte sie fertig. Ihre Dankbarkeit spürte ich bei jedem Lächeln, das sie mir im Vorbeigehen schenkte.

Der salzige Wind, gemischt mit dem Duft der Olivenbaumblätter unter mir, beflügelte meine Sinne, die sich an das griechische Flair gewöhnten. Beinah könnte ich meinen, mein Körper blühte in diesen Breitengraden auf. Kaum spürte ich noch meine Nackenschmerzen vom Bürojob. Gestern war mir aufgefallen, dass ich beim Tippen am Handy gar kein Ziehen mehr im Arm hatte. Das Brennen in meinen Augen hatte aufgehört. Die wichtigste Erkenntnis: Die festgezogenen Knoten, die meinen Körper anspannten und meinen Magen verkrampften, lösten sich bei jedem Sonnenstrahl, der auf meiner Haut kribbelte, bei jedem Bissen in das saftige, selbst gemachte Weißbrot meines Onkels mit dem duftenden Aufstrich aus pürierten, gegrillten Oliven und bei jedem Sprung ins Meer. Selbst meine Haut erholte sich, denn obwohl ich meine Skincare-Routine manchmal schleifen ließ, verpufften die Rötungen auf meinen Wangen, die laut Hautärztin vom Stress kamen, wie von selbst. Eigentlich wusste man, was Stress mit dem Körper anrichtete, doch hatten wir nicht das Gefühl, ihn im Griff zu haben? Und nicht umgekehrt? Tja, nun erlebte ich selbst, was es ausmachte, auf sich zu achten und es nicht nur im Internet zu lesen.

Ich pflückte eine Himbeere vom Strauch, der hinter mir in einem Topf wuchs, stopfte sie mir in den Mund und schmeckte, was die griechische Sonne auf einer Himbeere für einen Unterschied machte.

Wenn ich den Onlineshop von Anna betrachtete, war ich stolz. Stolz auf Anna und auf mich. Die Fertigkeiten, die ich mir angeeignet hatte, weil unser Chef lieber Geld gespart hatte – vermutlich für Fliegen in verschiedenen Tiermustern –, zahlten sich nun aus. Ich hatte all das Wissen, und das war wertvoll. Vielleicht sollte ich …

»Moment«, sagte ich zu mir selbst. Noch während ich über meine Zukunft nachdachte, die mich doch nicht als wandelnden Misserfolg dastehen ließ, schweifte mein Blick über die selbst gemachten Produkte meiner Tante, und es fiel mir wie Schuppen von den Augen.

Anna hatte mich zum Essen gerufen. Ich nutzte die Zeit am Esstisch draußen im Garten, um Anna, Athanasios und meiner Mama von meinem Einfall zu berichten. Dabei durfte nicht der ein oder andere Löffel voll mit *Moussaka* fehlen. Die Zimtnote darin erinnerte mich an eine Zeit, in der alles besser gewesen war. Und an meinen Vater.

»Das klingt nach einer guten Idee.« Anna nickte.

»Aber wir haben noch ein paar andere Probleme, richtig?« Da Mathilda unsere anderen Sorgenkinder schon mal ansprach, griff ich das Thema auf.

»Ja, genau. Wie machen wir das mit der Liveband zum Beispiel? Die alten Musiker kommen mir eher vor wie ewig Gestrige, die nicht viel machen werden, wenn ich sie darum bitte.«

Dieser Punkt bereitete mir am meisten Bauchschmerzen. Einer der alten Herren der Bouzouki-Baglamas-Trommel-Kombo stellte auch so was wie den Bürgermeister der Insel dar. Käme er, würden sich die meisten verpflichtet fühlen aufzutauchen.

Anna räusperte sich mehrfach und fragte dann in einem überzogenen Tonfall: »Ja, wie soll Eleni das bloß mit der Altherrenband hinbekommen?« Und wieso starrte sie deshalb meinen Onkel an, der sich mehr auf seinen Teller und die danebenliegende Zeitung konzentrierte als auf unser Gespräch?

Einige Sekunden herrschte Stille. Danach rumpelte es laut unter dem wackelnden Tisch und ein »Au!« ertönte.

»Oh! *Sygnómi,* Rosi.« Peinlich berührt zog meine Tante die Mundwinkel nach unten. »Geht es?«

»Ja, ja. Unkraut vergeht nicht.« Meine Mama beugte sich vor und rieb sich schmerzverzerrt das Schienbein.

Kurz darauf erfolgte das nächste Rumpeln. An dem zufriedenen Grinsen in Annas Gesicht erkannte ich, dass nun mit meinem Onkel die richtige Person »Au!« schrie.

»Warum trittst du mich? Was habe ich getan?« Mama und Onkel rieben sich synchron die Schienbeine.

»Wann hast du mal nichts getan?« Annas Vorwurf brachte Athanasios zum Augenrollen.

»Immer ich.«

»Also? Wie kann Eleni wohl die Alten überreden, mit ihrer Band im *Ax! Maria! Ax!* aufzutreten?« Wenn Annas spitzzüngige Tonlage, die hochgezogenen Augenbrauen und das Trommeln mit den Fingern auf den Tisch Athanasios nicht nervös machten, mich auf alle Fälle.

»Gar nicht? Warum sollten die in dem Laden auftreten?« Mein Onkel lachte auf, als wäre das das Absurdeste, das er jemals gehört hatte. Und das von dem Mann, der mit dem Schal seines griechischen Lieblingsfußballteams – PAOK Thessaloniki – im Bett lag.

Aber ja, wer war ich, um darüber zu richten. Ich schlief mit einem Plüschtierhund, dem beide Ohren fehlten, im Bett.

»Warum nicht?«, fragte ich ihn. Dass mein Onkel selbst etwas gegen Christos' Taverne hatte, daran hatte ich noch gar nicht gedacht.

»So ein Sicki-micki-Laden.« Ich musste mir das Lachen verkneifen, als er Schickimicki so niedlich falsch aussprach. »Das brauchen wir nicht. Der glaubt auch, er ist was Besseres.«

»Wie kommst du darauf?«, hakte ich nach. »Weil er aus Deutschland zurückkommt wie ich? Weil er ein wenig moderner ist als diese eine nach Zigaretten stinkende Taverne *Panóramata*, wo du seit Jahren hingehst, mit den vergilbten Spitzenvorhängen drinnen?« Es brachte mich auf hundertachtzig, wenn Leute an schlechten Dingen hängen blieben, weil sie diese Routinen immer so machten.

»Hat nicht jeder einen Geldesel daheim, der das regelt.« Nein, damit ließ ich meinen Onkel nicht durchkommen.

»Das hat auch ein wenig was damit zu tun, wofür man sein Geld ausgeben will. Christos wollte nur eine schöne Einrichtung und frische Produkte. Das kostet eben.«

Athanasios' Gähnen zeigte mir, wie wenig ihn meine Rede interessierte.

»Außerdem habe ich gehört, dass die vom *Panóramata* Häuser auf Korfu, Kos und Kreta haben.« Zur richtigen Zeit schritt mein Held aus dem Haus. Stavo wuschelte sich halb verschlafen die Haare durch und hatte gerade so ein Auge offen.

Mein Onkel schnaubte belustigt. »Unsinn. Der alte Alexandros jammert, wie wenig Geld sie verdienen.«

»Tja, da scheint der alte Alexandros dich über den Tisch zu ziehen. Denn die verkaufen nämlich auf Kreta im großen Stil Fische, haben auf Kos eine Olivenfarm und auf Korfu eine Pension.« Woher wusste Stavo das alles?

»Woher weißt du das?«, fragte nun auch mein Onkel.

»Mein alter Schulfreund Xenio arbeitet doch als Steuerberater. Und seit Kurzem ist er in Athen bei einem großen Steuerberatungsunternehmen, bei dem Alexandros zufälligerweise Klient ist. Der lässt sich dort beraten. Die Infos sind aber natürlich vertraulich – ihr dürft niemandem sagen, woher ihr das wisst.«

Und damit stopfte Stavo sich die Hälfte einer Scheibe Weißbrot in den Mund und tunkte die andere Hälfte in die Moussakasoße in der Auflaufform.

Das Gesicht meines Onkels wurde bleich, als ihm klar wurde, dass sie ihn verarscht hatten. Nun tat er mir fast ein bisschen leid. »Diese Schweine.«

»Weißt du, ob die so weit gehen würden, Scheiben einzuschlagen?« Mathilda kombinierte gut. Waren es wirklich die Inhaber von der Stammtaverne meines Onkels, die Christos so fertigmachten und die Alteingesessenen Panóramas aufstachelten?

»Denen trau ich ab heute alles zu.« Athanasios stand auf und schmiss den Stuhl um.

»Du könntest ihnen eins auswischen, indem du Christos hilfst.« Meine Mama ließ es ganz beiläufig klingen. Ihr Zwinkern in meine Richtung sagte, dass sie lange gewartet hatte, um diesen Satz auszusprechen.

»Ich werde mit ihnen reden. Diese Schweine.« Mein Onkel blieb lange gelassen, doch hatte jemand sein Feuer entfacht, loderte es rasch hoch.

Vor Wut ging Athanasios im Kreis und fluchte leise vor sich hin. Dabei fiel mir das Zittern seiner Hände auf, das bei einem Wutausbruch schwerer zu unterdrücken zu sein schien.

»Athanasios, ber–«, setzte meine Mama an.

»Nicht.« Anna legte eine Hand auf die meiner Mama, der das Zittern auch aufgefallen sein musste. »Im besten Fall lässt du ihn bei solchen Sachen in Ruhe.«

Hoffentlich beruhigte er sich bald wieder. Damit fehlte nur noch eine einzige Sache, die wir erledigen mussten.

»Stavo, reichst du mir mal die …« Tja, ich kam zu spät, Stavo hob den Salat in diesem Augenblick hoch und schüttete sich den Rest in den Mund. »Schüssel.«

Mein Cousin stellte sie wieder ab und blickte mich mit aufgeblähten Backen und einem Hundeblick an. »Hm?«

»Nichts. Schon gut.«

»Manches ändert sich nie«, stellte Mathilda fest und tunkte ihr Brot in das *Taramosalata*. Eine rosarote Fischcreme, die aus Fischrogen, Weißbrot, Kartoffeln, Olivenöl, Zitrone und ein paar Gewürzen bestand. Tatsächlich liebte ich die von Anna, sonst schmeckte sie mir oft zu fischig. Es wunderte mich nur, dass Mathilda sie aß. Oftmals lehnte sie Fisch ab, weil sie Angst vor Salmonellen oder so was hatte.

Sie fühlte sich wohl beobachtet und lugte zu mir. Sofort wandte ich mich ab. »Sag, Stavo, du kennst nicht zufällig jemanden mit einer Karaokeanlage, die er uns leihen kann. Einen Karaokebarbesitzer oder so?«

»Nein, einen Karaokebarbesitzer kenne ich nicht. Helfen kann ich trotzdem.« Stavo setzte sein breites Grinsen auf.

»Wie viel willst du für diese Info?«, fragte ich ohne Umschweife.

»Ich will einen freien Gefallen bei dir guthaben. Einlösbar: immer.« Eine komische Bitte. Normalerweise wäre seine Antwort fünfzig Euro gewesen.

»Einen Gefallen? Sonst nichts?« Selbst Mathilda schien das komisch zu finden. »Einiges ändert sich anscheinend doch.«

»Haha. Sonst nichts. Einen Gefallen.«

Ich musterte meinen Cousin skeptisch. »Was für einen Gefallen?«

»Das weiß ich doch jetzt noch nicht«, erwiderte er.

»Okay. Einen Gefallen. Sonst nichts.« Ich ging auf diese Bitte ungern ein. Mein Cousin war gerissen, wenn es darum ging, etwas zu bekommen, was er wollte.

»Dann abgemacht. Wir treffen uns in zwei Stunden vor der Werkstatt, okay?« Freudig rieb sich Stavo die Hände, und mich beschlich das Gefühl, einen Pakt mit dem Teufel geschlossen zu haben.

»Alles klar, wir treffen uns vor dem Eingang zur Hölle … äh … Werkstatt.«

Kapitel einundzwanzig

Gemeinsam mit Mathilda tauchte ich zwei Stunden später vor der Werkstatt auf, obwohl Mathilda noch vor ein paar Tagen meterweit Abstand von dem Schmutz drinnen gehalten hatte. Was ging vor sich?

»Meinst du, Stavo macht sich nur lustig über uns?« Mathilda linste um die Ecke, und ihr rosa-gelber Fransenrock drehte sich mit.

»Die Chancen stehen fünfzig-fünfzig, dass er entweder wirklich eine Hilfe ist oder mit einem kleinen Kindermikrofon kommt und sich über uns lustig macht.« Wobei ich gnädig mit den fünfzig-fünfzig war. Ich liebte meinen Cousin und er mich. Was er aber noch mehr liebte, war es, Leute zu veralbern und den Clown zu spielen.

Ein Rumpeln kam aus der Werkstatt.

»Ich bin längst hier.« Stavo eilte die Kellertreppe hinauf und winkte uns zu sich. »Damit hättet ihr nicht gerechnet, was?«

»Ähm, nein. Aber wenn du mir jetzt mit einem Kinderradio samt buntem Plastikmikrofon aus den Neunzigern kommst, schreie ich.« Hoffentlich nahm ich ihm damit die Freude daran, uns zu veräppeln.

Stavo schenkte mir einen gespielt genervten Blick. »Da will man einmal helfen. Dann eben nicht.« Stavo schritt die Treppe seitlich hinunter, damit wir seine Das-habt-ihr-jetzt-davon-Miene sahen, bis sein Kopf verschwand.

»Eleni«, zischte Mathilda und bedeutete mir, ihm zu folgen.

»Er ist doch nicht wirklich beleidigt.«

»Eleni!« Na gut, wenn Mathilda es so wollte, spielte ich mit.

»Warte. *Sygnómi*. Tut mir leid. Lieber, guter Stavo«, sagte ich unbeeindruckt und mit derselben fehlenden Inbrunst, mit der mein Onkel meiner Tante zuhörte, wenn sie über ihre Kunst sprach.

»Ja?« Stavo hüpfte wieder hoch. »Höre ich ein ›Oh, liebster Cousin, du bist der Beste‹?« Er setzte sein breitestes Grinsen auf und wackelte verschwörerisch mit den dunklen, buschigen Augenbrauen.

»Treib's nicht zu weit.« Ich betrat die Werkstatt. »Aber danke für deine Hilfe, liebster Cousin.« Beim Hinunterschreiten der Kellertreppe gab ich ihm einen Kuss auf die Wange.

»Igitt.«

»Geht ruhig. Ich warte auf euch. Ich tanke ein wenig Sonne. Vitamin D und so«, rief Mathilda hinterher.

Ich wusste, dass sie nicht mitkommen wollte. Meine Freude über ihre Bemühungen bis hierhin minderte das nicht.

»Alles klar.«

Stavo huschte an mir vorbei und betrat vor mir das Kellerabteil, das nach kaltem Stein und feuchtem Beton roch. Eine kleine Glühbirne hing an demselben blau-lila Draht wie seit Jahrzehnten. In unregelmäßigen Abständen flackerte das Licht und gab ein Surren von sich. Mein Cousin stand in der Mitte des Raumes zwischen Metallregalen, die über und über mit Autoteilen, neonfarbenen Flüssigkeiten in Plastikflaschen, deren Beschriftung kaum zu lesen war, und winzigen gammeligen Pappkartons, in denen Schrauben und Nägel ohne System lagen, bestückt waren.

Neben Stavo hing ein altes Bettlaken über vermutlich irgendeinem Möbelteil. Ich hoffte, darunter versteckte sich etwas Brauchbares.

»Ja?«

»Na, komm. Mehr Enthusiasmus.« Stavo wirkte enttäuscht über meine Skepsis, also beschloss ich, ihm den Gefallen zu tun und ihm zu vertrauen.

»Okay, Augenblick.« Ich räusperte mich. »Oh, mein Gott. Was ist unter dem Tuch? Bitte, zeig es mir!« Um das Schauspiel abzurunden, hüpfte ich noch ein-, zweimal auf und ab. »Besser?«

»Besser.« Stavo zog grinsend das Laken weg, als wäre er ein Zauberer, der mir einen Verschwindetrick zeigen wollte.

Darunter entdeckte ich das riesige Schild des geschlossenen Cafés *Ximeromata*. Wenn mein Cousin dafür keine gute Erklärung hatte, dann würde er die *Morgenröte*, was *Ximeromata* bedeutete, bestimmt nie wieder sehen.

»Warum zeigst du mir das Schild von Hestia Kokkinous Café? Das ist doch längst pleite.« Nach meiner Frage hustete ich den alten Staub weg, der von Stavos Gewirbel herumtanzte. Dazu das Flackern der Glühbirne, die wirkte, als explodiere sie jeden Moment.

»Hör mir erst zu.«

Hustend bedeutete ich Stavo mit einer Geste fortzufahren.

»Hestias Café hatte früher eine Karaokeanlage. Und Hestia hat sie auch noch. Sie schleppt sie jedes Mal zum Flohmarkt im Hafen auf der anderen Seite der Insel. Sie leiht sie dir.« Stolz streckte Stavo die Brust raus. »Na? Na?«

»Stavo, das … das ist eine gute Idee.« Wow. Noch hustend fiel ich meinem Cousin in die Arme. »Du bist der Beste, danke.«

»Ich weiß, ich weiß.« Stavo rieb mir den Rücken.

»Aber, warum konntest du das nicht einfach vorhin beim Essen vorschlagen?«

»Und mir diesen coolen Auftritt nehmen? Niemals.«

»Typisch.«

»Es gibt da vielleicht nur ein Problem.« Stavo schlängelte sich aus meiner Umarmung.

»Was?«

»Nein. Keine Chance. Das mache ich nicht.« Ich verschränkte meine Arme vor der Brust.

»Hör zu, Eleni.« Stavo stand flehend vor mir.

»Nein. Das widerspricht all meinen Grundsätzen.« Energisch schüttelte ich den Kopf.

»Komm schon, vielleicht ist es nicht so schlimm.« Meinte Mathilda das ernst?

Wir hatten auf einem Hügel geparkt. Vor uns tat sich der kleine Hafen Monaxia auf. Der Name passte wie die Faust aufs Auge. Er bedeutet Einsamkeit. So lag der liebliche Hafen einsam an diesem Teil der Insel. Früher wurde er hauptsächlich für die Post verwendet, bevor es kleine Flugzeuge und Helikopter gegeben hatte. Mittlerweile benutzten Privatleute oder die Inselmenschen ihn für Lieferungen. Hauptsächlich hielt man hier den Flohmarkt ab. Ursprünglich kein Flohmarkt, sondern eine Art Ort des Handels. Die Menschen halfen sich früher selbst über die Runden. Deshalb tauschten sie untereinander Dienstleistungen oder Waren, um auf der etwas abgelegenen Insel besser auszukommen.

Die Boote und kleinen Schiffchen an den Holzdocks bewegten sich mit dem Meer hin und her. Daneben saß in einem kleinen Häuschen Sofia. Eine ältere Frau, die seit Ewigkeiten den Hafen bewachte und mit den Ankommenden und Abfahrenden sprach, Papiere checkte, meistens aber schlief oder, bestechlich, wie sie war, Süßspeisen annahm, falls sich jemand die Tagesmiete eines Standes nicht leisten konnte. Im Moment genoss sie die Ruhe und hielt ein Nickerchen ab. Die alte Kapitänsmütze, die sie sich dabei tief ins Gesicht gezogen hatte, verdeckte ihr Gesicht.

Wenn ich mir die griechischen Leute, die an dieser Tradition des Flohmarktes festhielten, ansah, traute ich mich noch weniger, mich zum Affen zu machen. Die würden mich für verrückt erklären und Christos meinetwegen noch mehr meiden.

»Gibt es keine andere Möglichkeit?«

»Eleni. Auch wenn du mich das noch zwanzigmal fragst, habe ich keine andere Antwort.« Stavo legte seine Hand auf meine nackte Schulter.

Ich zog mein trägerloses Top höher. »Ich kann das nicht.«

»Gehen wir zu Hestia, vielleicht lässt sie sich überreden.« Der Vorschlag von Mathilda klang bisher noch am besten.

»Okay.«

Zu dritt schritten wir den Hang hinab und begaben uns zu dem Flohmarktbereich. Monaxia lag in einer wunderschönen Bucht in Panórama, eingerahmt von Bäumen, Sträuchern, weißem glitzernden Sand und wunderschönen Blautönen. Am Hafen strahlte das Türkis unter der Sonne und wurde bis zum offenen Meer hinaus dunkler.

Wir bezahlten je einen Euro Eintritt in einen alten Hut, der auf einem Stuhl stand. Auf dem Flohmarkt – der nur von einem Seil, an dem kleine Panórama-Flaggen hingen, abgesperrt war – waren eher ältere Leute unterwegs, die sich kleine Kaffeekannen ansahen, Kleiderschürzen inspizierten, Taschenlampen abklopften, bis sie wieder leuchteten, oder über nächtliche Toilettenbesuche jammerten. Ziemlich am Ende fanden wir auch Hestia mit vielen Gegenständen aus ihrem gescheiterten Café. Direkt neben ihr: die Karaokeanlage. Eine Gänsehaut überzog meinen Rücken und schüttelte mich durch.

»*Geia Sou*, Hestia«, begrüßten Mathilda, Stavo und ich sie.

Hestias runzeliges Gesicht strahlte uns entgegen, und sofort erkannte ich die eingefallenen Augen, Wangen und den dünnen Körper. Stavo hatte mir erzählt, dass sie gerade so eine Chemo überlebt hatte. Das war auch der Grund für die Pleite ihres Cafés *Ximeromata*. Sie tat mir so furchtbar leid, hören wollte sie das bestimmt nicht.

»Ich habe gehört, du suchst eine Karaokeanlage?« Hestia leckte sich über ihre Lippen, und in ihrem Blick erkannte ich, dass sie nicht mit sich verhandeln ließ. Sie wollte, was Stavo mir gesagt hatte.

»Ja, wir wollen damit Chr–.« Vielleicht sollte ich Christos außen vor lassen. Keine Ahnung, wie sie zu ihm stand. »Damit jemandem helfen.«

»Stavo hat dir gesagt, was ich dafür will?« Hestia strich sich ihre trockenen kurzen Haare zurück und setzte sich auf ihren Hocker. Direkt neben Tassen, Gläsern, Milchaufschäumern und Eiswürfelförmchen.

»Ja, hat er.« Mathilda schwankte von einem Fuß auf den anderen und rempelte dabei Stavo an.

»Hey, warum wird der Überbringer der Nachrichten angegriffen?« Stavo nahm seine Sonnenbrille vom Kopf und setzte sie auf.

»Ähm, ja. Was das anbelangt: Können wir da nicht eine andere Möglichkeit finden? Wir können dir eine Leihgebühr zahlen.« Mein Vorschlag schien sie kaum zu beeindrucken.

»Ich will, dass du für uns einen Song singst, dann könnt ihr das Teil haben.« So schwach Hestia auch aussah, so stark war sie im Verhandeln. »Hier ist es langweilig unter den ganzen Alten. So ein junger Hüpfer, der etwas Stimmung reinbringt, erfreut mich mehr als ein bisschen Geld.«

Dagegen hatte ich keine Argumente.

»Hab dich nicht so. Ich wäre sofort dabei. Leider will sie dich singen hören.« Stavo drückte die Unterlippe nach außen, wie ein kleines schmollendes Kind.

»Ihr könnt auch gemeinsam auftreten.« Der Schalk blitzte aus Hestias Augen bei diesem Einfall. Diese Frau hatte es faustdick hinter den Ohren.

»Äh, was? Wie? Also ich dränge mich ungern auf und–«

»Ach? Seit wann das?«, unterbrach Mathilda meinen Cousin.

»Warum wollt ihr denn nicht?« Hestia schien ehrlich interessiert daran zu sein.

»Na ja, es ist irgendwie peinlich. So viele Leute, und ich kann nicht singen und ... keine Ahnung.« Ich sah mich um und merkte, dass die Leute uns skeptische Blicke zuwarfen.

Ein wissendes Lächeln huschte über Hestias Gesicht. Mit geschlossenen Lidern legte sie den Kopf in den Nacken und genoss wohl die aufkommende Meeresbrise. Die Wellen brachen sich an der Steinmauer, in die sich das Salzwasser seit Jahrzehnten fraß. Hestias Haut war schlaff und fahl. Vor ihrer Erkrankung musste sie fülliger gewesen sein.

»Peinlich, ja?«

Mathilda, Stavo und ich wechselten unsichere Blicke. »Ja«, bestätigte ich.

»Ich verstehe euch. Als ich mein Café schließen musste, weil ich krank geworden bin, habe ich auch gedacht, was für eine Schmach. Jeder auf der Insel wird darüber sprechen. Alle werden sie mir sagen, dass das nicht schlimm ist, und dann hinter meinem Rücken lachen.« Nach ihrem letzten Wort blinzelte sie und sah uns wieder an.

Sie nahm einen großen Schluck aus ihrer Glasflasche, in der Minze, Ingwer und Thymian schwammen. Ihr Hals war so dünn, dass die Wölbung beim Schlucken unnormal groß wirkte.

»Aber wenn ihr dem Tod näher seid, rückt das so weit in die

Ferne. Ich hätte mich lieber nackt ausgezogen und wäre mit einer Kuhglocke um den Hauptplatz getanzt, als noch einen weiteren Tag die Schmerzen zu ertragen.«

Mathilda, Stavo und ich lauschten ihren Worten. Die Geschichte von Hestia hatte ich so noch nie gehört.

»An den Tag, an dem mich der Hubschrauber von Panórama nach Athen ins Krankenhaus geflogen hat, erinnere ich mich noch gut. Ich war mir hundertprozentig sicher, meine Heimat nie wiederzusehen.« Ihre Erzählung endete abrupt bei ihrem Blick auf ihre Hände. Fiel ihr selbst gerade wieder auf, wie dünn sie wirkten?

Ich fühlte mich mit meinen Sorgen, die ich unbedacht ausgesprochen hatte, lächerlich. Die Stille, die sich um uns legte, weil niemand wusste, was man auf so eine Story erwiderte, machte das nicht besser.

Sie hob ihre große Kette über ihren Kopf, wodurch die großen roten Kugeln aneinanderklapperten, und legte sie auf den Tisch. »Ich will euch nicht sagen, ihr dürft nicht in Tränen ausbrechen, weil euch gekündigt wird, oder so was. Aber vielleicht sind es manchmal gerade die peinlichen Momente, die uns zeigen, dass wir leben.« Hestia schenkte uns ein Lächeln, das mir die Last des schlechten Gewissens abnahm.

»Ich hätte es witzig gefunden, wenn ihr für mich singt, wenn noch einmal jemand meine Karaokeanlage verwendet, die in meinem Café kaum genutzt worden ist. Aber natürlich helfe ich euch auch so und gebe euch die Anlage gerne.«

Zack, da war es wieder: *Hallo, schlechtes Gewissen, ich bin es, Eleni.*

Hestia tätschelte meinen Unterarm, als wollte sie mir damit verdeutlichen: »Alles gut.« Das konnte ich so nicht stehen lassen, und als ich mich zu meinem Cousin und meiner besten Freundin umdrehte, erahnte ich auch in ihren Augen das entfachte Feuer für Hestia.

»Hestia, warte.« Ich stoppte sie, das Schloss mit einem verrosteten Schlüssel aufzuschließen, das an einer Kette um die Anlage hing. »Du willst einen peinlichen Auftritt von uns? Dann bekommst du ihn.«

Um sicherzugehen, sah ich zu Stavo und Mathilda, die mir aber zunickten. Damit war die Sache beschlossen.

Zusammen mit Hestia hatten wir die winzige Holzbühne freigeräumt, die einmal im Jahr für Auktionen von vergessenen Koffern genutzt wurde.

»Hier.« Mathilda stellte sich vor Stavo und mich auf die Bühne, überreichte uns jeweils eine kleine Ouzoflasche, die man an Supermarktkassen bekam, schraubte ihre auf und drückte sich den Verschluss auf die Nasenspitze. »Das brauchen wir jetzt.«

Stavo und ich taten es ihr nach.

»Jámas!«, flüsterten wir verschworen im Kreis und kippten das Fläschchen nach oben.

»Boah.« Mathilda hustete einen Tropfen des stark alkoholischen Fenchel-Anis-Schnapses aus.

»Wo hast du das denn her, das schmeckt ja wie Benzin?« Stavo steckte sich Fläschchen und Verschluss in die Hosentasche.

»Von dem Mann dort.« Mathilda deutete mit dem Kinn hinter sich. »Mit dem Hawaiihemd.«

Ein zahnloser Mann mit prominentem Kinn lächelte uns zu und rieb sich die wohl aufgeheizte Glatze, eingerahmt von einem Heiligenschein aus den letzten weißen Haaren.

»Also abgesehen davon, dass man grundsätzlich nichts von jemandem mit einem Hawaiihemd annimmt, sieht der aus, als hätte er tatsächlich Benzin in die Flaschen gefüllt.« Ich lächelte dem zahnlosen Mann ebenfalls zu.

»Na ja, sonst gab es keinen anderen Alkohol.« Mathilda seufzte schwer. »Lasst uns den Auftritt hinter uns bringen.«

Das zu trinken musste Mathilda einiges an Überwindung gekostet haben. Auf Sylt gab sie manchmal sogar Wasserflaschen zurück, wenn sie das Gefühl hatte, sie ließen sich zu leicht öffnen. Es könnte ja jemand etwas reingekippt haben.

»Alles klar«, unterbrach Stavo meine Gedanken. »Hestia! Leg los.«

Die ersten Töne aus der Soundbar erklangen. Auch wenn Stavo, Mathilda und ich den Song kannten, bewegten wir uns steif und ungelenk. Es war dieses typisch unsichere Tänzeln. Das Gewicht von einem Fuß auf den anderen verlagern und dabei verkrampft lächeln, was alles noch unangenehmer machte.

Nach und nach wandten sich uns die Älteren zu. Ihre Augen glitzerten, und sie klatschten mit. Wahrscheinlich kannten sie den Song aus dem Radio.

Wie wir uns vorab geeinigt hatten, sangen wir den gesamten Text zu dritt. Die Songzeilen von »Ximeromata« von Konstantinos Argiros gingen uns leicht von den Lippen.

Nach und nach wurden Mathilda, Stavo und ich lockerer, als wir merkten, niemand lachte uns aus. Wenn ich sah, wie ich die Leute vor mir mit einer kleinen peinlichen Nummer aufheiterte, schüttelte ich meine Beklommenheit umso rascher ab.

Breit grinsende Menschen beobachteten uns, Männer, von denen ich mit Sicherheit wusste, dass sie verwitwet waren, forderten wie Gentlemen aus alten Filmen andere Frauen zum Tanzen auf, die mit einer traurigen Rührung freudig zustimmten.

Stavos Gesangsstimme überraschte mich, denn sie klang echt gut. Bei einer kurzen Pause schnappte Stavo sich Mathilda und drehte sich mit ihr im Kreis. Applaus holte uns wieder in die Realität.

Ausgebreitete Arme von Hestia empfingen uns, als wir von der Bühne kamen. In der Umarmung flüsterte sie uns ein *Efcharistó* zu. *Danke?* Ich sollte ihr danken.

»Wir haben zu danken«, entgegnete Stavo.

»Stimmt. Hat Spaß gemacht.« Damit hatte Mathilda recht.

»Vielleicht ist der Auftritt euch unangenehm gewesen. Dennoch werdet ihr diesen Moment niemals vergessen. Einen Augenblick gelebter Erinnerungen.« Hestia sprach die Wahrheit, und mit diesen Worten überreichte sie uns auch die anderen Zuschauer.

Nur … Ob mein Onkel sich auch an die Absprache hielt und das Problem mit der Altmännerband in Angriff genommen hatte?

Kapitel zweiundzwanzig

Zu Hause bei Anna angekommen, sangen wir immer noch unser Lied und luden die Karaokeanlage aus. Die ausgelassene Stimmung nach unserem Besuch bei Hestia gab mir die Hoffnung, dass alles gut werden würde.

»Seid ihr betrunken? Stavo, bist du betrunken Auto gefahren?« Anna verschränkte ihre Arme vor dem bronzefarbenen Kleid.

»Wir sind nur gut gelaunt.« Stavo tanzte mit einer Musikbox zu seiner Mama und stupste sie beim Vorbeigehen mit einem Hüftschwung an.

»Wir haben nur vielleicht ein wenig Benzin getrunken«, erwiderte Mathilda und shakte ebenfalls an Anna vorbei. Fest im Griff: den kleinen Fernseher mit den gespeicherten Songtexten der Anlage.

»Was?« Anna blickte zu Stavo und Mathilda, und ich lief in Mikrofone singend an ihr vorbei.

»Was ist mit euch los?« Niemand antwortete meiner Tante. »Hey!«

Drinnen angekommen, erkannte ich, dass auch der zweite Punkt auf unserer Liste bereits in Angriff genommen war. »Wow, das Werbeplakat für den Karaokeabend sieht phänomenal aus.«

Meine Mama kniete auf mehreren Handtüchern am Boden und pinselte eine rote Fläche für einen Schwimmreifen aus.

»Deine Mutter könnte bei mir einsteigen, die hat eine kreative Ader.« Annas Worte verwunderten mich, bis ich an meine Kindheit dachte, in der meine Mama oft Armbänder für mich gebastelt hatte. Oder die selbst gemachten Faschingskostüme, für die ich immer beneidet wurde. Was war nur aus all der Kreativität in den letzten Jahren geworden?

»Das hättest du nicht gedacht, was deine alte Mama noch so draufhat, was?«

»Ihr macht das toll. Danke für eure Hilfe.« Dieser Zusammenhalt erwärmte mein Herz.

»Das bedeutet, der einzige Punkt auf unserer Liste, der noch fehlt, ist die Liveband«, schlussfolgerte Stavo mit einem *Soutzoukakia,* einem Hackfleischwürstchen, in der Hand.

»Wo findet er immer das Essen, Eleni?«, zischelte Mathilda in mein Ohr. »Warum hat er ständig Essen in der Hand? Ich will auch.«

»Psst.« Ich knuffte Mathilda in die Seite und unterdrückte ein Schmunzeln.

»Das Problem ist, dass alles an deinem Vater hängt, Stavo.« Anna stöhnte genervt auf. »Und wir können uns denken, wie das endet.«

»Ach, hör auf. Da kann ich auch ein Lied von singen.« Na toll, da hatte meine Mama das perfekte Stichwort für sich gefunden. Sofort erkannte ich das Glitzern in ihren Augen. Sie freute sich über jede Gelegenheit, über meinen Vater zu lästern.

»Ah. Das ist mein Zeichen zu verschwinden. Ich informiere Christos über unsere Fortschritte.« Ohne auf eine Erwiderung zu warten, huschte ich aus dem Zimmer.

Bevor es zu Christos ging, hatte ich aber noch etwas anderes zu erledigen.

Ich hatte mir vorgenommen, bei Chinara, der Frau der Polizistin, vorbeizuschauen, um sie zu Christos' Karaokeparty einzuladen. Als ich angekommen war, hatte ich mein Anliegen zunächst aufgeschoben. Chinara war gerade dabei, alleine Kartons zu schleppen, weshalb ich beschlossen hatte, ihr zu helfen, bevor ich sie mit meiner Bitte überfiel.

»So, das ist die letzte Kiste gewesen, danke.« Chinara wischte sich mit dem Unterarm über die Stirn. »Alleine hätten die Vorbereitungen doppelt so lange gedauert.«

»Kein Ding.« Ich begutachtete die in der Sonne glitzernden Mosaiksteinchen in Senfgelb und Lila an der Wand. »Deine Frau und du, ihr scheut keine Mühe, oder?«

Wenn ich mir das halb fertig renovierte Badezimmer anguckte, stellte ich mir die Arbeit anstrengend vor, die Wände mit den kleinen Mosaikteilchen zu bekleben.

»Ach, weißt du, es ist eher eine Frage des Geldes. Selbst machen ist billiger, als wenn wir jemanden kommen lassen, der das Badezimmer fliest.« Ich bewunderte, mit welcher Liebe Chinara und Hiromi dieses Apartment renovierten. »Wir wären auch nie auf die Idee mit dem Vermieten von Ferienwohnungen gekommen, wenn meine Verwandten aus Sambia das bei ihrem letzten Besuch nicht vorgeschlagen hätten. Und da hauptsächlich Hiromi das Geld verdient, will ich sie damit auch entlasten.«

»Verstehe.« Ich probierte den Wasserhahn aus, der aussah wie ein goldenes Seepferdchen. Kein Wasser sprudelte hervor. »Habt ihr keine Angst, eure Bemühungen lohnen sich nicht? Schließlich gibt es nicht so viel Tourismus auf Panórama, und wenn die Gäste ausbleiben, stelle ich es mir schwer vor, die Wohnungen zu halten, oder?«

Chinara setzte sich auf den Rand der muschelförmigen Badewanne und strahlte mich an. »Nein. Also, klar haben wir das im

Hinterkopf, aber wer nicht wagt und so. Außerdem haben Hiromi und ich einiges durchgemacht, bevor wir geheiratet haben …« Chinaras Gedanken schienen kurz abzuschweifen. Vielleicht in eine Zeit, die sie sonst verdrängte? »Jedenfalls haben Hiromi und ich auch lange daran gearbeitet, toleriert zu werden. Die meisten akzeptieren uns. Lieber wären wir für die Leute einfach normal. Oder noch besser: ihnen egal. Mittlerweile möchte ich behaupten, wir gehören zu Panórama wie alle. Und wenn wir geschafft haben, die Leute auf der Insel von uns zu überzeugen, kriegen wir das auch mit dem Vermieten hin.« Die Güte, die in jedem Wort von Chinara mitschwang, zeigte mir, dass sie Frieden mit sich und der Welt geschlossen hatte.

»Das hast du schön gesagt. Sollte ich mir auch hinter die Ohren schreiben.« Mit jeweils einer Hand hob ich einen der Farbeimer an und trug ihn nach draußen in den Vorraum. »Hierhin?«

Chinara nickte und folgte mir mit zwei Eimern in der Hand. »Ich mag das Blau eigentlich nicht. Na ja, du kennst die Reisenden, die in unser Land kommen. Die erwarten in Griechenland alles in Blau und Weiß, obwohl das so ein Klischee ist. Wie dem auch sei. Danke für deine Hilfe, und denk auch mal ein bisschen an dich.«

Denk auch mal ein bisschen an dich. Leichter gesagt als getan. Oder? Oder machte ich es mir leichter damit, nicht an mich zu denken, weil ich mich dazu erst mal überwinden müsste, andere Leute vor den Kopf zu stoßen?

»Mhm.« Im Flur bestaunte ich die Bilderwand mit all den schönen Momenten, die Hiromi – ihres Zeichens leidenschaftliche Hobbyfotografin – über die Jahre in Panórama geschossen hatte und damit den Urlauberinnen und Urlaubern einen wunderbaren Einblick in das Leben auf Panórama gab. Dabei entdeckte ich sogar noch Hestia in ihrem Café, im Hintergrund ihre Karaokeanlage.

»Weshalb ich gekommen bin …«

»Nicht nur, um mir zu helfen?« Chinara unterbrach mich und zwinkerte mir zu.

»Ähm, natürlich. Das auch. Aber ich wollte fragen, ob du am Samstag zu Christos' Karaokeabend kommen könntest?«

Der beißende Geruch der frischen Farbe, die Chinara öffnete, stieg mir in die Nase.

»Hiromi erzählt mir öfter von seinen Problemen mit den Leuten. Wir kommen gerne und würden auch generell öfter bei ihm essen, wenn wir nicht im Augenblick alles für die Apartments sparen müssten.« Ein bedrückter Ausdruck huschte über Chinaras Gesicht.

»Ich wollte dir kein schlechtes Gewissen machen. Ich denke, es bringt ihm etwas, wenn die anderen sehen, dass er Gäste hat.«

»Verstehe. Wir werden kommen.« Chinara sah mich dabei nicht mehr an und pinselte weiter die Wand.

Ob ich etwas Falsches gesagt hatte?

Christos in diesem traurigen Zustand vorzufinden, als ich ihm kurze Zeit später in seiner Taverne von den Fortschritten, die wir bei der Organisation gemacht hatten, berichtete, brach mir das Herz.

»Ihr reißt euch den Arsch für mich auf, und ich sitze nur rum und mache nichts.« Christos riss erneut ein Stück altes Brot ab und schnippte es dann gegen die Wand seiner Restaurantküche. Von dort fiel der Krümel in den Mülleimer.

»Wir machen das gerne.« Ich hüpfte auf einen der Edelstahlarbeitstische in der Küche und setzte mich darauf.

»Da forme ich meine gefüllten Weinblätter, wäre schön, wenn du da nicht sitzt.« Christos' Hinweis kam etwas spät.

»Oh.« Ich rutschte wieder hinunter. »Komm schon, lass dich nicht hängen. Freu dich lieber, dass die Party ein Erfolg wird.«

»Denkst du echt, dass sie ein Erfolg wird?« Christos sah auf.

»Haben wir jetzt unsere Positionen getauscht, oder was? Na klar wird es das. Wir planen alles, und sobald der Tag der Feier gekommen ist, wird es großartig werden.« Ich umfasste Christos' starken Unterarm und zog ihn zu mir hoch.

»Positionen tausche ich normal lieber an anderen Orten.« Ein freches Grinsen durchbrach seine traurige Miene.

Ich ließ Christos los. »Ich sehe, dir geht es wieder besser.« Nach seinem Spruch ging ich nach draußen an die Bar.

»Warte, nein, Eleni. Ich bin noch richtig traurig und brauche Aufmunterung.« Christos folgte mir. »Sieh her, wie traurig ich bin.«

Nach seiner Aufforderung riskierte ich belustigt einen Blick über die Schulter, um Christos' runtergezogene Mundwinkel zu betrachten.

»Quatschkopf.«

»*Sygnómi* für den Spruch. Ich fühle mich wie ein Versager, wenn ich hier sitze und nichts mache.« Christos huschte hinter die Bar und begann, einen Cocktail zu mixen.

»Glaub mir, du wirst noch genug zu tun haben, wenn der Laden läuft, und vor allem erst mal beim Karaokeabend. Denn da werde ich mich bedienen lassen von dir.« Okay, das klang falsch.

Christos warf mir einen frechen Blick zu, ehe er eine blaue Flüssigkeit in den Mixbecher kippte. »*Efcharistó.* Für alles, Eleni.«

Ich sollte ihm für die schöne Zeit mit ihm danken.

»Gerne, aber ich freue mich auch, wieder mehr in Kontakt mit den Leuten zu kommen.« Ich spielte mit den Dekoschirmchen für die Cocktails, die vor mir auf der Bar in einem Becher standen. »Du hast nach all der Zeit auch Hilfe verdient. Man muss nicht alles alleine durchstehen.«

»Und das ausgerechnet von dir? Wer bist du, und was hast du mit Eleni gemacht?« Da hatte Christos mich erwischt.

»Haha. Ja, du hast recht. Aber ich gebe lieber Ratschlage, anstatt sie selbst zu befolgen«, entgegnete ich.

»Wer nicht.« Die Eiswürfel schlugen aneinander, als Christos den Becher durchschüttelte. Gekonnt öffnete er ihn und leerte den Inhalt in ein Cocktailglas. Fehlte nur noch ein schnörkeliger Strohhalm, und fertig war das türkise Kunstwerk. »Bitte schön.«

»Für mich?«

»Jep.«

»Was ist das für einer?«

»Keine Ahnung. Selbst erfunden.«

»Das heißt, das wird entweder genial sein, und du schaffst es nie wieder, ihn nachzumachen, oder ich lande im Krankenhaus.«

»So ungefähr.«

»Großartig.« Mein Magen kündigte vorsichtshalber ein mulmiges Gefühl an.

Ich legte meine Lippen um den Strohhalm. Der kalte Mix landete auf meiner Zunge, und meine Geschmacksknospen sortierten die Aromen ein. Süß und Sauer vermischten sich in meinem Mund.

»Und?« Christos beugte sich weit zu mir.

»Ich würde ihm eine acht von zehn geben.« Der Drink schmeckte ein wenig sahnig, nach Kokos und ein bisschen sauer, aber nicht so schwer wie ein Swimmingpool.

»Was, und warum fehlen zwei Punkte?«

»Du bist nicht leicht zufriedenzustellen, oder?«, sagte ich.

»Es ist mir wichtig, mich zu verbessern, und ich will ausschließen können, dass die Kundschaft ausbleibt, weil ich nicht gut genug bin.« Ein Schatten huschte über Christos' Augen.

»Das wird niemals der Grund sein, aber was ist mit deiner Wette? Es fehlen noch ein paar Orte, die ich angeblich nicht kenne? Wäre es nicht dafür wieder Zeit?«

Christos' Augen erhellten sich wieder, und er nickte sofort. »Bist du bereit für eine richtige Überraschung?« Zack, da war er wieder. Überraschungsjunkie Christos.

»Ja, ich denke schon?«

»Sehr gut, dann sehen wir uns morgen Abend.«

Kapitel dreiundzwanzig

Den gesamten Tag hatte ich mich auf den Abend mit Christos gefreut, und als er mich abholte und wir losgingen, machte er natürlich weiterhin ein Geheimnis daraus. Glücklicherweise hatte Mathilda nicht viel nachgehakt, weil sie mit dem Boot nach Santorini fuhr, und da sie wusste, dass mir Santorini zu touristisch war, ersparte ich mir ihre neugierigen Blicke wegen des Treffens mit Christos.

Der Trampelweg in die Mitte der Insel erforderte meine gesamte Aufmerksamkeit, weswegen ich mich erst mal darauf konzentrierte und die Überraschung von Christos auf mich zukommen ließ. Überall lagen verschieden große Steine, und der Kalksteinrotlehm, auch *terra rossa* genannt, der im Sommer an der Oberfläche recht ausgetrocknet war, wirbelte auf. Sosehr ich die ausgetrocknete Landschaft um uns auch liebte, so wenig mochte ich das Brennen der roten Erde in meinen Augen.

Die Sonne ging langsam unter, was ich an den veränderten Schatten von Christos und mir erkannte. Auch die der Mastixsträucher um uns wurden immer länger. Eine Besonderheit war, dass diese Sträucher normalerweise nur ein bis drei Meter groß wurden, auf Panórama jedoch fanden sich häufig bis zu acht Meter hohe. Die Leute benutzen das Harz gern für Liköre oder Süßigkeiten.

Irgendwann hielten wir vor dem Leuchtturm Panóramas. Mitten auf der Insel reichte er weit in die Höhe, wobei meine Bewunderung der Spitze des sonst aus Sandstein bestehenden Turms mit dem bronzefarbenen Blechdach und der Aussichtsplattform galt, die in einem dunklen beerigen Ton gestrichen war. Wenn nachts das Licht im Turm anging, hatte das einen ganz eigenen Charme.

Nur, was wollte Christos mir Unbekanntes zeigen? Oder wollte er seine Seele bei der Wanderung baumeln lassen? Anders konnte ich mir sonst nicht erklären, weshalb wir kaum miteinander sprachen.

»Gibt es einen geheimen Raum, den du mir zeigst? Wenn ja, dann müssen wir neue Regeln aufstellen. Denn ich habe bei den geheimen Orten nicht an den Keller des Leuchtturms gedacht.« Erschöpft stellte ich den Picknickkorb ab, den ich noch gepackt hatte, und durchbrach die Stille.

»Mist, dann ist der Weg umsonst gewesen. Wir sollten umkehren.« Ein Schulterzucken später, und Christos stieß sich von der Steinmauer ab, an die er sich gelehnt hatte, um Erde aus seinem Schuh zu schütteln, und schlenderte den Weg zurück. Mit den Händen in den Taschen pfiff er vor sich hin.

»Ich bin kein Kleinkind mehr und falle darauf rein.«

Christos wanderte unbeirrt weiter den Weg hinab.

»Christos.«

»Kommst du? Ich muss mir einen neuen Ort überlegen«, rief er über seine Schulter hinweg.

Meinte er das jetzt ernst? »Ja, ja. Als ob wir zurückgehen.«

»Doch. Das mit den Regeln hättest du mir vorher sagen können. Wie auch immer, das Wandern schadet uns nicht, oder?« Christos drehte sich um, ging rückwärts und winkte mich zu sich, ehe er wieder richtig herum nach unten schritt. »Hast du in deinem

Korb auch was zum Trinken?«, fügte er hinzu und verschränkte die Arme hinter dem Kopf.

Die tief stehende Sonne umrahmte Christos perfekt, als liefe er direkt in sie hinein, und ich zweifelte langsam an meinem Entschluss zu bleiben.

»Hey, warte!« Den Korb wieder in meiner Hand, hörte ich das Aneinanderschlagen der Dosen darin, als ich hinterherlief.

»Ha.« Christos hatte wohl meine Laufschritte mitbekommen und sich zu mir gewandt. »Fällst wohl doch drauf rein, was?« Das entwaffnende Grinsen hätte mich beinah davon abgehalten, ihm gegen den gestählten Oberkörper zu tippen.

»Ernsthaft? Wie lange hättest du das noch durchgezogen?« Grinsend schüttelte ich ungläubig den Kopf.

»Ich habe Ausdauer.« Wieder dieses freche Lächeln.

»Anscheinend.«

»Komm.« Christos nahm meine Hand, und ein kurzes Ziehen ging durch meinen Körper.

Christos stoppte und sah mich an. Hatte er das auch gefühlt? Eine Sekunde lang musterte er mich mit einer sichtlich überraschten Miene. Die elektrisierende Wirkung seiner Berührung kribbelte in meinem gesamten Körper. Er ging weiter und zog mich wieder mit sich. Abseits vom Pfad kämpften wir uns nach vorne. Meine Hand stets in seiner verankert.

Die Unebenheiten bekam ich kaum noch mit, denn die Wärme von Christos' Händen überzog meinen Körper und nebelte mich ein. Erst Christos' »Wir sind da« weckte mich.

»Na, was sagst du?« Christos sah sich um, und als er merkte, dass er meine Hand noch hielt, ließ er sie los.

»Ähm.« Zuerst inspizierte ich die Umgebung, ohne sie wirklich zu erfassen, da mein Herzschlag mich ablenkte.

Nach und nach erkannte ich jedoch die wunderschöne Abendröte. Konnte es sein, dass ich hier noch nie gewesen war? Konnte das ernsthaft sein geheimer Ort sein?

»Nein, das ist nicht das Besondere.« Konnte Christos auch noch Gedanken lesen? »Ich sehe dir an, was du denkst. Komm mit.« Christos drückte ein paar Äste zur Seite und streckte dann seinen Arm aus. »Vorsicht.«

Langsam gingen wir weiter, bis er hielt, und ich erkannte, was er mir zeigen wollte.

Vor uns tat sich ein metertiefes Loch auf.

»Leg dich hin, und sieh hinein.« Christos machte es vor.

Auf dem Bauch liegend, ergriff er den Rand des Lochs und zog sich vor. Ich tat es ihm nach und lugte hinunter. Dort unten toste das Meer, das sich seinen Weg in den Fels gefressen hatte. Die letzten rot-orange-farbenen Sonnenstrahlen malten Muster auf die Felswände. Spitze Steine ragten von den Felsmauern vor, worauf sich ein breites beeindruckendes Wurzelsystem von Pflanzen entlangschlängelte. Mit ihren Spitzen kitzelten sie die Wasseroberfläche unten.

»Das ist der Wahnsinn.« Meine Worte hallten in der Schlucht wider.

»Sagte ich doch. Wieder ein Punkt für mich. Eine Kleinigkeit gibt es noch. Ein wenig müssen wir uns gedulden.« Christos schob sich wieder zurück und setzte sich auf.

Ich robbte ebenfalls von der Kante weg, und mein Magen knurrte laut.

»Gut, dass du einen Picknickkorb gepackt hast.«

»Essen ist immer eine gute Idee, Christos.«

Wieder auf den Beinen, klappte ich den selbst gemachten Picknickkorb meiner Tante auf. Erstaunlich. Was konnte diese Frau nicht? Sie hatte mir erzählt, dass sie für den Korbflechtkurs damals sogar einen Monat zur Insel Angistri aufgebrochen war. Wie wichtig Anna ihre Kunst war, merkte ich an jedem Einzelstück. In der innen eingeflochtenen Tasche fand ich eine Picknickdecke für zwei Personen, die blau-weiß kariert war und die ich nun vor uns ausbreitete, damit wir uns gegenüber voneinander daraufsetzen konnten. Während ich die Speisen in den Boxen auspackte, beschloss ich, mich zu outen: »Das Essen habe ich gemacht.«

»Das klingt wie eine Drohung.« Damit hatte Christos gar nicht so unrecht.

»Ich kann nicht kochen.«

»Ach was. Jede und jeder kann kochen.« Christos zog die Deckel der Boxen ab.

Wir rutschten an die Enden der Decke, um meinen Speisen Platz zu machen: Weißbrot, *Tzatziki*, *Kaltsunaki*, ein Snack, den eine Cousine meines Vaters immer gemacht hatte, bevor sie nach Los Angeles gezogen war. Außerdem Teigtaschen mit Ziegenkäse, Magerquark, Salz, Pfeffer und Eiern, gebraten und kalt serviert, Feta-Schnecken mit Sesam und *Kelemia* – gefüllte Zwiebeln. Dazu hatte ich noch eine kleine Flasche *Retsina*, etwas Wasser und eine Dose Cola.

»Das sieht gut aus.«

»Ja, Äpfel mit Gift auch.«

»Jetzt habe ich Angst, dass das Essen vergiftet ist.«

»Ist es nicht. Denke ich. Ich habe mich eigentlich an die Rezepte gehalten.« Ich überlegte. Hatte ich doch, oder?

»Eigentlich?«

»Ich habe daneben am Handy Netflix geguckt. Die alte *Grand-Hotel*-Serie.«

»Kenne ich nicht.«

»Dann müssen wir das nachholen. Also, solltest du das Essen überleben.« Ich deutete auf mein Essen.

Christos nahm sich eine *Kaltsunaki* und schob sie sich in den Mund. Langsam kaute er darauf herum.

»Mh.« Was bedeutete der Laut? »Oh.« Christos kaute weiter, bis er mir in die Augen sah und ein Grinsen unterdrückte.

»Was?« Wenn er lächelte, musste ich das auch.

Rasch warf ich mir auch eine der Teigtaschen ein. »Das, also, schmeckt … Ist doch lecker.« Christos' Miene verriet ihn sofort.

Ich würgte die fettige Teigtasche hinunter, die nach abgelaufenem versalzenem Quark schmeckte. »Christos, du kannst nicht lügen.«

»Das ist … gar nicht so gut.« Christos würgte eine vermutlich ähnlich überwürzte Zwiebel hinunter und nahm einen großen Schluck vom *Retsina*, den er in einen Becher eingeschenkt hatte.

»Sagte ich doch. Aber wir haben noch das Weißbrot und das *Tzatziki*, das ist von Anna.«

Christos schnaubte belustigt in seinen *Retsina* und brach sich Brot ab und tunkte es in die Soße. »Das reicht mir völlig. Aber schade um die Zwiebeln, ich liebe die. Das habe ich ewig nicht mehr gemacht.« Nachdem er noch mal etwas vom *Retsina* getrunken hatte, blickte er mich an. »Weißt du, was dein Problem ist beim Kochen?«

»Hm?«

»Du siehst das zu sehr als Pflicht.«

Oh Mann, ich hatte noch nie etwas Verführerischeres gehört von einem Typen. Christos' Liebeserklärung ans Kochen war so hingebungsvoll, dass ich nur mitschwärmen konnte. Am liebsten wäre ich sofort in eine Küche gelaufen und hätte es noch mal mit den Zwiebeln versucht.

»Danke. Ich werde mir deinen Tipp merken und mache die Zwiebeln noch mal.« Euphorisch schenkte ich mir *Retsina* nach und kippte Cola dazu.

»Du trinkst auch Cola mit *Retsina?*« Christos beugte sich weit zu mir.

»Du auch? Sonst sagen immer alle, man mischt das nicht.« Ich war erstaunt. Ich kannte das nur von meinem Opa, der das nur gewagt hatte, wenn er mit der Familie alleine war.

»Die Schwester meiner Oma hat in Thessaloniki gelebt, und dort haben die das wohl öfter getrunken.« Nach Christos' Erzählung klingelte etwas weit hinten in meinem Kopf. Vage glaubte ich die Stimme meines Opas zu hören und wie er mir von einem Kriegsfreund erzählte, der in Thessaloniki wohnte und das getrunken hatte.

»Wenn ich das gewusst hätte, hätte ich mehr mitgenommen.« Ich reichte ihm meine Dose. »Dann teilen wir eben die auf.«

»Oh ja. Danke. Ich bin so mit dem Brauen des *Tsipouro* beschäftigt, dass ich den guten alten *Retsina* länger nicht mehr getrunken hatte.«

Nachdem wir fertig gemischt hatten, hielten wir die Gläser hoch. *»Jámas!«*

»Gibt es etwas, was du dir für die Zukunft wünschst, sobald deine Taverne durchgestartet ist?« Nachdem ich meine Frage gestellt hatte, fischte ich die Kerzen aus dem Korb, die mir Christos vor dem Losgehen mit den Worten »Brauchen wir vielleicht« gegeben hatte.

Ohne es zu bemerken, hatte sich die Nacht um uns gelegt.

»Nett, dass du das so sagst, als gäbe es gar keine Alternative.«

»Gibt es auch nicht. Mit mir als Werbetrommlerin kann nichts schiefgehen und – *Gamó to*!« Die letzten beiden griechischen Worte kreischte ich und sprang hoch.

Christos' *Retsina*-Cola-Mix spritzte umher. »Was? Was!«

»Da! Da!« Panisch zeigte ich hinter Christos und fühlte mich wie festgefroren vor Angst. »Ist das ein Wolf?«

Bei dem Wort »Wolf« huschte Christos noch schneller auf meine Seite und verschanzte sich hinter mir. »Wo? Wo!«

»Na da!«, zischte ich gereizt.

Christos schien meinen Finger zu entdecken und folgte der Richtung. Der nächste Schrei kam von Christos, nachdem über uns ein Geräusch die Luft durchschnitt.

Vor lauter Angst hatte ich keine Ahnung, wohin ich meine Aufmerksamkeit lenken sollte. Auf den Wolf vor mir oder dem Was-auch-immer über mir. Ein knackendes Geräusch kam von den ausgetrockneten Gräsern, der Wolf näherte sich. Okay, der Wolf gewann. Er bekam meine volle Aufmerksamkeit. Anschleichender Wolf siegte über Kreischgeräusch im Himmel.

»Falls das ein Spaß sein soll, und du hast Stavo oder so angeheuert, uns zu erschrecken, sag es bitte jetzt.« Ich wartete vergeblich auf ein Lachen von Christos, das die Situation entschärfte.

»Ich wünschte, diese Situation wäre ein Joke.« Christos' Hände, die sich an mir festhielten, lösten sich, und er schritt vor. »Aber ich regle das. Ich habe uns hierhergeführt.«

Der Wolf näherte sich dem Kerzenlicht, hechelte und schnüffelte am Korb. So nahe an den Kerzen entdeckte ich einen braunen Punkt am Auge.

»Moment.« Langsam lehnte ich mich vor.

Nach und nach bestätigte sich mein Verdacht, und ich stahl mich wieder vor Christos.

»Was machst du da? Ich kann …«

»Christos. Das ist ein Straßenhund.« Erleichtert seufzte ich auf und ging in die Hocke. »Na? Hast du Hunger?«

Der Hund stupste gegen den Korb.

»Ein Hund?« Christos setzte sich hustend neben mich. »Das habe ich natürlich gewusst.«

Das weiche Fell des Hundes fühlte sich zwischen meinen Fingern angenehm sanft an, obwohl ich auch die Krusten von Schmutz fühlte. Seine Atmung beschleunigte sich. Hatte er Durst?

»Wenn das wieder dieser Hund ist, dann …« Ich sah nach oben und dank des mittlerweile hochstehenden Mondes erkannte ich im Mondlicht seinen Partner in Crime: den Pelikan.

»Was hast du gesagt?«

»Nichts, nichts.« Grinsend schüttelte ich den Kopf. Diese kleine Schutzgeldbande forderte tatsächlich ihre Gelder ein, was? Wenn ich das jemandem erzählte, hielten die mich doch endgültig für verrückt.

»Ich denke, wir können etwas vom Essen abgeben, oder?«

Christos nickte.

Ich holte die für Tiere verträglichen Teile meines Essens raus und verteilte die Speisen etwas abseits von uns. Der Hund schien keine Vertrauensprobleme zu haben und stürzte sich darauf. Dazwischen schlabberte er das Wasser auf, das ich in eine Schüssel aus dem Korb geleert hatte. Der Pelikan umkreiste uns noch etwas länger, bis er landete und sich ebenfalls ein paar Sachen aufpickte. Er wartete offenbar, ob der Hund vergiftet wurde, bevor er aß. Vermutlich der Intelligentere von beiden.

»Jetzt haben sie ihr Schutzgeld bekommen und lassen uns in Ruhe.« Christos sagte das, als kannte er die beiden. Er rieb sich die Hände, als hätte er das alles geregelt, und setzte sich mir gegenüber.

»Vor allem, nachdem du mich als Schutzschild verwendet hast«, witzelte ich.

»Das habe ich nicht! Es heißt doch, Männer sollen Gefühle zeigen, und so. Na, dann kannst du auch mich beschützen. Außerdem hast du den Wolf, äh, Hund zuerst gesehen, und ich musste mich erst mit der Situation vertraut machen. Dann bin ich vorgehüpft.« Seine hastige Verteidigung brachte mich zum Schmunzeln.

»Du musst dich nicht erklären. Mir ist lieber, jemand steht zu seinen Emotionen, als sie aufgrund sinnloser Traditionen zu unterdrücken.« Wie mein Vater es tat, der, statt sich mit meiner Mama auszusprechen, sich lieber eine Geliebte suchte. Stopp. Jetzt fing ich genauso an, wie meine Mama über ihn herzuziehen.

»Auf diesen Satz stoßen wir an.« Christos hob sein leeres Glas. »Oh. Moment.« Er mixte sich einen neuen Drink, wobei das Vermischen bei ihm wie eine Wissenschaft wirkte, wenn ich beobachtete, wie er sein Glas dicht neben die Flamme hielt, um das Mischverhältnis abzugleichen. Endlich stießen wir an und beruhigten unsere Nerven mit dem griechischen Tafelwein.

»Zu deiner Frage von vorhin: Für meine Zukunft wünsche ich mir, in Freiheit zu leben. Ich will in der Taverne arbeiten, Menschen mit meinem Essen glücklich machen, sie ausgelassen feiern und die Probleme vergessen lassen. Ein kleines Häuschen wäre schön.«

»Was ist denn mit dem Haus deiner Oma?«, hakte ich nach.

Im Kerzenschein verdüsterte sich Christos' Gesicht. »Das ist leider völlig kaputt. Sie hat das, typisch für Leute von Panórama, immer nur geflickt und all ihr Geld in die Taverne gesteckt. Das kann man nicht mal mehr renovieren. Deshalb habe ich das Hausboot von einem Typen gekauft, der das schnell loswerden wollte, weil er nach Amerika ausgewandert ist.«

»Verstehe, und dort willst du nicht bleiben?«

»Es ist schön und hat ein besonderes Flair. Ich glaube nur nicht, dass es was für immer ist.« Christos schnappte sich noch ein Stück Brot.

Die Schmatzgeräusche des Straßenhundes hörten abrupt auf, und er sah uns an.

»Okay, okay, *Sygnómi.*« Christos hob abwehrend die Hände und warf ihm das Brot zu. »Gehört dir.«

»Der ist stur. Ich kenne da noch so jemanden.« Mit einem Zwinkern an Christos gerichtet, erhob ich mich.

»Ich weiß nicht, was du meinst. Aber gut, dass du aufstehst, gleich geht es los.« Christos erhob sich auch und folgte mir. »Komm zur Schlucht.«

Langsam näherten wir uns, und ich hoffte, dass das Mondlicht mit seinem Schein uns genug Helligkeit schenkte, um auch nicht zu nahe an den Abgrund zu kommen. Ich tastete mich Schritt für Schritt vor. Endlich angekommen, erkannte ich das Wasser unter uns, das das Strahlen des Mondes reflektierte.

»Gleich, einen Augenblick noch.«

Gespannt wartete ich, was Christos für mich bereithielt. Nach wenigen Minuten gesellte sich ein weiteres Geräusch zu dem Flöten der Zikaden. Ein kleines Flirren. Und dann erkannte ich es. Wie kleine glitzernde Augen, die ihre Lider aufschlugen, erhellten sich winzige Punkte an der Felswand im Inneren der Schlucht. Ganz so, als sah ich in einen eigenen Sternenhimmel, der sich an der Wasseroberfläche spiegelte.

Die Lichtpunkte lösten sich von der Steinwand und sausten in Windeseile hoch zu uns. Verwundert machte ich einen Schritt zurück. Christos legte seine Hand auf meinen Rücken. Dann passierte, worauf wir offenbar gewartet hatten. Ein Schwarm Glühwürmchen stob wie das meisterhafte finale Feuerwerk aus der Schlucht und schoss hoch in den Himmel. Immer mehr sausten empor und verwandelten diesen Ort in ein magisches Spektakel.

»Christos, das ist …«

»Ich weiß.« Christos nahm meine Hand.

Überrascht sog ich die Luft ein und linste zu ihm. Die Glühwürmchen rückten in den Hintergrund.

»Außerdem wäre es noch schön, jemanden zu haben, mit dem ich das teilen könnte: mein freies, lockeres Leben. Ohne Druck, die Nachbarn übertrumpfen zu müssen oder mit einem teuren Auto zu protzen.« Glühwürmchen flirrten um Christos herum und verliehen ihm die Aura eines Zauberers aus einer anderen Welt, der nur hierhergekommen war, um mich zu finden.

»D-Das klingt schön.« Meine Worte klangen erstickt, und ich verlor mich in Christos' Augen, die mich aus seinem Gesicht anblicken, das plötzlich so dicht an meinem war, dass ich das Gefühl hatte, es zog mich magnetisch an.

»Ja.«

Eine Weile standen wir so da. In unserem eigenen Universum, bis sich nach und nach die Realität in Form eines Flüsterns in meinem Kopf ankündigte. Es wisperte: »Verliebe dich nicht, du bist bald wieder auf Sylt.«

Stimmt. Ich durfte … Ich konnte … Nicht …

Wie so oft in den letzten Wochen dachte ich an Christos' Kuss, unsere Berührungen und seine Lippen auf meiner Hand. Vielleicht war es an der Zeit, mir einzugestehen, dass ich es nicht mehr verhindern konnte, Christos noch mehr in mein Herz zu schließen, weil ich mich längst verliebt hatte.

Ein Schubs von hinten trieb mich noch dichter an Christos. Seine Arme empfingen mich, und ein Schulterblick zeigte den Schuldigen: der Straßenhund.

Ich sah an Christos hoch und grinste ihn an. Er schnaubte belustigt. Die Anziehung zwischen uns nahm zu, und irgendwann gaben wir nach. Christos beugte sich zu mir, und ich ahnte, dass das, was kam, unaufhaltsam war.

Seine Lippen waren nur noch Millimeter entfernt. Das Verlangen loderte so stark in mir auf, dass es wehtat. Dieser Moment, wenn man bei einem Song darauf wartete, dass endlich der lange, hohe Ton kam, auf den man sehnsüchtig hinfieberte. So fühlte ich mich. Und nun war dieser Moment da, seine Lippen trafen auf meine, und ich kam mir dennoch überrumpelt vor.

Ich schloss meine Lider und konzentrierte mich auf Christos' weiche Lippen, die mich nicht mehr losließen. Scheu tasteten wir uns vor, bis diese Zaghaftigkeit sich legte. Die Zeit, der Kuss, die Nacht – alles verschwamm, und es gab nur noch uns. Christos und Eleni.

Meine Finger wanderten seinen Rücken entlang, den Nacken hoch und verfingen sich in seinen lockigen, festen Haaren. Währenddessen spürte ich seine Hände nach unten wandern, bis sich sein fester Griff um meine Taille legte. Es zog mich zu sich, als wollte er mich näher an sich spüren, obwohl kaum noch ein Glühwürmchen zwischen uns passte.

Ich ließ es zu. Ich konnte gar nicht anders.

Kapitel vierundzwanzig

»Ti Koitas« von Eleni Foureira dröhnte aus meinem Handy, und ich schwang meine Hüften in meinen Flamingoboxershorts mit. Der Morgen nach dem Treffen mit Christos wirkte irgendwie bunter, wärmer, sonniger und leichtfüßiger als sonst. Mehr schlecht als recht grölte ich den Text und unterbrach nur, wenn ich meine Zähne weiterputzte. Um meine Zahnbürste gleich danach wieder als Mikro zu verwenden. Mein weißes übergroßes XXL-Shirt, auf dem man noch ausgewaschen den *Titanic*-Leonardo DiCaprio erkannte, wehte um mich mit.

Den rappenden Männerpart im Lied konnte ich auswendig, wodurch der Spiegel vor mir mit Zahnpastaspritzern bedeckt wurde. Ich sah mich selbst in der Mitte des Muschelrahmens und performte, als wäre ich beim Super Bowl. Leichtfüßig hüpfte ich über den grau-weißen Marmorboden, lehnte mich gegen die sandfarbenen Schränke, die zu meinen imaginären Tanzpartnern wurden, und rutschte an ihnen hinunter. Mit der freien Hand schnappte ich nach einem dunkelblauen Handtuch, breitete es aus und benutzte es als Tanzrequisite.

Das Lied endete, und urplötzlich fühlte ich mich in die Realität zurückgerissen, in der ich leider kein griechischer Popstar war. Doch nach der letzten Nacht war die Realität gar nicht mehr so schlimm.

Exakt in dem Moment, in dem ich die Zahnpasta ins Becken spuckte, hörte ich ein Klatschen hinter mir. Schnell spülte ich noch durch und blickte in den Spiegel, bis ich den Teufel darin erblickte.

»Stavo.«

Ein diabolisches Grinsen erwartete mich.

»Wie lange stehst du da?«

Statt einer Antwort sang Stavo das Lied einfach nach und vollführte perfekt meine Choreo, indem er seine Hand lasziv von Kinn, über Hals zu seinen nicht vorhandenen Brüsten führte und dabei hüftschwingend in die Knie ging.

»Esel!« Ich feuerte ihm mein Handtuch entgegen, das sich leider auf halbem Weg ausbreitete und vor ihm auf dem Boden landete.

»Nimm mir nicht übel, dass ich nach dir gesehen habe. Ich meine, ich gehe hier unschuldig vorbei und höre Laute, als würde jemand Höllenqualen erleiden.« Stavo setzte seine Unschuldsmiene auf. »Das ist nur zu deinem Besten gewesen.«

»Ich zeig dir gleich, was Höllenqualen sind.« Das nächste Handtuch flog meinem Cousin entgegen, das ähnlichen Erfolg erzielte wie das erste. Ich stürzte mich auf ihn und wollte persönlich nachhelfen. Doch er fing mich ab und kitzelte mich.

Er hob mich hoch, und ich strampelte mit den Beinen. Irgendwann schlüpfte ich doch aus seinem Griff, und wir standen uns wie Ringkämpfende gegenüber.

Stavo und ich blieben wie erstarrt stehen und sahen uns verdutzt an. Es schien, wir beide hatten ein Déjà-vu. Wie oft hatten wir diese Situation als Kinder und Teenager durchgespielt. Damals noch mit Zahnspangen, schlechten Frisuren und CD-Playern.

Wir prusteten beide laut los. Ein herzliches, ehrliches Lachen, bis wir Tränen in den Augen hatten. Wir ließen uns in mein ungemachtes Bett fallen. Wie hatte ich das vermisst. Wann weinte man als Erwachsener mit den steigenden Verantwortungen und der Erwartungshaltung der Gesellschaft noch vor Lachen?

»Komm bitte nie wieder so lange nicht auf die Insel.« Stavo drehte sich zu mir. »Ja?«

Ich nickte Stavo zu. »*Nai.*« Plötzlich musste ich an meinen Ex-Freund Julian denken, bei dem mir auch öfter das griechische *Nai* für Ja rausrutschte. Dass ich es auf der Insel wieder selbstverständlich verwendete, fühlte sich gut an. Die Sprache fühlte sich gut an.

Stavo öffnete den Mund, als wollte er mir etwas sagen, verstummte aber wieder. »Gehen wir nach unten?«

»Ja, ich habe riesigen Hunger.« Nach meiner Zustimmung hüpfte ich hoch und zog Stavo mit mir. »Soll ich kochen?«

»Nein, bitte nicht«, jammerte er.

»Hey!« Bei meinen schlechten Kochkünsten fiel mir der Abend mit Christos wieder ein.

»Außerdem hat Mama Frühstück gemacht. Für circa fünftausend Menschen.« Stavo eilte voraus, packte den Türrahmen, hielt sich fest und ließ sich um die Ecke gleiten. »Oh! Und Papa hat die alten Säcke von der Liveband überzeugt zu kommen.«

»Warte! Was?« Ich lief meinem Cousin hinterher. »Das sagst du mir erst jetzt?«

Um mich zu verhöhnen, sang Stavo wieder »Ti Koitas« und trampelte die Stufen runter.

»Du bist tot!« Wie gut es tat, auch mal wieder unvernünftig und kindisch zu sein. Der Alltag auf Sylt käme früh genug zurück und mit ihm die Verpflichtungen, die Zukunftspanik, die Existenzängste und die Ernsthaftigkeit.

»Muss das sein in aller Früh?« Athanasios setzte sein flehendes Gesicht auf. Mein Onkel liebte es, sich über irgendetwas aufzuregen, auch wenn er es meistens witzig oder gar nicht so schlimm fand.

Dabei musste ich an das eine Mal denken, als Stavo und ich alleine mit dem Auto fahren durften und dann der Hinterreifen den Geist aufgegeben hatte. Plötzlich bewegte sich das Auto auf der Straße, als würde es hin- und herschwimmen, und wir landeten irgendwo am Straßenrand. Als wir meinen Onkel endlich auf dem Handy erreicht hatten, fluchte er unaufhörlich und meinte, dass ihn das ein Vermögen kostete. Bis wir so ein schlechtes Gewissen hatten, dass wir überlegten, mit der Fähre nach Santorini zu flüchten. Als er ankam, wechselte er den Reifen und tauschte ihn gegen einen merkwürdigen, zu klein wirkenden Reifen aus und meinte: »Wird reichen.« Dann lachte er, klopfte uns beiden auf den Rücken und verschwand. Na ja, das war meine Familie.

Liebevoll umarmte ich meinen Onkel von hinten und erkannte, dass die Zeitung, die er hielt, zitterte. Er war so stur, dass er sich nicht richtig behandeln ließ. Aber ich kannte ihn. Je mehr man ihn zu überreden versuchte, desto mehr verschloss er sich und tat aus Trotz das Gegenteil. »Ich habe gehört, du hast die Alten überredet?«

»Rede nicht so über sie, Eleni.«

»*Sygnómi*. Also?«

»*Nai*. Sie haben gesagt, sie kommen.« Mein Onkel legte die Zeitung weg, öffnete und schloss mehrmals seine Hände, die an den Gelenken etwas geschwollen wirkten.

»Willst du wirklich …?«

»Eleni, holst du die Teller für Stavo und dich?«, unterbrach mich Anna, die von drinnen ein Tablett mit ihrem typischen kalten Kakao heraustrug, wobei sie mir ein kopfschüttelndes *Nein* mit geweiteten Augen als mahnende Geste zuwarf.

»Ähm, ja.« Okay, verstanden. Ich sollte ihn nicht auf das Zittern ansprechen.

Aber irgendwann würde ich es. Mathilda kam aus dem Keller hoch, dessen Treppe direkt neben der Terrassentür lag.

»Hast du das von der Liveband gehört?« Mathilda wirkte, als wollte sie meine Hände nehmen und freudig auf und ab springen, trüge sie nicht einen großen Korb voller Stoffe.

»Ja. Ist das nicht großartig?«

Mathilda nickte lächelnd.

»Was machst du mit den Stoffen?« Ich durchwühlte die oberste Schicht und erkannte die Muster der Neunziger.

»Anna macht wohl irgendetwas damit. Sie will ein paar Dinge, die im Laden gut laufen, vorproduzieren.«

Es freute mich, dass Anna sich mit dem Onlineshop angefreundet hatte. Das Geld brauchte sie.

»Das wird bestimmt gut laufen. Ich richte heute noch die Zahlungsmöglichkeiten ein, achte auf den Datenschutz und das Impressum. Letzteres ist zwar in Griechenland nicht so streng, aber da kommt die Deutsche in mir durch.« Lachend knuffte ich Mathilda gegen die Schulter und machte mich auf den Weg zur Küche. »Brauchst du auch einen Teller?«, rief ich Mathilda hinterher, die die Stoffe in das Arbeitszimmer meiner Tante brachte.

»Nein, ich habe schon gefrühstückt.« Mathilda stand immer früh auf.

»Kommst du dann mit zu Christos, um ihm die Neuigkeiten zu erzählen?«, wollte ich wissen.

»Ähm, nein. Ich habe noch etwas zu tun.« Mit diesen Worten verschwand Mathilda um die Ecke. Okay?

Meine Mama betrat die Küche und zwinkerte mir mehrfach hintereinander zu, sodass es wirkte, als hätte sie einen Anfall.

»Was?«

»Du bist spät nach Hause gekommen.« Summend schenkte sich

meine Mama etwas von Annas Heilwasser mit den Edelsteinen darin ein. »Vielleicht erleuchtet mich das ein wenig.«

»Witzig.« Ich legte die Teller übereinander. »Und ja, ich bin wandern gewesen.«

»Mhm.«

»Komm mir nicht mit diesem wissenden *Mhm*, Mama.«

»Mhm.« Ihr belustigter Tonfall trieb mir die Hitze ins Gesicht. Einatmen. Luft anhalten. Ausatmen. Ich sagte nichts und beschleunigte meine Schritte in den Garten zu den anderen.

»Spät geworden gestern, oder?« Jetzt fing Anna auch damit an, die gerade die süßen *Koulouri* aufteilte.

Ich konzentrierte mich auf die Sesamringe und tat es mit einem einfachen »Ja« ab. Es war fatal, etwas in meiner Familie von einem Mann zu erzählen. Auf Panórama wüssten nach dem Frühstück alle Menschen der Insel Bescheid, und es würde nach dem Hochzeitstermin gefragt werden.

»Ich mache nach dem Essen die Website fertig, und dann schaue ich bei Christos vorbei.« Ich setzte mich neben Stavo. Er summte wieder mein Lied von vorhin, was ihm einen Seitenhieb mit meinem Ellbogen bescherte.

»Ist er gestern auch dabei gewesen? Abends?« Anna versteckte ihr Grinsen hinter der Rundung des Sesamrings, der wie ein teigiger Smiley vor ihrem Gesicht ihr Lachen verlängerte.

»Ich gehe nur zu ihm, um ihm von der Liveband zu erzählen.« Anna sollte ich auf keinen Fall von dem gestrigen Abend erzählen, sie würde die Insel zusammentrommeln und es jedem erzählen.

»Gut so, und dann gehst du wieder. Ihr seht euch schon ziemlich oft.« Mein Onkel nahm einen Schluck von seinem griechischen Kaffee, wobei er die Tasse umständlich hielt, um das Zittern zu verbergen.

»Ich dachte, ich soll endlich heiraten, weil ich alt und bald reif für den Müll bin?«, überspitzte ich die Situation.

»Mein Kind. Ja, ja, das ist auch so. Trotzdem Vorsicht vor den Männern.« Mein Onkel war kein Mensch, der ein Blatt vor dem Mund nahm – zumindest, wenn es nicht um ihn und seine Krankheit ging. Also was jetzt? Ich sollte mich vor den Männern in Acht nehmen, aber auch bald heiraten.

Stavo schnaubte belustigt neben mir.

»Du, lach nicht. Ich warte immer noch auf meine Enkelkinder.« Anna warf ihrem Sohn einen scharfen Blick zu. »Ich werde einsam als nie Oma gewordene Frau sterben.«

Stavo rollte mit den Augen und stand auf. »Bin satt.«

»Hey, kommt niemand mit zu Christos?«, sagte ich, um von Stavo abzulenken.

»Doch. Ich.« Natürlich kam meine Mama mit.

»Ich kann nicht glauben, dass die Liveband ernsthaft dem Auftritt zugestimmt hat. Wie hat dein Onkel das geschafft?« Eigentlich eine gute Frage von Christos, dem ich nach letzter Nacht kaum in die Augen schauen konnte. Glücklicherweise gab es dazu auch keinen Anlass. Immerhin sollte er besser seinen Blick auf die Straße vor uns richten.

»Der hat seine Tricks. Der gehört zu den Alten.« Meine Mama klopfte Christos vom Hintersitz auf die Schulter.

»Stimmt.« Mit etwas Zurückhaltung kicherte Christos verlegen. Er fragte sich bestimmt, ob meine Mama Bescheid wusste, was zwischen uns passiert war. Gesagt hatte ich nichts. Trotzdem glaubte ich, ihr Mama-Instinkt ahnte etwas. Warum wussten Mütter immer alles?

Die unangenehme Atmosphäre im Auto spürten wir beide. Schließlich konnten wir weder an gestern anknüpfen noch darüber sprechen. Ich hatte aber auch nicht geahnt, dass meine Mama mit uns mitfahren würde. Aber wenn ich sie über den Rückspiegel beobachtete, wie sie ausgelassen zur Musik hin und her wippte, war mir klar, dass sie es genoss, mich aufzuziehen.

»Na? So still, ihr zwei?« Meine Mama lachte auf und klatschte zum Beat in die Hand. »So ein schöner Tag heute.«

»Hehe, ja.« Christos stützte den Ellbogen neben sich am Fenster ab und lehnte den Kopf an die Faust, während er mit einer Hand am Lenkrad weiterfuhr.

Oh Mann. Oh Frau. Oh Kind. Oh alles und jeder. Andererseits konnte es mir auch egal sein. Bald würde ich Christos ohnehin verlassen und in Sylt meinen Alltag wieder regeln müssen.

Also war es vielleicht besser so. Ich lehnte die Stirn gegen das Glas und genoss den Ausblick. Hatten wir uns gestern noch zwischen ausgetrockneten Grashalmen und roter Erde neben einer Schlucht gefläzt, fuhren wir jetzt am Meer entlang, wo sich saftige Oleandersträucher mit Granatapfelbäumen abwechselten. Zwischen ihnen suchte sich die Sonne ihre verschlungenen Pfade und malte Punkte in die Landschaft. Das Meer, das sich neben der Straße und einem schmalen Landweg mit Büschen und Bäumen entlangzog, hypnotisierte mich mit den sanften Wellen.

»Ist meine Eleni heute nicht bezaubernd angezogen? Diese weite, luftige zartgrüne High-Waist-Hose und die flattrige cremefarbene Bluse mit dem gelben Haarband – sieht sie nicht aus wie eine Schauspielerin?« Flink rollte meine Mama eine meiner abstehenden Locken auf ihrem Finger auf. »Und dieser liebliche schwarze Johannisbeerduft – ist das das *Miller-Harris-Rose-Silence*-Parfüm, das ich dir geschenkt habe?«

Ich erstarrte. Festgefroren am Sitz, wagte ich es nicht, mich zu bewegen. Was um Zeus' willen machte sie da?

»Ähm.« Christos setzte sich wieder aufrecht hin, räusperte sich mehrfach und richtete den Blick auf mich, dann wieder auf die Straße. »Äh, ja, also, klar, sicher. Auf alle Fälle.«

Okay, wie viele Umschreibungen fielen ihm für Ja ein?

»So was von. Natürlich.« Ein paar hatte Christos noch auf Lager. Vielleicht war meine Mama nicht so pein–

»Schön, sehr schön. Finde ich auch. Und Christos ist auch sehr gut angezogen, nicht wahr?« Meine Mama klatschte mir etwas zu stark gegen die Schulter, sodass ich wieder halb am Fenster lehnte.

Ich musterte Christos, und es fiel mir schwer, nicht an seinen Oberarmen im weißen gerippten Tanktop hängen zu bleiben oder die Beine in den olivgrünen Shorts zu übersehen. »Ja, Mama. Passend zum Wetter eben.« Ich kam mir vor wie ein Kleinkind.

»Wie, passend zum Wetter?« Christos starrte mich etwas zu lange an.

»Die Straße!«, rief meine Mama, und Christos wandte sich rasch wieder dem Verkehr zu.

»Na ja, damit du nicht schwitzt und so …« Verdammt, was tat ich? »Es umschmeichelt auch deine Vorzüge.«

»Welche denn?« Machte Christos das jetzt auch noch Spaß?

»Ja, welche denn, Eleni?« Mamas Kopf hing zwischen unseren, so weit hatte sie sich vorgelehnt.

Poseidon und Aphrodite, könnt ihr mich bitte aus diesem Wrack befreien? Ich wedelte mit der Hand, um etwas frische Luft zu bekommen, und öffnete danach das Fenster ein wenig. Nicht ganz, da die Fenster nicht richtig funktionierten.

Schlugen die beiden sich jetzt auf eine Seite? Das fehlte mir noch. Ein wenig belustigt war ich von dieser Situation dennoch. Hätte niemals gedacht, dass ein Kerl meine Mama aushielt.

»Ist doch offensichtlich, oder?« Ich hoffte, dabei beließen sie es.

»Ich würde es gern hören.« Christos und meine Mama schenkten sich nichts, wenn es darum ging, mich aus meiner Komfortzone zu treiben.

»Na, deine Oberarme und so.« Ich sah Christos an und verlor mich in unseren gemeinsamen Erinnerungen der letzten Zeit. »Deine Augen, das Lachen und die …« Ich schüttelte den Kopf. Was tat ich denn da? »Und so weiter eben.«

Wieder sah Christos mich gefährlich lange an, ehe ich mit meinem Kinn zur Straße nickte.

»Ähm, nichts. Du weißt selbst, dass du gut aussiehst.« Ganz, ganz, ganz tief rutschte ich in den Sitz.

»Oh ja.« Christos' selbstgefälliger Unterton und sein freudiges Wippen zum Lied kamen mir ein wenig zu fröhlich rüber, nachdem ich gerade meinen Leidensweg beschritten hatte.

Einige Minuten tuckerten wir mit dem Auto weiter, bis wir endlich auf den Kieselstein-Parkplatz einbogen. Ich stieg aus, und die Hitze erschlug mich nach der Klimaanlage des Autos beinahe.

Meine Mama öffnete den Kofferraum, und ein köstlicher Dampf stieg auf. »Da würde man am liebsten selbst gleich reinbeißen.«

»Danke, Roswitha, aber da wären die Kinder nicht so glücklich.« Christos nahm das erste Tablett heraus, danach folgte meine Mama, und ich nahm ebenfalls eines.

Als Mama-Tochter-Gespann trotteten wir hinter Christos her. Diese Chance nutzte ich, um meiner Mama böse funkelnde Blicke zuzuwerfen, die sie mit einem Grinsen kommentierte.

»Da wären wir.« Christos hüpfte die drei Steinstufen hinab, und dann kamen wir endlich an.

Hier war ich ewig nicht mehr gewesen. Meine Mama folgte Christos, ich blieb stehen und genoss den Ausblick. Die Kinderbetreuungseinrichtung auf Panórama, an die auch die Vorschule anschloss, glich einem Paradies. Und bis auf die verwachseneren

Pflanzenranken um das Sandsteinhäuschen samt Terrakottadach und den noch höheren Baumkronen sah alles aus wie früher. Mein Vater hatte damals im Sommer oft darauf bestanden, dass ich ein paar Stunden hierblieb, um besser Griechisch zu lernen. Anfangs hatte ich geheult, bis ich Freundschaften schloss und das Spielen im Garten, der direkt zum winzigen Strandabschnitt ans Meer führte, genoss. Ein paar der Sandsteine waren mit zarten Kreidefarben bemalt, und auch am Boden fanden sich aufgemalte Kinderspiele. Ein farbenfrohes Banner hing über dem Kieselweg zum Haus mit dem Spruch: *Kinderseelen Panóramas.*

Da das Tablett in meiner Hand schwer wog, schloss ich zu Mama und Christos auf. Die Kinder spielten unbeirrt weiter und färbten mit Farbe den Sand am Strand rot, lila, gelb, pink und orange ein, was ich von dem schmalen Inselmagazin wusste, das jeder Haushalt bekam. Ein paar tanzten um uns herum, während ein Kind im Schatten unter der Rutsche saß, die direkt ins Meer führte.

»Ist das das Essen?« Eine junge Pädagogin eilte zu uns.

Die Sonne spiegelte sich auf ihren Sonnenbrillengläsern, die sie auf den kurzen rotblonden Haaren trug. Ihr bronzefarbenes Kleid umwehte sie dabei und wurde von einem Hüftgürtel zusammengehalten. »Ich nehme das.«

»Okay, dann hole ich das nächste.« Meine Mama eilte wieder zurück.

»Danke, Christos.« Die Frau stellte das Tablett ab und nahm das von Christos.

»Immer gerne, Tonia.«

Das musste Tonia Tringou sein, die den Kindergarten leitete. Die leichten Fältchen um die Augen beim Lachen verliehen ihr eine warme Herzlichkeit.

»Und wer sind deine Helferinnen?« Tonia schenkte mir ein breites Lächeln mit ein paar schiefen Zähnen, die sie aber nur noch liebenswürdiger und einzigartiger machten.

»Eleni und das ...« Ich zeigte hinter mich. »Ist meine Mama Roswitha.«

»Schön, euch kennenzulernen.«

»Ich hole den Rest.« Nachdem ich mein Tablett abgestellt und mich umgedreht hatte, sprach Tonia leiser.

»Noch mehr? Das ist doch genug.«

»Ist wieder einiges übrig geblieben.« Christos schloss sich ihrem Flüsterton nicht an. Vermutlich, weil ich ohnehin über den Zustand der Taverne Bescheid wusste.

Ich ging den Weg hoch zum Auto und bewunderte Christos dafür, dass er aus seiner Trübsal noch die Kraft schöpfte, anderen zu helfen. Dass er auch noch sein übrig gebliebenes Essen verwendete, um für die Kinder gratis zu kochen, war der Wahnsinn. Zumindest, wenn genug da war.

»Es ist nur noch ein Topf im Auto, den Rest habe ich«, sagte meine Mama im Vorbeigehen.

Am Kofferraum angekommen, bückte ich mich nach unten, um den Topf rauszuholen, als mich urplötzlich ein Schwindel überkam. Die Sicht verschwamm, und vom Rand ausgehend färbte sich meine Welt schwarz.

Was passierte?

Ich stützte mich ab, drehte mich langsam und setzte mich auf den Rand des Kofferraums. Mehrmals blinzelte ich, doch es wurde nicht besser. Ich sog langsam die Luft ein, hielt den Atem an und pustete ihn zögerlich wieder raus.

Als auch das nicht half, suchte ich im Kofferraum nach einer Wasserflasche. Endlich erblickte ich sie und wollte danach greifen, doch sie lag außerhalb meiner Reichweite. In dem Moment gaben meine Beine nach, und ich lag halb im Kofferraum.

Auf einmal spürte ich die Hitze um mich stärker, als legte sie sich tonnenschwer auf meinen Brustkorb. Meine Finger kribbelten, und langsam breitete sich eine Panik in mir aus, dass das über ein leichtes Kreislaufproblem aufgrund der Hitze hinausging.

Was passierte nur mit meinem Körper?

Bevor meine Augen zu schwer wurden, um sie noch offen zu halten, erkannte ich noch Christos' Gesicht, von dem ich nicht wusste, ob ich es mir einbildete oder nicht.

Kapitel fünfundzwanzig

Das klinische Weiß um mich herum machte mich kränker, als ich war. Gepaart mit Desinfektionsmittelgeruch und dem Plastikduft von Einweghandschuhen, wurde mir dadurch erst recht schlecht. Deshalb setzte ich mich auf. Das Papier auf der Liegefläche verrutschte dabei.

»Danke für Ihre Hilfe, Dr. Karystiani, aber mir geht es gut. Ich habe nicht viel getrunken und dann die Hitze. Das ist alles.« Dass Christos mich nach meinem Umkippen hergebracht hatte, war vernünftig und nett von ihm, trotzdem wollte ich jetzt wieder gehen.

Frau Karystiani lehnte sich gegen den Holztisch und schrieb sich fein säuberlich meine Werte auf, wobei selbst die riesige Brille mit den dicken Gläsern nicht mehr zu helfen schien, um die Schrift auf dem Formular zu lesen. Dr. Karystiani betrieb diese Praxis seit Ewigkeiten. Als sie mir nicht antwortete, sah ich mich um und erkannte die Kinderzeichnungen an den Wänden, das Plakat mit dem Spruch *Gesundheit bedeutet, sich sein gesamtes Leben ganzheitlich um seinen Körper zu kümmern* in verschiedenen Sprachen und die grauen Metallmöbel mit der türkisfarbenen Polsterung.

»Mein Kind, ich denke nicht, dass du einen Hitzschlag hattest.« Die Ärztin schob sich die Brille über ihre schiefe Nase und steckte sie in ihre wirren graublonden Haare.

»Doch, doch, gegessen habe ich auch nichts.«

»Deine Mutter hat gesagt, ihr habt ausgiebig gefrühstückt.« Dr. Karystiani setzte sich, und mit einem Rums rutschte der fahrbare Hocker nach unten. »Ach, Mist. Ich vergesse immer, dass der nicht richtig funktioniert.« Sie stellte mit dem seitlichen Hebel den Hocker wieder hoch.

Dr. Karystiani wirkte chaotisch, sie war dennoch eine gute Ärztin, und ich wollte ihre Meinung nicht kleinreden. In meinem Fall übertrieb sie trotzdem.

»Ich sehe, du denkst, ich übertreibe.«

Ich wich ihrem Blick aus.

Sie lächelte mich breit an und zeigte ihre schlecht gemachten falschen Zähne.

»Falls noch etwas ist, komme ich wieder. Ich habe aber zu tun. Ich muss meiner Tante beim Onlineshop helfen, Christos mit seiner Taverne – bald ist der Karaokeabend, und …«

Sie hob die Hand und unterbrach mich mit einem scharfen Blick. »Bist du nicht hier, um dich zu entspannen?«

Das ließ mich sprachlos zurück. »Ich, ich …«

Ein wissender Blick der Ärztin traf mich. »Kann es sein, dass du erschöpft bist und nicht runterkommst im Urlaub?«

»Was hat meine Mama erzählt?«

Die Ärztin zuckte mit den Schultern, und ich ahnte, dass sie mehr wusste, als sie zugab. Sie stieß sich ab und rollte mit ihrem Hocker nach hinten, bis sie an einen Metallschrank stieß. Dort zog sie eine Schublade quietschend heraus. »Ich kenne dich zu wenig, um jetzt irgendetwas zu diagnostizieren, aber bitte erhol dich endlich.« Mit einer Broschüre in der Hand rollte sie zu mir zurück. »Du musst lernen, dich zu entspannen, dich zurückzunehmen und auf dich zu achten. Geh öfter schwimmen, leg dich ein wenig in die

Abendsonne und schalte den Kopf aus. Weniger Verpflichtungen in deinem Urlaub, ja?«

Nervös biss ich auf der Innenseite meiner Wange herum. Sie sagte die Wahrheit. Ich fühlte mich oft ausgelaugt, und meine Augen waren schwer und müde. Diese ständige Ruhelosigkeit, weil ich dachte, wenn ich nichts tue, bricht alles zusammen. Wenigstens hatten meine Rückenschmerzen dank des Schwimmens und der Bewegung nachgelassen. »Aber ich gehe doch schwimmen und mit meiner Familie essen.«

»Ich sage ja nicht, dass du völlig durch den Wind bist. Ein wenig wird die griechische Luft schon gebracht haben. Behalte das nur bei, und verfalle nicht in alte Muster. Weißt du, was ich mir als Ärztin stets gewünscht habe?« Sie legte ihre Hand auf meinen Oberschenkel.

»Was?«

»Ich wollte den Menschen helfen. Mittlerweile habe ich über die Jahrzehnte gemerkt, dass viele sich nicht helfen lassen wollen oder nicht kommen aus Angst vor Diagnosen.« Ein resignierter Ausdruck tauchte in ihrem Gesicht auf, bevor sie zu ihrem Schreibtisch rollte und etwas in die vergilbte Tastatur eintippte. »Ich kann dich zu nichts zwingen, aber auf dich zu achten wäre ein Anfang, oder? Ein wenig Meditation, Atemübungen und Yoga können helfen, dass du dich mehr entspannst. Die Broschüre zeigt dir ein paar Übungen zum Einstieg.«

Ich nahm das kleine Heftchen und stand auf. Mehrere Sekunden blieb ich stumm vor ihr stehen, ohne dass sie aufsah. So viel wollte ich sagen. Ein Teil von mir drängte, ihr zu widersprechen. Stattdessen verließ ich ihre Praxis mit einem gemurmelten »Danke«.

»Geht es dir auch sicher gut?«, fragte meine Mama, nachdem im Auto seit Minuten Stille herrschte.

»Ja.« Meine Antwort sollte gar nicht so gereizt wirken.

»Du bist so stur wie dein Vater und dein Onkel, wenn man dich etwas fragt«, zischte sie und lehnte sich zurück.

Ich spannte den Kiefer an, um nichts Böses zu sagen.

»Vielleicht hat sie so getan, weil sie von den Kindern wegwollte.« Mir war bewusst, dass Christos nur witzelte. Doch spätestens nach seinem Knuff in die Seite mit dem Ellbogen konnte ich nicht mehr an mich halten.

»Warum?«

»Warum was?«, wiederholte Christos.

»Warum sollte ich so tun?«

»Du hast doch, bevor wir losgefahren sind, gemeint, du hoffst, du kommst mit den Kindern klar, und du kommst mir jetzt nicht vor wie …« Christos stoppte sich selbst. Er merkte anscheinend, dass er wieder sprach, ohne nachzudenken.

»Wie komme ich dir nicht vor?« Meine Stimme zitterte.

»Als wärst du so der Kinderfan.«

Seine Worte lösten etwas in mir aus. Plötzlich musste ich an meinen Ex-Freund Julian denken, der mir ständig vorwarf, wie unreif ich war, weil ich noch keine Kinder wollte. Wie er mich gedrängt hatte, dass ich erwachsen werden müsste, dass das dazugehöre. Die Zukunftsängste, mein Job, meine Mama und der Männerfluch verwandelten sich in meinem Magen zu Lava, die meinen Körper hochschoss.

»Lass mich aussteigen!« Wieder überkam mich ein Schwindel. Dieses Mal jedoch nicht so schlimm wie vorhin. Ich hatte viel getrunken und achtete auf meine Atmung.

»Was?« Meine Mama beugte sich wieder vor. »Du kannst nicht aussteigen.«

Einatmen. Ausatmen. »Ich brauche Ruhe.« Mein Körper kribbelte innerlich, dennoch versuchte ich, ruhig zu bleiben.

»Es tut mir leid, wenn ich –«, setzte Christos an.

»Bleib bitte stehen«, unterbrach ich ihn sanft, aber bestimmt.

»Wenn ich etwas Falsches gesagt habe, tut es mir leid«, beendete er seinen Satz.

Ich atmete lange aus. »Schon gut.« Es fiel mir schwer, mich zusammenzureißen, da die Sprüche meines Ex in mir widerhallten. »Trotzdem. Bitte.«

Tatsächlich hielt er den Wagen an und sah mich an. In seinem Blick lagen Sorge, Überraschung und auch ein wenig Angst. Doch das war mir egal. Ich wollte plötzlich nur noch raus aus diesem Auto. »Ich muss jetzt alleine sein.«

»Aber, Eleni, sag doch, was los ist.«

»Nicht jetzt.«

Damit stieg ich aus, knallte die Autotür hinter mir zu und stapfte in die andere Richtung davon.

Keine Ahnung, wie lange ich mittlerweile auf diesem komplett klitschnassen Felsen vor dem Meer saß. Mein Hintern schmerzte, und jedes Mal, wenn eine kleine Welle kam, benetzte die Gischt mich mit salzigem Wasser. Trotzdem saß ich hier, starrte mit Tunnelblick hinaus auf die Weite des Meeres, die mit dem Himmel wie ein unendlicher Pfad ins Nichts wirkte. In meinem Inneren fühlte ich einen Knoten, der alles zusammenzog, und eine Gereiztheit, die ich früher nicht von mir kannte. Ich musste etwas ändern. Jetzt.

Irgendetwas stimmte nicht mit meinem Körper, und wenn ich mich davor versteckte, war ich nicht besser als mein Onkel.

Eine einzelne Wolke bewegte sich langsam über den Himmel. Der fluffige weiße Knäuel war allein auf weiter Flur. Genauso fühlte ich mich im Moment: allein mit all meinen Ängsten, Zweifeln, Problemen. Mir war bewusst, dass ich meinen Gefühlen endlich Luft machen musste. Endlich den Mund aufmachen, für mich einstehen und meinen Liebsten sagen, was mich bedrückte. Ob es sie enttäuschte oder nicht. Denn Gedanken lesen konnten sie nicht. Meine widersprüchlichen Signale mit den netten Worten und dem breiten Grinsen, während ich völlig angespannt vor ihnen stand, sendeten vermutlich keine klare Botschaft aus.

Tief sog ich die Meeresluft ein, stand auf, kletterte vom Felsen und sah mich um. Niemand war da. Ich war an einem kleinen Steinstrandabschnitt neben der Autostraße.

Diese Chance nutzte ich. Entschlossen stand ich auf, ging von den Felsen hinüber zu den Kieselsteinen, nahm Anlauf, störte mich nicht an dem Piken der Steinchen an meinen Fußsohlen und sprang ins Wasser. Es empfing mich mit einer eisigen Umarmung. Die Kälte versetzte mir einen kurzen Schock. Hier musste eine Strömung vorbeifließen. Das Wasser war sonst zu dieser Jahreszeit wärmer. Trotzdem war es genau das, was ich brauchte. Die Kälte beruhigte meine Nerven, die wie angeschwollen in meinem Körper pochten. Unten hielt ich die Luft so lange an, bis es in meiner Brust stach, dann tauchte ich auf, atmete tief ein und tauchte wieder unter.

Ich schrie mir unter Wasser die Seele aus dem Leib. So lange, bis die Blasen um mich weniger wurden und ich unabsichtlich Wasser schluckte. Hustend durchbrach ich erneut die Wasseroberfläche. Das tat gut.

Und ich wusste, so wie bisher konnte es nicht mehr weitergehen.

Kapitel sechsundzwanzig

Der Tag der Karaokeparty war gekommen, und mit ihr auch meine innere Schweinehündin, die meine Vorsätze weggezaubert hatte. In den letzten beiden Tagen der Vorbereitungen hatte ich wieder getan, als wäre alles okay. Meine Mama war wieder in ihren Selbstmitleidmodus versunken, nachdem sie ein Pärchen gesehen hatte. Mathilda verfiel in alte Muster, als sie beim Schwimmen unabsichtlich etwas Wasser geschluckt hatte und daraufhin nach Parasiten im Meer googelte. Und von Anna ganz zu schweigen, die sich nun wieder unsicher wegen des Onlineshops war. Vermutlich, weil sie Angst hatte, doch zu alt dafür zu sein. Trotzdem taten sie mir entweder leid oder bereiteten mir ein schlechtes Gewissen. War ich die Egoistin, weil ich mehr auf mich achten wollte?

Vor ein paar Minuten war eine neue Welle der Erschöpfung über mich gekommen, wegen der ich mich gesetzt und Anna, Mathilda, meine Mama und Christos bei den Vorbereitungen beobachtet hatte. Ich schüttelte die Gedanken an die letzten beiden Tage ab und beteiligte mich weiter am Aufbau der Karaokebühne.

Schwungvoll warf Anna das Banner, das sie für den Karaokeabend gestaltet hatte, über die Bühne, und mein Onkel fing es auf der anderen Seite auf. Beide zogen es straff.

Im Hintergrund spielten griechische Lieder aus dem Radio, die passenderweise zu Mathildas Beat passten, mit dem sie die Kerzenhalterungen in den Sand hämmerte.

Ich stand wieder auf und gab Christos den Karton mit den Knickbändern, den er von Hestia geschenkt bekommen hatte.

»*Efcharistó*. Danke, dass du das alles organisiert hast. Ich weiß, dass das nicht selbstverständlich ist.« Unsere Hände berührten sich. Beide hielten wir den Karton fest.

»Kein Ding.« Ich wollte loslassen und mich wegdrehen, da stellte Christos den Karton ab und schnappte meinen Unterarm.

»Doch. Doch das ist ein Ding. Vielleicht könnte ich mich irgendwie erkenntlich zeigen?«

»Wie denn? So wie letztens an der Schlucht?« Hatte ich das laut ausgesprochen?

Christos öffnete den Mund, sagte aber nichts. Er sah schüchtern zur Seite und kratzte sich am Nacken.

»Ich bin gespannt, was du dir überlegst.« Ich streichelte ihm über die Wange, machte dann auf der Stelle kehrt und ging los, um den nächsten Karton aus seinem Auto zu holen. Als ich ihm den Rücken zugedreht hatte, klappte meine Kinnlade nach unten, und ich zog meine Augenbrauen hoch. Oh, mein Gott, was war denn da über mich gekommen? Ich glaubte, Christos' Blick noch auf mir zu spüren. Das Blut schoss mir in den Kopf, und meine Mama bedachte mich mit ihrem wissenden Blick.

»Sag nichts.«

»Niemals.« Mama verpasste mir einen sanften, spielerischen Klaps auf den Hintern und verteilte die Karten mit der Songauswahl auf den Tischen, die Christos wieder unglaublich liebevoll dekoriert hatte.

Stavros kontrollierte das Podest neben der Karaokebühne, die direkt am Strand aufgebaut worden war, und krabbelte unter die

Vorrichtung. Es war schön zu sehen, wie wir alle zusammenhielten.

Ich ging an den Paletten vorbei, die Christos' Grundstück abgrenzten und von denen wir die Tische weggeschoben hatten, damit Platz für die Liveband war. Es schien alles tadellos zu funktionieren, bis ich jemanden entdeckte, der den letzten Karton aus Christos' Auto hob, den ich holen wollte.

»Hey! Stopp!«, rief ich.

Der Typ drehte sich um.

»Was machst du da an dem Auto?« War das jemand von den Leuten, die Christos' Scheibe eingeschlagen hatten?

Entschuldigend hob er die Arme und ließ den Karton fallen. »Ähm, ich.«

Endlich kamen Christos und Mathilda bei mir an.

»Ist schon okay.« Zur Beruhigung legte Christos seine Hand auf meinen Arm. »Das ist mein Bruder.«

Die gedimmte Beleuchtung, die Kerzen am Strand, die Lichter in den Einmachgläsern, die überall hingen, und die schwachen lilagelben Scheinwerfer verwandelten die Taverne in einen mediterranen Nachtklub. Das und die Musik, die Christos' Bruder als DJ abspielte. Wir hatten uns alle in Schale geworfen, und ich musste zugeben, dass es mir unfassbar schwerfiel, Christos nicht ständig anzustarren. Das offene weiße Hemd, das seine heute vom Arbeiten unter der Sonne leicht gerötete Haut zeigte, die verwuschelten, dichten schwarzen Haare und das freudige Glitzern in seinen Augen hypnotisierten mich regelrecht.

»Christos starrt dich dauernd an«, wisperte mir Mathilda ins Ohr.

»Was? Ach, Quatsch.« Okay, das klang zu freudig. »Ich meine, ist nicht wichtig.«

Sie reichte mir meinen Mojito, der so vollgefüllt war, dass ein wenig des Alkohols über meine Finger floss. »Er guckt dich immer an, wenn du ihn nicht anglotzt.«

Mist. Ich war aufgeflogen.

»Das bildest du dir ein.« Mit dem Metallstrohhalm rührte ich den Zucker und die Minze um und nahm meinen ersten Schluck.

Stavros stand vor der Karaokeanlage und stritt mit Christos' Bruder. Er hatte sich als Antonis vorgestellt. Der Bruder, von dem Christos nicht so gerne sprach. Er arbeitete als DJ überall in Griechenland und hatte seine mehrwöchige Anstellung in einem Hotel auf Santorini beendet. Mit dem Boot, das jeden Tag zwischen Santorini und Panórama hin- und hertuckerte, war er vorhin angekommen. Das kleine Boot war hauptsächlich für Leute aus Panórama, die auf Santorini arbeiteten oder dort Familie hatten und umgekehrt. Das Schiffchen brauchte dabei fast über eine Stunde.

»Hast du Roswitha gesehen?«, fragte Mathilda, und ich freute mich über den Themenwechsel.

»Ähm …«

Meine Antwort verlor sich, da ich erneut Antonis beobachtete. Was mich verwunderte, war nicht die eisige Stimmung zwischen den Brüdern, sondern auch, dass Stavo und Antonis zu streiten schienen. Was hatte denn mein Cousin gegen ihn? Obwohl, manchmal sprachen die Leute hier aufbrausend miteinander, und ich konnte bis heute nicht ausmachen, wann es ernst war und wann nicht.

»Eleni?«

»Sorry, Mathilda. Ich weiß auch nicht. Vielleicht hilft sie irgendjemandem?« Ich wandte mich von Antonis ab, der aussah wie Christos, nur muskulöser, und seine Haare hatte er nach hinten zu einem Zopf hochgebunden. Seine Muskeln wirkten aber eher im

Fitnessstudio aufgepumpt, während Christos durch seine Arbeit und seine Outdoor-Aktivitäten trainiert war. Was nicht bedeutete, dass Antonis weniger attraktiv war.

»Da ist sie.« Mathilda zog am Stoff meines sommerlichen Jumpsuits, dessen rosa-taupe Farbe mich sofort begeistert hatte, als ich ihn in der kleinen Boutique vorhin gesehen und gekauft hatte.

»Mama!« Ich winkte meiner Mama, die in ihrem bronzefarbenen Hosenanzug einer sexy Agentin glich. »Hier sind wir!«

Doch sie ignorierte uns völlig und …

»Ist das ein Mann neben ihr?« Mathilda sprach das Wort »Mann« so überrascht aus, wie ich es selbst in meinem Kopf dachte.

»Das ist Jannis.« Annas Auftauchen erschreckte mich.

»Der Kapitän des kleinen Schiffchens, das zwischen Panórama und Santorini fährt?« Woher kannte meine Mama denn diesen Mann?

»Jup.«

»Aber, das geht doch nicht.« Verzweifelt stieß Mathilda mit ihrem Ellbogen gegen mich, traf aber nur meinen goldenen Oberarmreif. »Der, der sieht doch …«

»Mega aus«, vollendete ich den Satz meiner besten Freundin.

»Oh ja.« Annas *Oh ja* brachte Mathilda und mich dazu, von dem sexy Silberfuchs, der als heißer griechischer Gerard Butler durchging, abzulassen und meine Tante anzustarren. »*Theé mou. Sygnómi!* Das, ich … Ich meine, natürlich ist er nicht hässlich, oder?« Ihre Stimme überschlug sich. Ihr selbst gemachtes buntes Kleid in Batikoptik wehte umher, als sie sich mit ihrem Sex on the Beach wegdrehte und sich zu meinem Onkel gesellte, der gelangweilt am Tisch saß.

»Was guckt ihr denn?« Christos ließ mich erneut zusammenzucken. »Ist heute Eleni-Erschreck-Tag?«

Ich richtete meine Träger, die hinter meinem Hals zusammengebunden waren, und fuhr mir durch die lockige ungebändigte Mähne. »Nichts, wir haben geredet. Alte Geschichten.«

»Irgendwann will ich diese Storys hören.« Christos steckte den Kopf zwischen meinen und Mathildas.

»Denkt ihr, es kommen noch mehr? Noch ist nicht allzu viel los«, meinte ich.

Ich erkannte bisher nur Dr. Karystiani, Tonia Tringou vom Kindergarten, Hiromi und Chinara und die nette, mit krimineller Energie geladene Gyros-Oma.

»Ich hoffe es.« Christos legte mir seinen Arm um die Schulter. »Danke noch mal.«

»Hat Eleni gerne gemacht. Sie spricht nur von dir.« Das hatte meine beste, *Entschuldigung*, ab jetzt ehemalige beste Freundin nicht gesagt, oder?

»Das hört man gerne. Dann bin ich nicht alleine.«

»Womit? Damit, dass du auch nur über dich sprichst, den ganzen Tag?« Auch wenn ich Mathilda noch den Kopf abreißen musste, schnaubte ich belustigt über ihren Spruch.

»Haha. Müsste ich jetzt nicht zu meinem unausstehlichen Bruder, würde mir ein Konter einfallen.« Christos' Stimme verfinsterte sich, sobald er über seinen Bruder sprach, und er verschwand.

»Ist das gerade dein Ernst gewesen?«

»Hab dich nicht so. Zwischen euch dauert es ewig, bis das weitergeht. Wir sind keine Teenager mehr.« Mathilda saugte unschuldig am Strohhalm in ihrem Cuba Libre.

Ich antwortete mit einem Seufzer und erkannte, wie Christos zwischen Stavo und Antonis hin- und herging und offenbar versuchte zu schlichten. Zu gerne würde ich jetzt Mäuschen spielen. Obwohl ich froh sein sollte, wenn Probleme mich mal ausließen.

»Schau mal da, Eleni.« Mathilda deutete zum Eingang. »Da stehen Leute.«

»Ist doch gut, oder?« Aber als ich Mathildas ausgestrecktem Arm folgte, erkannte ich das Problem.

Vorne an der Straße zwischen den überdachten Sitzmöglichkeiten, die zum Strand führten, und dem Haupthaus der Taverne standen Leute aus Panórama. Doch sie wirkten nicht, als kämen sie als Gäste vorbei. Eher blickten sie höhnisch auf uns. Und wo waren die alten Männer der Liveband geblieben?

Sofort eilte ich zu Anna an den Tisch. »Athanasios, wann haben denn die Freunde von dir gesagt, dass sie kommen?«

Mein Onkel, der ein wenig angepisst wirkte, weil Anna ihn gezwungen hatte zu kommen, löste seine verkrampfte Haltung und damit auch die verschränkten Arme vor der Brust. »Ich weiß es nicht, Eleni. Ich habe sie gefragt, ob sie kommen, und sie haben gelacht und Ja gesagt.«

»Wie, sie haben gelacht?« Schrie ich, oder warum drehten sich Stavo, Antonis und Christos um?

»Was meinst du mit *gelacht*?« Anna stand auf und erhob ebenfalls die Stimme. »Athanasios Karafoulidis, hast du das etwa verbockt?«

Athanasios zuckte mit den Schultern. »Na, gelacht.« Er sah uns an, als wären wir diejenigen, die sich völlig abwegig verhielten. Dann lachte er kurz. »So eben. Gelacht.«

»Du alter Griesgram.« Anna schlug ihm mit der Serviette auf den Kopf. »Ist dir vielleicht in den Sinn gekommen, dass sie sich über deine Frage lustig gemacht haben?«

»Sie haben doch Ja gesagt.« Seine Verteidigung würde vor keinem Gericht dieser Welt standhalten und schon gar nicht vor dem härtesten: meiner Tante, meiner besten Freundin, mir und meiner

Mama. Letztere tanzte gerade an, kam dann aber zu uns, als sie uns entdeckte.

»Was ist denn los?« Meine Mama stellte sich etwas abseits.

»Dein Schwager hat sich von den alten Opas veräppeln lassen«, regte sich Mathilda auf, die sich sonst nie so weit aus dem Fenster lehnte. »Eleni hat sich für heute den Arsch aufgerissen. Ist es zu viel verlangt gewesen, diese sturen Männer mit etwas Nachdruck hierherzubringen?«

Mit meinen Lippen sprach ich ein stummes Danke aus, das Mathilda sofort verstand. Sie nickte mir zu und nahm meine Hand.

»Du gehst nicht zum Arzt, zu einer Ärztin schon gar nicht, weil du«, bei den folgenden Worten machte Mathilda mit den Fingern Anführungszeichen in der Luft, »gesund bist … und du ihnen nicht glauben willst, dass du krank bist! Aber wenn dir drei alte Männer sagen, sie kommen, und dich danach auslachen, glaubst du denen blind?«

»Ich mache auch alles falsch.« Mein Onkel erhob sich.

»Ja!«, schnaubte Anna.

Ich glaubte, dass hinter diesem Ja meiner Tante mehr steckte als die Wut über das Liveband-Debakel.

»Wenn man sich auf Männer verlässt.« Meine Mama verschränkte die Arme vor der Brust und baute sich neben Anna auf. »Du hast deine Frau gehört.«

»Mama, bitte. Frauen können genauso unzuverlässig sein«, versuchte ich, die Stimmung zu retten.

»Was ist denn los?« Christos eilte zu uns. »Gibt es Probleme? Hat er bemerkt, dass ich ihm alkoholfreies Bier gegeben habe?«

»Pst!«, zischte Anna zu Christos.

»Alkoholfrei? Alkoholfrei! Was bin ich denn? Ein alter Greis?« Mein Onkel, der sonst eher besonnen wirkte, brauste über die Bevormundung meiner Tante auf, was ich verstand. Die beiden schenkten sich nichts.

»Du bist krank, du Hornochse!« Mit einem lauten Rumsen warf Anna ihre Handtasche auf den Tisch. »Bei dir gibt's nur ganz oder gar nicht, was? Kein Mittelmaß.«

»Beruhigt euch jetzt erst mal.« Christos' Bruder schlüpfte zwischen Christos und Mathilda hindurch, während mein Cousin sich offenbar aus dem ganzen Schlamassel raushielt. »Ich hätte da vielleicht eine Idee.«

»Was sollst *du* für einen Plan haben?« Christos' Kiefer spannte sich an. »Einen Vorschlag, bei dem wir kurz auf dich warten sollen, und dann tauchst du nie wieder auf?«

Antonis warf seinem Bruder einen bösen Blick zu, und ich ahnte, dass da noch mehr dahintersteckte. Doch jetzt war ich diejenige, die dazwischenging. »Ruhe jetzt! Heute geht es um Christos. Lasst uns Antonis' Idee hören.«

»Danke, meine Schönheit.« Antonis nahm meine Hand und drückte sie leicht.

»Pass auf.« Christos drückte seine Brust raus und näherte sich ihm.

»Da hat er recht.« Stavo tauchte neben ihm auf.

Was war denn mit dem los? Mein Cousin markierte doch sonst nicht den Möchtegernbeschützer. Oder ging es um etwas anderes?

Breit grinsend, als genoss Antonis diesen Tumult um seine Person, hob er abwehrend die Hände und machte zwei Schritte zurück. »Zu meiner Idee: Wir brauchen diese alten Säcke nicht. Lasst uns so, wie wir sind, einen phänomenalen Abend haben, dann kommen die Leute von selbst.« Antonis nickte nach vorne zur Promenade. »Schaulustige haben wir genug.«

»Das ist gar keine schlechte Idee.« Hestia mischte sich nun auch in unsere Versammlung mit ein. »Wir haben nichts zu verlieren, nur eine tolle Nacht zu gewinnen.«

»Ihr unterschätzt aber die Leute von Panórama. Die sind so stolz und noch von vorvorgestern. Wenn die irgendeinem alten Tavernenbetreiber loyal folgen, egal, wie der sie verarscht, dann kommen die nicht hierher, um ihr Gesicht nicht zu verlieren.« Jannis, der still hinter meiner Mama gestanden hatte, sagte, was ich vermutet hatte.

Vielleicht lag es an dem Mojito. Vielleicht auch an meinem Versprechen, Christos zu helfen. Was es auch war, das diese geistige Verwirrtheit auslöste, die nächsten Worte stolperten beinahe von selbst aus meinem Mund. »Anna, Mama, Mathilda und ich gehen jetzt auf die Bühne und singen diese Insel in Grund und Boden. Dann werden wir sehen, ob die widerstehen können mitzufeiern.«

»Woah, Eleni. Moment mal.« Mathilda legte mir eine Hand auf die Schulter, und ich fühlte ihre Ringe auf der Haut. »Das, also, ich bin nicht die beste Sängerin.«

Nachdem Anna einen Schluck von ihrem Bier getrunken hatte, bei dem ich mich fragte, ob ihr Mund einen Liter fasste, weiteten sich ihre Augen. »Ich kann das auch nicht, alle werden darüber reden.«

Reflexartig knetete meine Mama durch ihre Frisur, um das Volumen aufzubessern, und sah sich verlegen um. Sie hatte eine Mischung aus Angst und einem schelmischen Ausdruck in ihren Augen. »Vielleicht hat mein Töchterchen recht.«

»Finde ich mutig von dir.« Jannis schenkte ihr ein breites Lächeln, und meine Mama kicherte verlegen wie eine Teenagerin beim ersten Date.

Ich schnappte mir meinen griechischen Lieblingssnack: gerösteten, gesalzenen Mais mit Chilipulver. Wie mein Leben wohl gelaufen wäre, wenn meine Mama mit dem Kapitän Jannis zusammengekommen wäre? Na ja. Vermutlich gar nicht. Rein biologisch wäre ich dann niemals entstanden.

»Ich würde die Snacks aus den Schalen nicht essen. Wer weiß, wer da zuvor mit dreckigen Händen hineingelangt hat.« Ich überhörte Mathildas Warnung.

»Also, dann ist es …« Ich schluckte hinunter. » … abgemacht.«

Annas Bier klirrte gegen meinen Mojito, Mathildas Cuba Libre gegen Mamas Rotwein. »Wird Zeit für uns, was?« Anna exte die Flasche. Was hatte ich da nur angerichtet?

Es gab kein Zurück mehr. Ich eilte auf dem Pfad im Sand zur Bühne. Dort blinkten bunte Lichterketten, und die Tische, an denen ich vorbeiging, leuchteten dank der Kerzendeko. Nicht zu vergessen, Christos' Speisen, die wunderbar dufteten. Die wenigen Gäste klatschten uns zu und wirkten ehrlich ausgelassen und bespaßt. Wenn das nur mehr Menschen erleben würden, dann könnte sich niemand mehr diesem Charme entziehen.

Auf der Bühne lief meine Mama auf ihren Absätzen zu uns. Wir standen in einer Reihe. Zuerst ich, dann Mathilda, Anna und meine Mama. Als dann die Melodie von »Hot Stuff« von Donna Summer losging, entdeckte ich sogar meinen Freund, den Straßenhund, neben einer bunten Palette und den Pelikan daneben. Wir lachten mit einer Mischung aus alkoholisierter Belustigung und Scham auf. Wenn das nicht unser Song des Abends war, was dann?

Christos nahm unseren Auftritt genau unter die Lupe und wippte bereits zum beginnenden Beat mit. Die Vorfreude, die sich in seiner gesamten Mimik zeigte, und die Augen, die er nur auf mich richtete, ließen mein Herz rasen. Ja, ja, vielleicht konnte ich es heute Abend mit ein paar Cocktails intus zugeben: Ich hatte mich in Christos verliebt.

Meine Mama sang ungeniert los und trällerte ihre Passagen mit einer schiefen Reibeisenstimme, während Anna hoch quietschte und Mathilda ruhig und piepsig loslegte. Als ich meinen Teil mit kräftiger, tiefer und schräger Stimme sang, erkannte ich, wie das Grinsen aus Christos' Gesicht wich, als eine Frau auf ihn zukam und ihn ansprach.

Kapitel siebenundzwanzig

Nach meinem Auftritt – obwohl, durfte ich das so nennen? War es nicht eher eine Lärmbelästigung gewesen? – wollte ich Christos nicht direkt damit überfallen, wer denn die Frau gewesen sei. Deshalb hatte ich abgewartet, bis sich eine Gelegenheit ergeben hatte, kurz mit ihm alleine zu sein.

Am hintersten gusseisernen Tisch, neben der Bühne, saßen Christos und ich. Das Meer schwappte bis zu unseren Füßen hoch. Das Tischchen war so schmal, dass es sonst als Dekorationsablage benutzt wurde und wir dicht beieinandersaßen. Vor uns eine kleine Kerze, deren Wachs über den Flaschenhals auf einen Terrakottateller tropfte.

Christos schob sein Tässchen mit griechischem Kaffee vor und zurück. Die Flamme spiegelte sich in seinen Augen wider, und am liebsten hätte ich ihm die Enttäuschung abgenommen. Die Enttäuschung, für die ich mich auch verantwortlich fühlte. Ich hatte ihm mit dem Karaokeabend so viel versprochen. Doch wenn ich mich umdrehte, saßen an den Tischen vor der Bühne dieselben Menschen wie vorhin. Ein, zwei Pärchen waren hinzugekommen und vielleicht drei, vier Jugendliche, die gegen ihre Eltern rebellierten, indem sie aufgekreuzt waren.

Auf der Bühne stand Jannis, ein wenig, okay, sehr angetrunken, und jammerte ein uraltes griechisches Lied vor sich hin. Meine

Mama saß wie ein Groupie vor der Bühne und trank einen Schluck ihres Biers. Ich hatte sie ewig nicht so glücklich gesehen.

Es ging nicht immer nur um schöne Momente im Leben. Manchmal drehte sich eben leider alles um Geld, und zu sagen, Geld sei nicht alles, stimmte zwar, aber Geld war etwas. Und an Christos' geknicktem Gesichtsausdruck erkannte ich, dass er dringend Geld brauchte. Ich nahm das Schnapsglas mit dem *Tsipouro*, legte den Kopf in den Nacken und trank es aus. Dann nahm ich meinen Mut zusammen und bettete meine Hand auf seine.

»Wir bekommen das hin, ja? Wir haben bald den Onlineshop für deinen Selbstgebrannten und …«

»Eleni.« Christos schnitt mir harsch das Wort ab und sah mich dann an. »Es ist vorbei.«

»Nein, ist es nicht. Es ist vorbei, wenn du aufgibst. Wir bekommen deine Taverne zum Laufen und den Internetauftritt auch. Gib mir Zeit, bis ich wieder abreise, ja?«

»Und wann soll das sein?«

»Äh, nicht so bald. Aber in …« Ich atmete tief ein und räusperte mich. »In der näheren Zukunft.«

Ein kleines Schmunzeln huschte über Christos' trauriges Gesicht, und ich zeigte mit meinem Finger darauf. »Aha! Erwischt. Sehe ich da ein Grinsen, Christos?«

Er schüttelte belustigt den Kopf. »Okay. Abgemacht.«

»Das ging ja leicht.«

»Ich habe heute keine Kraft mehr zu streiten.« Das sah ich Christos auch an.

Ich zog das dünne Stoffjäckchen mit dem Tavernenlogo enger um mich. Christos hatte es mir geliehen. Es roch nach ihm, und der Duft brachte mich durcheinander. Das oder der Alkohol.

»Ähm, vorhin auf der Bühne«, ich neigte mich vor, musste aber aufpassen, mich nicht an der Kerzenflamme zu verbrennen, »da hat eine Frau mit dir gesprochen, wer war das?«

Christos schluckte. »Die hast du gesehen?«

Ich nickte.

»Das war meine Ex-Freundin.«

»Das war meine Ex-Freundin«, imitierte ich Christos perfekt. Oder so halb perfekt.

»Seine Ex-Freundin?«

»Ja, seine Ex-Freundin.«

»Ex-Freundin …«

»Jaha.«

Wir saßen vor Annas Laden auf einer mit ihren Händen erbauten Palettencouch und tranken ihren Eistee. Drinnen sprach meine Mama mit Anna. Unsere Anwesenheit lockte einige Leute in den Laden.

»Na, ihr beiden?« Hiromi tauchte in Polizeiuniform vor uns auf und rüttelte an der Markise über Annas Laden. »Da war eine Spinne. Ich habe euch nur das Leben gerettet, nichts Besonderes.«

Ich mochte Hiromis Humor. »Hey, Hiromi. Erholt von vorgestern?« Dann drehte ich mich schnell zu Mathilda. »Es gibt übrigens keine Giftspinnen auf Panórama.« Glaubte ich.

»Oh, schon okay. Die wird nicht auf mich krabbeln nach Hiromis heldinnenhaftem Spinneneinsatz.«

Hm. Wie konnte Mathilda so ruhig bleiben? Ich erinnerte mich an den einen Sommer, in dem wir keinen ruhigen Abend verbringen konnten, weil sie ständig nach Spinnenbissen gegoogelt hatte.

»Okay.« Ich zog das O lang. »Also, wie geht's?« Ich wandte mich wieder zu Hiromi.

»Alles bestens. Ich vertrage einiges. Meine Frau ist da eher die, die wehleidig im Bett liegt.« Hiromi machte Chinara nach, wie sie

Hilfe suchend ihre Hand nach ihr ausstreckte und »Wasser!« hauchte.

Dabei hatte ich das Bild von Stavo im Kopf, der auch perfekt die Imitation des sterbenden Schwans beherrschte.

»Du solltest ins Comedy Business wechseln«, bemerkte Mathilda und gönnte sich einen Schluck von Annas Eistee.

»Lieber nicht, wir müssen Geld verdienen. Vor allem seitdem deine Tante meiner Frau von ihrem Onlineshop erzählt hat und Chinara dort gestern vom Bett aus tausend Sachen für unsere Apartments bestellt hat.« Hiromi erzählte das beiläufig. Ich wurde dennoch hellhörig.

»Ach, echt? Da wird Anna sich aber freuen.« Innerlich jubelte ich wie ein Kleinkind.

»Bestimmt. Na gut, ich bin dann mal weg. Besucht uns gerne mal wieder.« Hiromi verabschiedete sich und fixierte mit ihrem Blick eine ältere Oma, die sich weit aus dem Fenster lehnte, um die Pflanzen, die ihr Haus hinaufwuchsen, zu stutzen.

»Komm, wir sollten das Anna erzählen.« Ich saugte den Eistee leer.

Euphorisch sprang ich hoch und eilte zur Tür, bis Mathilda mich aufhielt.

»Hey, warte, Eleni. Was ist mit Christos und seiner Ex-Freundin?«

Vor der Eingangstür in den Laden hielt ich. Daran wollte ich nicht denken. »Was soll sein? Christos und ich sind nur …« Ja, was? »Ich helfe ihm, mehr nicht. Maximal ein Sommerflirt, Mathilda. Ich bin bald wieder auf Sylt.« War es wirklich nur das? Ein Sommerflirt? Denn dieses Gefühl, das Christos mit nur einem einzigen Blick in mir auslöste, konnte das nur etwas Vergängliches sein? Nichts Besonderes? Oder steckte hinter diesem Gefühl mehr? So was wie Verlieb–

»Wenn seine Taverne insolvent gehen sollte, will er vielleicht weg und, ähm.« Ihre Worte unterbrachen meinen Gedankengang glücklicherweise. Nein, das durfte ich nicht denken.

»Bitte! Ich wünsche ihm nur das Beste.«

Mathilda griff nach meiner Hand. »Und wenn das *du* bist?«

»Sei nicht albern.« Begleitet vom Gebimmel einer Glocke über dem Eingang, betrat ich Annas Laden.

»Anna, gute Nachrichten.« Ich stellte mein Eisteeglas auf den Tresen.

»Was?« Anna erhob sich vom Hocker vor dem Verkaufstresen und wartete auf meine Antwort.

»Ich habe Hiromi getroffen, sie hat mir erzählt, ihre Frau hat unzählige Sachen in deinem Shop für die Apartments, die sie bald vermieten wollen, bestellt.«

»Das ist der Wahnsinn. Eleni! Ich habe eine Bestellung.« Anna wuselte so schnell durch ihren Laden, dass ich Angst bekam, sie hyperventilierte gleich.

»Siehst du, keine Probleme mehr.« Meine Mama wollte sich aus dem Sitzsack erheben, kam dabei aber nicht hoch. Sie erinnerte mich an einen Käfer, der auf dem Rücken lag.

»Das gibt's doch net.« Meine Mama versuchte, mit der Hand die Wand neben sich zu erreichen, um sich dort hochzuziehen. »Was ist das für ein Hexenwerk.«

»Mama, warte.« Belustigt reichte ich ihr eine Hand und half ihr hoch.

»Danke.«

»Warum guckst du so traurig?« Mathildas Worte richteten meine Aufmerksamkeit wieder auf Anna.

»Alle Probleme sind damit weg? Erst mal ist es nur eine Bestellung, und zweitens …« Sie machte eine Wegwerfbewegung, worauf ihre Armbänder aneinanderklimperten. »Ach, egal.«

»Nein, nicht egal. Es sind immer die vermeintlichen Egal-Dinge, die alles andere als unwichtig sind.« Damit sprach meine Mama ein wahres Wort.

Anna seufzte und lehnte sich gegen einen Wandteppich, der Panóramas Umriss von oben zeigte. »Ich glaube, ich kann nicht mehr mit Athanasios zusammen sein. Er macht mich mit seiner negativen Art fertig. Ich bin nur noch eine Pflegerin und Psychotherapeutin für ihn, wobei er gleichzeitig nicht an sich arbeitet, nur jammert und sich nicht helfen lassen will. Seine griesgrämige Art laugt mich aus. Gestern Abend bei der Karaokeparty habe ich mich seit Langem wieder lebendig gefühlt. Wenn ihr wieder geht und wir alleine sind, dann weiß ich nicht …« Anna rutschte die Wand entlang zu Boden und begann zu weinen.

Die fröhliche, positive Alles-wird-gut-Anna weinte. Zuerst standen wir zu dritt einen Augenblick geschockt um sie herum, bis wir zu ihr eilten. Ich nahm sie in die Arme, und sie lehnte sich an meine Schulter.

»Es … Es … Es tut mir leid. Ich …« Annas Dämme brachen, und ihre Traurigkeit ließ sie so oft schluchzen, dass sie kaum noch Luft bekam.

Ihr gesamter Körper bebte. Mir schnürte es das Herz zusammen, wenn ich sie so sah. Bisher hatte ich gedacht, das Geplänkel zwischen meiner Tante und meinem Onkel sei Spaß und gehörte dazu. Aber nun betrachtete ich alles, was Anna bisher gesagt hatte, in einem anderen Licht, und es fügte sich zu einem Bild zusammen.

»Wisst ihr, ich liebe meinen Mann. Wir haben viel zusammen durchgemacht. Aber er ist nicht mehr der, den ich geheiratet habe.« Anna legte ihren Kopf zurück gegen den Wandteppich und blickte hoch.

Ich ahnte, dass sie in Erinnerungen schwelgte, während die

Tränen wie von allein über ihre Wangen liefen. »Wir sind nur noch wie Pflegerin und Patient. Es gibt keine Liebe mehr. Wie eine zweckmäßige WG ohne Spaß, ohne Unternehmungen und ohne …« Sie sah Mathilda und mich kurz an.

Leider verstand ich sie. Auch das gehörte im Alter dazu. Ein Instinkt in mir riet, meine Mama anzusehen. Und als ich in ihr Gesicht sah, schien sie weit weg zu sein. Was überlegte sie wohl?

»Vielleicht können wir euch helfen? Mit ihm reden? Oder hast du damit bereits abgeschlossen?« Mathilda streichelte Annas Oberarm.

»Denkt ihr, er würde sich ändern?« Anna sah vor allem mich an.

»Wir können es versuchen.« Ich hoffte es sehr. Würden die beiden sich trennen, gäbe es für mich nicht nur noch eine Bestätigung des Männerfluchs, sondern auch ein weiteres Zeichen, dass die wahre Liebe nicht existierte.

Mathilda, meine Mama und ich wollten Vorschläge ausarbeiten, wie Anna und mein Onkel ihre Ehe retten konnten. Doch meine Tante war dem zuvorgekommen. Ich hatte nämlich befürchtet, Anna würde gar nichts unternehmen. Stattdessen war sie nicht untätig gewesen, und ich stellte mir ihre Bemühungen der letzten Jahre, über die sie uns detailreich berichtete, bildlich vor.

Anna, wie sie sich aus Zeitschriften und Magazinen Tipps rausschrieb, um die Beziehung in Schwung zu bringen. Sie spielte das gesamte Repertoire ab. Ihr Mann hatte dafür nur wenig Begeisterung übrig. Sie kaufte sich aufreizende Unterwäsche, betrank sich ein wenig und überraschte meinen Onkel damit. Die hochgezogenen buschigen Augenbrauen von ihm, die Anna beschrieben hatte, konnte ich mir vorstellen, als sähe ich ihn vor mir.

Darauf soll er nur geantwortet haben: »So eine Geldverschwendung. Was soll ich mit teurem Stoff? Muss man ja erst wieder ausziehen.«

Danach folgte etwas Make-up, das sie tagelang trug und das keinen Kommentar auslöste, bis sie meinen Onkel darauf ansprach, und er nur meinte, er hätte sich schon gewundert, warum sie wie ein Papagei aussähe. Sehr schmeichelhaft. Mein Onkel war ein wahrer Selbstbewusstseinsbooster.

Einen kleinen Ausflug, in Kombination mit einem teuren Restaurantbesuch auf Santorini, hatte mein Onkel, bekennender Alleshasser – bis auf Panórama –, auch zu zerstören gewusst. Santorini fand er noch nie gut, und das Essen auf Panórama wäre um Längen besser. Das *Tzatziki* war zu bitter, das Brot zu hart.

Meine Tante hatte also nahezu alles versucht, was wir ihr vorschlagen wollten. Bis auf eines. Ihm zu erzählen, wie frustriert sie war und wie sie sich fühlte.

»Das bringt nichts.« Anna entkernte mit flinken, jahrelang eingeübten Handgriffen die Oliven aus dem Garten und warf sie verärgert in eine Holzschale. »Er denkt, ich spinne nur wieder rum und beruhige mich nach ein paar Tagen.«

»Männer wieder.« Gefundenes Fressen für meine Mama.

»Dann sag ihm deine Meinung, und beruhige dich eben nicht nach ein paar Tagen.« Was meinte Mathilda damit?

Wir saßen zu viert an dem uralten weißen Tisch, der seit Langem nicht mehr weiß war, und bearbeiteten wie am Fließband die Oliven. Nach dem Entkernen putzte meine Mama sie, ich vermischte sie mit den Kräutern, dem Meersalz und den anderen Zutaten, und Mathilda füllte sie in die Gläser ein.

»Soll ich mich also scheiden lassen?« Anna stoppte mitten im Entkernungsprozess.

»Nein. Aber du sprichst einfach Klartext mit ihm. Und dann gehst du, damit er sieht, du meinst es ernst. Wenn er dann nicht handelt …« Mathilda verstummte leise, aber wir wussten, was sie meinte. *Dann lässt du dich scheiden,* vollendete ich den Satz im Geiste.

»Wo soll ich denn hin? Es ist nicht so, als wären wir in New York, und ich kann untertauchen.« Dass Anna ernsthaft darüber nachdachte, wohl wissend, dass die Insel sich darüber das Maul zerreißen würde, zeigte, wie frustriert sie war. Denn, *was alle von einem dachten,* war so etwas wie das höchste Gut auf der Insel. Dass Christos von dieser *Währung* nicht viel besaß, musste ich wohl nicht erwähnen.

»Ich weiß, wo du hinkannst.« Meine Geistesblitze besuchten mich nicht oft, wenn sie aber kamen, dann schlugen sie ein wie eine Granate.

»Wohin?« Meine Mama beugte sich vor, und auch Mathilda sowie Anna lauschten aufmerksam.

»Die Apartments von Hiromi und ihrer Frau. Die müssten so gut wie fertig sein. Da hast du deine Ruhe, um die Bestellungen im Onlineshop abzuarbeiten.« Stolz auf meine Idee, biss ich in mein Fertigcroissant, für die es hier in den Supermärkten sogar eigene Abteilungen gab. Sie waren industriell hergestellt und klebrig süß und gehörten zu jeder griechischen Kindheit.

»Und der Laden?« Ein guter Einwurf. Den würde Anna niemals schließen, denn … »Den schließe ich so gut wie nie. Seit Jahren habe ich noch nicht mal wegen Krankheit zugesperrt«, sagte Anna wie erwartet. »Aber, wenn ich ihn weiterführe, dann kommt dein Onkel bestimmt dort vorbei.«

»Dass du bei Hiromi bist, wird er früher oder später herausfinden, du weißt ja, die Inselbuschtrommeln«, fügte meine Mama hinzu.

Anna setzte eine überlegende Miene auf. Nach ein paar Sekunden Funkstille blinzelte sie sich wieder zu uns ins Hier und Jetzt. »Stimmt, und nur bei Hiromi festsitzen will ich auch nicht. Obwohl ich nicht denke, dass er sich traut, zu ihnen zu kommen und dort einen Aufstand zu machen.«

Während wir uns die Köpfe darüber zerbrachen, wie wir das Problem lösen könnten, nahm die Intensität der Sonne zu. Sie brannte mir auf den Oberkopf, durch das Blätterdach der Olivenbäume hindurch. Doch die Hitze auf Panórama war erträglich, der Meereswind um uns sorgte für Abkühlung.

»Wir übernehmen ihn«, meinte Mama in die Stille hinein. »Also, bis sich das geklärt hat.«

»Was?«, riefen wir alle zeitgleich.

»Warum nicht? Wir wechseln uns ab und …« Behutsam griff meine Mama nach Annas Hand. »Es ist nicht viel los bei dir.«

»Das wäre die perfekte Lösung.« Mathilda machte also mit, und alle Blicke lagen auf mir. »Und du kannst ja trotzdem noch in den Laden. Zum Beispiel morgens, da ist er ja nicht so aktiv, und wenn wir bei euch im Haus sind, können wir dir ja schreiben, sobald wir das Gefühl haben, du kannst in den Laden gehen.«

Wieder eine neue Aufgabe für mich. Na ja, was sollte ich machen? Ich warf also abermals mein Vorhaben, einen auf Selbstliebe- und Achtsamkeitsguru zu machen, über Bord und hob meinen Daumen.

»Danke. Das ist lieb von euch.« Anna erhob sich und hoppelte leicht beschämt um den Tisch zu uns, um uns von hinten zu umarmen. »Danke.« Gleich darauf machte sie ein paar Schritte zurück, und wir drehten uns zu ihr. »Jetzt muss ich nur noch mit meinem Mann reden.«

»Ja, aber mach das allein. Das geht uns nichts an«, sagte ich, und meine Mama sowie Mathilda nickten eifrig.

»Dann los.« Anna krempelte die nicht vorhandenen Ärmel auf und bewegte sich in Richtung Haus, wo er gerade im Wohnzimmer saß und nicht ahnte, was ihm blühte.

Kapitel achtundzwanzig

»Au! Pass auf«, nuschelte meine Mama zu Mathilda, die ihr auf den Fuß getreten war, nachdem wir uns unter das Fenster des Wohnzimmers auf der Veranda, die fast um das gesamte Haus führte, gequetscht hatten. Denn natürlich hörten wir mit, was die beiden zu sagen hatten. Wir waren eine griechische Familie.

»Du bist und bleibst ein sturer alter Bock. Ich werde gehen!« Annas Stimme erhob sich, hatte sie anfangs noch herumgedruckst.

»Ja, ja, Anna. Wir leben Jahrzehnte zusammen, und jetzt willst du was ändern? Funktioniert doch alles. Du mit deinen Dramen. Du schaust zu viele Soaps.« Nie hätte ich gedacht, dass mein Onkel sich querstellen würde.

»Du verstehst gar nichts. Es funktioniert alles? Ja, für dich! Weil ich mein ganzes Leben um dich herum aufgebaut habe. Ich laufe wie auf Eierschalen neben dir, damit für dich alles passt. Ich bin nur noch deine Pflegerin, nicht deine Frau. Wir sind keine Partner mehr.« Ich brauchte Anna gar nicht zu sehen, um zu erahnen, wie sie aufgebracht im Kreis lief und mit dem Geschirrtuch herumwedelte.

»Ich habe dir deinen kleinen Laden erlaubt. Ist das nichts?« Dem Quietschen des alten Wohnzimmersessels von meinem Onkel entnahm ich, dass er unwohl darauf herumrutschte.

»Erlaubt?«, zischte meine Mama, der ich schnell den Mund zuhielt.

Mathilda und ich straften sie dafür mit einem bösen Blick, und sie hob beschwichtigend die Arme. Aber ich verstand ihre Bestürzung auch. Wie konnte er so reden. Das war kein Hobby. Anna lebte für diesen Laden.

»Ah, okay. Du hast mir kleinem naiven Ding also dieses Hobby erlaubt, ja?«

»Anna …« Mit diesem Anna kam mein Onkel nicht weit.

»Du kannst dir überlegen, was du willst. Ich bin auf jeden Fall weg.«

Ein lautes Türknallen später zuckten Mathilda, Mama und ich zusammen. Der Männerfluch hatte wieder zugeschlagen.

Niemals hätte ich gedacht, dass mich der Streit zwischen Anna und meinem Onkel so mitnehmen würde. Und doch saß ich mit meiner Mama am Strand, und Tränen liefen mir über die Wangen.

»Denkst du, sie trennen sich?« Ich erhob mich. Bisher hatte ich meinen Kopf auf die Schulter meiner Mama gebettet.

»Ich, ich weiß es nicht.« Für sie schien es auch hart gewesen zu sein, das mit anzuhören.

Eine Zeit lang sprachen wir nicht, sondern lauschten nur dem Rauschen des Meeres. Das Wasser reichte bis zu unseren Füßen. Mit meinem Finger malte ich Wellen in den Sand und steckte ein paar Muscheln hinein.

»Wie kann Athanasios nur so stur sein?« Ich sagte das mehr zu mir selbst.

Meine Mama griff das natürlich wieder auf. »Tja. Er ist wie dein Vater.«

»Mama, bitte.«

»Was? Ist doch so. Beide kümmern sich nicht um ihre Frauen.

Dein Vater, der kleine Arsch, ist genauso uneinsichtig gewesen, und jetzt ist alles in die Brüche gegangen.« Das reichte. Ich hörte mir das nicht mehr an. Ich machte mir Sorgen um meine Tante, und Mama spielte sich wieder in den Vordergrund. Weit hinten in meiner Seele riss der letzte Faden meiner Geduld.

Ich stand auf und sah auf meine Mama hinab. »Ja, Vater ist ein Arschloch, und ich habe wegen seines Fremdgehens und seines Verhaltens all meinen Respekt ihm gegenüber verloren. Aber du bist auch nicht besser. Du ziehst zu mir, kommandierst mich herum, siehst alles als selbstverständlich an, reist mir hinterher, und ich bekomme keinen Dank. Du bist wütend über meine Kündigung, weil du dich sorgst, dass ich nicht mehr für alles bezahlen kann. Aber ich kann mich an die Jahre erinnern, in denen ihr euch beide nicht um die Beziehung gekümmert habt. Fremdgehen rechtfertigt es nicht. Nur ... hast du daran gedacht, dass du in eurer Beziehung auch wie Athanasios gewesen bist?« Da war sie. Meine lang überfällige Explosion.

»Was ...?« Ich blickte in das perplexe Gesicht meiner Mama und war kurz davor, einzuknicken und alles zurückzunehmen. Nicht dieses Mal.

»Du bist mit deinen Freundinnen weg gewesen. Hast es abgewehrt, wenn er mit dir verreisen wollte. Hast nicht mehr mit ihm in einem Bett geschlafen, weil du lieber bis ein Uhr nachts deine Liebesserien geschaut hast. Du hast dich über das Fotoshooting lustig gemacht, das er organisiert hat, damit er ein aktuelles Bild von dir hat, das er sich in seinen Anhänger stecken wollte. Und du wunderst dich dann, wenn er das Interesse verliert? Ja! Ja! Er hätte mit dir darüber reden sollen wie Anna jetzt mit ihrem Mann, und ihr hättet es lösen können. Aber es gehören immer zwei zu einer Beziehung.« Und damit machte ich auf der Stelle kehrt und stampfte durch den Sand rauf zur Promenade.

Nachdem ich meine Mama am Strand zurückgelassen hatte, überlegte ich zunächst auszuwandern. Mir eine neue Identität zuzulegen. Irgendwo neu zu beginnen. Aber damit scheiterte ich auch in Panórama. Ich zog die leichte Gänseblümchenbluse enger um mich und faltete meine Arme vor der Brust.

Wo sollte ich hin? Bei Anna würde mich meine Mama suchen, und auf diese Standpauke verzichtete ich lieber. Und Mathilda hatte vorhin gemeint, sie wolle joggen gehen.

Etwas streifte meine nackten Beine. Ich schreckte nach links und wäre beinahe die winzige Anhöhe durch den Oleanderbusch zum Strand runtergefallen. Was zum Gyros war das? Neben mir erkannte ich meinen Freund, den Straßenhund.

»Na? Wieder Zeit fürs Schutzgeld?«

Er bellte mir zu. Ein leises Kreischen lenkte mich ab. Noch ehe ich hochguckte, bestätigte sich meine Vorahnung. Natürlich. Sein Freund … oder seine Freundin, der, äh, die Pelikanin. Woran erkannte man wohl das Geschlecht bei einem Vogel? Darüber noch ein wenig philosophierend, schritt ich weiter den Weg entlang. Hund und Vogel an meiner Seite. Eigentlich gab es keinen Ort, wo ich hingehen konnte. Auf Christos und seine Ex-Freundin hatte ich auch keine Lust. Denn die Inselbuschtrommeln hatten mir geflüstert, dass sie noch immer bei ihm war und sie wohl viel zu bereden hatten. Mir war bewusst, dass die Leute hier Geschichten gerne ausschmückten, darauf ankommen lassen wollte ich es aber auch nicht.

Ein älterer Mann, ich glaubte, dass sein Name Maximos lautete, tauchte am Straßenrand auf. Oberkörperfrei zog er eine Karre voller riesiger Wassermelonen hinter sich her. Die Holzräder knackten, als brächen sie gleich auseinander. Unerwarteterweise hielt der Wagen.

Maximos nickte mir zu und lächelte, woraufhin sich seine ledrige, faltige Haut mitbewegte. »Na? Eine Wassermelone, mein Kind?«

Eine Sekunde überlegte ich, mir eine zu kaufen und sie mit Wodka zu füllen. Ich lehnte ab. Das wäre keine gute Idee.

Ein Wuff richtete meine Aufmerksamkeit wieder auf den Straßenhund. »Was gibt's?«

Redete ich mit einem Hund? Mein vierbeiniger Freund lief vor. Gleich danach sah ich auch den Pelikan vorschnellen.

»War das jetzt eine Verabschiedung? Ziemlich ruppig von euch!«, rief ich ihm hinterher.

Es war offiziell. Ich brauchte Hilfe. Mit meinem Blick verfolgte ich den Pelikan und stolperte über einen hervorstehenden Pflasterstein. Ich hockte mich hin und blickte zu meinen Sandalen, bei denen ein Riemchen gerissen war.

Verdammt. Die hatte ich schon ewig und liebte sie innig. Sie zwickten nicht, die Schnüre rissen meine Haut nicht auf, und die Farbe passte zu allem. Fabelhaft. Ich zog die Schuhe aus, hängte sie jeweils an den Schnüren auf meinen Zeige- und Mittelfinger und suchte einen Kiosk. Vielleicht hatten die billige Flipflops.

Da! Neben einem Kiosk erkannte ich einen Aufsteller, an dem neonpinke Flipflops hingen. Heute war definitiv mein Tag. Nicht. Ich eilte zwischen den beiden Cafés hindurch zum Kiosk, und die älteren Frauen sowie Männer, die davorsaßen und offenbar ihren Ruhestand genossen, sprachen rasch und in einem alten Dialekt, den ich kaum verstand. Beim Begutachten der Flipflops, die nach dem billigsten Plastik der Welt rochen, bekam ich aber mit, dass sie über Christos' Karaokeabend sprachen und wie einladend alles gewirkt hatte. Diese Sturköpfe. Irgendwie musste man sie bewegen können, die Taverne zu betreten.

Ich bezahlte, zog die Flipflops an, steckte meine alten Schuhe in die Tüte, die ich bekommen hatte, und drehte mich dann zu den beiden Frauen, die sich lautstark mit den Männern über Christos unterhielten.

Was hatte ich zu verlieren? »Statt nur darüber zu reden, hättet ihr auch hingehen können. Mit eurer verbohrten Haltung nicht zu *dem Deutschen* zu gehen, zerstört ihr die Existenz eines Halbpanóramers … Panóramaraners … Panórameraners? Egal. Ihr wisst, was ich meine. Und warum? Aus treudoofer Loyalität anderen Tavernen gegenüber?« Ich drehte mich zu den alten Männern, die einen Rosenkranz in der Hand hielten. »Ich habe keine Ahnung, aber das scheint mir nicht sehr orthodox zu sein«, sagte ich und deutete auf ihre Rosenkränze.

Ohne ihre Antworten abzuwarten, stampfte ich in meinen schmatzenden Plastikflipflops, die meine Integrität auf jeden Fall infrage stellten, davon.

Meine neuen Luxustreter hatten mich bis zu Christos' Taverne gebracht. Gedankenversunken hatte ich nicht darauf geachtet, wo ich hinging, und stand plötzlich seitlich eines gigantischen Busches in einem Tontopf, an dem griechische Fähnchen hingen. Nach einem genaueren Blick erkannte ich durch die dichten Blätter Christos. Kurz vorm Kehrtmachen erkannte ich eine zweite Person.

Seine Ex-Freundin.

Die seidig glatten Haare wirkten gesünder, als meine es jemals waren, und reichten ihr bis zur Hüfte. Sie trug ein enges schwarzes Kleid und schob ihre große rosafarbene Sonnenbrille nach oben auf den Kopf. Christos und sie unterhielten sich, ich konnte jedoch nicht verstehen, worüber.

Was war das? Legte Christos da seine Hand auf ihre Schulter? Ihre nackte Schulter! Das Kleid war schulterfrei und hielt nur durch einen Reißverschluss. Ich hasste diese Frau. Diese bildhübsche Frau. Nein, was tat ich da. Wie schrieb ich in meinen Social-Media-

Kolumnen immer? Frauen müssen zusammenhalten. Christos nervte mich einfach nur noch!

Was redete ich da mit mir selbst. Er war zu nichts verpflichtet, und ich reiste bald ab. Also vollkommen in Ordnung, wenn das mit uns nicht mehr tiefer ging. Denn wie die beiden da standen, gaben sie ein besseres Pärchen ab. Vielleicht ist sie zurückgekommen, weil sie es noch mal versuchen wollen?

Ein paar Schülerinnen gingen an mir vorbei und sahen mich an. Ich tat so, als würde ich konzentriert und fokussiert die Fähnchen vor mir an dem Busch inspizieren. »Faszinierend.«

Als ich sie nicht mehr sah, beschloss ich zu verschwinden. Ich schlich mich mit den nächsten Leuten, die hinter mir kamen, an der Taverne vorbei und fragte mich gleichzeitig, warum ich mich so unklug benahm. Bald hatte ich es geschafft, ohne dass Christos mich ge–

Etwas Pelziges huschte zwischen der Gruppe, der ich mich angeschlossen hatte, zu mir hindurch, und ich erkannte noch den Straßenhund, ehe ich mich Sekunden später auf meinem Hintern wiederfand, direkt vor den überdachten Sitzmöglichkeiten von Christos' Taverne. Dieser pelzige Schlawiner hatte mich einfach umgerannt.

»Au.«

»Alles okay?« *Nein, jetzt nicht mehr.*

»Christos, hey.« Ich setzte mich auf und rieb meinen Po.

Um den Schuldigen mit einem bösen Blick zu strafen, sah ich über meine Schultern. Weg. Der Hund war weg. Was mir blieb, war der Pelikan, der auf dem Schild mit der Tagesspezialität der Taverne saß und zu grinsen schien. Seinen höhnischen Blick konnte sich das Federvieh sparen.

»Ja, ja.« Sofort stand ich auf und strich meine Klamotten glatt. »Alles bestens. Da ist nur so ein Hund gewesen, der –«

»Ich sehe keinen Hund.« Christos' Ex-Freundin stand auf einmal vor mir und musterte mich.

»Ja, ähm. Der ist weg.« Ich lächelte ihr zu. »Dein Kleid ist schön.«

»Okay. Danke. Deine …« Noch mal musterte sie mich. »Deine Flipflops auch.« Das saß.

»Danke. Ähm, ich bin Helena. Aber alle nennen mich Eleni.« Ich reichte ihr meine Hand.

»Stella.« Ihr fester Händedruck schmerzte, und ich hoffte, sie sah mir das nicht an. Ich fühlte mich wie in einem Meeting mit meinem Ex-Arbeitskollegen Sven: einfach nur unwohl.

»Was machst du hier?« Ich nahm Christos' Frage dankend an und schlüpfte aus Stellas Griff.

»Ich, ich gehe nur spazieren.« Hinter Christos erkannte ich, dass er drei Gäste hatte. »Ich mache mich dann auch wieder auf den Weg. Schönen Tag euch noch.«

»Du musst ni–«

»Tschüss, Helena.« Stellas Lächeln kaufte ich ihr so sehr ab wie ich mir mein Vorhaben, mehr auf mich selbst zu achten.

»Sehen wir uns später?« Christos' Worte hielten mich auf.

Ich drehte mich um und machte zwei, drei Schritte.

Was sollte ich sagen? Mein Magen grummelte. Mir wurde das zu viel, und vermutlich wäre es besser, bald abzureisen, bevor mich meine Gefühle in ein Drama manövrierten. Auf so eine Dreiecksgeschichte mit Stella hatte ich keine Lust. Das hatte mir in der Vergangenheit beinah eine Freundschaft zerstört. Julians Bild blitzte in meinem Kopf auf, und ich verdrängte den Blondschopf mit den strahlend smaragdgrünen Augen.

»Ähm.« Ich sah zu ihm. »Eher nicht, nein.« Lächelnd drehte ich mich um und ging weiter.

Vielleicht sollte ich wirklich wieder nach Hause fahren, denn nichts funktionierte wie geplant. Mein Leben entwickelte sich zum Chaos, und nichts, wirklich gar nichts verbesserte sich.

»Oh, Helena, warte!« Stellas Rufen stoppte mich mitten im Abhaumodus, und ich erstarrte.

»Ja, Stella, was gibt's?«

Sie hielt vor mir und reichte mir etwas. Als ich nach unten linste, erkannte ich meine Kaugummipackung, die mir offenbar aus der hinteren Hosentasche gefallen war.

»Danke. Das habe ich nicht bemerkt. Die Packung muss beim Sturz rausgeflogen sein.« Gerade als ich sie nehmen wollte, schloss Stella ihre Hand.

»Sag, Helena.« Ihre Miene verdüsterte sich, und ihr Smokey-Eyes-Blick durchbohrte mich beinah.

Ich schluckte. »Ja?«

»Hat er dir seine geheimen Plätze gezeigt? Dir einen Cocktail gewidmet?«

Bei jedem Wort, das sie sprach, zog sich meine Kehle mehr und mehr zusammen. Mein Herz rutschte mir in den Magen, wo es auf einer heißen blubbernden Säurelake landete.

»Oder dir sein tolles Hausboot gezeigt?«

Tränen sammelten sich in meinen Augen. Wie konnte ich mich nur in jemanden wie Christos verlieben? Hallo, Männerfluch.

»Oder dir ein köstliches Menü gezaubert mit seinen Eigenkreationen?«

Ohne ihr weiter zuzuhören, eilte ich an ihr vorbei. Nur das schmatzende Geräusch meiner Flipflops übertönte mein Schniefen.

Kapitel neunundzwanzig

»Das tut mir so leid.« Mathilda hakte sich bei mir ein und legte den Kopf auf meine Schulter. »Was für ein Arsch. Und diese Stella ist ja auch ein Miststück.«

»Ja, keine Ahnung.« Ich wollte eigentlich nicht so über sie reden. Frauen sollten miteinander, nicht gegeneinander arbeiten. Wir alle sollten das. Leider verspürte ich im Moment nur Enttäuschung und Wut.

Ich hatte mich ein wenig beruhigt und Mathilda angerufen. Unendliche Dankbarkeit erfüllte mein Herz. Mathilda war sofort gekommen, um mich zu trösten und mich mit einem Marktbesuch abzulenken. Ein wenig knabberte wieder das schlechte Gewissen an mir, weil ich mich oft über sie ärgerte. Klar, sie hatte ihre Eigenheiten, aber ich könnte auch lernen, mehr zu sagen, statt nur in Selbstmitleid zu zerfließen. Denn dank Anna hatte ich auch erkannt, wie festgefahren eine Beziehung werden konnte, sprachen wir nicht offen miteinander.

Der Markt auf dem kleinen Hügel fand heute ohne Christos' *Tsipouro*-Stand statt. All das Bunte vor meinen Augen stellte sich unscharf. Das Marktgeschrei rückte in den Hintergrund, alles verlor an Schönheit, und ein Graufilter legte sich über meine Wahrnehmung. Wie ein griechischer Zombie marschierte ich lustlos über den Markt, der mir sonst ein Lächeln auf die Lippen zauberte.

»Kann ich dich irgendwie aufheitern?« Ich ignorierte Mathildas Frage.

»Das hat ohnehin alles keine Zukunft. Ich habe mich völlig zum Affen gemacht. Diese Orte, die er mir gezeigt hat, kennt Stella auch. Das ist … Ich fühle mich so verarscht.« Ein heftiger Ruck an der Schulter riss mich aus meiner Starre.

Mathilda drehte mich zu sich. »So, jetzt hörst du mir mal zu. Du hast dich nicht zum Affen gemacht. Du bist die Letzte, der du die Schuld geben darfst. Deshalb schnorren wir uns jetzt durch den Markt, stauben überall ein paar Pröbchen ab und machen uns einen schönen Tag, ja?« Mathilda sprach weiter. In meinem Kopf verwandelte es sich zu einem leisen Surren, bis sich meine beste Freundin unscharf stellte. Denn meine Aufmerksamkeit lag ganz auf einem Mann hinter ihr.

» … Also was sagst du?« Mathilda fuchtelte mit ihrer Hand vor meiner Nase herum, und ihr Schnippen danach weckte mich auf. »Eleni? Was sagst du zu meinem Vorschlag?«

»Mein Vater.«

»Das ist ein Kleinjungenscherz, und außerdem heißt das eher ›Deine Mutter‹. Im Moment ist das völlig unpassend zu …«

Ich packte die Hand meiner besten Freundin und zog sie hinter mir her.

»Eleni!«

»Psst! Nicht so laut!« Mein Herz klopfte wie wild. Genervt pustete ich mir immer wieder dieselbe Haarsträhne aus dem Gesicht und suchte nach einem Versteck, einer Fluchtmöglichkeit. Mir wurde schlecht. Mein Magen rebellierte.

»Was ist denn in dich gefahren?« Mathilda stolperte hinter mir her und versuchte vergeblich, sich aus meinem Griff zu befreien.

Nach einem weiteren flüchtigen Blick hinter mich hatte ich die Gewissheit: Da stand wirklich mein Vater. Was machte er hier?

Ich riss an Mathildas Arm wie an einer Leine und lief los. Ich schnappte mir zwei hässliche Kleider mit Zebraprint in Pink und Grün und eilte zu den provisorischen Umkleidekabinen. Sofort zog ich den Vorhang um uns zu. Die winzige Kabine bestand nur aus einem dünnen Vorhang, der mit Ringen befestigt an einer kreisrunden Eisenvorrichtung am Secondhandstand hing.

»Eleni, sagst du mir bitte, was los ist?« Mathilda packte mich an den Schultern.

»Mein Vater«, wiederholte ich. »Mein Vater ist da. Auf der Insel. Auf Panórama. Auf diesem Markt.«

Mathilda lachte ungläubig mehrmals auf. »Das ist … Als ob …« Mathilda öffnete den Vorhang im Hawaiimuster einen Spaltbreit und lugte hindurch. »Was sollte denn dein Vater auf …? Ach du Scheiße. Eleni, da ist dein Vater!«

»Sag ich doch! Und sei nicht so laut!«

»Du schreist doch!«

Nun schrien wir beide.

Ich stellte mir ein Live-Musical vor, bei dem gleich alle Leute auf dem Markt zu tanzen begannen, den Vorhang aufrissen und einen Song namens »Dein Vater ist da« sangen, der damit endete, dass die Marktbesuchenden meinen Vater und mich hochhoben. Das Lied endete, sie ließen uns fallen, und wir saßen nebeneinander auf dem staubigen Boden.

»Okay, beruhig dich. Beruhig dich!«

»Mathilda! Beruhigen wir uns beide, ja?«

Sie nickte. Eng aneinandergeschmiegt, standen wir in der Kabine und atmeten uns gegenseitig an, wobei Mathilda nach dem Oreganobonbon roch, das sie probiert hatte.

»Was macht mein Vater hier?« Mit jammernder Stimme ließ ich mich auf den goldenen Hocker sinken und legte den Kopf auf Mathildas blubbernden Bauch.

»Das hat uns noch gefehlt. Und was sagen wir deiner …«

»Mama«, sagten wir beide gleichzeitig, und ich stand wieder auf.

Geschockt blickten wir uns mit weit aufgerissenen Augen an.

»Wenn Roswitha ihn sieht, bekommt sie einen Herzinfarkt.«

»Oder sie bringt ihn um, kommt ins Gefängnis und bekommt dort dann einen Herzinfarkt«, verbesserte ich Mathildas Version.

Verzweiflung mischte sich mit Panik. Ich konnte meinem Vater nicht unter die Augen treten. Bisher hatte ich es nicht verarbeitet, dass er uns verlassen hatte und mit einer neuen Frau eine neue Existenz aufbaute, nachdem er uns betrogen hatte. Ja, auch ich fühlte mich nach all seinen Lügen, den Tagen, an denen er nicht nach Hause gekommen oder er nicht mit uns geredet hatte, betrogen. Keine Ahnung, ob ich ihn anschreien oder losheulen würde.

Das wurde mir alles zu viel.

»Seid ihr bald fertig, andere wollen auch in die Umkleide?«, sagte eine rauchige Frauenstimme.

»Ähm, wir probieren noch«, sagte Mathilda und sah vom Kleid zu mir. »Ernsthaft? Dieses Muster?«

»Tut mir leid, dass ich keine Zeit hatte, dir ein tolles Bohemienkleid auszusuchen.« Ich legte mir eine Hand auf die Stirn. »Ich glaube, ich habe Fieber.«

»Du hast kein Fieber, es sind nur vierzig Grad.« Mathilda zog ihren hohen Zopf fester und wedelte sich mit ihrer winzigen Umhängetasche Luft zu. »Hier drinnen wohl eher fünfzig.«

»Und dann sag noch einmal, mein Männerfluch existiert nicht. Christos. Mein Ex-Bienenmusterfliegen-Chef. Ex-Arschkollege Sven. Julian. Und jetzt mein Vater. Schon wieder. Annas Probleme mit meinem Onkel.«

»Julian?«, wisperte Mathilda.

»Mathilda.« Wir hatten seit Ewigkeiten nicht über meinen Ex-Freund gesprochen.

»Ich meine nur. Gehört er auch zum Männerfluch?« Sie blickte mich fragend an.

»Er hat mich verlassen, weil er für ein Sportmagazin das Social-Media-Management übernommen hat und dafür nach New York gezogen ist. Jetzt sehe ich ihn immer in meinem Instagram-Feed«, erinnerte ich Mathilda. »Egal, wie oft ich auf *Interessiert mich nicht* klicke.«

»Das wäre dir erspart geblieben, wenn du ihn nicht dazu gebracht hättest, mich für dich zu verlassen.« Mathildas Miene veränderte sich. Zunächst sagte sie das gespielt belustigt. Nun erkannte ich jedoch ihre hervortretenden Kiefermuskeln.

»Mathilda. Ich … Dafür habe ich mich tausendmal entschuldigt, und Julian hat dich verlassen, bevor wir etwas miteinander angefangen haben. Du hast gesagt, es sei okay. Ich hätte niemals mit ihm–«

»Hast du aber. Egal, was ich gesagt habe, das macht man nicht. Irrelevant. Nicht der Rede wert.« Mathilda setzte sich auf den goldenen Hocker und stieß mich zur Seite. Ich drehte mich auf ihre Seite, um nicht aus der Kabine zu kippen.

Von außen musste das aussehen wie Yogaübungen.

»Also, wenn du so viele Synonyme für *egal* verwendest, kann es dir nicht egal sein.« Ich ging in die Hocke.

»Eleni, du bist meine beste Freundin und hast mir meinen Freund ausgespannt. Der erste Typ, mit dem ich länger zusammen gewesen bin. Der mir endlich mal ein wenig Familie war, die ich sonst nicht habe. Und wenn er dich dann verlässt, ist er ein Arsch und reiht sich in deinen Männerfluch ein. Wenn du ihn mir wegnimmst, bist du die Unschuldige, zu der man nichts mehr sagen darf, weil ich es erlaubt habe.« Das alles sprudelte aus Mathilda heraus, als bedrückte es sie seit Ewigkeiten.

»E-es tut mir leid. Warum kommst du ausgerechnet jetzt damit an?«

»Weil du mit deinem ewigen Männerfluch-Gemecker nicht besser bist als deine Mutter, die sich über deinen Vater beschwert.«

Das saß. Mathilda wusste, wie mich das belastete, und jetzt tat sie, als wäre ich genauso. All die Anstrengungen, die Enttäuschungen und die Hitze verbanden sich zu einem gefährlichen Cocktail, der mich explodieren ließ.

»Vielleicht wäre ich etwas lockerer, wenn mir nicht ständig meine Mama und meine beste Freundin am Rockzipfel hingen und mich wie ihre Mama belagerten? Wenn ich nach Feierabend entspannen könnte und nicht noch die Probleme meiner Mama hören müsste, während ich deine Versicherungspapiere durchgehe, weil du …«

»Was? Weil ich sonst niemanden habe? Tut mir leid, dass man mich in ein Waisenhaus gesteckt hat und ich nirgendwo gewollt bin und immer wieder verlassen werde. Zum Beispiel von meinem Freund, der was mit meiner besten Freundin anfängt!« Mathilda stand auf und riss den Vorhang zur Seite.

»Das wollte ich nicht sagen, Mathilda. Du weißt–«

»Ja, ich weiß, du bist so gütig und siehst mich wie eine Schwester. Die dich nur nervt.« Mathilda drehte sich zu mir. »Ich kann meine Scheißanträge auch selbst machen, ich bin kein Volldepp. Ich bin nur nicht gerne allein!« Mit diesen Worten lief sie weg und ließ mich stehen.

Wie erstarrt blieb ich zurück. Wenigstens schien mein Vater nicht mehr auf dem Markt zu sein. Dafür all die anderen, die mich anguckten, als wäre ich eine Verbrecherin.

Wie konnte auf Panórama nur alles noch schlimmer werden als auf Sylt? Vielleicht war doch *ich* das Problem?

Das Holz der Veranda knarrte verdächtig, obwohl ich penibel darauf achtete, mich von den morschen Stellen fernzuhalten. An der Hinterseite des Hauses meiner Großeltern lehnte ich mich an die Treppe, die zum winzigen Garten führte, der über und über mit Gräsern, Büschen und Pflanzen überwuchert war. Dahinter hatte man einen herrlichen Ausblick auf das Meer.

An meiner Schulter spürte ich etwas und machte einen Schritt zur Seite. Das hatte ich völlig vergessen. Eine Welle der Sentimentalität erwischte mich. Vorsichtig, fast so, als ob es nur eine Illusion wäre, die ich mit meiner Berührung zum Verpuffen brächte, strich ich über die Rillen im Holz. Von jetzt auf gleich blitzten all die Erinnerungen an früher im Haus meiner Großeltern vor mir auf.

Dort hatten Stavo, ich und später Mathilda uns jedes Jahr aufgestellt, und meine Oma und mein Opa hatten eingeritzt, wie groß wir waren.

»Mathilda …« Ich fuhr mit dem Finger über den ersten Strich. Sie wollte unbedingt bei dieser Tradition mitmachen. Unbedingt wie Stavo und ich zu dieser Familie gehören. Wie konnte ich das nur über die Jahre aus den Augen verlieren?

Schwer seufzte ich, ehe ich mich auf die Holztreppe setzte und meinen Blick im Himmel verlor. Ich war nach Panórama gekommen, um mich selbst zu finden, auf mich zu achten und wieder auf Kurs zu kommen. Was hatte ich davon geschafft? Nicht nur, dass ich alle Probleme von Insel zu Insel schleppte, nein, es zerbrach noch so viel mehr.

Anna und Athanasios. Mathilda und ich. Meine Mama. Christos. Selbst Stavo war unerreichbar und seit Antonis' Ankunft so durch den Wind, dass er nach Santorini geflüchtet war, um dort einem Freund am Hafen auszuhelfen.

»Vielleicht bin ich das Problem.« Zum x-ten Mal wiederholte ich diesen Satz.

Ich konnte nicht vor meinem Leben weglaufen. Das lag nicht an Mathildas Mitkommen, an Mamas Nachkommen oder an Stellas Ankunft. Die Wurzel des Übels fand ich nur in mir. Solange ich nicht für mich einstand und meinen Mund aufmachte, konnte sich nichts ändern. Warum war es nur so schwer für mich, meine Gefühle zu äußern? Rückgrat zu zeigen?

Ich lehnte mich gegen das Geländer. »Ich sollte es eventuell mit einer Flasche *Tsipou–* ah!« Noch bevor ich fertig gesprochen hatte, ging ein lautes Knacken über die Veranda, und das Treppengeländer neigte sich plötzlich nach rechts und fiel um. Ich verlor den Halt und krachte hinterher. Einmal durchgewirbelt, verhedderte sich mein Körper zwischen Geländersprossen, Zweigen und Blumen.

»Aua.« Das hatte mir noch gefehlt.

Ich klaubte mir ein paar Blätter aus den Haaren und erhob mich.

»Das darf doch …« Mitten im Satz verstummte ich, legte den Kopf in den Nacken und massierte mir mit meinen schmutzigen Händen das Gesicht. Gleich danach schnaubte ich belustigt. Das steigerte sich zu einem Kichern, bis ich irgendwann laut loslachte. Ich musste definitiv etwas ändern.

Mein beinahe manisches Lachen verstummte, als ich mich durch das Gestrüpp kämpfte und zum Ende des Gartens ging, bis ich am Hügelrand ankam. Unter mir erkannte ich den felsigen Abhang, der bis zum Meer führte.

Ein Geräusch hinter mir brachte mich dazu, mich umzudrehen. Beinahe so rasch wie eine Ballerina. Ein wenig schwindelig balancierte ich meinen Körper aus und untersuchte die Umgebung, um herauszufinden, woher das Geräusch kam.

»Hallo?« Das fehlte mir jetzt noch. »Ich kann Karate.« Wenn man diese paar Selbstverteidigungsübungen von so einem TikTok-Typen dazuzählte, stimmte das sogar.

Mein Herz schlug so heftig, dass ich mir den Mund zuhielt aus Sorge, man könnte es hören. Das Rascheln näherte sich. Ich machte einen Schritt zurück, bis ich merkte, dass an meiner Ferse kein Boden mehr war. Ich blinzelte zurück. Der Abgrund zum Meer. Steine und Erde rieselte den Hügel hinunter.

Meine Spucke blieb mir im Hals stecken.

»Das ist nicht witzig. Wer ist da?«

Aus dem Rascheln wurde ein Wuff.

»Dein Ernst?«

Mein Freund, der Straßenhund, lief schwanzwedelnd auf mich zu, und ich kniete mich hin, um ihn zu empfangen. Na ja, ehrlicherweise eher, damit er mich nicht ansprang und mich vom Hügel stieß. Denn wenn etwas typisch für mein Leben war, dann dass ich die erste Person auf Panórama wäre, die daran starb, von einem Hund vom Hügel gestoßen zu werden.

Eine Vorahnung ließ mich hochblicken, empor zum Himmel, wo ich das fliegende Schutzgeldmafiamitglied Nummer zwei entdeckte, das uns umkreiste.

»Mir wird das mit euch langsam unheimlich, mein Lieber.« Wieder sprach ich mit einem Hund. Ich fühlte sein Fell unter meinen Fingern und seinen Kopf, der sich auf meine Schulter legte. Er müffelte etwas. Ich roch Wärme, Sand und Salzwasser. Na ja, und Biomüll und nasser Hund.

»Was soll ich nur machen?«

Er hechelte.

»Ja, danke auch.«

Der Pelikan landete neben uns auf einer alten Schaukel, die mein Opa damals gebaut hatte, und starrte mich an.

»Danke für eure Gesellschaft. Bald werde *ich* euch vermutlich suchen, weil niemand mehr etwas mit mir zu tun haben will.« Ein paarmal strich ich noch über sein Fell, bis ich beschloss, mich nicht mehr verstecken zu wollen. »Soll ich Mathilda suchen?«

Ein Bellen und ein Kreischen klingelten in meinem Kopf. Ich löste mich von meinem felligen Freund und ging zurück zur Veranda. Viel schlimmer konnte es heute nicht mehr werden.

»Danke.« Ein letzter Blick zu den beiden, und ich bog um die Ecke. Nur um zu bemerken, dass es durchaus schlimmer kommen konnte.

Mein Vater kam langsam den Hügel hinaufgewandert.

Nein, für meinen Vater hatte ich jetzt keine Kapazitäten frei, und genau deshalb hatte ich mich auch seitlich vom Haus weggeschlichen, bis mir der Pelikan einen kleinen Pfad zeigte, der hinten hinabführte. Der steile Abstieg hatte sich gelohnt, ich war entkommen. Dafür stand ich nun mitten auf dem Friedhof und wusste nicht, ob das ein gutes Omen war.

Weiße Marmorgräber reihten sich nebeneinander. Auf ihnen entdeckte ich überall Kerzen hinter Mosaikgläsern und Blumensträuße. Das beengende Gefühl auf Friedhöfen, die einem die eigene Endlichkeit aufzeigten, nahm mich ein, und ich suchte schleunigst den Ausgang.

Ich nickte einigen Menschen zu, die an Gräbern standen. An Gräbern von Leuten, die einst ein richtiges Leben gehabt hatten. Ein Leben mit Haus, Familie, Arbeit und Lachen. Wen würde es eines Tages kümmern, ob ich es allen recht gemacht hatte?

Mehr und mehr spürte ich, dass mein Körper längst mehr wusste als mein Verstand. Ich hatte ihn nur zu lang ignoriert. Das

Sodbrennen stand für alles, was ich nicht aussprach. Meine Magenschmerzen für all die ungesagten Worte, die ich runterschluckte. Die Schulterverspannungen für all die Schuld, die ich mir selbst auferlegte. Die Nächte waren unruhig, weil mein Unterbewusstsein keine Ruhe fand.

Mir kam eine Idee. Statt des Ausgangs suchte ich nach etwas anderem. Nach einem Ort, an dem ich viel zu lange nicht gewesen war. Meine Beine trugen mich wie von selbst an mein Ziel.

Ich ging in die Hocke und strich über das Familiengrab meiner Großeltern.

»Hallo, ich bin's, Eleni.« Warum füllten sich denn meine Augen mit Tränen? »Kennt ihr mich noch? Eure Enkelin. Tut mir leid, dass ich euch so lange nicht besucht habe.« Ich schniefte und wischte mir mit dem Unterarm über Nase und Augen. »Könnt ihr mir einen Rat geben? Was soll ich nur machen? Wie bekomme ich mein Leben wieder auf die Reihe? Ich fühle mich so verloren. Ich weiß, so viele haben es schwerer als ich, und dennoch … ich bin so überfordert.« Es tat so gut, das alles auszusprechen, auch wenn niemand zuhörte.

»Ich verspreche, ich komme öfter. Und dass wir uns mehr um euer Grab kümmern. *Sygnómi*, dass ihr so eine faule Familie habt.« Zwar hatte ich noch keine Antwort, fühlte mich aber trotzdem so, als hätten sie mir eine Last abgenommen. Urplötzlich erfüllte eine Wärme meine Brust, und ich hatte das Gefühl, das stechende Rosen-Lavendel-Parfüm einer Oma in der Nase zu haben. Schnell drehte ich mich um und ging zurück in die Richtung, aus der ich gekommen war.

Gerade als ich den Ausgang erreicht hatte, entdeckte ich aus dem Augenwinkel eine andere, jüngere Person, die an einem Grab stand.

»Christos.« Sein Name war nur ein Flüstern. Es reichte, dass er sich zu mir wandte.

Ich spähte noch mal zum Grab meiner Großeltern. »Danke«, wisperte ich.

Langsam ging zu ihm hinüber, schließlich wollte ich die anderen Trauernden nicht stören. Ich stellte mich neben ihn und las auf dem Grab den Namen seiner Großeltern.

»Hi«, sagte ich schließlich.

»Hi«, sagte Christos.

»Du bist so schnell weg …«

»Ja, ich weiß.«

»Hat Stella etwas Blö–«

»Nein. Mir ist nur eingefallen, dass ich etwas erledigen musste.«

»Was denn?«

»Sachen eben.«

»Welche denn?«

»Christos«, zischte ich etwas zu laut, und wir sahen uns gemeinsam um.

Wir ernteten ein paar Blicke. Sosehr ich auch sauer auf ihn war, so sehr fühlte ich mich in seiner Nähe wohl, was alles nur noch schmerzhafter machte.

»Schön, dich zu sehen.« Meinte Christos das auch so?

»Mhm.« Was sollte ich darauf sonst antworten? Was, wenn Stella und er wieder zueinanderfinden wollten? Warum sollte sie sonst nach Panórama kommen? Um Urlaub zu machen? Direkt dort, wo ihr Ex wohnte? Wohl eher nicht.

Christos' Kopf drehte sich zu mir. »Was machst du hier?«, lenkte ich ab.

»Ähm.« Er deutete auf das Grab. »Ich besuche oft meine Großeltern, wenn ich nicht weiterweiß.«

»Wegen der Taverne?«

»Auch.« Christos ging in die Hocke und streichelte über das Grab. Er hob ein paar Blätter auf und warf sie in einen Eimer daneben. »Aber vor allem zu meiner Oma hatte ich eine sehr enge Beziehung. Sie ist wie meine beste Freundin gewesen. Wir haben jeden Tag telefoniert. Sie hat sich sogar für mich noch WhatsApp angeschafft.«

Bei Christos' Erzählung musste ich an meinen Onkel denken, der bis heute nicht verstand, wie er Sprachnachrichten auf WhatsApp abspielte. Hundertmal hatte ich ihm erklärt, er müsste auf das Dreieck – das Playzeichen – drücken, um sich eine Nachricht anzuhören. Als ich ihm dann einen Screenshot geschickt hatte, hatte er jedoch nur auf das Dreieck auf dem Screenshot gedrückt, nicht auf das bei der Sprachnachricht. Dann hatte er mich noch unzählige Male angerufen. Das war so lange hin- und hergegangen, bis wir uns am Telefon angeschrien hatten. Irgendwann war Stavo zur Hilfe geeilt und hatte die Sprachnachricht abgespielt. Als Stavo dann ebenfalls auf Aufnahme gedrückt hatte, hörte ich im Hintergrund nur, wie Stavo ihm erklärt hatte, er müsste jetzt antworten, und die darauf folgenden Fragen meines Onkels, warum er da reinsprechen sollte und ob jemand mithörte. Das war auch das letzte Mal gewesen, dass ich das gemacht hatte.

»Erstaunlich, dass sie das verstanden hat.«

»Ja, finde ich auch.«

»Darf ich fragen, wie sie …?«

»Meine Oma ist leider eine absolute Lebefrau gewesen. Sie hat nichts von Disziplin gehalten – zumindest nicht, was die Gesundheit betrifft. Sie hat bestimmt eineinhalb Packungen Zigaretten am Tag geraucht, mit den Gästen getrunken und hat trotz ihres köstlichen Essens oft nur zwischendurch mal etwas Fettiges gegessen. Sie hat es auch nie übers Herz gebracht, Gäste rauszuschmeißen, wenn die um zwei Uhr morgens nicht gehen wollten. Dieser Lebensstil hat sich irgendwann gerächt.« Christos runzelte die Stirn. »Ich habe oft ein schlechtes Gewissen. Ich hätte mehr darauf pochen sollen, dass sie gesünder lebt.«

Sofort griff ich nach Christos' Unterarm und drückte ihn leicht. »So darfst du nicht denken. Jeder Mensch ist für sich selbst verantwortlich. Du kannst deine Meinung sagen. Aber am Ende muss jeder sein Leben selbst in die Hand nehmen.« Ich zog meine Hand wieder zurück.

Christos sah auf das Grab seiner Oma. »Und beherzigst du das auch?«

Erwischt. »Ich …« Wie recht Christos hatte. »Um mich geht es jetzt nicht.«

»Das habe ich mir gedacht.« Christos' Lachen erfüllte mein Herz mit einer angenehmen Schwere. »Aber danke für deine Worte. Du klingst wie ein Selbsthilferatgeber.«

Ich zeigte auf mich. »Social-Media-Krankheit. Ich habe viel über Achtsamkeit und Selbstliebe gelesen, weil ich darüber Beiträge erstellen musste in meinem alten Job, da bleibt ein wenig hängen.«

»Meine Oma hat immer gesagt, die allerbeste Hilfe kommt, wenn wir sie am wenigsten wollen, wenn wir am Punkt sind, zu stolz zu sein, sie anzunehmen. Deshalb …« Christos drehte sich zu mir, und mir verschlug es auf einmal den Atem, ihn so nah bei mir zu haben. »Kannst du mir mit meiner Taverne helfen, Eleni? Ich brauche deine Hilfe.«

Der Blick aus seinen dunklen unergründlichen Augen umschlang meine Seele. Ich sollte ihn vor meiner Abreise vergessen. Ich sollte …

»Klar.«

Christos zog mich zu sich und nahm mich in die Arme. Seine Umarmung fühlte sich an wie eine wohlig warme Decke an einem kalten Wintermorgen vorm Kamin. Wie ein Zuhause. Ein Zuhause, in das ich niemals gehören würde.

»Helena?« Das Zuhause bekam Risse, als ich die Stimme meines Vaters hörte, die mich zurück in die Realität riss.

Mein Vater stand vor mir. Wir hatten uns lange nicht gesehen, und über die Zeit hatte ich mir eingeredet, dass mich das nicht störte. Wir hatten ohnehin oft Meinungsverschiedenheiten. Sobald wir alleine in einem Raum waren, stritten wir. Oder es herrschte eine unangenehme Stille. Ich hatte mir gedacht, sähe ich ihn wieder, würde mich das nicht kümmern. Ich brauchte ihn nicht.

Vielleicht brauchte ich ihn auch nicht, aber er war mir nicht völlig egal. Denn ich bemerkte das Kitzeln in meiner Nase, als ich seine Haare sah, bei denen man trotz der geschorenen Frisur noch die Geheimratsecken erkannte. Mein Herzschlag beschleunigte sich, als er die Daumen in den Gürtelschlaufen seiner Hose einhakte und vor- und zurückwippte. Tränen kündigten sich mit einem Brennen in den Augenwinkeln an, als er mich nochmals »Helena« nannte, anstatt wie sonst Eleni. Niemals hätte ich mich getraut, mir einzugestehen, dass mich sein Verrat erschütterte und ich kurz vorm Heulen war. Ich wollte niemanden vermissen, der meiner Mama solch ein Leid zugefügt hatte.

Wir waren außerhalb des Friedhofs an den Steinstrand gegangen, und Christos hatte sich verabschiedet. Bisher hatte ich kein Wort herausgebracht. Stattdessen hob ich einen Stein auf, um mich von meinem Vater abzuwenden, und warf ihn ins Meer. Den Stein, nicht meinen Vater. Er flog nicht weit und schlug auch nur einmal an der Wasseroberfläche auf, bis er stumpf unterging. Oh, exakt wie mein Leben gerade.

»Du musst den Stein seitlich werfen. Das habe ich dir schon immer gesagt.«

Ich blieb stocksteif stehen und ballte meine Hände zu Fäusten. »Du hast auch gesagt, Familie hält zusammen.«

»*Louloudi mou …*« Meine Blume.

Dieser Kosename schnürte mir zusätzlich noch die Kehle zu. »Nenn mich nicht so.«

»Helena. Ich habe dich überall gesucht. Bei meinem Bruder und … Das von damals hatte nichts mit Familie zu tun gehabt. Menschen trennen sich.«

Ein ungläubiges Schnauben später hatte ich mich zu meinem Vater gedreht. »Denkst du, ich habe keine Ahnung vom Leben? Niemand hätte etwas gesagt, wenn du dich einfach getrennt hättest. Klar, wäre scheiße gewesen, aber ist so. Aber Fremdgehen, nicht nach Hause kommen, nicht mit uns reden, vor allem nicht mit Mama, alles abstreiten und sich dann heldenhaft trennen, nachdem die Affäre Druck macht, es nicht mehr anders geht und dann so tun, als wärst du der Erwachsene, der einen Schlussstrich zieht. Wie soll ich vor dir noch Respekt haben? Du hast mir gezeigt, dass Menschen richtige Arschlöcher sind und einem die eigene Familie den Dolch immer am tiefsten in den Rücken rammt.« Erschrocken zuckte ich zusammen, als ich salzige Tränen an meinen Lippen schmeckte.

Ich griff mir an die Wange und zuckte noch mal zusammen. Mein Vater streckte eine Hand nach mir aus, und ich vergrößerte den Abstand zwischen uns.

»Helena, das …« Mein Vater rang nach Worten. Seine Augenringe waren dunkler geworden, die prominente Falte zwischen den Augen prägnanter. Ich hoffte, es schmerzte ihn, dass seine einzige Tochter ihn nicht mehr sehen wollte.

»Du bist nicht schuld, und ich wollte dich nicht verletzen.«

Ich lachte verbittert auf. »Oh, keine Sorge. Ich weiß, dass es nicht meine Schuld ist und ich nichts dafürkann.« Was gelogen war. Ich hatte mir oft gedacht, ich hätte vielleicht früher ausziehen müssen. Nicht so lange wegen des Studiums Geld sparen sollen. Dann hätten sie vielleicht mehr Zeit für sich gehabt. Für Intimität. Eventuell wäre ihre Ehe dann nicht so eingeschlafen.

»Es tut mir leid.« Diese vier Worte meines Vaters hallten in mir nach.

»Das hast du jetzt das erste Mal gesagt.« Mein gesamter Körper war komplett angespannt.

»Das habe ich nicht … Ich … Als ich …« Nach und nach schien der Groschen bei ihm zu fallen. »Habe ich nicht?«

Es kostete viel Kraft, den gigantischen Kloß in meinem Hals zu schlucken. »Nein.«

»Helena, vielleicht können wir …?«

»Nein«, unterbrach ich ihn und hob eine Hand. »Ich bin hierhergekommen, um mein Leben in den Griff zu bekommen. Ich will dich, solange ich auf dieser Insel bin, nicht mehr sehen.«

Kapitel dreißig

Erst nachdem ich meinen Vater hatte stehen lassen, fielen mir seine Worte wieder ein, die ich über das wutentbrannte Rauschen in meinen Ohren ausgeblendet hatte. Mein Vater war bei Anna und Athanasios gewesen. Er musste meine Mama dort angetroffen haben. Ich rannte los und war völlig außer Atem, als ich die Tür zum Haus aufriss. Ich musste meine Mama sehen. Sie war bestimmt außer sich vor Wut und Trauer.

»Mama?«

»Was schreist du denn so?« Athanasios kam aus dem Wohnzimmer und wirkte völlig ausgelaugt. Vermutlich setzte dem sturen Mann der Auszug von Anna zu.

»Du!« Mit erhobenem Zeigefinger stürmte ich auf ihn zu.

»Was?« Mein Onkel hob beschwichtigend die Hände und rutschte in seinen uralten, ausgefransten Pantoffeln ein paar Schritte zurück.

»Hast du meinem Vater gesagt, er soll vorbeikommen?«

»Nein, Eleni!« Er ließ die Arme sinken und sah seitlich zu Boden. »Nicht wirklich.«

»Wie kann man jemandem nicht wirklich etwas sagen?«

»Ich habe ihm von Anna erzählt und dass du und deine Freundin ihr Flausen in den Kopf gesetzt haben.« Nach der zweiten

Hälfte des Satzes rutschte er noch weiter zurück, als er mein Schnauben bemerkt hatte.

»Flausen?« Ich drückte meine Zunge gegen meinen Gaumen, um ihm nicht irgendwelche Beschimpfungen an den Kopf zu werfen.

Athanasios zog die Schultern hoch. »Was kann ich dafür, wenn er dann herfliegt? Er kommt sonst auch nicht mehr her.«

»Und du hast nicht eine Minute an meine Mama gedacht?« Meine Arme klatschten gegen meine Seiten, ehe ich genervt seufzte. »Keine einzige Sekunde?«

»Was soll denn mit deiner Mama sein?«

Mein Mund klappte auf. Meinte mein Onkel das ernst? »Sie sind geschieden!«

»Ja, ich weiß.«

Ich massierte meine Schläfen. »Mein Vater hat sie betrogen mit der Frau, mit der er jetzt zusammen ist, und sie hassen sich. Sie will sich einerseits endlich von ihm lösen und Panórama genießen, ohne es wegen ihm zu hassen. Andererseits ist sie noch nicht über ihn hinweg und muss sich jetzt wieder mit ihm auseinandersetzen. Denkst du nicht, dass seine Ankunft ihr zu schaffen macht?«

Athanasios wirkte völlig verdutzt und weitete seine Augen. »Eleni. Das sind aber viele Gefühle. Kein Wunder, dass deine Mutter oft so gereizt ist.« Mein Onkel schlurfte zur Theke in die offene Küche. »Dafür haben wir das.« Er hob eine Flasche Ouzo hoch.

Langsam verstand ich Annas Frust. »Du bist …« Mir fehlten die Worte. Wie konnte man so empathielos sein?

»Wo wir bei Ouzo sind, Anna sollte neuen kaufen.« Bei dieser Aussage platzte mir der Kragen.

»Anna kommt nie wieder zu dir zurück, wenn du nicht aufhörst, immer nur an dich zu denken. Du behandelst sie wie deine Angestellte. Du meckerst und jammerst, du machst dir keine Gedanken. Du schenkst ihr nichts mehr zu Weihnachten oder zum Geburtstag, weil das unnötig ist, und wenn sie was will, soll sie sich es kaufen. Wenn man dir etwas schenkt, heißt es auch: ›Was soll ich denn damit?‹« Meine Brust hob und senkte sich rasch, weil ich außer Puste war vom schnellen Reden. »Du bist bald alleine. *Mónos ki érimos.*«

»Einsam und verlassen«, wiederholte Athanasios.

»Um Annas willen, hör auf, dich in Selbstmitleid zu suhlen, und erobere deine Frau zurück.« Gut, erobern klang etwas mittelalterlich, und ich hoffte, er holte sie sich nicht mit einer Keule wie in der Steinzeit zurück.

Da mein Onkel nichts mehr erwiderte, ließ ich ihn stehen und machte mich wieder auf die Suche nach meiner Mama.

Meine Mama hatte ich nicht gefunden, dafür aber Mathilda. Sie saß beim Feind. Bei dem Tavernenbetreiber, der laut Stavos Aussagen ständig irgendwelche krummen Dinger drehte und auch meinen Onkel hinters Licht geführt hatte. Okay, okay, ich wurde wieder dramatisch. Mathilda saß auf einem roten Plastikstuhl unter den bunten Glühbirnen einer Lichterkette auf Alexandros' Strandabschnitt und aß frittierte Kalamari. Wie konnte sie bei dem Typen essen, den wir verdächtigten, Christos zu sabotieren?

Ich näherte mich der uralten Taverne, die noch genau so aussah wie vor Jahrzehnten. Eine einfache Holzterrasse am Strand mit runden Tischen, bunten Plastikstühlen, den vier Lichterketten, die alles andere als nachhaltig und stromsparend waren. Das Haus, wo sich auch die Bar und die Küche befanden, war so heruntergekommen wie früher. Die uralten Gardinen, vergilbt von den Zeiten, in denen man drinnen noch rauchen durfte, und die Holztische im hässlichsten Braunton der Welt samt Oma-Tischdecken. Irgendwie hatte es seinen Charme. Aber seitdem ich von Stavo erfahren hatte, wie Alexandros überall auf den Inseln so gewinnbringend wie möglich seine Geschäfte machte, sah ich das mit anderen Augen. Und ihm blieben alle treu, nur weil er seit Ewigkeiten da war?

»Hi.« Ich stieg auf das Holzpodest, balancierte über ein Brett, das über ein Loch gelegt worden war, und schob den grünen Plastikstuhl zur Seite. »Darf ich?«

»Mdu chetzt mdich mja somwieso.« Mathilda sog schmatzend eine Kalamari zwischen ihre Lippen in den Mund, als wäre es eine Nudel.

»Stimmt.« Der Stuhl gab etwas nach, als ich mich setzte, Sitzkissen exklusive.

»Fürs Protokoll: Ich bin hier, weil ich dir nicht bei Christos übern Weg laufen wollte«, sagte sie, nachdem sie runtergekaut hatte.

Ich strich das dünne Papiertischtuch, das für jeden Gast neu aufgezogen wurde, glatt und schob Salz- sowie Pfefferstreuer hin und her. »Okay, okay. Es tut mir leid.«

»Was genau?« Mathilda zog die Brauen hoch und dippte etwas Brot in das *Skordalia*.

»Ähm, alles. Ich wollte eine Auszeit, und dann bist du mitgekommen und keine Ahnung.« Ich zerrupfte die Serviette. »Auch das mit Julian. Ich bin vollkommen geblendet gewesen davon, einen Typen auf Sylt kennenzulernen, der mich nicht zu nervig findet. Ich hätte niemals unsere Freundschaft aufs Spiel setzen dürfen. Keine Ahnung, wie ich so eine Arschlochin sein konnte. Falls es dir hilft, er hat, bevor er weggezogen ist, das Geld aus meinem Portemonnaie geklaut und mit seinem Koffer meinen Lieblingsglastisch geschrottet.«

Mathilda blickte mich scheu an und sah dann wieder weg. »Ja, das hilft.«

»Freut mich.« Ich trat sie unterm Tisch sanft gegen ihre Wade. »Es tut mir leid.«

Mathilda grinste, unterdrückte es aber sofort wieder. »Danke.«

Ich stahl die Zitronenscheibe auf ihrem Teller und saugte sie aus. »Wieder Freundinnen?«

»Als könnten wir das irgendwann nicht mehr sein.« Mathilda legte ihr Besteck weg. »Aber mir tut es auch leid. Ich hätte nicht sagen sollen, dass das mit Julian okay wäre und dass ich ihn sowieso nicht mehr wollte und eh Schluss machen wollte, wenn es nicht so war. Und du hast auch völlig recht, dass ich dich zu viel belagert habe. Du bist alles, was ich habe. Ich hätte deine Gutmütigkeit nicht ausnützen dürfen. Ich habe Panik, verlassen zu werden. Wenn wir keinen Kontakt haben oder du mit anderen etwas unternimmst oder … keine Ahnung … länger zum Antworten brauchst, bekomme ich Angst, dass du mich verlässt. Und diese ganzen beschissenen Zwänge, die mich so einschränken, die kann ich wenigstens kontrollieren. Ich hasse sie, aber sie sind für mich da.« Zum Schluss waren ihre Worte nur noch ein Krächzen, bis sie schwer schluckte und einen Schluck Wasser trank.

»Mathilda …« Ich griff nach ihrer Hand. »Ich hätte dich mehr mit deinen Ängsten unterstützen sollen, dir mehr zuhören. Aber was auch passiert, ich werde niemals den Kontakt zu dir abbrechen oder eine andere Freundin oder Freund über dich stellen, ja?«

Sie nickte und legte ihren Zeigefinger an die Nase, die sich rötete. Mit jedem Blinzeln füllten sich ihre Augen mehr mit Tränen.

»Hey, Mathilda. Alles gut, ich bin da, ja?«

Wieder nickte sie. »Ich hasse meine Eltern dafür. Warum kann jeder eine Familie haben, außer mir? Sie haben es nicht mal versucht, für mich da zu sein.«

Ich wusste, Mathilda wollte in ihrer Emotionalität keine Ansprache von mir, dass sie es vielleicht nur gut gemeint hatten, sie ihr ein besseres Leben ermöglichen wollten oder dazu gezwungen wurden, sie wegzugeben. Ich behielt das alles für mich, drückte ihre Hand und sagte, was sie hören wollte: »Scheiß auf die.«

»Aber …« Mathilda nahm eine Serviette und wischte sich die Tränen aus den Augenwinkeln, ehe sie sich schnäuzte. »Ich mache seit einer Weile eine Therapie. Übers Handy. Videotelefonie. Eine Berlinerin, die nett ist. Sie hat auch gemeint, dass mein Schwindel vermutlich psychische Ursachen hat. Wegen meiner Ängste eben.«

Deshalb hatte Mathilda manchmal keine Zeit. Also hatte ich mir ihre Fortschritte nicht eingebildet. »Ich habe bemerkt, dass du dich mehr traust.«

»Ja, sie meinte, bei so Zwängen geht es vor allem ums Aushalten. Ich muss zur Werkstatt deines Onkels gehen – so weit, wie ich es schaffe und mich traue – und dann die Klamotten anbehalten und mir mal nicht die Hände waschen und das Gefühl, schmutzig zu sein, ertragen. Irgendwann geht es weg. Immer schaffe ich es nicht. Das sind eben die Risiken des Lebens, die jede und jeder trägt.«

Das war so fantastisch, dass mir selbst beinah die Tränen kamen. »Ich bin stolz auf dich. Ich und meine Mama, Anna und Co. Wir sind deine Familie. Immer. Ich werde dich niemals verlassen, das verspreche ich dir. Solange du mich willst, bin ich deine beste Freundin.«

»Ts, Eleni. Hör auf, jetzt weine ich gleich wieder.« Sie schoss mich mit ihrer verheulten Serviette ab.

»Ela Sto Horo« lief plötzlich im Radio im Hintergrund. Ein Lied von Sakis Rouvas, das Mathilda und ich entdeckt hatten, als wir zu meinem Geburtstag 2019 zu zweit eine griechische Übernachtungsparty geplant hatten. Mathilda und ich sahen uns überrascht an. Wir haben das Lied so oft rauf und runter gehört, bis wir es nicht mehr hören konnten.

»Ein Zeichen, Mathilda.«

»Eleni, was hast du vor?«

Ich startete einen wilden Augenbrauentanz, erhob mich, lief um den Tisch und reichte ihr meine Hand. »Das Lied sagt es ja schon. *Ela! Sto Horo.* Komm! Und tanz!«

Die Gäste um uns inspizierten uns. Es war mir egal. Ich musste endlich aufhören zu überlegen, was alle von mir hielten.

»Eleni«, zischte Mathilda.

Meine Hand blieb eisern ausgestreckt vor meiner besten Freundin, bis sie meiner Aufforderung nachkam und ich sie hochziehen konnte. Gemeinsam tanzten wir zu dem Song.

»Darf ich?«, fragte ich das junge Pärchen hinter mir mit Blick auf das Glas auf dem Tisch.

Verblüfft und mit einem leichten Grinsen nickten sie.

»Efcharistó«, bedankte ich mich und trank den *Ouzo* auf ex leer.

Danach grölte ich mit und drehte mich mit Mathilda im Kreis.

Auf Sylt konnte ich nicht so ausgelassen sein. Hatte ich doch stets alles getan, um ernst genommen zu werden. Ein typisch erwachsenes Leben zu führen. Niemanden vor den Kopf zu stoßen. Dazu zu passen. Nun musste ich wieder leben lernen.

Schulterrollend näherte ich mich schief singend Mathilda, drehte mich mit dem Rücken zu ihr und tanzte sie an. Wir hatten das Klatschen der anderen Gäste im Hintergrund und das begleitende Rauschen des Meeres.

So sollte das Leben klingen. So und nicht anders.

Kapitel einunddreißig

Ob Mathilda und ich, nachdem wir Alexandros' Taverne mit den Worten: »Kommt zu Christos' Taverne *Ax! Maria! Ax!*. Hier bekommt man Darmprobleme.«, verlassen hatten, uns am Strand noch zu viele Alkopops von einem Kiosk genehmigt hatten? Ob wir eingehakt unter dem Nachthimmel tanzten und laut dröhnende Musik aus dem Handy hörten, während das Mondlicht auf die Wasseroberfläche schimmerte? Ob Mathilda bei jedem Tanzschritt Sand herumwirbelte? Ob die Leute, die oberhalb des Strands noch vorbeischlenderten, uns mit irritierten Blicken straften? Ja. Ja. Ja und ja.

Das Lied »Dyo stagones nero« von Josephine hallte aus Mathildas Smartphone, und wir drehten uns um das Handy, als wäre es ein Hexentanz um unser Zauberbuch. Der vom Tag aufgeheizte Sand war noch warm. Heute war einer der heißesten Tage auf der Insel gewesen. Singend und klatschend schwang ich die Hüfte zum Meer hinunter, tapste mehrfach mit meinen Zehen ins Wasser und durchbrach die mit Mondlicht getränkte Wasseroberfläche.

»Zwei Tropfen Wasser oder einen Liter bräuchten wir auch, sonst sterben wir morgen vor Kopfschmerzen«, schrie Mathilda zu laut, womit sie auf den Liedtitel anspielte, und legte den Kopf auf meine Schulter. »Wir sollten Roswitha anrufen und ihr sagen, sie soll uns Wasser bringen, die würde sich *freuen* um diese Uhrzeit.« Mathilda malte unbeholfen Gänsefüßchen in die Luft.

»Auf jeden Fall.« Moment. War da nicht irgendetwas?

Indessen drehte sich Mathilda zu »Afto to simera« von Xristina Salti, und ich fragte mich, ob wirklich nur das Heute zählte? Das widersprach meiner latenten Zukunftsangst, die jeden Tag in meinem Unterbewusstsein mitschwang.

»Komisch, oder?« Mathilda riss mich aus meinen Gedanken.

»Was? Dass du dich noch drehst, ohne dass du dich übergibst?«

»Ich weiß nicht mehr, wie man aufhört.«

Lachend schnappte ich nach Mathilda. Ich erwischte die falsche der drei Versionen von ihr, die ich vor mir sah.

»Wasser. Wasser ist ein komisches Wort, oder? Wa-SS-er. Was … Ser. Komisch, dass wir am Meer sind. Aber trotzdem verdursten würden, wenn uns deine Mutter nicht gleich Wassss … Er bringt.«

Meine Mama! Da klingelte es wieder. Ich war auf der Suche nach ihr gewesen wegen meines Vaters. Verdammt!

»Mathilda, wir müssen …« Whoa, Schwindel, hallo, mein alter Freund. »Meine Mama suchen. Mein Vater ist bei ihr gewesen.« Wieder schnappte ich nach der falschen Mathilda.

»Mist. Ja, wir … Mist ist auch ein komisches Wort, oder?«

»Mathilda!« Trotzdem kicherte ich über das Wort.

»Okay, okay, deine Mutter. « Mathilda ließ sich knallhart auf den Hintern fallen, das würde ihr morgen leidtun. »Aber jetzt ruhen wir uns aus, damit wir ausnüchtern. Gleich danach suchen wir deine Mutter.«

»Gute Idee.« Da sich alles um mich drehte, brauchte ich etwas länger, um mich zu setzen, während vor mir alles verschwamm.

»Sitze ich? Ich sitze!«

Ich fühlte zumindest etwas unter meinem Hintern.

»Ja, du sitzt!«

Gleich machten wir uns auf die Suche nach meiner Mama. Das hatte oberste Priorität.

Warmes Sonnenlicht kitzelte meine Nase, und ich blinzelte gegen das morgendliche Hellblau des Himmels an. Ein pelziger Geschmack breitete sich auf meiner Zunge aus, den ich durch Schlucken nicht wegbekam, und ein Dröhnen in meinem Kopf, das bei jeder Bewegung schlimmer wurde, zwang mich dazu, mich aufzusetzen.

Plötzlich kam die Erkenntnis. Meine Mama!

»Na? Wach?«

Bitte nicht. Ich wandte den Kopf viel zu schnell seitlich nach hinten, weswegen ein Hämmern gegen meine Schläfen zunahm. »Au.« Sofort fasste ich mir an die Stirn und massierte sie.

»Christos? Wo ist Mathilda? Oh, mein Gott. Mathilda!« Ich versuchte aufzuspringen, was meine Kopfschmerzen verschlimmerte. »Ist sie betrunken ins Wasser gelaufen und …? Oder hat sie eine Welle erwischt …? Oder! Oh nein.« Panisch sah ich zu Christos, der mich oberkörperfrei in seiner orangefarbenen Sporthose angrinste. Ich schwankte leicht, als ich mich endlich auf zwei Beinen befand.

»Sie ist vorgegangen, weil wir dich nicht wach bekommen haben.« Seine Worte beruhigten mich.

»Und was machst du hier?«

»Ich war joggen, um den Kopf freizubekommen.« Diese Antwort hatte mir zu lange gedauert. Was verschwieg Christos?

»Okay. Ähm, warte kurz.« Sofort entledigte ich mich meiner Klamotten und war froh, meinen Bikini darunter zu tragen. Ohne zu zögern, nahm ich Anlauf und sprang ins Meer hinein, bis es mich mit der Morgenkühle empfing.

Das kalte Salzwasser spülte die Reste des Rausches aus mir heraus.

Eine gefühlte Ewigkeit blieb ich unter Wasser, drehte mich auf den Rücken und blickte hoch zu den altbekannten Sonnenornamenten, die das Licht auf das Wasser malte. Völlige Stille umgab mich und reinigte meine Gedanken. Bis ein Rauschen meine Aufmerksamkeit erregte und ich mich umschaute. Unter Wasser sah ich Christos näher kommen.

Er zog die Brauen tief ins Gesicht und fuchtelte mit den Händen vor sich umher. Ich legte den Kopf schief und merkte, wie mir die Luft ausging. Rasch tauchte ich auf, und beinah zeitgleich mit Christos brach ich durch die Oberfläche. Ich strich mir die Haare zurück, atmete tief ein und spürte das Brennen des Salzwassers in meinen Augen.

»Was?«

»Ich dachte, du bist tot oder so. Wie kannst du so lange unter Wasser bleiben?« Christos' ehrliche Besorgtheit ließ mich in mich hineinlächeln.

»Ich kann einfach nur lange die Luft anhalten. Das hat …« Mir mein Vater beigebracht. Ich musste zu meiner Mama. »Hat viele Vorteile«, beendete ich meinen Satz stattdessen.

Christos schwamm näher zu mir. »Du bist immer für eine Überraschung gut.«

»Sonst wäre es langweilig, nicht wahr?«

»Ja, das stimmt wohl.« Er kam noch etwas näher. »Du schuldest mir aber noch etwas.«

»Hä? Wieso das?«

»Die Inselbuschtrommeln sind schnell, und ich habe gehört, du bist bei einem gewissen Alexandros gewesen.« Christos ging etwas unter und bekam Wasser in den Mund. Sofort spuckte er es hustend aus.

»Christos, es … das tut mir leid. Ich habe Mathilda gesucht und …«

»Kein Ding. Sie hat mir alles erzählt, und ich bin nicht böse. Die Leute sollen nicht aus Mitleid zu mir kommen oder aus falschem Pflichtgefühl.« Seine Unterbrechung rettete mich davor, mich um Kopf und Kragen zu reden.

»Okay.«

Eine Weile trieben wir im Meer Richtung Ufer und sahen uns an. Langsam merkte ich, wie uns die Wellen näher zueinander brachten, als wollte das griechische Gewässer uns zusammen wissen.

Normalerweise hasste ich zu tiefen und langen Augenkontakt. Bei Christos fühlte es sich wie nach Hause kommen an.

Nach einiger Zeit schlich sich scheu eine Hand auf meine Hüfte, und ich sog die Luft ein. Es gab kaum noch Abstand zwischen uns. Ich musste mich zwingen, nicht auf seine Lippen zu starren, die mich so sehr anzogen, dass es ein Ziehen in meinem Herzen, meinem Magen und meiner Mitte auslöste. Wir durften nicht … Wir konnten nicht …

»Eleni!« Der Ruf nach mir holte uns zurück in die Realität, und ich sah hinter Christos.

»Mama?«

»Du hast vorhin im Halbschlaf etwas wegen deiner Mama gefaselt. Wegen deinem Vater, oder?« Christos, der meinen Vater am Friedhof aus der Ferne gesehen hatte, kombinierte richtig.

»Suchen muss ich sie zumindest nicht mehr, und sie scheint sich auch nicht von den Klippen gestürzt zu haben.« Ich ging aus dem Wasser.

»Hast du das denn gedacht?« Christos folgte mir, und obwohl er mich nicht mehr berührte, fühlte ich seine Haut noch auf meiner. Christos hatte sich in meine Seele gezaubert.

»Nein. Ich hatte Angst um sie und ihren Zustand. Hätte ich echt gedacht, sie täte sich etwas an, wäre ich nicht bei Mathilda geblieben gestern.«

Christos reichte mir am Strand ein Handtuch, das er dabeihatte, und ich trocknete mich ab, während meine Mama ein wenig verloren auf der einen Meter hohen Steinmauer vor dem Strand saß. Ich ging zu ihr, während ich mir mein Shirt wieder anzog.

»Du hast ihn gesehen, oder?« Ein Funken Hoffnung brannte noch in mir, dass sie sich verpasst haben könnten.

Sie nickte.

»Habt ihr geredet?« Ich setzte mich neben sie, und Christos nahm auf der anderen Seite von ihr Platz.

»Na geh, ich bitte dich, Eleni. Des wär jo noch schöner.« Meine Mama bewegte mehrmals den Mund, als spräche sie eher zu sich selbst. Ich spürte die Angespanntheit in ihr, die wie zähflüssiger Honig um sie klebte. »Muss der ausgerechnet jetzt kommen?«

»Du darfst ihm gar nicht die Macht darüber geben, dich zu beeinflussen.« Es tat gut, dass Christos etwas sagte.

»Das ist leicht gesagt. Ich hoffe nur, er hat so viel Anstand und hat seine Neue nicht mitgebracht, dieser kleine Arsch.« Die zu Fäusten geballten Hände meiner Mama zitterten, so fest presste sie sie zusammen.

»Was hast du immer mit dem kleinen Arsch? Fällt dir nichts Neues ein?« Ich stieß mit meiner Schulter gegen die meiner Mama.

Christos sprang von der weißen Mauer und wandte uns seinen Rücken zu. »Es kann eben nicht jeder so einen Arsch haben wie ich«, witzelte er laut und wackelte mit seinem Hintern.

Zwangsweise musste ich bei seiner Vorführung auf sein Hinterteil schauen und schluckte. Er hatte recht.

Meine Mama lachte tatsächlich. »Ja, da kann dein Vater nicht mithalten.«

»Womit kann ich nicht mithalten?«

Als meine Mama die Stimme meines Vaters gehört hatte, hatte sich Christos schnell verabschiedet, und auch ich war nicht länger geblieben als nötig.

Das Einzige, das ich mir nicht hatte nehmen lassen, war mein: »Schön zu sehen, dass du noch immer keinen Respekt vor der Meinung anderer hast und herkommst, obwohl ich dich nicht mehr sehen wollte.«

Um mich abzulenken, verzog ich mich mit Christos in seine Taverne und begann, einen Onlineshop für ihn zu bauen. Der Webshop erinnerte mich an Anna.

Ich lehnte mich zurück, schaukelte mit dem Stuhl vor und zurück, streckte mich, griff mir in die Haare, band sie zu einem Zopf und kreiste meinen Kopf. Vor meinem geistigen Auge sah ich meine verstorbene Oma mit mir schimpfen, dass ich mir noch den Hals bräche, wenn ich mit dem Stuhl umkippe. Nachdem ich meine Kopfhörer abgenommen hatte, entdeckte ich Christos bei den Tischen unten am Strand, der dort mit ein paar Gästen sprach. Am Meer wäre es schöner gewesen zu arbeiten, wenn die Sonne nicht so gnadenlos herabbrennen würde.

Christos eilte mit leeren Tellern an mir vorbei und zwinkerte mir zur. Puh, die Hitze der Sonne schien durch das Dach zu kommen, oder warum wurde mir so warm? Ich fächerte mir mit dem Untersetzer meines Virgin Mojitos Luft zu und sah Christos hinterher.

Als ich mich noch weiter zurücklehnte, verlor mein Stuhl den Halt, und ich schaffte es gerade noch so, mich an den beiden Stühlen hinter mir aufzufangen. »Ups! Puh.«

Als ich überprüfte, ob Christos das gesehen hatte, tauchte der

Straßenhund zwischen der Taverne und den überdachten Sitzmöglichkeiten auf. Über ihm zog der Pelikan seine Kreise.

Ich bildete mir ein, ihre strafenden Blicke auf mir zu spüren. Seufzend wandte ich mich wieder dem Laptop zu. »Ich brauche dringend Urlaub.«

Aus meinen Kopfhörern, die neben mir lagen, hörte ich noch leise »I Am Me« von Ashlee Simpson. Die meisten Dinge im Webshop hatte ich fertig, sodass ich bereit war, mit dem Social-Media-Plan für Christos' *Tsipouro* zu starten. Nun musste ich Christos dazu bringen, sich für ein paar Posts und Videos zu opfern. Bilder hatte ich für meine Beiträge bereits online gestellt und auch Werbung für seinen Selbstgebrannten geschaltet.

Einige Minuten später, nachdem ich die passenden Sounds für TikTok-Videos rausgesucht hatte, klappte ich den Laptop lautstark zu und stand auf.

Christos fand ich drinnen beim Thekeputzen an der Bar, und ich hielt einen Augenblick inne. Stellas Worte ploppten wieder in meinen Gedanken auf, und genauso rasch schüttelte ich sie von mir ab. Christos schuldete mir nichts, und es wäre ohnehin besser, wenn wir nicht zu weit gingen. Ich hatte keine Lust auf eine Fernbeziehung.

Ich wollte gerade ins Haus gehen, als jemand aus der Küche kam. Stella. War sie die ganze Zeit über da gewesen? Egal, das durfte mich nicht kümmern. Von draußen erkannte ich, wie sie sich kurz an Christos' Oberarm schmiegte. Das flaue Gefühl in meinem Magen machte mir klar, dass es mir nicht egal war.

Ich konnte Christos auch auf dem Handy schreiben. Sofort änderte ich meine Richtung und verschwand, ohne mich zu verabschieden. Was sollte ich machen? Wo sollte ich hin? Lange schlenderte ich gedankenversunken durch die Gegend, bis ich an einem Eiswagen vorbeikam, den ich noch nie gesehen hatte.

Verwundert blieb ich stehen. Es handelte sich um einen dieser alten Eiswagen, die ich aus Filmen von früher kannte. Mit zwei Rädern, die man anhob und dann schieben konnte. Auch die rosaweiße Aufmachung passte perfekt zu dem Retrolook.

Der Typ, der dahinter im Schatten eines Baumes saß, sprang auf und eilte in seinen Wagen. »Hallo!« Er räusperte sich und richtete seine Mütze und Schürze, die zum Vintagestil des Wagens passten. »Ich meine, guten Tag. Darf es etwas Eis sein? Bei den Temperaturen nicht zu verachten.« Stirnrunzelnd sah er zur Seite und weitete die Augen, als sagte er zu sich selbst: *Was rede ich da bloß?*

Schmunzelnd näherte ich mich ihm und linste auf die Bildchen an den Eissorten. Erstaunt über die liebevoll gestalteten Kärtchen, auf denen sogar Retrozeichnungen waren, las ich mich durch die Auswahl.

»Thymian-Honig-Eis? Ouzo-Zitronen-Eis?«

»Mhm. Ich weiß, nicht sonderlich klassisch. Keine Ahnung, was ich mir dabei gedacht habe … Ähm.« Der Typ stoppte sich selbst wieder mitten im Satz. »Ich rede zu viel. Das sind großartige Sorten, die perfekt zur griechischen Hitze passen.« Der Eismann stopfte sich ein paar rote Strähnen, die aus seiner Mütze lugten, wieder darunter und strahlte mich mit seinen blauen Augen an.

»Ich finde, das klingt toll. Mit ein bisschen Werb–« Stopp, das reicht, Eleni. Bald konnte ich einen einzigen großen Webshop nur für Panórama eröffnen. Moment, das wäre … Nein, Eleni. Nein! »Ich nehme die beiden Sorten. Und Zimtsahne mit Oregano. Ich bin übrigens Eleni.«

»Was, echt?« Hektisch packte er den Eisbecher aus und holte diesen komischen Eislöffel, der perfekte Kugeln formte, hervor. »Also, natürlich willst du sie. Also nicht überheblich gemeint. Also … sorry, ich bin Filippos.«

Filippos überreichte mir das Eis und noch einen Bambuslöffel in Pink nach. »Du kannst aber auch Blau haben. Das Pink ist jetzt nicht, weil du eine Frau bist und Frauen nur Pink mögen. Ich …«

»Filippos«, stoppte ich ihn. »Alles okay.«

Er atmete tief durch. »Okay. Und? Ah. Du musst erst probieren.«

Kichernd probierte ich jede Sorte einzeln. Ich genoss es ein wenig zu sehr, Filippos leiden zu sehen.

»Und?« Er lehnte sich so weit über seinen Wagen, dass ich Angst hatte, er landete selbst gleich im Eis.

»Das ist genial!« Das sagte ich nicht, um ihn zu beruhigen. Es schmeckte so lecker. Die Zimtsahne hatte nur einen leichten, kaum merkbaren Oreganotouch, der das Eis aber trotzdem abrundete, und die anderen beiden Sorten waren auch herrlich erfrischend.

»Danke!« Stolz stellte Filippos sich aufrecht hin, streckte den Rücken durch und die Brust raus. »Sag gern jedem Menschen, der dir begegnet, dass ich hier stehe.«

»Mach ich.« Ich reichte ihm das Geld, das auf der Tafel stand. »Du stehst aber weit abseits.«

»Ich weiß. Die Eisläden in der Altstadt wollen mich nicht und haben sich beschwert.« Wunderte mich nicht.

»Das tut mir leid. Das Leben kann echt unfair sein.«

»Du sagst das, als sprichst du aus eigener Erfahrung.« Filippos huschte vor den Wagen und setzte sich an den einzigen eisernen Tisch mit zwei Stühlen. Er klopfte auf den Platz neben sich. »Ich habe Zeit.«

Warum eigentlich nicht? Ablenkung tat gut, also setzte ich mich.

»Ich kenne dich, glaube ich, gar nicht, oder du hast dich verändert. Mein Vater kommt von der Insel, aber ich war seit Jahren nicht hier. Vielleicht kennst du Anna und Athanasios?« Bei jedem Löffel, den ich vom Eis nahm, schmeckte es noch besser.

Filippos hörte mir zu und griff hinter sich zum Sonnenschirm, um ihn zu uns zu drehen. »Ich bin auf Panórama aufgewachsen, aber später mit meinen Eltern weggezogen, weil mein Vater eine Anstellung als Zahnarzt in Irland bekommen hatte. Jetzt bin ich wieder mit ihnen hergezogen, da sie in Rente gegangen sind, und ich habe Angst, meine Eltern zu verlieren und es zu bereuen, ihre letzten guten Jahre nicht mehr mit ihnen erlebt zu haben. Deshalb bin ich mitgekommen, obwohl es nicht unbedingt mein Traum gewesen ist, hier zu leben. Schwierig alles, aber es ist trotzdem schön.« Nachdem er den Schirm perfekt platziert hatte, wandte er sich wieder zu mir. »Anna und Athanasios kenne ich. Anna hat die Bilder meiner Eissorten gezeichnet, und Athanasios und sein Sohn Stavros haben meinen Wagen mal repariert.«

Spannend. Anna hatte mir gar nichts davon erzählt. Und jemand Neues, der Eis verkaufte, war doch eigentlich eine Sensation wie der Eurovision Song Contest.

»Verstehe. Ich wohne auf Sylt, in Deutschland.«

»Wir fliehen also beide von einer Insel zur anderen und nehmen unsere Probleme mit, was?« Erstaunt sah ich in Filippos' freundliches Gesicht. Er fasste meine Lage perfekt zusammen.

»Ähm, ja. Ja, irgendwie schon.«

»Und warum bist du so geknickt?«

»Ein Typ.«

Filippos lachte auf. »Ja, die Männer. Was hat er denn gemacht?«

»Eigentlich nichts. Er ist mir nichts schuldig. Ich muss auch wieder zurück nach Sylt, also darf ich mit niemandem etwas anfangen. Er hat mich etwas verarscht, was ich von seiner Ex weiß, die sich jetzt wieder an ihn heranschmeißt.« Ich setzte den Eisbecher an meine Lippen und trank den geschmolzenen Rest aus. Herrlich! Die Geschmacksrichtungen vermischten sich perfekt, und meine Zunge freute sich so darüber, dass die Glückshormone direkt anschlugen.

»Hm. Darf ich direkt sein?«

»Klar.«

»Du darfst tun und lassen, was du willst. Man sollte nicht alles totdenken …«

»Aber alles totdenken ist mein Hobby«, unterbrach ich ihn.

Filippos legte den Kopf schief und strafte mich mit einer hochgezogenen Augenbraue, auf der ein Augenbrauenpiercing thronte.

»*Sygnómi.* Sprich weiter«, ermutigte ich ihn.

»Vielleicht passt es, und er kommt nach«, schlug er vor.

»Er hat … Er ist selbstständig.«

»Vielleicht kommst du nach?«

Der Gedanke schockierte mich. Ich hatte Mathilda versprochen, sie würde mich niemals verlieren. Und was war mit meiner Mama? Nein, das ging nicht. Was sollte ich arbeiten? Eine Werbeagentur eröffnen, die kein Schaf brauchte?

»Eher nicht.«

»Ist auch egal, wie, manchmal muss man Unkluges machen.«

»Und die Ex?«

»Bei aller Liebe. Wer glaubt denn bitte schön, was dir eine Ex-Freundin erzählt? Hast du mit ihm darüber geredet?« Da sprach Filippos etwas Wahres an.

»Darüber geredet? Das wäre komisch.«

»Du weißt, es wäre das Richtige, ihn darauf anzusprechen, oder? Außerdem habe ich mir auch gedacht, es wäre komisch, dich anzulocken. Ich will niemanden belästigen, so ein Mensch bin ich nicht. Manchmal müssen wir aber über unseren Schatten springen, und, na ja, es hat sich ja gelohnt, dass ich mich überwunden habe, oder?« Filippos spähte auf mein Eis, dann wieder zu mir.

Ich musste lachen. Vielleicht hatte Filippos recht.

Kapitel zweiunddreißig

Den restlichen Tag hatte ich mit Mathilda einen Filmabend gemacht, inklusive Heilerdemaske im Gesicht. Und dabei musste ich immer wieder an Filippos' Worte denken. Heute war ich zurück bei Christos und arbeitete mit ihm an den Videos für seinen Social-Media-Auftritt. Glücklicherweise ohne Stella oder meine Eltern, die sich erfolgreich aus dem Weg gingen, in der Nähe.

»So, und jetzt noch eins für das nächste TikTok …«

»Noch eins?« Christos setzte sich erschöpft in den Sand.

»Oh, ich hätte noch so viele Ideen. Wir brauchen noch etwas Provokantes. Kein Shitstorm, nur ein wenig kontrovers, damit die Leute in den Kommentaren diskutieren und du in aller Munde bist.« Was könnte man da machen?

Hinter mir sprach jemand: »Christos macht dieses perfekte Gyros, wie wär's mit einem TikTok, in dem wir veganes Gyros machen und *traditionelles griechisches Gyros* darüberschreiben. Die Leute würden durchdrehen, wenn er das ohne Fleisch zubereitet.« Bei der Stimme zog sich alles in mir zusammen.

»Hey, Stella.« Christos winkte ihr zu und bestätigte meine Befürchtung, dass er sie offenbar noch mochte. Und dann kam sie auch noch mit so einer ungeheuerlichen Idee … Einer ungeheuerlich guten Idee. Leider.

»Das klingt nicht schlecht, oder? Und wir haben diese

YouTube-Videos gedreht, in denen ich normales Gyros mit Fleisch zubereite, und die Leute sehen dann ja, dass es auch Traditionelles gibt.« Jetzt fand Christos ihren Vorschlag auch noch gut. Er sprang auf und stemmte die Hände in die Hüften.

Ich seufzte gedanklich in mich hinein und stellte mich neben Christos. »Das ist ein fabelhafter Plan.« Zumindest so fair musste ich sein.

»Sehr gut, dann machen wir das gleich.« Stella verschränkte die Arme vor der Brust.

»Ach, wisst ihr was, das ist deine Idee, macht ihr das gemeinsam. Christos hat die Daten für alle Accounts.« Ich übergab Stella das Handy.

»Aber du kannst bleiben.« Christos griff nach meiner Hand, und ich spürte seine sandige Haut.

»Ähm, nein. Ich habe noch etwas zu tun. Ich bin ohnehin bald weg, dann musst du das auch alleine machen.«

Christos' Blick veränderte sich, nachdem ich meine Abreise erwähnt hatte. Er schluckte, und ich entriss mich ihm.

»Bis später«, sagte ich, ohne mich noch einmal umzudrehen.

So war es besser.

So war es besser – diese vier Worte wiederholte ich Hunderte Male, bis ich bei Mathilda beim verabredeten Treffpunkt angekommen war.

Ich hatte Kostproben von Christos' Essen und kleine Becherchen mit seinem *Tsipouro* dabei, um damit in der Stadt Passanten glücklich zu machen. Mathilda wollte mir beim Verteilen helfen, danach wollten wir sogar noch sein Logo auf die Straßen kleben.

Als ich Mathilda erreichte, griff sie als Erstes auf eine der Platten mit dem Essen. »Du siehst gestresst aus.« Sie schmatzte verdächtig und begann dann, das Essen und den *Tsipouro* an die Leute zu verteilen, die an uns vorbeiliefen.

Schon nach etwa fünfzehn Minuten war die Platte fast leer, nur wenige Häppchen waren noch darauf. Mathilda nahm sich selbst noch eins.

»Schmecken die Kostproben?«, fragte ich sie.

Mathilda nickte glücklich kauend.

Wenn ich auf das Tablett mit dem *Mini-Pita-Gyros* oder den winzigen *Bougatsa*-Stücken sah, wunderte mich das überhaupt nicht.

»Ja, ich liebe ihn auch«, sagte ich verträumt.

»Was?« Erst Mathildas schrille Stimme ließ meinen Kopf rekapitulieren, was ich gesagt hatte.

»Es. Das Essen!«

»Okay, wir müssen ...« Mathilda sah sich um und entdeckte einen kleinen Jungen, der panisch an einem Fleck auf seinem blau-gelb gestreiften Shirt herumwischte. »Das geht nicht mehr raus. Nimm das.« Sie reichte ihm die Platte mit den Essenskostproben und wandte sich dann wieder mir zu: »Wir müssen reden, komm!«

Es war Abend geworden, bis Anna Zeit hatte, mir zuzustimmen. »Mathilda hat recht«, sagte sie hingegen.

»Anna!« Jetzt verbündete sie sich mit Mathilda gegen mich? Sie sollte zu mir halten. Ich stellte die Kaffeetasse laut scheppernd auf den Teller zurück.

»Siehst du.« Mathilda nahm ihre Tasse und nippte zufrieden an ihrem Tee.

Anna blickte mir fest in die Augen: »Sie hat recht. Du hast mich dafür gescholten, dass ich nichts mit dem Onlinehandel zu tun haben will, dass ich nicht mit meinem Mann rede und dass deine Mutter über deinen Vater wettert. Aber was ist mit dir? Du kritisierst alle. An deinem Verhalten änderst du aber auch nichts.« Anna wirkte erholter, seitdem sie von meinem Onkel weg war. Sie legte ihre Hand auf meinen Unterarm. »Auch du musst an dir arbeiten, mein Schatz. Du musst deinen Mund aufmachen, niemand kann deine Gedanken lesen, und du musst verdammt noch mal Christos zurückerobern.«

»Tja, typisch Sonnenzeichen Jungfrau, das alle kritisiert, und Mondzeichen Fische, das dann wiederum in der Traumwelt lebt und seine Gefühle nicht ausspricht.« Mathilda hatte sich zumindest nach meiner letzten Intervention drei Monate daran gehalten, mir nicht wieder mit Astrologie zu kommen. Das war jetzt offensichtlich vorbei.

Seufzend lehnte ich mich zurück, direkt in einen Olivenbaumzweig hinein. Ich strich ihn weg und legte den Kopf in den Nacken. Über mir baute sich ein Dach aus Zweigen, Blättern und Kletterpflanzen auf.

Der Garten von Hiromi und Chinara war himmlisch. Wie in einem mystischen Fantasygarten. Anna hatte Glück, dass sie hierbleiben konnte, bis das mit meinem Onkel geklärt war. Ich setzte mich wieder aufrecht hin und begutachtete unsere Arbeit. Wir halfen nämlich Anna beim Packen ihrer Kunstwerke. Der absolute Renner waren – dank meiner Online-Postings – Sternzeichenkerzen mit den jeweils dazupassenden Kräutern und Kristallen. Ja, Anna und Mathilda verstanden sich prächtig.

Eine Antwort verweigerte ich ihnen, sondern klebte stattdessen einen Adresssticker einer Kundin in Wien auf das Paket.

»Ich weiß«, sagte ich nach Ewigkeiten. »Aber die Angst vor Ablehnung ist groß.« Seitdem mein Vater einen auf Houdini gemacht hatte und sich selbst hatte verschwinden lassen, nagte das an mir. Was für ein Irrglaube, dass die Scheidung der Eltern nur Kleinkinder schmerzte und Erwachsene sich nur zusammenreißen müssten.

»Ich verstehe dich, aber das ist eine dieser Situationen, auf die du später zurückblicken und sie bereuen wirst. Du wirst dich ewig fragen, was wäre, wenn?« Mathilda stand auf, ging neben mir in die Hocke und legte eine Hand auf meine. »Glaub mir. Ich habe wegen meiner Ängste und Zwänge so vieles im Leben versäumt und mich nicht aus meiner Komfortzone gewagt.«

»Ich sage das nicht gerne so häufig hintereinander, aber Mathilda hat recht.« Anna tat es meiner besten Freundin gleich, kniete sich neben mich und tätschelte meine andere Hand.

Sanft zog ich meine Hände unter denen meiner Liebsten hervor und stand auf. Die beiden erhoben sich zeitgleich mit mir, und ich schlenderte durch den farbenfrohen Garten. Auf einem Steinpfad schlüpfte ich zwischen die Oleanderbüsche, die die griechische Sommersonne tankten. »Selbst wenn …«

»Eleni, bei aller Liebe, halt endlich deine Klappe, und hau ab.« Anna verblüffte mich. »Na los. Geh zu ihm!« Sie verscheuchte mich mit ihren Armen wedelnd, als wäre ich eine streunende Katze.

Keine Ahnung, wie viele Minuten ich auf der Parkbank vor dem schmalen Laden der Gyros-Oma saß. Anscheinend aber lange genug, dass sie und Hestia rauskamen und sich zu mir setzten.

»Wenn du nicht gleich in mein Gyros beißt, dann verlange ich nächstes Mal das Doppelte von dir«, schimpfte die Gyros-Oma.

»Ganz ehrlich, bist du eine Griechin, mein Kind? Wie kannst du dieses Gyros anstarren, ohne hineinbeißen zu wollen?« Hestia zupfte sich ein Stück Gyrosfleisch aus meinem Pita samt Pommes, an dem noch Ketchup und griechischer Senf klebten. »Mmh!«

Die beiden rissen mich aus meiner Trance. »Oh, ich habe gar nicht gemerkt, dass ich das noch in der Hand habe.«

Die Gyros-Oma fasste sich ans Herz. »Dieses Kind bringt mich noch um.«

Schmunzelnd biss ich zu und reckte einen ausgestreckten Daumen hoch.

»Warum so trübselig?« Hestia schnappte sich eine Zwiebel.

Ich schluckte hinunter. »Ein Mann.« Nachdem ich von Anna rausgeschmissen worden war, war ich zielstrebig zu Christos geeilt. Auf halbem Weg hatte mich der Mut verlassen.

»Oh.« Kam es von beiden gleichzeitig.

»Immer dasselbe Thema, oder, Despina?« Dank Hestia erfuhr ich das erste Mal in meinem Leben den Namen der Gyros-Oma.

»Das ändert sich nie. Glaub uns, wir sind alt«, fügte die Gyros-Oma hinzu und zog sich ihr Tuch um die Stirn enger.

»Na, das macht mir Hoffnung.« Mit den Augen rollend, biss ich so weit in meine Pitatasche hinein, wie ich konnte. Mit dem Mund voller Essen, das nach Griechenland pur schmeckte, ertrug ich das alles besser.

»Genau deshalb darfst du dir das nicht auf der Seele liegen lassen. Die sind alle gleich: Kleinkinder im Körper eines Erwachsenen. Sag ihm, was in dir vorgeht. Von selbst durchschaut er das nicht.« Auch wenn die Feministin in mir sich vor Hestias Aussage sträubte, hatte sie zumindest damit recht, was das Aussprechen meiner Probleme anging. Denn die konnte Christos nicht riechen.

»Könnte ich noch ein gratis Gyros zum Mitnehmen haben, dann bin ich gestärkter, falls ich mich nicht traue?« Mit traurigem Hundeblick sah ich von Hestia zur Gyros-Oma.

Letztere zog böse ihre Brauen Richtung Nase und stand auf. Mit einem Ruck riss sie das Geschirrtuch von ihrer Schulter und peitschte mich damit, bis ich aufstand. »Das kommt gar nicht infrage.«

»Hey! Aber ich habe letztens auch …«

»Einer Gaunerin kannst du nichts vorgaukeln«, unterbrach sie mich. »Und jetzt Abmarsch.« Sie schenkte mir noch ein verstohlenes Lächeln und zwinkerte mir zu.

Ich leckte mir das Tzatziki von den Fingern – wobei ich Mathildas warnende Worte im Hinterkopf hatte, dass man draußen sich nicht ins Gesicht fasst oder die Finger ableckt – und schlenderte den Weg hinunter zum Meer.

Bunte Häuser zogen an mir vorbei, allesamt wunderschön hergerichtet, nicht nur des Tourismus wegen, sondern auch weil die Menschen auf Panórama seit Generationen hier lebten und es sich schön machten. So sah ich vor meinem inneren Auge mein jüngeres Selbst vor mir. Etwas verblasst, wie eine verschollene Erinnerung lief es vor mir her. Die Kletterpflanzen an den Häusern, die sich über Veranden oder Holzvordächer schlängelten, die bunten Fensterläden und die Tontöpfe auf den gemauerten Stufen zum Haus, sie alle trugen dazu bei, dass ich mich wieder zu Hause fühlte – so wie früher als Kind.

»Eleni?« Die Stimme von Dr. Karystiani holte mich zurück ins Jetzt und ließ mein Kinder-Ich verpuffen.

Ich sah zu ihr und erkannte neben ihr die Kindergärtnerin Tonia. Beide knieten neben einem älteren Mann, der halb auf den Stufen vor seinem Terrakottahaus lag und halb am Boden davor. Oben auf der Veranda stand eine Frau in seinem Alter, die die Hände vor den Mund geschlagen hatte und in dieser Position eingefroren war.

»Oh, mein … Was ist passiert?« Ich lief zu den vieren und kniete mich neben die Ärztin. »Soll ich etwas machen?«

»Er ist gestürzt, kannst du uns helfen, ihn stabil hinzulegen?«

»Schon okay, ich brauche keine Hilfe, ich …«, stöhnte der Mann.

»Noch einmal: Wenn das Bein etwas abbekommen hat, verschlimmerst du alter Esel es nur.« Dr. Karystiani kannte die Menschen auf der Insel, als wären sie alle ihre Kinder, nur sie konnte so mit ihnen reden.

»Ich habe ihm gesagt, er soll seinen Gehstock nehmen«, schimpfte seine Frau dahinter.

»Den brauche ich nicht! Wie sieht das denn aus? Was denken sich die Nachbarn? Die glauben, ich bin ein alter–«

»Das bist du auch, Papa! Ein alter Narr!« Tonias gerötetes Gesicht und die glasigen Augen zeigten die Sorge und ihre Wut über diesen unnötigen Unfall.

»Eleni, kannst du sein Bein halten und bitte darauf achten, dass es genau in der Position bleibt, ja?« Dr. Karystiani gab mir ruhige Anweisungen. In meinen Ohren rauschte das Blut. Was, wenn ich etwas falsch machte und seine Verletzung verschlimmerte?

Ich nickte. Glaubte ich. Denn Dr. Karystiani und Tonia hievten ihn hoch. Sofort machte ich mit, und gemeinsam schafften wir es, ihn von der Treppe nach unten auf den Gehweg zu legen.

»Danke«, sagte der ältere Mann, dessen Glatze am Oberkopf voller Schweißperlen war. Er wischte sich mit dem Ärmel seines weißen Shirts über den Mund und Oberlippenbart. »Muss ich weg?«

»Muss ich weg?« war eine der schlimmsten Fragen auf Panórama. Jeder wusste, was das bedeutet. Weg von der Insel. Ins Krankenhaus aufs Festland, weg von allem, das man kannte, und der Familie. So viele ältere Menschen kamen nie wieder zurück, und wenn es zu schnell ging, war die Familie zu spät dran, um rechtzeitig von Panórama ins Krankenhaus zu kommen, bevor die Liebsten verstarben.

»Wenn du endlich mitarbeitest und dich nicht so katastrophal anstellst, nicht.« Dr. Karystiani schnitt mit einer Schere, die sie aus ihrem weißen Kittel wie ein Lichtschwert zog, sein Hosenbein auf.

Die Markise vor Dr. Karystianis' Praxis fuhr automatisch aus. Ich konnte den Schatten nicht mehr erwarten. Ich nahm noch einen Schluck aus der Wasserflasche.

»Das hast du gut gemacht, danke.« Die Ärztin hatte mich nach unserem erfolgreichen Einsatz eingeladen, etwas zu trinken.

Glücklicherweise war es am Ende doch nicht so schlimm gewesen. Das Bein war nur verstaucht, und somit brauchte er auch nicht aufs Festland. Eine Erleichterung für alle.

»Danke. Tonia war aber ziemlich …« Wie sagte ich das nett?

»Panisch?« Die Ärztin hatte es auf den Punkt gebracht.

»Ja.«

»Du musst Tonia verstehen. Sie ist … Ihr geht es nicht so gut. Die Arbeit als Pädagogin erfüllt sie zwar. Aber weil sie keine Kinder bekommen kann, ist ihr Mann abgehauen, zurück in seine Heimat Serbien. Sie hat nur noch ihre Eltern.«

Während sie mir das erzählte, fühlte ich mich immer unwohler dabei, weil es nach etwas klang, das nicht jeder wissen sollte.

Vermutlich sah mir die Ärztin meine Skepsis an und fügte schnell hinzu: »Oh nein. Denke nicht falsch von mir. Ich bin keine Tratschtante, oder so. Tonia macht darüber einen, wie sagt man da gleich?« Sie legte ihren faltigen, dünnen wettergegerbten Finger auf die Lippen. »Internetblog? Das weiß jeder. So fühlt sie sich nicht so einsam.«

»Ah«, sagte ich wissend.

Auch wenn es merkwürdig war, fühlte ich mich besser. Zu wissen, dass wir alle unser Päckchen zu tragen hatten, besänftigte mich und erweiterte meinen Blick dafür, dass es nicht nur mich auf der Welt gab.

»Für mich ist Tonia eine besondere Patientin. Sie kommt oft vorbei. Zum Reden. Es ist, wie in die Vergangenheit zu sehen.« Der Blick von Dr. Karystiani verschwamm ein wenig und verlor sich in ihren angelegten Kräutergarten. Sie hatte mir vorhin noch stolz eine kleine Führung gegeben und erzählt, dass sie oft Tees, Salben und Gewürzmischungen für die Leute auf der Insel herstellte und an Ostern und zu Weihnachten verteilte, damit sie gesünder bleiben. Ja, sie lebte wirklich für ihren Job. Nachhaken, was mit ihrer Familie war, wollte ich nicht.

»Eleni?« Dr. Karystiani schüttelte den Kopf und sah mich an.

»Ja?«

»Versprich mir, weniger zu zögern. Ich bereue so unendlich viel in meinem Leben. Das kann man nie wieder ungeschehen machen.« Dann erhob sie sich. »Drinnen müsste ich noch einen Eistee im Kühlschrank haben. Du magst Ingwer, oder?«

»Ja. Ähm und ja.« Was sollte ich sonst sagen?

An der Türschwelle hielt sie und umfasste den Holzrahmen. Von der Seite erkannte ich ein paar eingeritzte Striche und Buchstaben, die ich nicht entschlüsseln konnte.

Dr. Karystiani strich kurz darüber und verschwand ins Haus.

Kapitel dreiunddreißig

Nachdem ich Dr. Karystiani verlassen hatte, hatte ich kurz vor Christos' Taverne wieder Panik bekommen, war wieder umgekehrt und in eine schmale Seitengasse gehuscht, in der mich Mülltonnen empfingen. Ich kämpfte mich zwischen den Häuserwänden hindurch und quetschte mich an der anderen Seite raus. Ich atmete tief ein, nachdem ich neben dem aufgeheizten Müll die Luft angehalten hatte, und erkannte sofort das dunkelblaue Shirt mit den weißen Ankern darauf.

Ich starrte auf meinen Vater. Er stand an einem Kiosk mit dem Rücken zu mir und ließ sich gerade eine Tüte mit Nüssen füllen. Als er sich umdrehte, nahm ich Reißaus. Wieder kämpfte ich mich zwischen Wänden und Mülltonnen hindurch und fand mich vor Christos' Taverne wieder. Offenbar musste ich mich wenigstens einem meiner Probleme heute stellen.

»Eleni!«

Na großartig.

»Hi.«

»Wolltest du zu mir?« Christos hatte beide Arme voll mit Tellern, die gefährlich schwankten, als er sich zu mir drehte.

»Ähm.« Ich warf einen Blick über die Schulter und erkannte meinen Vater, der am anderen Ende der Gasse vorbeiging. »Ja. Ja, ich dachte mir, ich helfe dir in der Taverne.«

Sofort nahm ich ihm ein paar Teller ab und folgte Christos ins Innere.

»Danke, aber das wäre nicht nötig.«

»Schon gut.«

Drinnen stellten wir in der Küche das Geschirr ab, und ein herrlicher Duft von gegrilltem Fisch, Oregano und lang geköchelten Soßen schwebte in der Luft.

»Du, Christos?«

»Ja?«

Ich dachte an die Worte von Dr. Karystiani, an Tonias Schicksal, an ihren Vater, an Anna, an Mathilda und an meine Eltern. »Darf ich dich etwas fragen?«

»Natürlich.« Christos stellte die Teller wieder hin, die er einräumen wollte, und wandte sich zu mir, als merkte er, dass ich etwas Wichtiges sagen wollte.

»Mein Vater. Ich habe ihn gesehen und bin wieder abgehauen.«

»Das ist keine Frage.« War Christos jetzt der Lektor meines Lebens?

»Ich weiß. Ich hole nur aus. Keine Ahnung, wann ich bereit bin, mit ihm zu reden. Wo wir beim Stichwort wären. Reden. Darin bin ich kein Profi.« Halt suchend lehnte ich mich gegen den Metalltisch.

Christos schnaubte nur belustigt. Was sollte er auch sagen? Er kannte mich inzwischen und wusste, ich sprach die Wahrheit.

»Es trifft mich mehr, als ich gedacht hätte, dass er hier ist. Bisher habe ich mir eingeredet, ihn nicht zu vermissen, ihn nicht zu brauchen. Was mich auch zu meiner Frage führt. Was ist das mit dir und …?«

»Christos?« Stella schwang sich in die Küche und erstarrte bei meinem Anblick.

»Ähm, ich komme gleich«, sagte Christos.

»Hilfst du beim Tischabräumen?« Stella sah mich fragend an, sie trug eine Schürze.

»Und was machst du hier?« Ich verschränkte die Arme.

»Ich mache alles, was hier anfällt. Schließlich teilen wir uns diese Taverne.« Stellas Worte drückten mir den Hals zu.

Ein Schwindel bahnte sich an, und mein Magen fühlte sich an, als klaffte ein riesiges Loch darin. Bevor ich zusammensackte, hielt ich mich am Tisch fest. »Oh.«

Oh? Was Besseres fiel mir nicht ein.

»Eleni, wir … es … Stella, kannst du uns kurz alleine lassen? Eleni geht es nicht gut, und sie wollte mich etwas fragen.«

Ich reagierte sofort: »Nein, schon gut, Christos. Ihr habt viel zu tun. Ich komme wieder … Ich muss nur …« Mit schweren Schritten eilte ich an Stella vorbei, die nur ein kühles Lächeln für mich übrig hatte. Ich hielt mich am Türrahmen fest und stolperte halb nach draußen, als wäre ich betrunken.

»Eleni!«

Bevor ich hinfiel, hielt ich mich an den Holzsäulen der Terrassenüberdachung draußen fest, unter die ein paar Leute vor dem ergrauten Himmel geflohen waren.

»Was?« Ich drehte mich zu ihm. »Was, Christos? Es tut mir leid, dass ich nicht meinen Mund aufgemacht habe. Aber weißt du was? Vielleicht ist es besser so!«

Stella eilte auch zu uns hinaus. Ich hörte Gabeln, Messer und Löffel auf Tellern klingelten und Gespräche, die hinter uns verstummten. Alle hörten uns zu.

»Nachdem wir uns nähergekommen sind«, sagte ich leiser, »habe ich gedacht, mit meinen Problemen zu dir kommen zu können. Nein, nicht nur das. Dass mehr zwischen uns sein könnte. Was Unsinn ist. Aber jetzt zu sehen, dass du dir mit deiner Ex die Taverne teilst, die sich vor der Bar an deinen Oberarm schmiegt, da bin ich, so peinlich es klingt, enttäuscht. Warum hast du mir das nicht erzählt? Dabei habe ich kein Recht, mich so zu fühlen. Ich bleibe nicht ewig hier, sondern bin für dich vermutlich nur ein Sommerflirt, und deine Ex bleibt. Ja, ich habe gedacht, du bist nicht nur jemand, dem ich meine Probleme erzählen kann, sondern … mehr. Besser, ich behalte wie bisher meine Gefühle für mich. Da war mein Leben nicht so ein Chaos.« Die Wut verlieh mir neue Kräfte, mit denen ich es schaffte, das zu tun, was ich am besten konnte: vor meinem Leben davonlaufen.

Doch dieses eine Mal konnte ich das nicht. Denn da war endlich jemand, der mich nicht losließ, der mich nicht weggehen ließ, sondern jemand, der mich festhielt. Ein Ruck ging durch meinen Körper, als ich Christos' Hand spürte, die nach mir griff.

Die Leute um uns – ja, auch Stella – starrten uns an. Selbst das Meer schien ruhig zu werden. Man hätte eine Stecknadel am Boden aufschlagen hören können.

»Ich lasse dich nicht gehen.« Christos' Worte berührten etwas tief in mir.

»Okay? Und jetzt?«

»Jetzt kommst du mit mir, und wir laufen zusammen weg.« Der Glanz in seinen Augen und das leichte Lächeln stimmten mich versöhnlich.

»Du kannst jetzt nicht gehen.« Stella deutete auf die Gäste um uns.

Doch Christos hörte gar nicht auf Stellas Worte und eilte mit mir davon.

War das nicht der Anfang von allem gewesen? Genau das fragte ich mich, als ich zum zweiten Mal in der Grotte saß, die Christos mir schon vor wenigen Tagen gezeigt hatte. Bis hierher hatten wir kaum miteinander gesprochen. Seit einiger Zeit warf Christos Steine ins Wasser. Das Plumpsen hallte durch die Grotte.

»Warum teilst du dir die Taverne mit deiner Ex? Und warum hast du das nicht erzählt?« Meine Worte klangen laut.

Christos drehte sich nicht um, weswegen ich irgendwann glaubte, mir eingebildet zu haben, die Fragen gestellt zu haben. Die Steine unter mir fühlten sich unangenehm an, und das Wasser, das von meinen Haaren tropfte, verursachte eine Spur aus Gänsehaut auf meinem Rücken.

»Warum teilst–?«

Christos hob eine Hand und stoppte mich damit. »Ich habe dich auch beim ersten Mal verstanden. Ich überlege nur, wie ich es erklären soll.«

»Plötzlich wiederentfachte Liebe?«

Er drehte sich zu mir um. »Das ist es, was du denkst?«

Ich zuckte mit den Schultern.

Christos griff nach meiner Hand, und mit der anderen schob er mein Kinn in seine Richtung, bis ich keine Wahl hatte, als ihn anzusehen.

»Stella und ich sind verheiratet.«

»Verheiratet?«

»Verheiratet.«

»Verheiratet?« Ich konnte es nicht glauben. Das Wort fühlte sich wie ein Tritt in den Magen an. Ich sah ihm direkt in die Augen und musste sichergehen, dass mir mein Verstand keinen Streich spielte.

»Verheiratet.« Christos runzelte besorgt die Stirn.

Verzweifelt erhob ich mich. Ich strich mir die Haare zurück und verweilte mit den Händen an meinem Kopf. »Ach, du heilige Scheiße.«

»Eleni, warte.« Und wie ich warten würde, und zwar so lange, bis jemand mit einem *Versteckte-Kamera*-Banner reingelaufen kam.

»Das kann nicht wahr sein.« Meine Atmung ging viel zu schnell. »Ich habe Mathilda noch dafür fertiggemacht, als sie eine Affäre mit einem verheirateten Typen hatte, der angeblich seine Frau für sie verlassen wollte. Ich höre mich noch wichtig sagen: *Willst du einen Typen, der seine Frau betrügt, und du hast dann dieselbe Angst bei ihm? Was ist mit seiner Frau?* Und jetzt? Jetzt …« Ich atmete hektisch ein und aus. »Jetzt bin ich die, der das auch passiert. Aber gut, ich …«

»Eleni.«

»Ich habe es nicht gewusst«, sprach ich mit mir selbst, Christos völlig ignorierend. »Ich muss mich bei Stella entschuldigen. Dann muss ich sofort abreisen. Vielleicht bekomme ich noch einen Flug heute.« Völlig in Rage redete ich wirres Zeug, das mir durch den Verstand blitzte.

»Dann ist das wohl der falsche Moment, um zu sagen, dass ich etwas mit Mathilda hatte?« Wie ein Wirbelwind drehte ich mich zu Christos. »Das war nur ein Spaß, damit du mir zuhörst. Unangebracht?«

»Aber so was von!«

»Es ist nur, wir sind verheiratet, ja. Aber wir sind schon lange getrennt. Wir sind jung gewesen, naiv, haben geheiratet, weil wir beide hitzköpfig sind. Wir haben uns aber nie scheiden lassen. Wir haben gedacht, ist doch egal.«

»Egal?« Ich suchte noch mal nach Kameras. »Egal?« Meine Stimme überschlug sich.

»Wir sind jung gewesen, und nach der Trennung haben wir uns aus den Augen verloren. Stella wollte immer mehr. Anwältin werden oder so was, ein teures Haus, drei Kinder, und ich? Ich wollte keine Karriere und ein spießiges Leben, sondern lieber entspannter leben. Na ja, bis auf die unüberlegte Heirat nach ein paar Drinks.« Christos stand auf und näherte sich mir, als wäre ich ein wildes Tier, das man nicht verschrecken will.

»Okay? Und warum ist sie dann hier?« Ich verstand die Welt nicht mehr.

»Sie ist in Athen Anwältin gewesen, erfolgreich. Irgendwie hat sie aber … zu viel gewollt. Mit ein paar unlauteren Methoden versucht, Fälle zu gewinnen. Dann wurde ihr gekündigt, und sie ist tief gefallen. Als sie meine Taverne auf Facebook entdeckt hat, ist sie hergekommen und macht jetzt einen auf: Wir sind verheiratet, ich bin Anwältin, mir gehört die Hälfte. Blabla.« Die Geschichte klang plausibel, und ich wollte sie glauben. Trotzdem hatte ich Angst vor Enttäuschung.

»Und ihr liebt euch nicht mehr?«

»Nein. Also ganz und gar nicht.« Christos leckte sich über die Lippen. »Wir sind unterschiedlich wie Tag und Nacht. Nur kann ich mir im Moment keinen Rechtsstreit leisten. Keine Ahnung, was sie sich von der Taverne verspricht. Das ist nicht ihre Welt. Ich schätze, so wie ich Stella kenne, ist sie desillusioniert. Vielleicht denkt sie, meine Taverne sei ein Zeichen gewesen oder so was in der Art.« Christos redete und redete. »Und … und …« Harsch strich er sich die Haare zurück und suchte wohl verzweifelt nach mehr Beispielen, um seine Behauptungen zu untermauern.

Ein unbezwingbares Gefühl des Vertrauens überrumpelte mich. Diese mächtige Stimme, die mich mit einem leisen Flüstern so laut überzeugte, Christos zu glauben. Deshalb verringerte ich mit großen Schritten unseren Abstand, packte ihn an den Schultern, zog ihn zu mir und küsste ihn.

Ein leises Wimmern vermischte sich mit unserem Kuss. Diese instinkthafte Lust, die mich überkam, weckte alles in mir auf, rüttelte meine Seele durch und spuckte die Eleni aus, die ich ewig nicht mehr gewesen war. Die Eleni, die wusste, was sie wollte.

Christos' Hände waren plötzlich überall an meinem Körper. Sein fester, starker und rauer Griff fühlte sich so wild, unbarmherzig und gleichzeitig so sanft auf meiner Haut an, dass jede Stelle meiner Haut brennend heiß zurückblieb, sobald er sie berührt hatte. Trotz meiner geschlossenen Augen erlebte ich diesen Moment bunt und hell.

Meine Finger fuhren durch seine festen schwarzen Locken, die etwas vom Salzwasser aneinanderklebten. Ich verlor mich darin so lange, bis sich mein Innerstes wieder danach sehnte, seine Haut zu berühren. Seine Küsse schmeckten nach süßem Salz, und seine Stoppeln kratzten herrlich sinnlich, dass er mich mit allem, was er machte, um den Verstand brachte. Immer mehr drückte ich ihn an mich, während ich seine Muskeln, seine Sehnen, seine Härte und seine Hitze spürte.

Irgendwann zog er an der Stoffschnur, die mein Bikinioberteil zusammenhielt, und es fiel runter. Sein gieriger Blick musterte mich und zeigte mir, dass er genauso oft an das hier gedacht hatte wie ich.

Als wir uns beide unserer Klamotten entledigt hatten, klebten wir wieder aneinander. Oh, und wie ich seinen Körper an meinem liebte. Die Zeit verstrich, wurde zu etwas Ungreifbarem und verschmolz mit allem uns herum zu einem Brei aus Nichtigkeiten. Was zählte, waren nur noch wir. Das Tosen eines aufkommenden Sturms begleitete uns wie ein Streichkonzert.

Eigentlich wollten wir uns noch mehr Zeit für uns nehmen. Der Platzregen durchkreuzte unsere Pläne. Denn wir wussten, dass wir aus der Grotte mussten. Bevor das Wetter zu gefährlich geworden war, hatten wir es geschafft, wieder zurück ins Inselinnere zu kommen.

Bevor wir unter Menschen kamen, löste ich mich von Christos' Hand, die meine hielt.

»Was ist los?«

»Ich denke nicht, dass wir uns so sehen lassen sollten.« Ich grinste bei seinem Anblick. Was bedeuteten das Händchenhalten und die Aussprache für uns? Egal. Was es auch war, mein Herz schwebte leicht und ohne Kummer auf einer Wolke.

»Ah. So ist das? Du schämst dich für mich?« Christos hielt einen Schirm, der einsam herumgelegen hatte, über meinen Kopf und grinste mir zu.

»Nein. Es ist eher wegen deiner Frau.« Ich betonte das letzte Wort bewusst. »Ich will sie nicht provozieren. Wir Frauen sollten uns das Leben nicht gegenseitig schwer machen.«

Abrupt hielt Christos, und ich ging noch ein, zwei Schritte weiter, bis ich im Regen stand. Hatte ich ihn verletzt? Sofort wandte ich mich zu ihm.

Christos ließ den Schirm sinken. »Deshalb bist du so wundervoll, Eleni. Du denkst an andere, nicht nur an dich. Trotzdem will ich dir versichern, dass zwischen ihr und mir nichts mehr läuft, okay?« Ich glaubte ihm erst mal.

Wir standen auf einer engen Straße zwischen Bäumen, von oben herab regnete es, und das Grau, das uns umgab, brachte Christos noch mehr zum Strahlen.

»Danke.«

Ein plötzlicher Windstoß kam auf uns zu und riss Christos den Regenschirm aus der Hand. Er machte noch einen Satz, um ihn einzufangen. Zu spät.

»Mist.«

Ich prustete laut los. Wie ein begossener Pudel stand er vor mir, die welligen Haare klebten an seinem Kopf, und er sah aus wie abgeleckt. Was waren wir nur für ein Paar?

»Hey, lachst du mich aus?« Christos schnappte nach mir, und ich hüpfte zurück.

»Ich lache über uns«, berichtigte ich ihn und ließ mich beim zweiten Versuch von ihm fangen.

Der Wind nahm zu, und der Regen prasselte stärker auf meinen Kopf. Die ungewohnte Kälte um uns herum bescherte mir ein Niesen, bevor Christos mich auf die Wange küsste.

»Ist dir kalt?«

Ich schüttelte den Kopf. »Wir sollten den Schirm suchen. Wir können den nicht liegen lassen.«

»Recht hast du.« Mit einem Nicken deutete Christos in die Richtung, in die der Schirm getrieben wurde.

Bevor wir loslaufen konnten, unterbrach ein Bellen das nächste leichte Donnern. Mein Freund, der Straßenhund, eilte von einer Böschung hinunter und hielt den Schirm im Maul. Obwohl er sich schwer dabei tat, brachte er ihn uns.

»Wow, danke.« Christos streichelte seinen Kopf und nahm den Schirm von ihm an.

»Wir sind befreundet«, sagte ich.

»Selbstverständlich seid ihr das.«

»Glaubst du mir nicht?«

»Doch, das ist es ja. Ich bezweifle das nicht mal. Du bist eben nicht von dieser Welt, Eleni.«

»Danke. Glaube ich.« Ich verbuchte es als Kompliment. Davon konnte man nie genug haben.

Auch ich streichelte meinen Freund, den Hund, wohl wissend, der Kopf der Bande – der Pelikan – war nicht weit.

»Vielleicht sollten wir uns trennen. Da vorne ist Annas Haus, und dort wärmst du dich auf.« Christos drückte mir den Schirm in die Hand, obwohl meine Klamotten völlig durchnässt waren.

»Okay. Und was machst du?« Ich wischte mir das Regenwasser aus dem Gesicht.

»Ich werde mit Stella reden.«

Kapitel vierunddreißig

Der Regen trommelte gegen Dach und Fenster. Gut, dass ich mich ins Haus zurückgezogen hatte, auch wenn ich seitdem ständig mein Handy checkte. Ich rutschte auf der Couch hin und her. Wann meldete sich Christos?

»So. Ich lasse es liegen und sehe nicht mehr drauf«, sagte ich zu mir selbst.

Ich rieb mir die Oberschenkel, verfolgte das Pendel der Standuhr oder stapelte die Sofakissen neben mir um, bevor ich sie wieder zurückordnete.

Als ich ein Geräusch hörte, schreckte ich auf und griff nach meinem Handy. Viel zu hektisch strich ich über den Bildschirm. Nichts.

Mein Onkel schleppte sich ins Wohnzimmer. »Na, mein Kind?« Athanasios wirkte anders auf mich. Müde und ausgelaugt.

Eigentlich wollte ich sauer auf ihn sein. Ihn so zu sehen betrübte mich jedoch. »Hallo, *thio* Athanasios.«

»Na? Was machst du hier?« Er wirkte etwas steif, und seine Minischritte machten mir Sorgen.

»Es regnet«, sagte ich beiläufig, ehe ich mich erhob, bei ihm einhakte und ihn zum Ohrensessel begleitete. »Wie geht es dir?«

»Ja, muss ja.«

»Warum redest du nicht mit Anna?«

»Nicht dieses Thema.« Stöhnend setzte er sich in seinen Sessel. Ich ließ mich wieder aufs Sofa fallen.

»Okay, wie du meinst.« Wie stur konnte ein Mensch sein? Sagte ich, die von ihrem Vater davonlief und zu kindisch war, die Probleme meiner Eltern auch die Probleme meiner Eltern bleiben zu lassen.

»Hast du mit deinem Vater gesprochen?«

»Nicht dieses Thema«, machte ich ihn nach und nahm auch wieder Platz.

Athanasios warf mir einen verärgerten Blick zu. Er mochte es nicht, mit den eigenen Waffen geschlagen zu werden. Eine Zeit lang saßen wir da, ohne zu sprechen.

»Ein Gespräch mit deinem Vater würde dir guttun.« Jetzt fing er wieder damit an?

»Und dir mit Anna nicht?«

Er schnaubte verärgert.

Ich gab nach. »Ich kann nicht mit ihm reden. Es tut zu sehr weh, was er meiner Mama angetan hat.« Ich merkte, wie mich diese Gedanken über meinen Vater innerlich auslaugten und gleichzeitig so aufheizten, dass ich gar nicht mitbekam, wie ich mich an die Couch klammerte.

»Eleni …« Mein Onkel rückte zur Seite und drehte sich so, dass er mich ansah.

»Nein, nichts *Eleni*. Ich habe den Respekt ihm gegenüber verloren. Ich vermisse eher die Vorstellung von dem Vater, der er sein könnte. Wir hatten nie ein so enges Verhältnis. Wir sind wie Feuer und Wasser. Fische und Löwen.«

Ein wellenförmiges Stirnrunzeln huschte über Onkels Stirn. »Du und dein Vater seid euch früher nahe gewesen.«

»Ja, aber das ist lange, lange her. Außerdem bringt eine Aussprache nichts. Ich kann das meiner Mama nicht antun.«

Ein lautes Klatschen ließ mich hochschrecken. »Hör auf, so zynisch zu sein, du bist schlimmer als dein Vater und ich.«

Ich stand auf und ging zu ihm. »Von irgendwem muss ich das ja haben«, sagte ich. Gleich danach nahm ich seine Hände in meine und spürte ein sanftes Zittern.

»Lass dich bitte durchchecken. Und rede mit Anna.«

»Wieder diese Belehrungen. Sonst noch Wünsche?«

»Wovor hast du denn Angst?«

Mein Onkel wandte sich von mir ab und löste seine Hände aus meinen. Er setzte sich auf und knabberte am Daumennagel.

»Ja?« Ich fing seinen Blick mit meinem ein.

»Ich habe vor nichts Angst.«

»Soll ich dir noch mal die Geschichte erzählen, in der Stavo dir eine Gummischlange in die Werkstatt geschmissen hat und du höher als Mariah Carey geschrien hast?« Bei dieser Erinnerung fiel es mir schwer, ernst zu bleiben.

»Du bist hartnäckig«, war seine Antwort. Ja, wie du.

Im Spiegel hinter ihm, sah ich die alte Musikanlage, auf die er stolz war, und machte sie an. Als ich mich umgedreht hatte, übertönte Musik die klappernden Fensterläden, die der Wind auf- und zuschlug.

»Thessaloniki Mou« von Marinella hallte durch das Haus. Mein Onkel verband viel mit der Stadt im Norden Griechenlands. Nicht nur wegen des Fußballteams, oder da viele der Inselbewohner ursprünglich aus dieser Gegend kamen. Sein Lieblingsonkel hatte dort gelebt. Er erzählte oft von Onkel Apostolos, der früh bei einem Bootsunglück verstorben war.

Ich kreiste meine Schultern ungelenk, als ich mich zu den griechischen Klängen bewegte und meinen Onkel aus dem Sessel zog. Widerwillig stand er grinsend auf und seufzte laut, als würde ich ihn nerven, was nie stimmte. Oder selten. Manchmal.

»Na? Na? Ich weiß, dass du alleine öfter tanzt.« Das hatten Stavo und ich durch die Schlitze der Fensterläden als Kinder öfter beobachtet.

Nicht so fit, flüssig und rhythmisch wie früher. Trotzdem tanzte mein Onkel taktsicher zu diesem Lied. Sein Rasierwassergeruch stach wundervoll nostalgisch in meiner Nase. Leise summte er das Lied in mein Ohr, bis er stoppte und flüsterte: »Was kannst du deiner Mama nicht antun, Eleni?«

»Sie würde mich hassen, mich als Überläuferin sehen, wenn ich mich mit meinem Vater vertrage. Sie wäre so enttäuscht und traurig.« Benebelt vom Zauber unseres schönen Moments, erzählte ich ihm das, ohne nachzudenken.

»Ist das wirklich so, *louloudi mou?*«, sagte meine Mama.

Verdammt!

Das schlechte Wetter hatte sich ein wenig beruhigt. Meine Mama und ich hatten uns entschieden, die Angelegenheit draußen zu klären.

»Warum hast du mir das nie gesagt?«, wiederholte meine Mama zum hundertsten Mal.

»Das war nicht so gemeint«, antwortete ich zum hundertsten Mal.

»Eleni.«

»Mama?«

Wir gingen beide weiter im Stechschritt den Weg links vom Haus entlang zum Anlegeplatz mit den kleinen Fischerbooten.

Das Tropfen von den Bäumen um uns erinnerte noch an das Unwetter, als hätte es die Insel von lang verborgenen Geheimnissen reingewaschen, die an die Oberfläche drängten.

»Sprichst du nur nicht mit deinem Vater, weil du nicht willst, dass ich traurig bin? Eleni, das habe ich nicht gewollt. Ich würde dir niemals deinen Vater nehmen wollen.« Meine Mama knetete ihre Finger und linste zu Boden, im Gesicht ein bitterer Ausdruck.

»Wolltest du nicht?« Ich blieb abrupt stehen.

Sofort sah sie mich an, kampflustig baute sie sich auf, als wäre sie bereit zum Angriff. Doch als sie mich ansah, hatte ich den Eindruck, sie begriff seit Langem wieder, wer ich war: nämlich ihre Tochter. Ihre Augen verloren an Feuer und wurden weicher.

»Vielleicht habe ich dich unbewusst etwas manipuliert. Es tut mir leid, Eleni.« Ihr Kinn zitterte. Sie blickte weg und drückte mit dem Zeigefinger gegen ihre Lippen, was sie immer machte, bevor sie anfing zu weinen.

»Ach, Mama.« Ich legte meinen Arm um sie und zog sie an mich. »Es liegt nicht nur an dir. Ich hätte auch reden können. Aber egal, ob ich geredet hätte oder nicht, auch für mich ist es noch zu früh.«

»Ich bin deine Mutter. Ich muss für dich da sein. Aber du warst mehr Mutter für mich als ich für dich.« Als wäre eine dicke Mauer der Erkenntnis in ihrem Kopf gebrochen, die sie vor all dem, was sie die letzte Zeit mit mir gemacht hatte, bewahrt hatte, schreckte sie zurück und hielt die Hand erschrocken vor den Mund gedrückt. »Was ich alles von dir verlangt habe. Deinen Vater zu bestrafen, mich aufzunehmen, durchzufüttern, und dann habe ich auch noch nur gemeckert. Eleni, es …« Sie wandte sich ab, als ertrüge sie meinen Anblick nicht mehr. »Ich erkenne das alles erst jetzt. Es tut mir so leid.«

Meine Hand schnellte zu meiner Mama vor, hielt aber auf halbem Wege inne. Klar, Kinder können für ihre Eltern da sein, wenn es ihnen nicht gut ging. Meine Mama hatte jedoch recht. Sie hatte mir zu viel zugemutet. Ich sagte also gar nichts, um das zu relativieren, egal, wie leid sie mir tat. Stattdessen sagte ich: »Danke, das tut gut zu hören, Mama.« Ich nahm sie wieder in den Arm.

Eine Weile verharrten wir in dieser Position, bis wir uns beide beruhigt hatten und meine Mama einen Schritt zurückmachte. »Ich bin aus einem anderen Grund bei Sakis gewesen.«

»Ich habe dich gesucht, und Christos meinte, du seist bei ihm. Ihr habt euch also vertragen?«

»Mama, bitte. Was wolltest du denn?«

»Eigentlich wollte ich dich abholen, um dir das zu zeigen.« Meine Mama deutete weit in die Ferne.

»Es tut mir leid, dich enttäuschen zu müssen, das Meer kenne ich schon.«

»Nicht das Meer, da.«

»Die Fischerboote?«

»Eleni!«

Am Ende des Stegs erkannte ich endlich, was sie meinte. Das kleine Fährschiff, das zwischen Santorini und Panórama hin- und herfuhr. Schon seit Jahren sah es aus, als würde es bei der nächsten Überfahrt sinken.

»Warum zeigst du mir denn …? Oh!« Stimmt ja, meine Mama war die letzte Zeit über oft mit Kapitän Jannis unterwegs gewesen.

»Jannis hat gemeint, er würde uns eine private Bootstour geben. Hast du Zeit und …?« Meine Mama wurde wieder verlegener. »Willst du überhaupt mit mir Zeit verbringen?«

Ich nahm ihre Hand. »Was für eine Frage. Los geht's!«

Auf dem Weg zum Boot sprachen wir über Stella und Christos, vor allem aber von Christos und mir. Sie schwärmte von Jannis. Und langsam glaubte ich, alles könnte endlich wieder besser werden.

Die dunkelrote Cordhose meiner Mama passte perfekt zu ihrem dünnen gelben Pulli, der im Meereswind flatterte.

Am Boot von Jannis angekommen, winkte er uns zu sich.

»Er sieht ganz schön … gut aus«, flüsterte ich meiner Mama zu, die mir kichernd auf den Oberarm schlug.

»Eleni!«

Wir betraten das Boot über die Rampe, die Jannis runtergelassen hatte. Der Empfang in seinem Kapitäns-Outfit war herzlich. Die Leute auf der Insel rechneten ihm seinen Service hoch an. Es gab auch ein Schiff, das vom Land aus zwischen mehreren Inseln und dem Festland hin- und herfuhr. Jannis bot aber seine Santorini-Panórama-Fahrten für zwei Euro an. Und diese Route reichte den meisten. Selbst wenn man das jeden Tag nutzte, war es billiger als die Jahreskarte des anderen Schiffes.

Auf dem Schiffchen konnten die Leute entweder in der kleinen Innenkabine Platz nehmen oder rundherum auf Bänken sitzen. Wir setzten uns vorne auf die Holzbänke.

»Seid ihr bereit? Ich habe mir gedacht, einmal rund um Panórama zu tuckern, wäre schön, oder?« Jannis' brummende Stimme wurde von einem herzhaften Lachen abgelöst. »Ihr vertraut mir, oder?«

»Ähm, klar. Obwohl Menschen, die das fragen, immer etwas weniger vertrauenswürdig klingen.«

Jannis lachte wieder und legte dabei seine Hände an den Bauch. »Ich mag deine Tochter, Rosi.«

»Das freut mich.«

Oha, er nannte sie schon Rosi? Dabei hasste sie diesen Spitznamen, wie ihre Cousine Theresia, die es verabscheute, von allen Resi genannt zu werden. Aber Rosi und Resi waren zu verlockende Spitznamen, um sie nicht so zu nennen, sobald die Familie zusammenkam.

»Na, dann legen wir mal los. Amüsiert euch, und genießt die See. Falls es euch zu kalt wird, könnt ihr hineingehen oder euch

Decken holen.« Jannis drehte sich um und schritt die morschen Stufen hoch in seine Kapitänskabine.

Der Motor startete, und ich freute mich über diese gelungene Abwechslung. Endlich entspannen und an nichts denken, während wir den Wellen beim …

»Eleni, siehst du das auch?« Zum zweiten Mal an diesem Tag folgte ich mit meinem Blick der Richtung, in die meine Mama zeigte, und erkannte ebenfalls eine Person, die den Steg entlang auf uns zulief.

»Braucht da jemand Hilfe?«

Je näher die Person kam, desto mulmiger wurde das Gefühl in meinem Magen.

»Eleni, das ist dein …«

»Vater.«

Meine Mama stand auf, drehte sich zu Jannis und rief »Fahr!«. Sie wandte sich mir zu: »Sagt man das bei Schiffen? Fahr?« Mama sah mich verwirrt an, und ich hatte für ihre Frage nur ein Schulterzucken übrig. »Schwimm!«, versuchte sie es dann.

»Also, das ist bestimmt nicht richtig.« Ich schaute wieder zum Steg.

Mein Vater kam näher, und das Schiff legte ab. Er schien um sein Leben zu laufen. Das Schiff bewegte sich. Mein Vater legte einen Zahn zu.

Mama und ich erhoben uns, eilten vor zum anderen Ende des Schiffes am Betonsteg.

»Wartet!«

»Hör auf, du verletzt dich noch!« Als ob es meiner Mama darum ginge.

Mein Vater ließ nicht nach und sprang ab. Er erwischte das Schiff. Er hielt sich am Rand fest und strampelte mit den Beinen. Eine Sekunde war ich versucht, ihn runterzustoßen, und ich wettete, bei meiner Mama waren es zwei Sekunden. Mindestens. Aber natürlich halfen wir ihm an Bord.

Jannis öffnete das Fenster an seiner Kabine. »Alles in Ordnung? Wer ist das? Zum Teufel noch mal, spinnt der?«

Oh ja. Berechtigte Frage.

»Ja, alles okay, das ist mein Ex-Mann«, sagte meine Mama und half ihm auf die Beine.

Mein Vater schnaufte. »Ich bin zu alt für den Scheiß.«

»Was fällt dir ein, so einen leichtsinnigen Sprung zu machen?« Meine Mama keifte ihn an wie früher.

»Anders bekomme ich keine Chance, mit euch zu sprechen«, sagte er und strich sich seine Klamotten glatt.

Wow, er hatte das Spiel, die Grenzen anderer nicht zu akzeptieren, perfektioniert.

»Es gibt auch einen Grund, warum wir nicht mit dir sprechen wollen. Woher wusstest du überhaupt, wo wir sind?« Ich setzte mich auf die Holzbank.

»Ich bin bei meinem Bruder gewesen und habe alles mit angehört. Ich habe mich dort vor dem Regen versteckt, und als du gekommen bist, hat er mir gesagt, ich soll oben bleiben.« Oh, das würde mein Onkel zurückbekommen. »Und genau deshalb müssen wir miteinander sprechen.«

»Wir drehen wieder um«, sagte ich und erhob mich wieder. »Jannis!«, brüllte ich hoch.

»Nein, Eleni, bitte.« Die Art, wie er das sagte, bewegte etwas in mir. »Bitte.«

»Wenn du willst, können wir reden. Wir alle.« Diese Worte von meiner Mama zu hören, hätte ich in diesem Leben nicht mehr erwartet.

Jannis sah wieder aus dem Fenster und warf mir einen *Was ist nun?*-Blick zu.

»Schon gut«, sagte ich zu ihm.

Jannis schloss das Fenster hinter sich, vermutlich, um uns die nötige Privatsphäre zu geben. Wobei der alte Motor des Schiffes ohnehin so laut war, dass er nichts hören könnte.

Ich ließ die Arme hängen und gab mich geschlagen. »In Ordnung.«

»Also?« Meine Mama verschränkte die Arme vor der Brust, und ihre Haare wehten im aufkommenden Fahrtwind. »Was hast du zu sagen?«

»Es tut mir leid.«

Wir setzten uns alle drei. Ich mich auf die seitliche Holzbank, meine Mama auf die mir gegenüber und mein Vater links von mir.

»Das war's?« Meine Mama unterstrich ihre Verärgerung mit einem lauten »Ts« gefolgt von einem: »Typisch.«

»Würde es etwas bringen, mehr zu sagen? Dir ist nie etwas genug«, fuhr er sie an, wobei sich die Fältchen um seine Lippen verzogen und die buschigen weiß-grauen Augenbrauen Wut ausdrückten.

»Mir?« Die Stimme meiner Mama wurde hell und dünn. »Mir? Du bist der, dem sein Leben nicht genug gewesen ist. Warte nur ab, bis der Alltag bei dir und deiner neuen Freundin einkehrt und sie dir auch zu langweilig wird. Was machst du dann? Wieder eine Neue suchen? Oder hält sie dich schön fest, weil sie weiß, dass du ein Betrüger bist und ihr dasselbe antun könntest?« Die Holzbank unter ihr wackelte verdächtig, als sie sich erhob und sich in Richtung Kabine drehte. Im Glas erkannte ich vage, wie sie sich die Hand auf die Brust legte, um sich zu beruhigen.

Einerseits hatte ich das Gefühl, etwas sagen zu müssen, andererseits kam ich mir wie ein Kleinkind vor, das in den Streit seiner Eltern geplatzt war und gar nichts von alldem mitbekommen sollte.

»Du machst es dir wieder leicht, das arme Opfer zu spielen, und ich bin der Böse.« Mein Vater schüttelte verächtlich den braun gebrannten Kopf. Er würde das mit dem Solarium niemals lassen. Dabei erinnerte ich mich noch an Mathilda, die ihm vor ein paar Jahren einen stundenlangen Vortrag über Hautkrebs gehalten hatte.

»Du *bist* der Böse.« Mama sah ihn nicht an.

»Du bist es gewesen, die sich gedacht hat, ach, nach so vielen Jahren Ehe muss man nichts mehr dafür machen. Weder …«, er schielte zu mir, »intim noch emotional. Wir sind nur wie genervte Geschwister gewesen, die zusammenleben.«

Nun drehte meine Mama sich wieder um und sah ihn an. Sie legte den Kopf schief, näherte sich ihm und sah ihm tief in die Augen. »Das beruht aber auf Gegenseitigkeit. Ich habe mich in neue Hobbys gestürzt, weil du selbst nichts mehr für unsere Ehe getan hast. Und nebenbei hättest du als Mann die Intimität genauso gut in die Hand nehmen können. Ich habe nämlich vieles versucht, aber schön zu erfahren, dass dir das nicht einmal aufgefallen ist.«

So, das reichte, das war zu viel für mein feministisches Millennialherz. Ich gesellte mich zu den beiden und schnippte zwischen ihnen mit den Fingern, bis ich ihre Aufmerksamkeit hatte. Was gar nicht so leicht war, hatten sie sich doch geistig wie zwei Hunde ineinander verbissen.

»Also erstens, Mama, muss der Mann gar nichts, nur weil er ein Mann ist. Und zweitens, Vater, ist das manipulierend von dir, ihr die Schuld zu geben und dein Fremdgehen damit zu rechtfertigen. Aber: Ihr seid beide schuld daran.« Ich warf ihm einen langen Blick zu, der ihn dazu brachte, nervös mit den Augen herumzuirren. »Obwohl du mehr schuld bist, so als Fremdgeher. Worauf ich hinauswill: Entweder, ihr nehmt das hin, oder ihr redet nie mehr miteinander. Was ihr auch tut, ihr müsst euren Frieden damit machen. Ihr habt nicht mehr zusammengepasst. Punkt.«

Meine Eltern musterten einander, und ich registrierte, dass es wieder zu regnen begonnen hatte. Ich war so in den Streit vertieft gewesen, dass ich nicht bemerkt hatte, wie alles ergraut war, die Wellen höher gegen das Schiff schlugen und es zum Schwanken brachten.

Als würde nicht nur ich das merken, griff auch mein Vater an seine Wange. »Wir sollten vielleicht reingeh–« Eine Welle, die das Schiff aus dem Gleichgewicht brachte, ließ uns allesamt nach links stolpern.

»Geht in die Kabine!«, rief Jannis aus seinem Fenster.

Das klang gar nicht gut. Als wäre das nicht Warnung genug, ging die Schwingtür zur Innenkabine auf, und ein Hund stand an der Schwelle. Er bellte uns an, als wiederholte er Jannis' Anweisung. Moment mal. War das mein Straßenhündchen?

Länger konnte ich nicht mehr überlegen. Die nächste Welle kam, und der Regen nahm zu.

Das war alles kein gutes Zeichen. So begannen böse Horrorfilme auf dem Meer, oder?

Kapitel fünfunddreißig

Das Schiff wurde ordentlich durchgeschüttelt. Meine Eltern schwankten zwischen Zanken und Sich-Beruhigen. Und ich wäre am liebsten ins Meer gesprungen. Mit diesen beiden Hitzköpfen eingesperrt zu sein glich einer Folter, die ich nicht … okay, ich hatte sie verdient.

»Könnt ihr jetzt aufhören, euch uralte Kamellen an den Kopf zu werfen? Wir sterben vielleicht.« Die Scheibe vor mir beschlug, als ich meine Stirn dagegenlehnte.

»Na, schön wär's «, blaffte meine Mama mich an. »Dann wär das alles vorbei.«

»Immer dieses Melodramatische.« Vaters Stimme klang unwirklich in meinen Ohren.

Ehe meine Mama etwas erwidern konnte, wurde der Wellengang heftiger. Knarrend kämpfte das Schiff gegen die raue See an. Die Farben der Insel verblassten im Grau des Unwetters, und die Häuser an der nahe gelegenen Bucht verloren sich aus meinem Blickfeld, als ich zurückstolperte. Wasser spritzte hoch und trommelte gegen die Fenster der Kabine. Das Schiff drehte erneut leicht, und ich hörte ein zitterndes, lautes Einatmen meiner Mama. Der Wind wurde noch stärker, sodass das Schaukeln sich kaum noch einpendelte. Gerade wollte ich mich wieder aufrappeln, da drehte sich das Schiff erneut, und ich fiel zurück, mit dem Kopf gegen die Lehne einer Sitzbank in der Mitte der Kabine.

Mein Vater blickte mich besorgt an. Ich signalisierte ihm mit einem Kopfnicken, dass alles okay sei. Die Zeit verging, und keiner sprach ein Wort. Neben mir verkroch sich mein Freund, der Straßenhund, unter einer Sitzbank, und ich streckte eine Hand aus.

Wieder ein heftiger Ruck. Mein Vater fing meine Mama auf, die in der Hocke umkippte. Sie sah ihn an und er sie.

»Es tut mir leid. Alles, was ich dir, nein, euch angetan habe.« Mein Vater blickte tief in die Augen meiner Mama. »Wir haben beide Fehler gemacht, ja, aber ich habe dich verletzt, euch verletzt. Das kann man nicht mehr gutmachen. Ich hätte das Gespräch suchen sollen.«

Beim letzten Satz erwischte ich mich bei dem Gedanken, dass ich selbst öfter den Mund aufmachen sollte.

»Vielleicht sollte es so sein.« Meine Mama rutschte weg von ihm und hielt sich an dem an der Wand festgemachten Feuerlöscher fest. »Wir haben nicht mehr zusammengepasst. Trotzdem wäre es schön gewesen, wir hätten wenigstens alles versucht, nur um sicherzugehen, und uns dann freundschaftlich getrennt.«

»Ich weiß. Im Nachhinein wünsche ich mir das auch. Ich habe uns all das genommen. Aber vielleicht kommen wir wenigstens auf eine Ebene, sodass wir bei Elenis Dreißigstem oder ihrer Hochzeit normal miteinander umgehen können.« Mein Vater saß vor seiner Ex-Frau und zollte ihr endlich den Respekt, den sie verdient hatte.

»Ähm, hallo? Ich werde nicht heiraten. Ihr wisst, was ich davon halte. Ebenso denke ich auch über überteuerte Feiern zu runden Geburtstagen«, mischte ich mich ein.

Meine Eltern sahen sich an, wie damals, wenn ich für sie wie in einer Fremdsprache redete, und lächelten sich zu. Dieser flüchtige Augenblick der Normalität versetzte mir einen Stich mitten ins Herz. Er war einerseits wie eine schöne Erinnerung und gleichsam eiskalt dank der bitteren Erkenntnis, dass manches nie zurückkommen würde. Dennoch bemerkte ich, dass sich ein tiefer seelischer Konflikt in mir entknotete, weil meine Eltern sich endlich zu vertragen schienen.

»Aber, Eleni.« Mein Vater stand auf, als das Schiffchen wieder einen Hüpfer machte, und fiel zu mir.

Ich fing ihn auf, wobei es mich mit dem Rücken gegen die Lehne drückte.

»Ich hätte dich auch von dort drüben gehört«, scherzte ich mit einem zugekniffenen Auge, da mein Rücken wehtat.

»Eleni, ich muss mich bei dir entschuldigen. Das schlechte Gewissen – natürlich habe ich gewusst, dass das, was ich tat, falsch gewesen ist – hat mich zerfressen. Ich habe dir nicht mehr in die Augen schauen können. Ich hoffe, du kannst mir verzeihen. Irgendwann.« Ihn so dicht vor mir zu sehen, um Verzeihung bittend und mit glasigen Augen, machte es mir schwer, nicht Ja zu sagen.

»Ja, vielleicht irgendwann.« Noch gelang mir das nicht. »Du könntest etwas für mich machen.«

»Was denn?«

»Kennst du vielleicht …« Das Schiff drehte, und ich fiel gegen die Tür nach draußen, die in diesem Moment aufging.

Ich sah mich im kalten Meer verschwinden und nie wieder zurückkommen. Doch da spürte ich etwas an meiner Hüfte. Ich sah hoch und erkannte meine Eltern, die mich beide geschnappt hatten.

»Wir haben dich, Eleni.« Die Haare meiner Mama wirbelten herum. Sie hoben mich rauf.

»Danke.«

»Du musst nichts mehr auf eigene Faust alleine regeln, mein

Liebling.« Die Worte meiner Mama trieben mir die Tränen in die Augen.

»Du wolltest mich vorhin noch etwas fragen, oder?« Mein Vater löste sich aus unserer Umarmung, und ich brauchte einen Moment, bis ich wusste, wovon er sprach.

Meine Knie waren noch ein wenig weich. Trotzdem war ich froh darüber, dass wir mit Jannis einen so erfahrenen Kapitän hatten, der die Lage gemeistert hatte. Er hatte uns zurück an die Anlegestelle gebracht, wo wir nun standen. Das Meer hatte sich mittlerweile wieder beruhigt. Man sagte, dass die See um Panórama von Poseidon beherrscht wurde und er nie ohne Grund ein Unwetter heraufbeschwor. Ob dieser Sturm nur für mich und meine Eltern aufgekommen war? Wie dem auch sei, wir waren wohlauf.

Ich lächelte dem Hund zu, der wieder hinter einem Hügel verschwand, dicht über ihm der Pelikan.

»Eleni?«

»Oh, tut mir leid, ich war in Gedanken.«

»So wie immer.« Sein Grinsen rief seine tiefen Grübchen hervor.

»Eleni?« Mathilda lief auf mich zu, wie in einem theatralischen Film. Mit wehenden Haaren und einem leichten flattrigen Kleid eilte sie durch den Sand und wedelte mit den Armen. »Eleni!«

Kopfschüttelnd lachte ich und stellte mich mehr als offensichtlich wohlauf neben meinen Vater. Bis sie bei mir ankam, beruhigte sie sich wieder, als sie merkte, dass einige Leute um uns herum sie musterten.

»Geht es dir gut?« Mathilda umarmte mich und drückte mich so fest, dass mir die Luft wegblieb.

Meine Mama kam zusammen mit Jannis zu uns. Der Kapitän räusperte sich: »Ich habe mich bei deiner Mama entschuldigt. Ich hätte nicht rausfahren sollen, so kurz nach dem Regen. Keine Ahnung, vermutlich wollte ich deine Mutter ein wenig beeindrucken.«

»Ach, macht nichts. Ist ja gut gegangen«, besänftigte ich ihn mit meinen Worten und drückte meinem Vater den Unterarm, der sich offensichtlich unwohl fühlte.

Er machte sich daraufhin von mir frei und schlenderte wie ein Möchtegern-Cowboy an uns vorbei, stellte sich breitbeinig neben Jannis und Mama und hängte die Daumen in den Gürtelschlaufen ein. »Na?«

Ich hasste es, wenn er das tat. Dieses Alphatiergehabe hatte er auch raushängen lassen, wenn männliche Kollegen meiner Mama zu Besuch gekommen waren.

»Du bist also der Ex-Mann.« Jannis ließ es sich nicht nehmen, das »Ex« extra betont auszusprechen.

»Und du Jannis. Wir kennen uns ja noch.«

»Ja.«

»Wie dem auch sei«, grätschte Mathilda dazwischen. »Eleni, du hast mir gar nicht gesagt, dass dein Vater da ist«, lenkte sie ab.

»Mathilda. Er weiß, dass wir ihn am Markt gesehen haben.«

»Oh.«

»Hallo, Mathilda.« Für meinen Vater war Mathilda auch eine wichtige Person gewesen. Wenn sie bei uns war an Weihnachten oder im Urlaub, hatte er bei ihr nie Abstriche gemacht. Was ich bekam, verwehrte er auch Mathilda nicht.

»Hi.« Mathilda schien nicht richtig zu wissen, wie sie sich verhalten sollte.

»Also, Eleni? Was wolltest du mich fragen?«, meinte mein Vater zu mir.

Stimmt, das hatte ich noch nicht gemacht. »Also, pass auf …«

Gemeinsam mit Anna saß ich im Wohnzimmer ihrer Ferienwohnung, das dank der Sonne wunderschön strahlte. Der weiße Marmor sog das Licht auf. An den Wänden hingen kleine Regale, auf denen Kupfertassen und Töpfe standen.

»Was ihr alles erlebt. Und ich verpasse das. Als würde ich im Exil leben.« Ich spürte, wie Anna es hasste, von meinem Onkel getrennt zu sein.

»Das wird wieder.«

»Meinst du? Bis heute hat sich der sture alte Bock nicht gemeldet.« Das konnte ich auch nicht nachvollziehen.

»Finde ich auch vollkommen unverständlich.« Athanasios konnte ohne seine Anna nicht leben. Das ergab keinen Sinn.

Vorhin hatte Anna mir noch erzählt, dass sie trotz des gemütlichen Bettes nicht schlafen konnte, und das sah man ihr auch an. Dafür liefen ihre Online-Geschäfte umso besser. Auch Christos' Webshop hatte einen guten Start hingelegt. Von überall auf der Welt bestellten Leute seinen Selbstgebrannten. Und ja, wenn man auf TikTok die richtigen Leute erreichte, ging das heutzutage über Nacht. Die meisten Aufrufe und Klicks hatten die kurzen Clips, in denen man sah, wie hart Christos arbeitete, ohne Anerkennung dafür zu bekommen. Dazu eine traurige Melodie, und *bäm*, der Onlineshop glühte. Dabei kam ich aber Christos' Wunsch nach, nicht Mitleid erzeugen zu wollen, doch das Video zeigte nur die Wahrheit.

»Vielleicht sind wir nur aus Gewohnheit zusammengeblieben, und dein Onkel merkt, dass er ohne mich besser dran ist?« Anna knabberte sich die Haut um den Fingernagel ab.

»Denkst du das wirklich, Anna?«

»Hm, nein.«

Wir lachten beide auf. Athanasios gab es nicht ohne Anna.

»Und du und Christos? Ist es etwas Ernstes?« Kaum hatte Anna ihre Frage ausgesprochen, heizte sich mein Körper auf. Ich wickelte eine Haarsträhne um meinen Zeigefinger, schmunzelte, unterdrückte es wieder, bis meine Mundwinkel sich wieder gegen meinen Willen nach oben kämpften.

»Eleni?«

»Ich weiß es nicht? Vielleicht?«

Anna sprang auf. »Oh, Gott sei Dank.« Theatralisch atmete sie aus und legte ihre Hand auf die Brust. »Oh, du lieber Herrgott, ich danke dir. Endlich, endlich kommst du unter die Haube. Ich habe Angst gehabt, das wird nie etwas mit dir.«

»Anna!« Wie konnte sie so übertreiben?

»Es tut mir leid, mein Kind. Ich habe so versucht, mir einzureden, du brauchst keinen Mann und so, nur … Man kann doch nicht *nicht* heiraten? Das ist so traurig.« Eine perfekte Tanzdrehung später zog meine Tante einen Ordner aus einem Koffer hervor. »Endlich kann ich den benutzen.«

»Was ist das?«, fragte ich mit hochgezogenen Augenbrauen, und meine Skepsis unterstrich jedes Wort.

»Ich hab natürlich schon deine Hochzeit geplant. Stavros wird ohnehin nicht bald heiraten. Dann werde ich die Oma deiner Kinder. Ich werde Oma!« Den Ordner umarmend, tanzte sie zurück zu mir.

»Ich werde nicht heiraten! Und ich weiß gar nicht, ob ich Kinder möchte und … Anna? Hörst du mir zu?«

Nein, tat sie nicht. Sie blätterte in ihrem Ordner und zeigte auf ultrakitschige Hochzeitskleider. Sosehr ich Anna auch liebte, ihren typisch griechischen Hochzeitsvorstellungen konnte ich nichts abgewinnen.

»Sieh dir mal diese Hochzeitstorte an, Eleni!«

»Ugh. Ich mag keinen Fondant.«

»Oh, also einen dieser Naked Cakes, ja?«

»Ja.«

»Prima, kriegen wir hin.«

»Warte! Was? Nein.« Warum plante ich jetzt auch meine Hochzeit?

»Natürlich.« Anna tätschelte meinen Oberschenkel und zwinkerte mir zu. Sie nahm mich null ernst.

»Weißt du was? Du kannst meine – nicht stattfindende – Hochzeit weiterplanen, ich lege mich jetzt hin. Ich bin ziemlich erschöpft.«

»Okay, ich werde am besten ein paar Naked Cakes raussuchen. So richtig hip und modern.«

Ich streckte meiner Tante den ausgestreckten Daumen entgegen und verabschiedete mich mit einem »Toll«.

Bei Anna fand ich Ruhe. Meine Mama war ohnehin bei Jannis, und bei Athanasios hielt ich es nicht aus. Mathilda konnte sich in meinem Zimmer ausruhen.

Ich schlüpfte in das zu kleine Bett im Kinderzimmer des Apartments. Es erstrahlte in einem maritimen Flair. Sofort, nachdem ich mich hingelegt hatte, überkam mich eine bleierne Müdigkeit, sodass ich gerade noch mitbekam, wie ich Christos eine Nachricht schickte, in der ich ihm mitteilte, dass ich bei Anna schlief und er mir sagen solle, wie es mit Stella gelaufen war.

Keine Ahnung, was mich zuerst weckte. War es der herrliche Duft von Kaffee, die Sonnenstrahlen, die durch die Fensterläden meine Nase kitzelten, oder Annas lautes Scheppern mit Töpfen, wie man es von Müttern sonntagmorgens kannte. Vermutlich Letzteres, aber Nummer eins und zwei stimmten mich milder.

Meine Glieder schmerzten noch etwas von dem Bootsabenteuer. Ich streckte mich, und nachdem ich ein lautes Stöhnen von mir gegeben hatte, erhob ich mich. Im Spiegel vor mir erkannte ich ein dickes, fettes Vogelnest auf meinem Kopf. Angewidert wandte ich mich von meinem Elend ab, nahm mein Handy und schlenderte ins Badezimmer. Glücklicherweise war das perfekt ausgestattet für Gäste mit eingepackter Zahnbürste und allerhand weiteren Dingen lokaler Hersteller und Erzeugerinnen von Naturkosmetik.

Irgendwann hatte ich mich so weit hergerichtet, dass ich mich passabel fand. Mein Gesicht hatte ich mit eiskaltem Wasser abgekühlt. Jetzt ging es nach unten.

Dort entdeckte ich auf dem Tisch eine große Schüssel mit griechischem Joghurt mit Früchten, Nüssen, Sesam und herrlichem Berghonig, der wie eine Spur aus Gold darüber geträufelt war.

»Von unseren Gastgeberinnen«, sagte Anna und nahm mich mit ihrem roten Morgenmantel in den Arm. »Guten Morgen.«

»Hast du auf mich gewartet?« Wie spät war es überhaupt? Ich sah auf mein Handy. Oh, erst neun Uhr. Dafür hatte ich mich früh hingelegt. Die Nachrichten darauf ignorierte ich und setzte mich.

»Ich bin noch länger wach gewesen, also habe ich auch länger geschlafen und auf dich gewartet.« Anna nahm neben mir Platz.

»Ich liebe griechischen Joghurt zum Frühstück. Den habe ich ewig nicht mehr gegessen.«

»Der ist selbst gemacht von der alten Electra.«

»Hat die noch ihre Ziegen und Schafe? Ist die nicht neunzig?« Während meiner Fragen schaufelte ich den Joghurt in mich hinein und nahm einen großen Schluck des frisch gepressten Orangensafts. Mein Körper freute sich über die Vitamine.

»Ja, und nein. Sie ist vierundneunzig.« Wow, mit dieser Info überraschte mich Anna.

»Wenn du fertig bist, kannst du dir noch aus meinem Bad mein Vitamin-C-Serum nehmen und mein Koffein-Augenöl. Ah! Und die Rosentagescreme«, sagte meine Tante so beilläufig, dass ich ahnte, was sie im Schilde führte.

»Sehe ich so zerstört aus?«

»Nein, Liebes, wir gehen nur auf Nummer sicher. Dein Zukünftiger soll nicht Angst bekommen.« Sie tätschelte meine Hand, und ich beließ es dabei.

Wir redeten noch lange weiter, was ich sehr vermisst hatte. Wir quatschten über meine Arbeit, was alles so passiert war in den Jahren, in denen ich nicht mehr hier gewesen war, weil mir mein Job wichtiger gewesen war, und über so viel anderen Kram. Bis ich mich dann nach oben verabschiedete, um ihre Cremes durchzuprobieren.

»Mhh.« Ihre selbst gemachte Rosencreme roch herrlich. Wenn ich die Augen schloss, meinte ich, frisch gepflückte Blüten vor meiner Nase zu haben.

Dabei kam ich mir vor wie früher als Kind, wenn ich zusammen mit Stavo alles, was wir in Annas Badezimmer fanden, in Fläschchen füllten. Danach taten wir so, als wären es Zaubertränke. Natürlich war Anna regelmäßig ausgerastet, weil wir ihre teuren Produkte verwendet hatten.

Ich wuschelte mir durch die Haare. Heute war ein typischer Bad Hair Day. Am besten, ich bliebe bei Anna und vergrub mich in den übertrieben kitschigen griechischen Telenovelas, die den ganzen Tag liefen. Immer wenn ich in Griechenland ankam, rümpfte ich zwei Tage die Nase darüber, und am dritten war ich infiziert.

Mein Handy vibrierte, und ich holte es hervor. Ohne große Erwartung wischte ich rüber, und neben den ungelesenen Nachrichten entdeckte ich eine E-Mail.

»Daniel?« Meine Augen stellten sich abwechselnd scharf und wieder unscharf, bis ich mich auf den Rand der Wanne setzte.

Was wollte mein Ex-Chef? Ich machte es wie mit einem Pflaster, ich öffnete die Mail und las sie sofort. Schnell und schmerzhaft.

Liebe Helena,

Sven wird zum Ende des Monats aus dem Unternehmen austreten. Ihm ist bewusst geworden, dass er sich neuen Herausforderungen stellen muss.

Der kleine Narzisst hat also gemerkt, dass er meinen Job nicht kann? Und Daniel hat ihn also überführt und eine einvernehmliche Kündigung erbeten?

Da keine Zeit bleibt, jemand Neuen anzulernen (weil Sven es selbst nicht kann), *bin ich zu dem Schluss gekommen, dass ich dich gerne wieder zurückhaben will.*
Ich biete dir an, nach deinem Urlaub zurückzukommen (stalken die mein Social Media?) *und dir das doppelte Gehalt zu zahlen. Plus eine Woche mehr Urlaub. Und du könntest dir selbst eine Unterstützung suchen. Außerdem würdest du zusammen mit mir mehr Entscheidungsgewalt bekommen.*
Ich hoffe, du weißt, wie sehr ich deine Arbeit schätze – die letzte Zeit ist ziemlich anstrengend gewesen, weswegen ich mich entschuldige, sollte der Umgangston zu rau und deine Bemühungen zu wenig wertgeschätzt worden sein.
Bitte melde dich, sobald du kannst.
Mit freundlichen Grüßen
Daniel

Irgendwann während der Mail hatte ich meinen Kopf ausgeschaltet. Las ich da richtig? Ich überflog lieber noch mal. Nein, die Mail war echt.

Eine Beförderung? Mit doppeltem Gehalt? Und ich kann mir eine Assistenz suchen? Das war der absolute Oberhammer. Dazu noch, dass endlich Svens Inkompetenz aufgeflogen war. Daniel fand bestimmt auch niemand Besseren auf Sylt als mich. Social-

Media-Jobs auf Sylt waren rar, weswegen diejenigen, die sich dafür interessierten, aufs Festland zogen.

Der erste Impuls war, sofort zuzusagen. Also tippte ich. *Daniel, das ist …* Mein zweiter Impuls hielt mich zurück. Ich dachte an früher, an Anna, Stavo, Athanasios – und an Christos. Was war das zwischen uns? Mehr als ein Urlaubsflirt? Genug, um … Ja, was? Herzuziehen? Jobangebote aufzugeben? Was war mit Mama oder Mathilda?

Automatisch drehte ich den Kopf zum Fenster mit den geöffneten blauen Läden, denn eine laute Musik verdrängte die Stille. Ich steckte mein Handy wieder ein und stand auf. Wer spielte laut Musik um die Zeit?

»Vasilissa« von Eleni Foureira hallte durch die Straßen, das war eines meiner Lieblingslieder, und ich erkannte sofort, woher es kam. Denn in den kleinen verschlungenen Gassen blieb nichts versteckt.

»Anna!«, brüllte ich.

Die kam mir ohnehin schon entgegen, vermutlich auch wegen des Lärms.

»Um Himmels willen, was ist da los?«

Ich zeigte nach draußen.

Ein kleiner Traktor zog einen länglichen Anhänger, auf dem Christos und Athanasios standen. Sie hielten ein Banner in den Händen.

Alles Gute zum dreißigsten Geburtstag stand darauf. Mein Mund klappte auf. Hatte ich meinen eigenen Geburtstag vergessen? Deswegen hatten meine Eltern über meinen Dreißigsten gesprochen. Auf der Insel verlor ich das Zeitgefühl. Wann hatte ich das letzte Mal nachgesehen, welches Datum wir hatten?

Zwischen den beiden Männern sah ich Boxen, aus denen das Lied dröhnte. Doch sie waren nicht alleine. Hestia, meine Mama,

Mathilda, Dr. Karystiani, Tonia, Hiromi, Chinara, Filippos, Jannis und sogar die Gyros-Oma und mein Vater liefen hinterher mit bunten Tüchern in der Hand. Aber Moment. Das waren Annas Tücher, oder?

Ich wandte mich zu ihr, und sie lächelte mich an. »Du hast davon gewusst?«

»Alles Gute zum Geburtstag, mein Kind.« Meine Tante küsste mich links und rechts auf die Wange.

Mein Blick wanderte wieder nach draußen, ich öffnete das Fenster und lehnte mich raus. Überall linsten die Leute aus ihren Häusern, öffneten die Türen und gesellten sich zu den anderen, klatschten mit, und ein paar Jüngere sangen sogar das Lied nach.

Christos lachte mich an und zwinkerte mir zu, und ich legte mir gerührt eine Hand auf die Lippen. Tränen kamen ohne Ankündigung so rasch, dass ich sie nicht mehr zurückhalten konnte. Ein wenig unangenehm war mir die Aufmerksamkeit, dennoch versuchte ich, sie zu genießen.

Christos tanzte zum Song, das Banner so weit in die Höhe gereckt, dass mein Onkel Mühe hatte, es ebenfalls hochzuhalten. Christos' Shirt rutschte dabei hoch und gab den Blick auf seine muskulöse Leiste und ein paar Härchen frei, und plötzlich wünschte ich mir als erstes Geschenk ein paar Minuten mit ihm alleine.

Ich blinzelte den Gedanken weg, als Anna an meinem Shirt zog. »Komm, wir gehen nach unten.«

Kapitel sechsunddreißig

Vor Christos' Taverne stiegen wir vom Anhänger, auf dem wir alle Platz genommen hatten. Christos packte mich an den Hüften und hob mich hinunter. Und ja, das war sexy. Alle verließen den Anhänger, bis auf Athanasios und Anna. Verwirrt blickte sie ihn an.

»Für dich habe ich eine andere Überraschung«, sagte Athanasios.

Der Fahrer des winzigen alten, verrosteten Traktors, ein alter Freund von Athanasios, bog ab und fuhr mit den beiden davon.

»Hast du ihm geholfen bei der Überraschung?«, fragte ich Christos.

»Ich habe mit ihm geredet und ihm angeboten, sich meiner Überraschung für dich anzuschließen und etwas für Anna zu machen.« Und Athanasios hatte sich also wirklich darauf eingelassen, um Anna zurückzuerobern!

Ich fiel ihm um den Hals und drückte ihm einen Kuss auf die Lippen. »Danke. Für alles.«

Mathilda hüstelte laut. Mein dankbarer Kuss dauerte wohl zu lange.

»Wir sollten lieber reingehen«, Christos räusperte sich und bedeutete mir zu folgen.

Stella lächelte mir zu, als sie mich sah. Nicht unbedingt nett, eher neutral. Sie zog eine Trennwand weg, damit wir durch den überdachten Bereich zum Strandabschnitt gehen konnten.

Ich sog laut Luft ein, als ich sah, was Christos vorbereitet hatte. Die ganze Location sah mit der Dekoration phänomenal aus. Überall hatte Christos Oleandersträucher mit pinken Blüten platziert, an denen Lichterketten hingen, die am Abend herrlich wirken würden. In der Mitte stand Stavo mit Antonis, die Konfettikanonen abfeuerten und darauf achteten, nicht die zweistöckige Geburtstagstorte zu treffen.

»Ist das …?«

»Jup. Weiße Schokoladentorte mit Erdbeerfüllung und Kokoscreme.« Oh, der Mann wusste, was mich anmachte.

Stavo trug sogar einen Anzug. Dass Anna das verpasste, würde sie uns ewig vorenthalten. Er strahlte von einem Ohr zum anderen und reichte mir ein Sektglas.

»Auf die beste Cousine der Welt. Ich liebe dich und danke dir für alles.« Stavo hob sein Glas in die Höhe, bis das Sonnenlicht sich glänzend darin brach.

»Auf meine Lieblingstochter, die letztens mehr Mama war als ich.« Aufgrund des zweiten Teils des Satzes behielt ich mein *»Ich bin auch deine einzige Tochter«* für mich.

»Auf die beste Freundin der ganzen Welt, die mehr Therapeutin gewesen ist, als sie hätte sein sollen.« Mathildas Worte trafen mich mitten ins Herz.

Mein Körper verwandelte sich in einen emotionalen Klumpen, der keinen Schimmer hatte, wie er sich fühlen sollte. Alle Gefühle gingen mit mir durch.

Um mich standen so tolle Menschen versammelt, die mir ihre Zeit schenkten, das beste und wertvollste Geschenk überhaupt. Ich hob mein Glas so ruckartig, dass der Sekt überschwappte und meine Finger benetzte. »Auf euch alle.«

Stella schaltete hinter uns die Musik an, und »Poso?« von Konstantinos Argiros erklang. Hestia schwang ihre Hüften und schnappte sich Antonis, der zunächst nicht so begeistert schien, die ältere Frau an seinen Muskeln kleben zu sehen.

»Danke für alles. Ich kann das nicht glauben. So etwas hat noch nie jemand für mich gemacht.«

»Für dich immer.« Christos' Kuss glich einer Mischung aus prickelndem Sekt, stürmischem Meerwasser und warmem Sonnenschein.

Wann immer ich solche Gesten in Filmen gesehen hatte, redete ich mir ein, dass ich das nicht brauchte, dass das Leben kein Liebesroman war. Aber scheiß drauf. Ich wollte jemanden, der Romantiker war, der eine Überraschungsparty für mich plante, der sich die kleinen Dinge merkte, und das genoss ich nun.

Jemand tippte mir auf die Schulter, und ich warf einen Blick über selbige. Das Gesicht von Stavo tauchte auf, jedoch weniger strahlend als zuvor.

»Darf ich mit dir reden?« Stavo schien eingeschüchtert.

»Was Schlimmes?«

Er zuckte mit den Schultern. »Du schuldest mir noch einen Gefallen, den würde ich gern einlösen.«

Das bedeutete: Alarmstufe Rot.

»Klar habe ich mich gefragt, warum du nach Santorini abgehauen bist, Stavo. Aber ich hab gedacht, du brauchst Abstand und machst dir Sorgen um deine Eltern.«

Wir saßen beide im Sand und schoben unsere Beine in das Meerwasser, während hinter uns gefeiert wurde.

»Das stimmt, aber ich brauchte nicht von der Insel oder meinen Eltern Abstand, sondern von Antonis.« Mein Cousin vergrub die Hände im Sand. Seine Augen wandte er auch von mir ab.

»Okay?«

»Eleni.«

»Stavo?« Ich rutschte näher zu ihm. »Habt ihr euch gestritten?«

»Ja. Gewissermaßen.« Stavo sah hoch zum Himmel und atmete lange durch den Mund aus.

Ich legte meinen Arm um ihn. »Hast du jemanden umgebracht?«

»Antonis und ich sind letzten Sommer zusammen gewesen.« Das kam so rasch, dass ich Mühe hatte, es zu verstehen.

»Okay? Und?«

»Nicht nur zusammen gewesen, also gemeinsam durch die Klubs gezogen, sondern …«

»Ich weiß, was du mir sagen willst.«

Stavo drückte sich mit den Händen vom Sand ab und vergrößerte den Abstand zwischen uns. Er sah mich endlich wieder direkt an, wobei ich seinen verwirrt-geschockten Ausdruck musterte. »Bist du nicht geschockt? Oder sauer?«

»Stavo, schätzt du mich so ein? Du bist mein Cousin, ich liebe dich, egal, wen *du* liebst. Außer, es wäre mein Ex-Kollege Sven oder mein Ex-Chef Daniel.« Da fiel mir wieder die E-Mail ein.

Stavo sackte ein wenig zusammen und atmete wieder stoßweise. Er war blass und schaufelte sich mit den Händen Meerwasser ins Gesicht. Ich glaubte, dass er das machte, damit man seine Tränen nicht erkannte – so wie damals, als er sich als Kind die Knie aufgeschürft hatte. »Ich hatte solche Angst.«

Mit meinem Kopf näherte ich mich seinem Gesicht und berührte mit meiner Nasenspitze seine. »Das glaube ich dir. Aber du musst bei mir nie Angst haben, okay? Hast du Anna …?«

»Oh Gott, nein.« Stavo legte sich auf den Rücken. »Das kann ich nicht. Die beiden würden durchdrehen. Sie wollen Enkel und eine Hochzeit.«

Ich sagte ihm nicht, dass das trotzdem möglich war. Denn eigentlich ging es ihm nicht darum, sondern dass seine Eltern ihn verstoßen könnten. Sein Brustkorb hob und senkte sich zu schnell. Ich legte meine Hand auf ihn. »Ich sage nichts. Und du bist niemandem eine Erklärung schuldig. Sag es, wenn du magst, wenn nicht, nicht. Aber Anna und Athanasios lieben dich so sehr. Anna ist vielleicht, keine Ahnung, besorgt, was die anderen denken werden. Athanasios, ja, vielleicht ist er sauer. Vielleicht redet er eine Zeit lang nicht mit dir. Weißt du noch, als er das mit Hiromi erfahren hat? Da hat er auch gesagt, er dachte, das sei nur eine Erfindung aus dem Fernsehen, und so was gäbe es nicht im realen Leben. Und ja, das ist eine beschissene Einstellung von ihm, mit der er andere verletzt. Aber er liebt dich zu sehr, um länger als zwei Wochen böse zu sein.«

Ich fühlte mich für Stavo verzweifelt, obwohl ich stark sein wollte. Aber was waren die richtigen Worte für seine Ängste und Zweifel? Ich steckte nicht in seiner Haut. Ich konnte mir das nur vorstellen, aber niemals verstehen. »Was auch passiert, ich bin für dich da, ja?«, fügte ich hinzu.

Stavo nickte. »Danke. Für alles.«

»Wegen Antonis. Was ist da passiert? Hat er dich betrogen? Soll ich ihn umbringen? Oder verstümmeln? In die Fritteuse stecken?« Ich begutachtete Antonis, der gerade am DJ-Pult stand. Dann fiel mein Blick auf seine Muskeln. »Oder ich schimpfe einfach mit ihm.«

Stavo schnaubte belustigt. »Er ist gegangen. Eine DJ-Klubtour durch Griechenland. Ohne ein Wort zu sagen. Er ist weg gewesen und hat sich nie mehr gemeldet.«

»Arschloch-Move.«

»Ja, eine Warnung in Sachen Beziehungstauglichkeit, die einem sagt: Lauf.« Und trotzdem mochte er ihn wohl noch.

»Psst, mein Vater kommt«, sagte ich rasch, und Stavo setzte sich auf.

»Hast du es Eleni gesagt?«, fragte mein Vater.

Hä? Warum sollte Stavo darüber zuerst mit meinem Vater reden?

»Oh, nein.« Stavo setzte sich auf und sah mich mit einem durchdringenden Blick an, der mir wohl sagen sollte, mein Vater ahnte nicht, worüber wir gesprochen hatten. »Dein Vater hat mich gefragt, ob ich ihm helfen kann. Es geht um deine Bitte an ihn.«

Oh! Darum ging es. Stavo reichte mir seine Hand und half mir hoch.

»Und?«, fragte ich erwartungsvoll.

»Wir haben alles erledigt.« Stolz drückte mein Vater seine Brust raus. »Ich hoffe, du freust dich?«

»Ja. Danke. Das bedeutet mir viel. Danke.« Ich streichelte seinen Oberarm. »Danke.«

»Ich hoffe, er …«, mein Vater warf einen Blick zu Christos, »er ist es wert?«

Ich nickte, verkniff mir aber auch mein: *»Solange er nicht wie du wird.«*

»Dann sagen wir ihm Bescheid«, sagte mein Vater.

Er ging vor, und ich schnappte mir Stavo, der nuschelte: »Athanasios hat auch mitgeholfen.«

»Ihr seid da zu dritt aufgetaucht?«

»Zu viert. Antonis ist dabei gewesen. Und na ja, sogar zu acht. Denn die Altherrenband ist auch mitgekommen. Vater hat sie aufgehetzt.« Stavos Erzählung wurde ja immer spannender.

»Ich hoffe, es ist nicht schlimm für dich gewesen, dass Antonis dabei gewesen ist?« Ich lächelte Hestia zu, die mir zuprostete, und wandte mich wieder Stavo zu.

»Antonis ist bei Alexandros mal DJ gewesen. Von ihm wusste

ich überhaupt darüber Bescheid, was er für krumme Dinger dreht. Bei seiner Klubtour hat Antonis noch mehr über Alexandros erfahren, als er auf Korfu und Kreta gewesen ist, deshalb ist es gut, dass Antonis mitgekommen ist.« Stavo verpasste mir einen Rempler mit seiner Schultern.

»Okay, okay. Kein Mitleid.« Wir kamen bei Christos an, den mein Vater auf uns vorbereitet hatte.

»Du willst mir etwas sagen?« Christos bereitete ein paar Salate in der Außenbar vor.

»Ich habe auch eine kleine Überraschung für dich.«

»Eleni. Das soll dein Tag sein.«

»Unserer.« Ich nahm seine Hände in meine. »Ich habe meinem Vater gesagt, er soll mit Alexandros sprechen. Er kennt ihn, und ich habe ihm von Alexandros' falschem Spiel erzählt und wie er die Inselleute manipuliert, nicht zu dir zu kommen.«

Mathilda und Stella erhoben sich von ihren Stühlen und kamen zu uns, um nichts zu verpassen.

»Und?« Christos wurde unruhig und schwankte hin und her.

»Er ist mit Stavo, Athanasios, deinem Bruder …«

»Du?« Christos unterbrach mich und sah zu seinem Bruder neben ihm am DJ-Pult.

»Ich bin nicht so ein Egoist, wie du denkst«, jammerte Antonis.

»Dass ich nicht lache.« Stavos Kommentar brachte mich zum Schmunzeln und bescherte ihm einen bösen Blick von Antonis.

»Jedenfalls ist auch noch die Altherrenband mit von der Partie gewesen, und gemeinsam haben sie …« Ich zeigte zu meinem Vater.

» … ihm die Hölle heißgemacht. Wir haben ihn ausgequetscht, bis er alles zugegeben hat. Er lässt zwar seinen Laden offen, aber es wird sowieso niemand mehr zu ihm kommen. Vielleicht übernimmt irgendein Sohn von ihm erst mal. Er hat aber auch gemeint, er wollte ohnehin gehen und auf Samos seinen Lebensabend verbringen. Wir haben danach allen auf der Insel oder … den wichtigsten Buschtrommeln davon erzählt.« Mein Vater schien dieses ganze Inseldrama zu genießen.

»Das heißt?« Christos wirkte zu überrumpelt, um die Auswirkung zu verstehen.

»Die Leute kommen künftig hierher zu dir. Sie haben alle zugegeben, dass sie deine Taverne lieben, deine Leidenschaft bewundern, die Kostproben, die Eleni und Mathilda verteilt haben, vergöttern die Leute. Christos, du bist offiziell akzeptiert.« Beim letzten Satz wirkte Stavo ein wenig traurig, schüttelte das aber rasch ab und lächelte Christos zu.

Christos' feuchte Augen sagten genug. »Danke«, sagte er.

Rasch räusperte er sich. »Ich meine: Danke! Wow. Danke. Ich glaube es nicht.«

Christos breitete seine Arme aus, winkte seinen Bruder her und umarmte uns alle gleichzeitig, so gut es ging. »Ich fass es nicht. Endlich hat sich alles bezahlt gemacht.«

In diesem Moment kehrten Anna und Athanasios zurück. Händchen haltend. Sie warfen sich beinahe verliebte Blicke zu, und ich würde später alles aus Anna herausquetschen, was passiert war. Ich nickte Stavo zu, der das auch bemerkt hatte und mir zuzwinkerte.

All die Fügungen des Universums fühlten sich noch so unrealistisch an, dass ich froh war, dass meine beste Freundin mich in den Arm nahm. »Du bist dreißig, du alte Kuh.« Ja, Freundinnen waren das Beste, das einem passieren konnte, nicht wahr?

»Du mich auch.«

»Ähm, sorry, Stella?«, sagte ich noch schnell, bevor mich Mathilda weiterzog.

»Ja?« Sie stoppte im Gurkensalatumrühren.

»Kannst du das Christos geben? Damit er Fotos macht?« Ich reichte ihr mein Handy.

»Ja.«

»Danke.«

Mathilda nahm meine Hand und führte mich zum Tisch mit den fertigen Cocktails.

»Ich kann nicht glauben, dass dieser Tag so fabelhaft geworden ist. Es könnte nichts diesen Tag zerst–«

»Eleni, ich gehe weg«, unterbrach Mathilda mich, und mir blieb die Cocktailkirsche im Hals stecken.

»Was? Wohin?«, fragte ich zwischen zwei Hustern.

»Weg. Ich, ich weiß nicht, wohin. Aber Eleni, seien wir ehrlich. Dein Platz ist hier. Hier bei Christos.« Mathilda bekam rote Flecken auf den Wangen, wie immer, wenn sie kurz vorm Heulen war. »Und ich muss meinen finden.«

»Aber ich habe dir versprochen, ich verlasse dich nicht, und das meine ich auch so. Ich gehe mit dir zurück nach Sylt und … keine Ahnung.« Diese Nachricht warf mich ins kalte Wasser.

»Tut mir leid, dass ich dir das heute sage. Ich denke schon länger darüber nach, und du brauchst kein schlechtes Gewissen zu haben. Ich mache das für mich. Ich werde meine Sachen in Sylt regeln und dann reisen. Weißt du, Eleni, ich habe mich zu abhängig gemacht und wollte immer alles kontrollieren. Meine Therapie kann ich online weiterführen, von überall. Ich glaube, ich brauche das. Egal, ob du bleibst oder nicht.«

Eine unglaubliche Welle des Stolzes erfasste mich, trotzdem überwog die Trauer. »Aber dann sehen wir uns nicht mehr.«

Mathilda verpasste mir einen leichten Hieb gegen die Schultern. »Das hättest du gerne. Ich werde dich jeden Tag anrufen. Facetime! Wir leben nicht im Mittelalter.« Mathilda verdrückte eine Träne und ich auch.

»Ich werde dich trotzdem vermissen.« Ohne Mathilda Zeit zum Antworten zu geben, zog ich sie zu mir und umarmte sie. »Wenn du einmal nicht anrufst, kriegst du Ärger, ja?«

Mathilda nickte in meine Mulde zwischen Schulter und Hals.

»Eleni?« Christos' Stimme klang etwas beunruhigt.

»Ja?« Ich löste mich von Mathilda.

»Was ist das?« Christos hielt mir mein Handy hin. Darauf zu sehen: der gespeicherte Entwurf meiner Mail, in der ich Daniel für das Angebot danken wollte. Christos wandte sich ab und ging in großen Schritten Richtung Meer.

»Warte, Christos.« Ich holte ihn noch ein, bevor er den Strandbereich verlassen hatte. »Es ist nicht, was du denkst.«

»Was dann?« Erzürnt warf er mein Handy in den Sand. »Wann wolltest du mir das sagen?«

»Du hast mich mit deiner Überraschung etwas überrumpelt.« Ich hob das Handy wieder auf.

»Ach, jetzt bin ich schuld?«

Ich rollte mit den Augen. Musste er mir das Wort im Mund umdrehen? »Hör auf, und lass mich reden. Ich bin überwältigt gewesen. Weißt du, was das für eine Genugtuung ist? Natürlich habe ich darüber nachgedacht. Aber dann ist mir eingefallen, wie die mich behandelt haben. Und da ist es mir bewusst geworden.«

»Was denn?« Christos verschränkte die Arme vor seinem Körper wie ein bockiges Kind.

»Dass ich bei dir bleiben will, du Esel. Ich will auf Panórama leben. Wenn du das auch willst. Wenn du mich willst. Ich kann das Marketing für dich und Anna machen. In der Taverne helfen. Ich bin natürlich teuer, aber ich hätte alle um mich. Das ist es, was ich will. Und selbst, wenn das mit uns nicht klappt, ich möchte auf Panórama leben.« Dass ich es ausgesprochen hatte, erschreckte mich selbst.

»Du … du willst bleiben?«

»Wäre das so schlimm?«

Christos rieb sich über das Gesicht und machte einige Schritte zurück und dann vor, ehe er meine Hände nahm. »Damit hast du mich heute auf jeden Fall glücklicher gemacht als ich dich.«

»Das kann noch kommen.« Ich zwinkerte ihm zu.

»Ich liebe dich«, platzte es aus Christos heraus. »Das ist so unwirklich, dass ich das tatsächlich noch mal in meinem Leben sage: Ich liebe dich, Eleni. Ich weiß, dass das schnell kommt und …«

»Ich liebe dich auch. Und ich bleibe bei dir.« Ich ging einen Schritt auf ihn zu und umarmte ihn, als ich meine Mama hinter ihm entdeckte.

Jannis und sie hatten wohl einen kleinen Spaziergang unternommen und kamen gerade am Strand der benachbarten Taverne vorbei.

»Du bleibst auf der Insel?« Meine Mama blieb hinter Jannis zurück, der mir zunickte und Christos bedeutete, mit ihm zu kommen.

»Mama, ich wollte nicht, dass du es so erfährst.« Meine Beine trugen mich über den feuchten Sand zu ihr. »Bitte, sei nicht sauer.«

Zuerst verstand ich nicht, wie ich das Lippenkauen und die verzwickte Miene deuten sollte, bis sich ihr Ausdruck veränderte, lieblicher wurde. »Ich könnte niemals sauer auf dich sein. Als hätte ich nicht geahnt, dass es so kommen wird.«

Die Sonne legte ein warmes Licht über die erstrahlte Haut meiner Mama. »Du hast das verdient, das alles, *louloudi mou.*«

»Aber was mache ich ohne dich?« Meine Mama bald nicht mehr in meiner Nähe zu wissen schmerzte mich.

»Na ja.« Meine Mama verkniff sich ein Grinsen. »Vielleicht musst du das nicht.«

»Hä?« Ich folgte ihrem Blick und erkannte Jannis. »Moment. Du und Jannis?«

»Wir kennen uns noch nicht lange, aber ich bin nicht mehr die Jüngste, und warum soll nur dein Vater sich amüsieren?« Sie hüpfte einen Schritt zu mir. »Es ist noch frisch. Warum dem Ganzen nicht eine Chance geben?«

Die Entwicklung meiner Mama auf Panórama hätte ich niemals erwartet, und entgegen meiner These half es doch, sich zu öffnen, Arbeit zu delegieren und unschöne Wahrheiten mit der richtigen Prise Feingefühl auszusprechen. Manchmal muss man wohl aneinandergeraten, um das Miteinander zu stärken.

»Das wäre fantastisch. Ohne dich beeinflussen zu wollen, fiele es mir leichter umzuziehen, wenn du mit mir auf Panórama bleibst.« Nervös knetete ich meine Finger. Ich hoffte, sie entschied sich nicht um. Klar, manchmal nervte meine Mama, welche nicht? Trotzdem wollte ich die Zeit mit ihr nicht missen.

»Wenn du bleibst, dann ich erst recht. Wir drehen diese Insel auf links, und in ein paar Jahren bin ich dann die Bürgermeisterin«, witzelte meine Mama.

Ich küsste sie auf die Wange. »Wenn das jemand schafft, dann du.«

»Danke für alles. Ich werde dir das alles zurückgeben, Eleni.«

Gemeinsam schritten wir zurück zu meiner Geburtstagsfeier.

»Puh.« Völlig außer Atem ließ ich mich auf den Stuhl neben Stella fallen.

Ich fischte mein Handy hervor, um mir die Fotos anzusehen, die Christos bisher gemacht hatte. Da fielen mir wieder die Nachrichten ein, die noch ungelesen auf mich warteten.

Christos' Gute-Nacht- und Guten-Morgen-Wünsche und ein

paar Emojis. Und dann, was ich verdrängt hatte, eine Nachricht über Stella.

Ich rutschte etwas tiefer, damit Stella nicht mitlas.

Ich habe mit Stella gesprochen. Sie war nicht begeistert über mein Scheidungsvorhaben und unsere Beziehung. Sie hat sich das einfacher vorgestellt. Sie hat mir gesagt, dass sie dir von unseren geheimen Orten erzählt hat und dass ich sie ihr zuerst gezeigt habe. Ich hoffe, du weißt, dass das nicht stimmt. Ich habe auf Facebook meinen Eleni-Cocktail geteilt und dass ich Geheimplätze besucht habe, die ich lange nicht mehr aufgesucht habe, die mich zu dem Getränk inspiriert haben. Die Grotte kennt sie nur von Erzählungen. Sie hat das gegen dich benutzt, um dich zu vertreiben, damit du ihr nicht in die Quere kommst. Egal, reden wir morgen.

Ich konnte es nicht fasste. Das hieß, Christos hatte das mit ihr nicht gemacht, und ich Kuh hätte mir viele Tränen erspart, wenn ich mit ihm geredet hätte. Aber nein, ich hatte mich wieder verschlossen. Das änderte sich von nun an.

»Eleni?« Stellas Stimme riss mich aus meinen Gedanken, und ich zuckte zusammen. Hatte sie mitgelesen?

»Äh, ja?«

»Alles Gute.«

»Danke.«

Ein Schleier erdrückender Stille legte sich über uns, und als ich eine passable Zeit gewartet hatte, bevor ich wegging, drehte sie sich zu mir.

»Es tut mir leid, wie ich zu dir gewesen bin. Ich bin keine böse Ex-Freundin. Christos und ich haben Schluss gemacht, weil ich eine stabile Beziehung wollte mit Karriere und allem. Er war mehr der Freigeist. Als dann alles zerbrochen ist, meine Karriere, meine

Wohnung, und ich gesehen habe, dass Christos erfolgreich ist, hat mich das …, so fies es klingt, genervt.« Stella warf ihre Haare zurück und schlug die Beine übereinander. »Gut, die Taverne läuft nicht so überragend, wie es auf Facebook aussah. Ich habe aber gedacht, hier kann ich einfach anknüpfen.« Ihre Hand schnellte nach oben, als ich schon widersprechen wollte. »Lass mich ausreden. Aber ich weiß, wie ihr euch anseht, und da will ich nicht stören. Ich weiß nur nach meinem Athen-Desaster nicht, wohin mit mir. Aber ich werde selbstverständlich der Scheidung zustimmen und euch in Ruhe lassen. Ich muss meinen eigenen Weg finden.«

Stellas Umschwung überraschte mich. »Stella, ich denke auch, du musst dein eigenes Ding machen. Die Arbeit als Anwältin macht dir keinen Spaß mehr, oder?«

Sie schüttelte den Kopf.

»Aber du bist willkommen bei uns. Ja?«

»Danke.«

Ich stand auf und winkte sie zu mir. »Du musst auch noch mit dem Geburtstagskind tanzen.« Mit kreisenden Hüften, die knackten und schmerzten wie bei einer alten Oma, bewegte ich mich zwischen die Gyros-Oma und Anna sowie Athanasios.

Stella zeigte ihr herzlichstes Lachen und folgte mir.

»Und, wieder vertragen?«, zischelte ich in Annas Ohr, als ich sie antanzte.

»Ja, dein Onkel lässt sich auf dem Festland durchchecken und will sich bessern. Ich bin so froh.« Anna umfasste meine Wangen. »Aber darüber reden wir morgen, heute feiern wir, ja?«

»Auf jeden Fall.«

Tonia, Hiromi und Chinara kreisten uns ein. »Ich habe gehört, du bleibst uns erhalten?«, fragte Tonia.

»So schnell werdet ihr mich nicht los. Wie geht es deinem Vater?«

»Danke, besser. Und danke für deine Hilfe.« Tonia wedelte sich mit einem Fächer Luft zu. »Aber jetzt brauche ich eine Pause.« Schwungvoll tänzelte sie zwischen der Gyros-Oma und Jannis hindurch und setzte sich.

»Wir brauchten wohl erst eine Eleni, damit wir so eine geniale Party bekommen, was?« Chinara und ich tanzten Hintern an Hintern zur Musik. Hiromi hüpfte hoch, wandte uns den Rücken zu, und so tanzten wir als Dreier-Arsch-Gespann zum Takt.

»Die werden jetzt öfter steigen«, übertönte ich die Musik.

»Das will ich auch hoffen, sonst muss ich dich verhaften«, rief Hiromi. Wir lachten ausgelassen, über uns die untergehende Sonne.

»Du, Chinara«, rief ich in ihr Ohr. »Habe ich bei meinem letzten Besuch etwas Falsches gesagt? Bevor ich gegangen bin, hast du verärgert gewirkt.«

Sie schüttelte den Kopf. »Nein, gar nicht. Mir sind nur unsere Anfänge auf Panórama durch den Kopf gegangen. Alles in Ordnung, ich freue mich, dass Christos schneller aufgenommen wurde als ich.« Danach tanzte sie zu ihrer Frau.

Die Sonne ließ mehr und mehr an Intensität nach und tauchte alles in einen dunkelorangefarbenen Schein, sodass die Farben der Lichterketten und Kerzen besser zur Geltung kamen. Die Nacht begann erst, und ich hatte das Gefühl, die Welt drehte sich heute nur für mich.

»Tanzen ist gut für die Gesundheit.« Dr. Karystiani wackelte steif und ungelenk an uns vorbei. »Also weitermachen.«

Ich spähte zu Hiromi und Chinara, die mit mir losprusteten.

»Ihr habt es gehört, alles für die Gesundheit«, witzelte Chinara.

»Darauf einen Mojito«, sagte ich und tanzte mich aus der Menge, vorbei an Stella, die ausgelassener wirkte.

Nur ein Zug vom Strohhalm an der bittersüßen Köstlichkeit war mir vergönnt. Gleich danach entführte mich Christos.

»Wo ziehst du mich hin?«

»Wir haben noch eine Wette offen.«

Weit hinter dem Anlegeplatz, von dem aus uns Jannis gestern mitgenommen hatte, liefen wir wie junge Verliebte in die Nacht hinein, bis Christos mit mir an einer Bucht hielt, die vom strahlenden Mondlicht geflutet wurde. Von hier aus erkannte ich sogar das Haus meiner Großeltern.

»Den Platz wollte ich dir zeigen.« Christos sah mich mit einem zugekniffenen Auge an. »Da sieht man das Haus deiner Großeltern.«

»Und?«

»Dein Onkel hat mir erzählt, dass dein Opa deiner Oma hier einen zweiten Heiratsantrag gemacht hat. Nachdem sie ihre goldene Hochzeit gefeiert haben. Heimlich, wie zwei liebende Diebe haben sie noch mal geheiratet, alleine. Und ich, falls du willst, würde ich gerne …«

»Nein.«

»Was?«

»Du machst mir keinen Heiratsantrag.«

»Ich … Nein. Was? Denkst du, ich höre dir nicht zu? Außerdem bin ich noch verheiratet.« Okay, damit hatte Christos recht. »Ich habe Jannis angeboten, mein Hausboot zu kaufen. Er will wegen deiner Mama lieber fest auf der Insel wohnen, statt auf Santorini. Er sucht dafür nur noch einen zweiten Kapitän. Und ich habe mir gedacht, wir könnten mit dem Geld das Haus deiner Großeltern renovieren.« Christos' Vorschlag überrumpelte mich. Nicht, weil es mir zu schnell ging, sondern weil er es wahrhaftig ernst mit mir zu meinen schien.

»Nur, wenn du willst. Es wäre weiterhin im Besitz deiner Familie. Aber ich stelle mir das … schön vor.« Christos kratzte sich den Nacken. »Ich hoffe, ich bin nicht zu aufdringlich.«

»Christos?«

»Ja?«

»Du hast die Wette verloren. Ich kenne diesen Platz.«

Christos hob perplex die Augenbrauen. Das war nicht die Antwort, die er erwartet hatte.

Grinsend schmiegte ich mich an ihn und legte die Arme um seinen Hals. »Ich ändere meinen Wetteinsatz in: Du musst mit mir das Haus meiner Familie renovieren.«

Christos' Lächeln nahm mich völlig ein. »Das klingt fair.«

»Finde ich auch. Eine Bitte: keine Wetten mehr.«

»Tut mir leid, das kann ich nicht versprechen.«

Kopfschüttelnd zog ich Christos zu mir und küsste ihn.

Das neue Jahrzehnt meines Lebens brach die Brücken zu meinem alten Ich hinter mir ab und führte mich in eine Zukunft, die unter einem klaren Motto stand: Sei du selbst!

Der Männerfluch war endlich gebrochen.

Danksagung

Diese Geschichte zu schreiben hat mir nicht nur Spaß gemacht, sondern ist mir auch wichtig gewesen. Griechenland bedeutet mir sehr viel, und ich habe es genossen, mir mit Panórama eine eigene kleine (griechische) Welt zu erschaffen. Falls ihr euch fragt, warum es eine fiktive Insel geworden ist: Erstens konnte ich so mehrere Dinge, die ich an Griechenland mag, miteinander kombinieren, und zweitens könnt ihr die Geschichte überall lesen. Egal, ob ihr auf Kreta, Kos, Korfu und so weiter Urlaub macht (natürlich auch von zu Hause aus, haha).

Ich hoffe, ihr schließt Eleni, Mathilda, Rosi, Anna, Stavo, Christos, Athanasios und alle anderen auf der Insel in euer Herz und habt eine schöne Zeit mit meiner Truppe.

Ein großes Dankeschön geht an meine Agentin Eva Semitzidou und an das Team vom Ullstein Verlag, Claudia Winkler, Margit Schulze und Tabea Horst. Selbstverständlich auch an Louisa Pagel, die Panórama eine Heimat gegeben hat.

Die Atmosphäre, die warme Sonne, das Meer und die tollen Gerüche in Griechenland ergeben für mich einen Mix, den es so nicht oft gibt. Ein wunderschöner Ort, um sich zu entspannen (selbst Eleni kann sich dagegen ja nicht ewig verwehren, haha). Falls ihr dieses Buch gerade lest oder gelesen habt, um euch in den Urlaub zu träumen: Vergesst nicht, euch das funkelnde Meer vorzustellen. Für alle, die vor sich gerade das wellenschlagende Wasser sehen oder anderswo im Urlaub sind: Atmet tief die griechische Luft ein, und genießt eure Zeit. Sie verfliegt ohnehin viel zu schnell, und der Alltag kommt zurück. Ich würde mir wünschen, euch mit meiner Geschichte ein paar Augenblicke der Ruhe geschenkt zu haben.

Schreibt mir gerne auf Instagram (andreasdutter) oder TikTok (andreasdutterautor).

Sonnige Grüße
Andreas